La justice au cœur

*

Le protecteur du Texas

LENA DIAZ

La justice au cœur

Traduction française de
CATHERINE VALLEROY

BLACK ROSE

HARLEQUIN

Collection : BLACK ROSE

Titre original :
THE SECRET SHE KEEPS

HARPERCOLLINS FRANCE
83-85, boulevard Vincent-Auriol, 75646 PARIS CEDEX 13
Service Clients — www.harlequin.fr
ISBN 978-2-2805-1294-7 — ISSN 1950-2753

Édité par HarperCollins France.
Composition et mise en pages Nord Compo.
Imprimé en décembre 2024 par CPI Black Print (Barcelone)
en utilisant 100% d'électricité renouvelable.
Dépôt légal : janvier 2025.

FSC www.fsc.org MIXTE Papier issu de sources responsables FSC® C159065

Pour limiter l'empreinte environnementale de ses livres, HarperCollins France s'engage à n'utiliser que du papier fabriqué à partir de bois provenant de forêts gérées durablement et de manière responsable.

1

Dans un parking des Smoky Mountains, au-dessus de Gatlinburg, Raine Quintero observait sa proie à travers le pare-brise. Elle tenait dans sa main le 9 mm non déclaré qu'elle avait acheté la semaine précédente, dans l'arrière-salle d'un bar sordide.

Son plan n'était pas bien inspiré. Ses chances de succès étaient au mieux de cinquante-cinquante. Elle était à court de solutions et pressée par le temps. Le désespoir, comme le chagrin, comportait des stades. Il lui avait fallu quinze longues années pour atteindre le dernier. Désormais, elle était prête à tout, à transgresser n'importe quelle loi, à payer n'importe quel prix pour sauver la vie de son frère.

Même si cela voulait dire menacer quelqu'un.

Un élan de honte fit trembler le pistolet dans sa main. Comme une lame mal affûtée, sa conscience mettait à mal ses justifications soigneusement élaborées. Elle oscilla sur son siège, ballottée par ses émotions comme par des montagnes russes. En sentant une larme brûlante rouler sur sa joue, elle poussa un juron et fourra le pistolet dans la boîte à gants.

Callum Wright allait disposer d'une dernière chance. Il pouvait agir, ou refuser d'agir. Son sort dépendrait de cette décision. Contrairement à son frère, à qui on n'avait jamais laissé le choix.

Se tordant les mains, elle inspira fortement pour calmer ses tremblements. La culpabilité était toujours là, mais elle l'avait fait rentrer dans sa boîte pour s'en occuper plus tard. Cela ne changeait rien au plan d'ensemble. Elle n'était pas venue sur un coup de tête. Tout menait à ce moment crucial. Parfois, la fin justifiait effectivement les moyens.

Du moins ne cessait-elle de se le répéter.

Elle consulta l'heure à sa montre de sport. Si cette matinée ressemblait aux précédentes, l'homme qui tenait le sort de son frère entre ses mains serait là d'une minute à l'autre.

Effectivement, à 7 h 30 précises, le SUV noir de Callum entra dans le parking d'Unfinished Business. Cela l'avait étonnée de le voir conduire ce véhicule. Bien que joli, il était loin de coûter aussi cher qu'il aurait pu se le permettre.

D'après ce qu'elle avait glané sur UB, la société payait extrêmement bien ses salariés. C'était ainsi que son propriétaire millionnaire avait attiré les meilleurs enquêteurs du pays, les poussant à démissionner de postes de fonctionnaires pour intégrer le secteur privé. Cela expliquait pourquoi Callum avait échangé une vie à proximité de sa famille contre une vie à Gatlinburg, dans le Tennessee. Même si ses recherches n'avaient jamais révélé son adresse exacte, que ce soit en Géorgie ou dans le Tennessee.

En tout cas, sa Lexus ne pouvait pas se comparer à la Porsche rouge Panamera qu'elle avait chez elle. Bien sûr, ce n'était pas la voiture qu'elle conduisait aujourd'hui. Sa mission requérait un véhicule discret. Elle avait acheté une Ford Taurus bleu foncé de dix ans le même jour que le pistolet. Cash, bien sûr. Neuf mille dollars – en dessous du seuil de dix mille dollars qui aurait déclenché un signalement au fisc et une enquête sur le blanchiment d'argent. Elle ne voulait pas activer de signal d'alarme.

Le parking était presque plein, aussi Callum se gara-t-il au bout de la rangée, sous des arbres épais. Ils dissimulaient le flanc raviné du mont Prescott, ainsi nommé d'après le propriétaire d'Unfinished Business. Elle connaissait ce ravin car elle avait randonné plusieurs fois dans ces bois, repérant la topographie et planifiant un itinéraire d'évasion si l'on en venait à cela. Elle ne s'attendait pas à en avoir besoin. Elle espérait que Callum se montrerait raisonnable.

Pas comme Isaac Farley, l'inspecteur de police avec lequel il travaillait autrefois.

La Taurus de Raine était garée à l'opposé, près du bâtiment, mais dissimulée aux regards par l'éblouissant feuillage doré d'un pacanier. Cela lui donnait un bon point de vue pour observer Callum sans qu'il la remarque.

Elle avait passé de nombreuses heures sur ce parking ou dans la forêt environnante, à repérer le terrain. Jusque-là, elle n'avait jamais vu personne arriver après 8 heures. Ce n'était pas le cas du cabinet où elle travaillait. Bien que les autres avocats et elle arrivent avant le lever du soleil et s'en aillent après l'heure du dîner, le personnel administratif avait tendance à arriver en flânant vers 9 heures et n'était pas fan d'heures supplémentaires. Il aurait été intéressant de savoir comment le patron de cette société motivait son personnel, pour qu'elle utilise la même méthode.

Non qu'elle ait l'intention de retourner travailler.

Ce qu'elle allait faire aujourd'hui allait tout changer. Dans le meilleur des cas, elle serait radiée du barreau et sa carrière serait terminée. Dans le pire, elle irait en prison. Mais il était hors de question de reculer. Son but était plus important que n'importe quel poste d'associée. Il valait tous les sacrifices et elle n'aurait pas de regrets.

Callum finit par descendre de son véhicule. Il devait avoir été retardé par un appel, car il était au téléphone lorsqu'il referma sa portière. Ses longues enjambées l'emmenèrent rapidement vers le bâtiment, et il glissa le téléphone dans la poche de son costume.

Elle ne put s'empêcher d'apprécier son goût en matière d'habillement. Ce costume bleu nuit sur une chemise blanche avec cravate assortie mettait l'accent sur ses larges épaules et sa taille mince. Mais, comme la voiture, le costume était de bonne qualité sans être excessivement onéreux. Aucune Rolex en or ne brillait à son poignet, pas plus que des boutons de manchettes. Ce qu'il portait de plus cher, c'étaient probablement ses bottes de cow-boy noires parfaitement lustrées.

Pour un œil profane, elles n'avaient rien de spécial. Mais elle savait repérer du cuir cousu main à un kilomètre. Sa mère lui avait toujours dit qu'on jugeait un homme à la qualité de ses chaussures. Raine, quant à elle, préférait le juger à sa manière de traiter les autres.

Et aujourd'hui était le jour du jugement.

Il était presque à la hauteur de sa voiture quand elle en sortit, tirant sur son pull gris. En la voyant faire le tour du capot, il sourit et la salua d'un hochement de tête, mais continua de marcher.

— Monsieur Wright ?

Il s'arrêta et revint sur ses pas, l'air interrogateur.

— Bonjour. Mes excuses, mais je ne me rappelle pas votre nom.

Il tendit la main. Elle la serra, encouragée par le fait qu'il lui ait adressé la parole.

— Nous ne nous sommes jamais rencontrés. Je m'appelle Raine Quintero.

Elle attendit que cela fasse son effet. Mais son nom de famille ne suscita pas même une lueur d'intérêt dans ses yeux.

— Comment puis-je vous aider, mademoiselle Quintero ?

— J'ai essayé de vous joindre pour vous demander votre aide sur une affaire. Mais votre assistante n'est pas très coopérative lorsqu'il s'agit de vous passer des appels. Comme vous ne m'avez jamais rappelée, je suppose qu'elle ne vous a pas remis mes messages.

Il fit la grimace.

— Désolé. Nous avons engagé du personnel administratif récemment. Le succès de notre agence a donné lieu à un flot d'appels et de visites qui interférait avec notre capacité à traiter les enquêtes. Je suppose qu'elle vous a dit que nous collaborons avec la police pour résoudre des affaires classées.

— Oui, elle l'a fait. Et je connais les statuts de votre société. J'ai lu les mentions légales sur votre site Internet. Mais il s'agit de quelque chose de différent, d'une importance cruciale. Mon frère a été emprisonné il y a treize ans pour un crime qu'il n'a pas commis. Il est urgent que je…

Il leva la main pour l'interrompre.

— Mademoiselle Quintero, je vous adresse toute ma sympathie pour votre frère. Mais nous ne pouvons pas vous aider. Nos contrats viennent des agences de police de l'est du Tennessee et du TBI - le bureau d'investigation du Tennessee. Nous ne travaillons pas pour les particuliers.

— Votre société vient juste de finir une affaire pour une infirmière, Skylar Montgomery. J'ai vu son histoire aux nouvelles. Si vous avez fait une exception pour elle, vous pouvez en faire une pour moi. Je veux vous engager. L'argent n'est pas un problème. J'ai les moyens de vous payer n'importe quel tarif.

Il secoua la tête.

— Il ne s'agit pas d'argent. La situation de Mlle Montgomery était particulière. Je ne saisis pas pourquoi vous m'avez distingué parmi mes collègues, mais ça ne change rien.

— J'aimerais penser que le fait que mon frère soit dans le couloir de la mort change tout. J'ai vraiment besoin de votre aide.

Il serra les dents.

— S'il est dans le couloir de la mort, c'est un avocat spécialisé en peines capitales dont vous avez besoin. Je suis désolé, une fois encore.

Il fit mine de la contourner.

— Joey Quintero, ça vous dit quelque chose ?

Faisant halte, il se tourna vers elle, avec une expression légèrement impatiente.

— Non, mais je suppose que ça le devrait.

Elle se rapprocha de lui, renversant la tête pour croiser ses yeux d'un bleu sombre.

— Vous avez travaillé à sa mise en accusation lorsque vous étiez inspecteur à Athens, en Géorgie. C'est pourquoi je vous ai choisi.

Son expression se fit pensive.

— Il y a treize ans ?

— Quinze depuis que l'affaire a commencé. Il a été accusé d'avoir étranglé une jeune femme chez elle. Meurtre qualifié, couloir de la mort, Quintero. Vous ne vous souvenez vraiment pas de lui ?

Il fixa le vide comme pour accéder à une banque de données mentale. L'éclair d'intérêt qu'elle avait espéré voir se produisit enfin. Mais le froncement de sourcils qui l'accompagnait lui indiqua qu'elle n'allait pas aimer ce qu'il avait à dire.

— Mes souvenirs de cette affaire sont parcellaires. Comme vous l'avez dit, c'était il y a longtemps. Et je n'étais pas l'inspecteur en charge de l'enquête.

— C'était Farley.

Il hocha lentement la tête.

— Farley. Ça fait longtemps que je n'ai pas entendu ce nom.

Son ton plat suggérait que Farley et lui n'étaient pas exactement amis. C'était encourageant.

— Il est mort il y a quelques années, dit-elle. Une crise cardiaque. Mais j'ai pu lui parler avant cela. Du moins, j'ai essayé. Plusieurs fois. Il m'a envoyée sur les roses.

— Ça lui ressemble bien.

— Et maintenant, vous me dites la même chose.

— Non. Je vous ai poliment expliqué pourquoi vous ne pouvez pas m'engager. D'une part, la société pour laquelle je travaille ne gère que des affaires provenant de l'est du Tennessee, pas de la Géorgie. Cela fait partie de notre contrat avec l'État. Et même si je voulais intervenir en tant qu'indépendant, en dehors de la société, je n'ai aucun élément concret qui pourrait contribuer à un appel. J'étais un tout jeune inspecteur à l'époque, davantage un assistant qu'un véritable enquêteur. Farley ne me tenait pas au courant des rouages de ses affaires. Il me faisait faire des recherches juridiques, interviewer des témoins mineurs, suivre les appels à témoins. Votre frère a avoué, n'est-ce pas ? Je crois me rappeler au moins cela.

— C'étaient de faux aveux, qu'on lui a arrachés.

— C'est difficile à croire, étant donné que les interrogatoires sont enregistrés pour éviter ce genre de choses. Son avocat a-t-il écouté les enregistrements et affirmé que ces aveux ne valaient rien ?

— Son avocat était un idiot.

— C'est donc non. Écoutez, je suis désolé que vous et votre famille souffriez...

— Quelle famille, monsieur Wright ? Mes parents sont morts dans un accident de voiture il y a quatre ans. Mon frère est tout ce qui me reste, et il va être exécuté dans quelques semaines à moins que quelqu'un ne découvre un indice, une preuve quelconque qui pourrait justifier un sursis ou une grâce. Je suis vraiment à court d'options sinon je ne m'adresserais pas à l'un de ceux qui l'ont envoyé en prison.

Il poussa un profond soupir.

— Mademoiselle Quintero, si vous me connaissiez, vous sauriez que je mets l'honnêteté, l'intégrité et la justice bien au-dessus du pourcentage d'affaires résolues. J'ai fait mienne la règle d'or du système judiciaire, à savoir qu'on est innocent tant que le contraire n'a pas été démontré. De ce dont je me souviens de l'affaire Quintero, c'était du solide. Le jury a délibéré à peine quelques heures avant de prononcer un verdict de culpabilité, n'est-ce pas ?

— Seulement parce que son avocat était incompétent. Il a élaboré une défense pitoyable. Mon frère n'a fait de mal à personne.

Son regard durcit.

— Dites-le à la famille de la victime.

Elle saisit son bras pour l'empêcher de s'éloigner.

— S'il vous plaît, tout ce que je vous demande, c'est un entretien. Une heure de votre temps pour revoir...

Il repoussa gentiment mais fermement sa main.

— Je ne sors pas les coupables de prison. C'est à cela que servent les avocats.

Elle inspira fortement en entendant cette insulte à sa profession. Mais avant qu'elle puisse se reprendre, il s'éloigna à longues enjambées. Ses bottes luisantes lancèrent un éclair dans le soleil matinal tandis qu'il gravissait le perron et disparaissait dans le bâtiment de verre et d'acier.

Raine poussa un juron à mi-voix et sauta dans sa voiture. Elle jeta un regard nostalgique à la boîte à gants puis démarra. Callum Wright avait fait son choix. Il avait jugé son frère coupable. Mais c'était lui qui était coupable – de ne pas se soucier d'un innocent qu'il avait contribué à envoyer dans le couloir de la mort. Si elle ne faisait pas tout son possible pour redresser cette injustice, elle serait tout aussi responsable que Callum et Farley du sort de son frère.

Sa mauvaise conscience ne la tiraillait plus. Au contraire, elle était plus déterminée que jamais à suivre son plan. Callum ne l'avait pas stoppé, il l'avait seulement retardé.

Même si elle avait envie d'écraser l'accélérateur, elle se força à sortir doucement du parking. Dès qu'elle eut atteint le premier refuge sur la route, elle s'arrêta.

Tout autour d'elle, la célèbre brume qui donnait son nom aux Smokies s'élevait en nappes blanches, semblables à d'anciens signaux de fumée, sans réussir à obscurcir les spectaculaires tons rouges et or des montagnes. À n'importe quel autre moment,

Raine aurait été émerveillée par tant de beauté. Mais elle n'était pas là pour admirer la vue. Empoignant son sac à dos sur le siège arrière, elle y fourra son pistolet et descendit de voiture.

Quelques instants plus tard, elle s'était frayé un passage dans les bois, à la limite du parking d'Unfinished Business. Derrière le SUV de Callum, elle localisa un arbuste qui lui fournirait une bonne couverture et une vue dégagée sur les portes d'UB. Elle sortit son pistolet et se servit de son sac comme d'un siège, assez inconfortable par ailleurs. Mais c'était mieux que le sol froid.

Ayant supposé qu'elle devrait attendre la majeure partie de la journée, elle fut agréablement surprise de voir Callum se diriger vers son véhicule à peine quelques heures plus tard. Un sac à dos bleu marine pendait à son épaule, équivalent moderne des attachés-cases d'autrefois.

Allait-il voir quelqu'un ? Ou emportait-il des dossiers chez lui pour les étudier au calme ? Elle espéra que c'était la deuxième hypothèse. Cela lui donnerait plus de temps pour faire ce qu'elle avait à faire avant que quiconque s'aperçoive de sa disparition.

Empoignant le pistolet de la main gauche, elle se faufila aussi près du pare-chocs du SUV qu'elle l'osa. Dès qu'il se fut glissé sur le siège, elle fonça vers la portière conducteur et braqua son arme sur lui, essayant de ne pas trembler de manière trop visible.

Les yeux bleus de Callum s'assombrirent de colère quand il considéra tour à tour l'arme, puis elle.

— Mademoiselle Quintero. Pourriez-vous m'expliquer ce que vous faites ?

— Nous sommes sur le point d'avoir cet entretien que je vous demandais. Très lentement, sans geste brusque, sortez votre arme avec deux doigts et posez-la sur le plancher du côté passager.

— Qu'est-ce qui vous fait penser que je suis armé ?

— Ne jouez pas à ça avec moi. Je vous observe depuis un moment. J'ai compris que vous aviez un *holster* sous cette veste. Sortez-la.

Il plissa les yeux mais fit ce qu'elle demandait.

— Et maintenant ?

La dureté de son expression et la sécheresse de son ton la firent trembler de plus belle. Elle pressa l'un des boutons de la portière, déverrouillant ainsi les autres.

— Si vous klaxonnez, faites un appel de phares ou autre chose pour attirer l'attention, vous y gagnerez une balle. Et ceux que vous aurez alertés aussi. C'est compris ?

Il serra les dents.

— Compris.

Elle ouvrit la portière derrière lui et grimpa dans la voiture.

— Refermez votre portière.

Tandis qu'il s'exécutait, elle attacha rapidement sa ceinture puis leva à nouveau son arme. Une goutte de sueur coula sur le côté de son visage malgré la fraîcheur de l'air. Elle pressa le bout du pistolet plus fort contre le siège.

— Vous sentez ça ?

— Je suppose que c'est votre arme.

— Vous supposez bien. Démarrez.

Le SUV prit vie. Quand il saisit sa ceinture, elle poussa plus fort le canon contre le siège.

— Pas de ceinture.

Un regard coléreux croisa le sien dans le rétroviseur.

— Pourquoi ?

— Sans ceinture, vous y réfléchirez à deux fois avant de provoquer un accident pour vous échapper. Sortez du parking. Doucement. N'attirez pas l'attention.

Il hésita. Déglutissant, elle plaqua l'arme sur l'arrière de son crâne.

Il jura et prit la direction de la sortie.

2

Callum jeta un bref coup d'œil dans le rétroviseur en manœuvrant le SUV sur l'étroite route à lacets du mont Prescott. Avait-il vu une voiture derrière eux, au dernier virage ? Quelqu'un avait-il été témoin ce qui s'était passé sur le parking ? Ou n'était-ce que le soleil qui projetait des ombres ?

— Ralentissez, l'avertit Quintero.

Son pistolet était toujours plaqué contre son siège. Juste assez pour lui rappeler sa présence, sans exercer de trop forte pression.

— Si nous versons dans le fossé, je vous jure que je vous abats.

Sa voix était aussi tremblante que l'étaient ses mains sur l'arme un peu plus tôt. Elle tirerait probablement s'il causait un accident, qu'elle en ait l'intention ou non. Elle n'avait pas le bon sens de garder le doigt sur le corps de l'arme au lieu de la gâchette. C'était la première chose qu'il avait remarquée quand elle s'était dressée devant sa portière. C'était la seule raison pour laquelle il ne s'était pas immédiatement jeté sur elle.

— Je suis sérieuse.

Elle enfonça le pistolet plus fort.

— Faites attention.

— Je ralentirai quand vous cesserez de me planter votre arme dans le dos. Et pendant que nous y sommes, à moins que vous n'ayez l'intention de m'abattre pendant que je conduis, enlevez votre doigt de la gâchette. C'est plus sûr comme ça. Pour nous deux.

Dans le rétroviseur, il saisit son air de surprise. La pression dans son dos se réduisit. Il espéra que cela signifiait qu'elle avait aussi déplacé son doigt. C'était visiblement une novice en matière d'armes, ce qui ne la rendait que plus dangereuse.

Tandis qu'ils dépassaient l'embranchement qu'il aurait dû prendre pour aller chez lui, il leva le pied de l'accélérateur, ralentissant comme elle l'avait demandé. Ce n'était pas nécessaire. Il connaissait chacun des virages de cette route et savait à quelle vitesse rouler. Où qu'elle vive, ce n'était sûrement pas dans les montagnes, à en juger par sa fébrilité.

— C'est mieux ?

Il avait pris un ton plus doux, pour qu'elle se sente moins menacée, moins anxieuse, même s'il avait l'intention de lui ôter son arme à la première occasion.

Elle essuya la sueur sur son front.

— C'est mieux.

Ses yeux verts frappants croisèrent les siens dans le rétroviseur.

— Merci, ajouta-t-elle à contrecœur.

Il hocha la tête, notant que sa main tremblait toujours. Elle n'avait pas l'habitude d'enlever des gens. Il regretta de ne pas avoir fait de recherches sur elle après leur bref échange. S'il l'avait fait, il aurait eu au moins quelques éléments de contexte. Mais il l'avait oubliée dès qu'il était entré, accaparé par Asher Whitfield, avec lequel il travaillait sur une affaire de tueur en série.

Étant donné l'histoire de son frère, il était surprenant que rien chez Raine ne parle de criminalité. Dans son expérience, quand un membre d'une fratrie était un meurtrier, les autres étaient également familiers du mauvais côté de la loi. Et pourtant, il était prêt à parier que le plus grave délit à figurer sur son casier était un excès de vitesse.

Malgré sa colère pour l'avoir mis dans cette situation, il ne pouvait s'empêcher d'admirer sa loyauté envers son frère et sa volonté de tout risquer pour le sauver. Dommage que le sauver soit probablement impossible.

Treize ans dans le couloir de la mort signifiaient qu'il avait épuisé la plupart des recours, voire tous. Sa dernière chance serait une grâce du gouverneur, à supposer que le gouverneur de Géorgie ait cette autorité. Callum n'était pas familier avec les lois de la Géorgie concernant la révision d'une condamnation ou le sursis d'exécution. En tant que flic, il s'était toujours concentré sur la mise en accusation et l'emprisonnement, pas la libération des accusés.

C'était ce que faisaient les avocats.

Il ignorait pourquoi elle le croyait capable de contacter quelqu'un ayant autorité sur la situation de son frère. Les politiciens ne faisaient pas partie de ses fréquentations. Et il ne connaissait le gouverneur d'aucun État.

Son ami Noah Reid avait peut-être quelque influence sur le gouverneur de Géorgie. Il occupait un poste exécutif au sein du Département des peines. Mais Reid était-il en mesure d'influer sur le sort d'un détenu dans le couloir de la mort ? Callum en doutait.

Son patron, Grayson Prescott, avait les numéros personnels d'une poignée de gouverneurs et détenait sans aucun doute une influence considérable. Mais tout espoir qu'il intervienne en faveur du frère de Raine avait pris fin dès lors qu'elle avait braqué son arme sur l'un de ses employés.

Le regret saisit Callum lorsqu'il jeta un coup d'œil sur elle dans le rétroviseur. Ses cheveux noirs coupés à hauteur d'épaule accentuaient la pâleur de son teint. Elle était visiblement effrayée, bien que ce soit elle qui tienne l'arme. Elle devait avoir estimé qu'elle n'avait pas le choix après qu'il avait refusé de lui donner une heure de son temps. C'était tout ce qu'elle avait requis. Et il avait été trop occupé pour s'en soucier. Peut-être était-ce un avertissement pour qu'il prête davantage attention à la souffrance de ceux qui l'entouraient au lieu de se plonger dans le travail. Dommage que ce soit arrivé trop tard pour sauver Raine Quintero des conséquences de ses actions drastiques.

Ils approchaient du pied de la montagne. Bientôt, la route prendrait fin, et il devrait tourner. À gauche, vers la ville, où les touristes s'agglutinaient sans nul doute sur River Road. Ou à droite, vers la zone rurale de la région.

En ce qui le concernait, il préférait de loin cette partie, qui était la plus belle et la plus digne d'être admirée. Mais si c'était là qu'elle voulait aller, cela voudrait dire s'éloigner encore plus de la possibilité que quelqu'un s'aperçoive qu'il avait des ennuis.

À moins que l'ombre sur la route ne soit pas une ombre.

Il regarda à nouveau le rétroviseur. Personne derrière eux. Le reflet de Raine la montrait les sourcils froncés, puis regardant par-dessus son épaule.

— Qu'est-ce que vous regardez ? demanda-t-elle.

— Vous. Nous allons bientôt tomber sur un stop. Ce sera plus facile si je sais où aller.

Son front se détendit.

— Vers l'ouest. Tournez à droite au stop.

Il hocha la tête, pas étonné mais déçu. Sans la circulation et les allées et venues des gens, il serait difficile de la prendre au dépourvu. Cela signifiait aussi moins de risque pour d'innocents badauds, alors cela valait probablement mieux. Il fallait gagner du temps, faire ce qu'il pouvait pour qu'elle reste calme et croie contrôler la situation.

Ensuite, il lui prendrait son arme.

Son téléphone bipa dans sa poche. Elle se redressa.

— Qu'est-ce que c'est que ça ?

Il soupira et sortit son téléphone.

— Quelqu'un m'appelle du bureau. Si je ne réponds pas, ils vont trouver ça bizarre.

Elle se mordit la lèvre inférieure, puis pressa à nouveau l'arme contre le siège.

— Rappelez-vous ce que je vous ai dit. Votre vie et celles de ceux que vous prévenez sont en jeu. Mettez l'appel sur haut-parleur et raccrochez aussi vite que possible, sans me jouer de mauvais tour.

Sur haut-parleur, il serait difficile d'alerter quiconque. Il devrait improviser et leur faire savoir d'une manière ou d'une autre qu'il avait des ennuis et où il était. Il pressa la touche et leva le téléphone en l'air.

— Callum. Vous êtes sur haut-parleur.

— Salut, c'est Thomas. Tout va bien ? Je croyais que nous allions revoir ces dossiers chez toi, mais soit tu n'es pas là, soit tu ignores la sonnette.

Il jeta un coup d'œil à Raine avant de répondre.

— Désolé, j'avais oublié que j'avais rendez-vous ailleurs.

L'arme pressa plus fort sur le siège au mot « ailleurs ». Elle était intelligente, il devait s'en souvenir.

— Je ne serai pas de retour tout de suite, dit-il. Il vaut mieux que tu rentres chez toi et que tu commences sans moi.

Ce qui l'emmènerait dans la direction qu'elle venait de lui dire de prendre.

— Tu as une idée de l'heure à laquelle tu seras là ? demanda Thomas.

Raine secoua la tête, faisant onduler ses cheveux sur ses épaules.

— Difficile à dire, répondit Callum.

Elle esquissa un mouvement de rotation de la main droite, lui indiquant de se dépêcher. Ils venaient d'atteindre le stop, aussi freina-t-il et s'assura-t-il qu'il n'y avait personne avant de redémarrer.

— Il faut que j'y aille, Thomas. Désolé de t'avoir posé un lapin. À plus tard.

Il pressa une touche sur la tranche du téléphone et le posa sur la console, à l'envers.

Elle laissa échapper un profond soupir, une expression de soulagement sur le visage.

— Vers où allons-nous maintenant, mademoiselle Quintero ? Ou dois-je vous appeler Raine ? Si vous me faites confiance pour aider votre frère, nous devrions nous appeler par nos prénoms.

— Nous ne sommes pas amis. Mlle Quintero, c'est parfait.

Elle désigna la route.

— Continuez tout droit. Je vous ferai savoir quand vous devrez tourner.

— Pouvez-vous au moins me donner une estimation de la distance ? J'ai moins d'un quart de réservoir.

Elle se pencha en avant, observant le tableau de bord.

— Ça consomme combien ce genre de truc ?

— J'ai probablement assez de carburant pour faire encore cent kilomètres. La moitié si on fait un aller-retour. Et moins si on doit gravir une montagne.

— Ça devrait aller. Nous n'avons qu'une vingtaine de kilomètres à faire et nous restons dans la vallée.

Lorsqu'elle se rassit, il vérifia encore une fois que l'écran de son téléphone n'était pas visible. Il ne voulait pas qu'elle s'aperçoive que tout ce qu'il avait fait, c'était mettre la sonnerie sur silencieux. Il n'avait pas raccroché

Et il n'y avait personne du nom de Thomas au travail.

3

Plus ils approchaient de l'embranchement, plus Raine se disait qu'elle avait commis une terrible erreur. Pas en l'amenant à accepter un entretien. Elle voulait lui montrer les preuves qu'elle avait, lui parler de son espoir de faire libérer Joey. Mais même si son plan élaboré sur le papier était logique, la réalité avait un tout autre aspect.

D'une part, Callum était beaucoup plus intimidant qu'elle ne s'y attendait. Il la rendait nerveuse. Pas seulement parce qu'il était grand et manifestement plus fort qu'elle. Le vrai problème était qu'elle l'aimait bien. Il l'avait mise en colère quand il lui avait refusé un entretien. Mais en dehors de cela, il s'était montré poli et même gentil. Il n'essayait pas de l'effrayer. Après avoir prétendu qu'il n'était pas armé – ce qui était compréhensible – il ne lui avait joué aucun mauvais tour, alors qu'elle-même l'aurait fait dans sa situation.

Si elle n'avait pas su qu'il avait pris part à la condamnation de son frère, elle se serait dit que c'était un type correct. Bon sang, elle se serait répandue en compliments sur lui. Il incarnait par excellence l'homme grand, beau et ténébreux. Exactement son type.

C'était ça le problème.

Elle devait se concentrer. Mais le voir comme un homme correct compliquait le fait de le traiter de façon aussi déplorable. Ses actes à elle lui semblaient... mauvais, même si son but - sauver une vie - était tout sauf mauvais. Son comportement affreux avec Callum était une chose avec laquelle elle devrait apprendre à vivre Mais si Joey mourait, et qu'elle n'avait pas tout fait pour empêcher sa mort, elle ne se pardonnerait jamais.

Un éclair de couleur de l'autre côté du pare-brise la tira de ses pensées.

— Vous voyez ce panneau jaune ? Celui avec les gribouillis ?

Il sourit dans le rétroviseur.

— Celui qui annonce des virages serrés ?

Elle se sentit rougir.

— L'embranchement est juste avant, sur la gauche. C'est un chemin privé. Il y a beaucoup de végétation, ce qui le rend difficile à voir. Il vous faudra ralentir.

— Je le vois.

Il s'engagea sur un étroit chemin de terre et de gravier. Raine tressaillit quand des branches d'arbre raclèrent la carrosserie avec un bruit métallique. Quelle que soit l'issue de cette journée, elle lui devrait la peinture de sa voiture.

Environ cinquante mètres plus loin, le chemin se termina devant une petite maison en bardeaux. Sa peinture écaillée avait probablement dû être blanche à une époque. Des moulures sculptées sous le toit effondré du porche indiquaient que quelqu'un avait aimé autrefois cette maison, avant qu'elle ne soit laissée à l'abandon.

— Coupez le moteur, lui dit-elle.

— Nous allons vraiment entrer dans cette masure ?

— Ce n'est pas aussi grave que vous le croyez. J'ai nettoyé les déjections animales et les nids d'écureuils. Du moins, je pense que c'étaient des écureuils.

— Merveilleux.

Elle descendit vivement de voiture et ouvrit la portière de Callum juste à temps pour le voir prendre son téléphone.

— Jetez le téléphone sur le plancher, ordonna-t-elle, en reculant vivement hors de sa portée.

En soupirant, il le jeta près de son pistolet.

— Vous savez, il n'est pas nécessaire de me tenir constamment en joue.

— J'aimerais bien vous croire.

Elle recula encore, tenant le pistolet à deux mains.

— Entrez dans la maison, s'il vous plaît.

Il descendit du SUV.

— J'écouterai ce que vous avez à me dire. Posez cette arme d'abord.

— Entrez. Ensuite nous parlerons.

Il fallait qu'il entre, car cela donnait un avantage à Raine. Dehors, les arbres offraient trop de cachettes. Dans la masure, elle aurait un meilleur contrôle sur ce qui se passait. Elle devait juste garder son pistolet braqué sur lui et rester hors de sa portée. Il avait l'air de vouloir se jeter sur elle. Et pas dans le bon sens du terme.

Il fit halte au pied des marches et en testa une du pied comme s'il craignait qu'elle ne le supporte pas.

— Il n'y a rien à craindre, l'assura-t-elle. J'ai vérifié les poutres en dessous. Les planches sont érodées par les intempéries mais solides.

Il la remercia d'un hochement de tête et gravit le perron. Elle tressaillit lorsqu'il poussa la porte d'entrée et que celle-ci grinça comme dans un vieux film d'horreur. Derrière lui, elle posa son sac à dos sur le plancher et referma la porte. Il s'arrêta au milieu de la pièce et regarda autour de lui.

Il n'y avait pas grand-chose à voir.

La pièce était petite et presque vide. Les fenêtres sales n'avaient pas de volets, aussi le soleil filtrant à travers les arbres éclairait suffisamment. S'il l'avait vue avant qu'elle ne nettoie, il serait tombé à la renverse. Raine était presque sûre que des chats sauvages y avaient élu résidence. Même maintenant, l'odeur animale était encore détectable. Mais c'était supportable.

La cuisine, avec ses placards affaissés et son absence d'électroménager, était visible à travers un passage sur la gauche. Il y avait deux petites chambres à coucher dans le couloir, non qu'il puisse le deviner car les portes étaient fermées. Ce qui comptait, c'était ce qui était placé au milieu de la pièce principale – un fauteuil en bois qu'elle avait tiré à l'intérieur. Des menottes pendaient à chacun des bras.

— Asseyez-vous, dit-elle derrière lui, en prenant soin de garder ses distances.

Il marcha lentement vers le fauteuil. En l'atteignant, il se tourna vers elle.

— Vous ne me passez pas les menottes ?

— Vous avez raison. Je ne vais pas le faire. C'est vous qui allez le faire.

Elle leva le pistolet, fière d'elle-même parce qu'elle ne tremblait plus. Et elle garda le doigt sur le barillet pour ne pas l'inquiéter.

— Je ne veux pas vous faire du mal. Sincèrement. Mais je ne pleurerai pas votre mort si vous me forcez à tirer. Après tout, si ce n'était pas Farley et vous, mon frère ne serait pas dans le couloir de la mort.

Il la fixa un long moment comme s'il jaugeait sa résolution. Puis il s'assit. Elle poussa un soupir de soulagement. On y était presque.

— Vous êtes gaucher ou droitier ? demanda-t-elle.

— Gaucher.

Comprenant qu'il mentait, elle dit :

— Refermez la menotte sur votre poignet droit.

Il laissa échapper un ricanement.

— Vous ne me croyez pas, hein ?

— Pas du tout.

Il prit la menotte qui pendait du bras du fauteuil et la referma sur son poignet.

Elle avança lentement, sans détourner son arme. Mais au lieu de se placer devant lui, elle le contourna et regarda par-dessus son épaule. Il leva le bras et secoua la chaîne, prouvant qu'il était attaché comme il fallait.

— Levez l'autre et mettez votre poignet gauche dedans.

— C'est un peu dur à faire avec une seule main libre.

— Posez-la sur votre cuisse. La chaîne est assez longue. Une fois qu'elle sera autour de votre poignet, pressez sur votre cuisse pour l'enclencher.

Il essaya de la regarder par-dessus son épaule, mais elle recula à nouveau.

— Vous avez beaucoup réfléchi à cela.

— Je le fais toujours quand c'est important.

Elle s'était menottée au fauteuil, un bras à la fois, pour faire un essai. Elle y était arrivée et ne doutait pas qu'il puisse le faire aussi.

En soupirant, il fit ce qu'elle demandait.

À nouveau, elle se pencha légèrement au-dessus de lui pour vérifier qu'il avait refermé la menotte. Quand elle vit que c'était bien le cas, la tension de ses épaules se réduisit. Maintenant elle était en sécurité. Son public était captif, littéralement. Il n'avait pas d'autre choix que de l'écouter.

— Maintenant nous pouvons parler. Je vais chercher mon dossier.

Elle fourra le pistolet dans la ceinture de son jean et sortit un dossier de cinq centimètres d'épaisseur de son sac à dos. C'était le seul qu'elle avait apporté avec elle pour cette petite expédition. Juste assez d'informations pour lui mettre l'eau à la bouche. S'il acceptait ses conditions, elle lui donnerait quatre autres dossiers, plus épais que celui-ci.

En revenant vers lui d'un pas vif, elle ne put s'empêcher de sourire. Pour la première fois depuis longtemps, elle avait foi en l'avenir. En l'avenir de Joey.

— Ça fait plus d'un an que je travaille là-dessus, dit-elle. La nuit, le week-end, les vacances. J'ai même engagé des détectives privés.

Elle fit la grimace.

— Je ne peux pas dire que je les recommande. Ils échoueraient misérablement dans votre société. Pas du tout le calibre des enquêteurs recrutés par UB, d'après ce que j'ai compris.

Elle sortit une feuille de résumé.

— Peu importe ce que vous pensez de mon frère, je vous garantis que vous allez vouloir voir ceci.

Elle la lui posa sur les genoux.

Il agrippa soudain les bras du fauteuil et lança sa jambe droite de travers. Raine glapit de surprise quand il accrocha l'arrière de ses genoux, la faisant tomber à la renverse sur le plancher. Sa tête produisit un craquement écœurant, et tout devint flou. Elle tressaillit en sentant une douleur affreuse dans son crâne et s'efforça de focaliser.

Callum s'était déplacé de quelques mètres, tenant toujours le fauteuil en l'air.

Elle poussa un hurlement et se couvrit la tête, certaine que sa vie allait prendre fin. Au lieu de cela, le fauteuil alla s'écraser à quelques mètres dans un fracas assourdissant. De la sciure et des papiers plurent de tous côtés.

Elle était vivante. Il ne lui avait pas fait de mal, bien que sa tête dise le contraire. Juste au moment où l'idée lui venait à l'esprit de tendre la main vers son arme, il s'installa à califourchon sur elle, lui plaquant les poignets au-dessus de la tête. Elle le fixa, essayant de faire sens de ce qui s'était passé.

— La prochaine fois que vous enlèverez quelqu'un, lui dit-il d'un ton détaché, attachez-lui aussi les jambes.

La porte s'ouvrit d'un coup et rebondit contre le mur. Raine se contorsionna sous lui, tremblant de tout son corps, tandis qu'une demi-douzaine de personnes faisaient irruption dans la pièce. D'un seul mouvement, ils les entourèrent et braquèrent leurs armes sur sa tête.

Callum sourit à l'homme debout à sa droite.

— Ça t'en a pris un temps.

— Ouais, c'est ça. Tes indications étaient nulles.

Callum s'esclaffa et reporta les yeux sur elle.

— Raine Quintero, je vous présente Thomas. Sauf que son vrai nom est Asher Whitfield. Tous ces hommes et ces femmes sont des enquêteurs d'Unfinished Business. Nous nous protégeons les uns les autres. Considérez-vous en état d'arrestation citoyenne jusqu'à ce que nous fassions venir la police.

À sa grande horreur, elle sentit des larmes courir sur ses joues. Elle poussa un soupir et s'efforça de le raisonner.

— Je vous en prie, Callum. Si vous m'envoyez en prison, vous pouvez aussi bien exécuter mon frère vous-même.

Son sourire s'effaça, et il se releva, l'entraînant du même mouvement. Tressaillant, elle se tint la tête à deux mains. On aurait dit que quelqu'un donnait des coups de marteau dans son crâne. Il y eut un tiraillement à sa taille, et elle comprit que Callum avait pris son pistolet. Il le tendit à l'un de ses collègues.

— La clé des menottes.

Il tendait la main vers elle, les restes du bras de fauteuil pendant de son poignet.

Essayant d'ignorer la douleur affreuse de sa tête, elle prit la clé dans la poche de son jean et la lui remit. Tandis qu'il reculait pour ouvrir les menottes, deux de ses collègues lui prirent les bras. Non que cela ait de l'importance. Elle pouvait à peine tenir debout, moins encore prendre la fuite. La pièce ne cessait de tanguer. Elle avait sans doute une commotion, peut-être pire. Si elle vomissait, elle espérait le faire sur les chaussures de Callum.

— Il n'est même pas chargé.

Le collègue à qui Callum avait remis le pistolet éleva le chargeur.

— Vide. Et il n'y a rien dans la chambre.

Callum lui jeta un regard incrédule.

— Vous m'avez enlevé avec une arme déchargée ? Qu'est-ce qui vous a pris ? J'aurais pu vous tuer.

— J'ai fait le choix de mettre ma vie en danger. Cela n'aurait pas été juste de mettre en danger celle de quelqu'un d'autre.

— Vous avez bluffé... Sachant que j'avais sans doute une arme chargée.

Il semblait avoir du mal à admettre ce fait. Elle hocha la tête en tressaillant de douleur. Il poussa un juron.

— Hé, Callum.

Asher tenait quelques-uns des papiers ramassés sur le plancher.

— Ce ne sont pas des documents sur son frère.

Son expression reflétait sa surprise.

— Ils parlent du tueur en série sur lequel nous enquêtons. Et ça...

Il éleva l'une des pages.

— Il s'agit du meurtre que nous n'avons jamais réussi à relier aux autres, et qu'elle attribue au même tueur. Ça dit qu'elle a trouvé un suspect viable pour les meurtres. Son nom est juste là. Sauf que c'est écrit dans une sorte de code.

Le silence se fit dans la pièce, tandis que tout le monde la regardait.

L'expression de Callum disait à la fois le choc et l'admiration.

— C'est vrai ? Vous connaissez l'identité du tueur ? Celui qui a assassiné cinq personnes dans l'est du Tennessee ces dix dernières années ?

— Huit, pas cinq.

Malgré la nausée qui lui causaient les oscillations de la pièce, elle se força à relever le menton.

— C'était ma monnaie d'échange. J'allais vous montrer mes

recherches pour vous persuader de m'aider à sauver mon frère. Mais il est trop tard, maintenant. Les flics sont en chemin.

Callum la dévisagea un long moment, puis adressa un regard interrogateur à une jeune femme blonde.

— Faith ?

— J'ai appelé le 911 dès que nous avons sécurisé la pièce.

Elle gloussa.

— Ou plutôt, dès que tu l'as sécurisée. Tu n'avais pas besoin de la cavalerie après tout.

Il sourit, mais son sourire mourut sur ses lèvres quand il regarda à nouveau Raine. Ses sourcils se froncèrent d'inquiétude.

— Faith. Appelle une ambulance. Elle n'a pas l'air bien.

Il fit signe à ceux qui lui tenaient les bras, et ils la rassirent lentement sur le plancher. Cela eut pour effet d'arrêter le tournoiement de la pièce. Elle adressa un regard de gratitude à Callum, ne voulant pas risquer quelque chose d'aussi douloureux qu'un hochement de tête.

— Je suppose que vous ne pouvez pas demander à Faith d'annuler l'appel à la police en même temps ?

Il s'accroupit et tendit la main vers elle. Elle se baissa pour l'éviter, aspirant brusquement et sentant sa tête élancer.

En jurant, il dit :

— Restez tranquille. Je ne vais pas vous faire de mal.

Elle se figea et le laissa tâter l'arrière de sa tête. Il procéda avec une douceur incroyable. Mais dès que ses doigts effleurèrent l'endroit où son crâne avait heurté le plancher, la douleur la traversa. Elle tressaillit et se recroquevilla sur elle-même.

— Désolé, Raine. Je ne voulais pas vous faire mal.

La contrition de son ton et l'inquiétude de son expression lui indiquèrent qu'il était sincère. Ce qui lui causa encore plus de confusion. Elle avait été odieuse avec lui. Et voilà qu'il s'inquiétait d'elle. La culpabilité qu'elle croyait avoir refoulée revint en rugissant, lui empourprant le visage de honte.

— Je sais. Merci, ça va.

— Non, vous n'allez pas bien. Vous avez une sacrée bosse. Probablement une commotion cérébrale. Mais il n'y a pas de sang. Votre cuir chevelu n'est pas entamé. Il n'y aura pas besoin de points de suture.

— Il faut remercier la providence pour ses petits bienfaits, j'imagine.

Il regarda à nouveau la femme blonde, Faith. Elle eut un petit hochement de tête, comme pour l'assurer que l'ambulance était en route.

Juste au moment où Raine se disait qu'il allait peut-être reconsidérer la venue de la police et son arrestation, elle croisa son regard. Son air d'inquiétude avait été remplacé par la détermination.

— Vous vouliez me parler, dit-il. Voici votre chance. La seule raison pour laquelle je vous la donne, c'est que votre pistolet n'était pas chargé. Parlez.

Elle se hérissa devant cet ordre.

— Je ne vois pas l'intérêt de plaider ma cause. La police va me jeter en prison quand elle arrivera.

— Pas si je ne porte pas plainte.

Elle hésita. Était-ce une feinte ?

— Pourquoi changeriez-vous d'avis maintenant ?

L'homme nommé Asher approuva d'un signe de tête.

— Bonne question. Elle t'a enlevé, Callum. Elle a braqué une arme sur toi et t'a menotté à un fauteuil. Que le pistolet ait été chargé ou non est hors de propos.

— Ce qu'elle a fait était répréhensible, concéda Callum. Mais je n'ai pas été blessé. Et nous avons tous deux quelque chose dont l'autre a besoin. Je veux le nom de ce tueur. Elle veut mon aide pour sauver son frère. Faith, combien de temps avant que la police n'arrive ?

— Je dirais dix minutes, plus ou moins.

— L'heure tourne, Raine. J'ai besoin d'un nom et de suffisamment de contexte pour me convaincre que vos informations sont réglos. Si je vous crois, je ferai disparaître tout ça et je vous aiderai pour votre frère.

Asher le dévisagea comme s'il avait perdu l'esprit.

— Tu ne peux pas promettre de sauver son frère. Personne ne le peut.

— Je ne dis pas que je peux empêcher son exécution. Ce que je m'engage à faire, c'est tout mon possible pour étudier l'affaire et, si je crois qu'il est innocent comme elle le prétend, j'essaierai d'empêcher son exécution.

— Ça fait beaucoup de si, grommela-t-elle.

— Je n'ai pas fini. Tout ce que je viens de dire, je ne le ferai que si vous ne me jouez pas un coup tordu, que vos informations valent le papier sur lequel elles sont imprimées.

Elle regarda autour d'elle, le cœur battant de panique.

— Cela fait longtemps que je fais des recherches sur ces meurtres. Je ne peux pas vous expliquer tout ça en dix minutes et…

— Convainquez-moi ou vous irez en prison.

4

Callum leva les yeux de son téléphone quand Faith et Asher entrèrent dans la salle d'attente des urgences. Faith tirait un petit sac noir sur roulettes derrière elle. Il agita la main à leur intention, et ils se hâtèrent de le rejoindre.

Il n'y avait qu'un seul siège inoccupé, juste à côté de Callum. Asher fit signe à Faith de s'asseoir et alla s'appuyer à un pilier à quelques mètres de là.

Elle le remercia d'un signe de tête et tira le sac près d'elle.

— Comment va notre ravisseuse désarmée ?

Callum secoua la tête.

— Je n'arrive toujours pas à croire qu'elle m'ait joué ce tour avec un pistolet déchargé.

— Elle a de la chance d'être en vie, dit Asher. Ça, c'est sûr.

— Ce qui me ramène à ma question.

Faith arqua un sourcil à l'intention de Callum.

— Comment va-t-elle ? Comme elle ne voulait pas te lâcher la main et que tu es monté dans l'ambulance avec elle, tu dois avoir des détails croustillants à nous communiquer.

Callum leva les yeux au ciel.

— Elle m'a pris la main quand la police est arrivée parce qu'elle craignait que je change d'avis et que je les laisse l'arrêter. Il n'y a rien de croustillant à raconter.

— Si tu le dis.

Asher se mit à rire, puis toussa quand Callum le fixa avec des yeux plissés.

— Est-ce que ça va aller pour elle ? insista Faith. Pourquoi n'es-tu pas avec elle ?

— Parce que je ne fais pas partie de la famille.

Il ne précisa pas qu'elle n'avait aucune famille, en tout cas en liberté. Son remords de l'avoir blessée n'avait fait que se multiplier quand elle avait dit à l'infirmière qu'elle n'avait personne à appeler.

— Elle a quand même signé un formulaire, donnant l'autorisation au médecin de m'informer une fois qu'il aura terminé son examen.

Il désigna la réception à l'autre bout de la salle, où une femme d'âge moyen était assise avec une écritoire à pince à l'ancienne.

— Les dernières nouvelles sont qu'elle a une commotion, mais que ses signes vitaux sont normaux. Quand les résultats du scanner arriveront, s'ils sont bons et qu'elle n'a pas de symptômes neurologiques en dehors du mal de tête, le médecin la laissera partir au lieu de l'hospitaliser.

Faith rejeta ses longs cheveux derrière son épaule.

— Même s'ils la laissent sortir aujourd'hui, il faudra qu'on la surveille quelques heures pour être sûr que son état ne s'aggrave pas et qu'elle ne tombe pas dans le coma. C'est ce que le médecin a ordonné pour ma sœur quand elle a eu une commotion.

— Daphné a eu une commotion ? demanda Asher. Elle ne me l'avait jamais dit.

— Elle avait 10 ans, elle est tombée de bicyclette et elle ne portait pas de casque. Et si ma sœur te raconte des détails de son enfance, c'est que tu passes trop de temps avec elle.

Asher sourit largement.

— Tu ne sortiras point avec la petite sœur de Faith. J'ai compris.

— C'est parfait.

Elle lui adressa un regard d'avertissement qui le fit rire.

Callum secoua la tête.

— Si le médecin la laisse sortir et veut qu'on la surveille cette nuit, il faudra trouver une infirmière à domicile.

— Pas besoin, dit Faith, ça ne me dérange pas de le faire. Le bungalow qu'elle loue n'est pas loin de chez moi.

Il fronça les sourcils.

— Pourquoi ferais-tu ça ?

— Pourquoi pas ? Elle a besoin de notre aide. En outre...

Elle désigna le sac à ses pieds.

— Elle a rempli sa part du contrat. Tous les dossiers étaient au bungalow, exactement où elle nous l'avait dit. Ceux de l'affaire de son frère sont dans ce sac. Les autres, nous les avons mis dans la voiture d'Asher pour les ramener au bureau.

Asher s'éclaircit la gorge. Son expression rendit immédiatement Callum méfiant.

— On est tombé sur une petite surprise en rassemblant ces dossiers. Raine a-t-elle eu l'occasion de te dire qu'elle est avocate ?

Callum grogna.

— Ce n'est pas une avocate pénale, clarifia Asher, tandis que Faith les regardait, visiblement perplexe.

— Pas tout à fait la pire espèce sur la chaîne alimentaire. Elle est employée par un cabinet proche de là où tu travaillais, à Athens. Ils sont spécialisés dans le droit des affaires. Une espèce de fourre-tout pour tout et n'importe quoi depuis les fusions-acquisitions jusqu'aux infractions des ressources humaines.

— Ça explique pourquoi elle ne semble pas connaître le droit pénal et les affaires de condamnations à mort. Comment as-tu découvert son cabinet ? Je ne pensais pas que tu aurais déjà eu le temps de faire des recherches.

— J'aimerais prétendre que je suis juste bon, mais je dois admettre que sa carte de visite était agrafée sur un des dossiers.

— Est-ce que tu as pu évaluer si les informations de ces

dossiers valent la peine que je ne dépose pas plainte et que je travaille avec une avocate sur l'affaire de son frère ?

Faith leva les mains.

— Attendez. Laissez-moi comprendre. Tu as un problème avec les avocats ?

Asher gloussa.

— Formidable euphémisme.

Faith lui jeta un regard noir avant de revenir à Callum.

— Nous tous, y compris toi, aimons et respectons nos avocats. Ils nous ont aidés d'innombrables fois quand nous avions besoin de muscler nos affaires. Et si je me souviens bien, tu as un ami qui est procureur à Athens, non ?

Callum haussa les épaules, réticent à lui concéder ce point.

— Allez, Callum. C'est insultant qu'Asher sache cela sur toi et pas moi. Explique-moi. Pourquoi es-tu contre cette profession ?

— Ce n'est pas un secret. J'ai juste eu de mauvaises expériences avec des avocats quand j'étais dans la police. Je porte encore les cicatrices de ma dernière grosse affaire au tribunal. L'avocat de la défense était sans scrupule, et il a embrouillé le jury. À cause de lui, un meurtrier s'en est tiré.

— Un gros bobo. Mais supposer automatiquement que Raine est une mauvaise personne parce qu'elle est dans la même profession que ta Némésis, ce n'est pas juste.

Callum la dévisagea avec effarement.

— Et c'est juste de supposer qu'elle est mauvaise parce qu'elle m'a braqué avec une arme et menotté à un fauteuil ?

Asher gloussa à nouveau.

— Il t'a eu, là, Faith.

— Non. Pas du tout. L'arme n'était pas chargée. Elle n'a fait aucun mal à Callum. Et elle ne l'a menacé que parce qu'elle aime son frère, qu'elle le croit innocent et qu'elle veut lui sauver la vie. C'est l'amour et la loyauté qui l'ont poussée à faire ce qu'elle a fait. Autrement, elle n'aurait jamais franchi cette ligne.

— Quelle ligne ? demanda Asher. Celle où elle a enlevé quelqu'un, ou celle où elle l'a menotté ?

— Tais-toi, Asher.

Il sourit jusqu'aux oreilles.

— Revenons aux recherches de Raine. Qu'as-tu trouvé ? interrogea Callum.

Asher reprit son sérieux.

— Une quantité impressionnante d'informations, incroyablement détaillées et classées. Quand elle disait qu'elle avait enquêté, elle ne parlait pas de recherches en amateur. Elle s'est vraiment donnée à fond. J'aurais du mal à trouver une affaire aussi bien documentée dans mes propres archives.

— Mais est-ce que ça va nous aider dans notre investigation actuelle ?

Il haussa les épaules.

— Je ne peux pas le dire avec certitude avant d'avoir examiné et corroboré ses découvertes. Mais d'après ce que j'ai vu jusqu'ici, si ça tourne comme prévu, oui. Ça nous aidera. Beaucoup. Elle peut très bien avoir trouvé la clé dont nous avions besoin. Quant au suspect sur lequel elle s'est concentrée, Pete Scoggin, Lance est déjà en route pour Athens pour entamer la surveillance, pendant que nous étoffons notre dossier. Mais même si Raine se trompe sur l'identité du tueur, c'est prometteur qu'elle ait trouvé plusieurs autres meurtres qui ont des similarités remarquables avec les meurtres que nous étudions.

— Ce qui veut dire, intervint Callum, que si ses informations sont fiables, dans le pire des cas, elle nous a donné beaucoup plus d'indices sur lesquels travailler. Dans le meilleur, elle a résolu une série de meurtres et, tout ce que nous avons à faire, c'est régler les derniers détails.

— C'est à peu près ça.

Callum poussa un juron. Faith lui donna un petit coup dans le bras.

— Arrête d'être aussi pessimiste. C'est une bonne nouvelle.

— C'est une très mauvaise nouvelle. Ça veut dire que je dois remplir ma part du contrat et collaborer avec elle.

Elle secoua la tête avec exaspération.

— On ne sait jamais. Tu pourrais t'en faire une amie.

— Pas dans cette vie-ci.

— Tu es impossible. Quand tu iras chez elle, il faudra que je sois présente pour qu'elle ait au moins une personne qui se montre amicale.

— Tu as vraiment l'intention de la surveiller ?

— Aussi longtemps qu'elle a besoin de moi, oui.

— Si tu veux gaspiller ton temps à faire amie-amie avec elle, libre à toi. Pendant ce temps, je vais me concentrer sur la situation de son frère pour résoudre ça aussi vite que possible et passer à ma prochaine affaire de meurtre.

La personne assise à la droite de Callum lui jeta un regard étrange, se leva et quitta la salle d'attente.

Asher rit et prit le siège vacant.

— En parlant assez fort de meurtre, on pourrait probablement vider la salle d'attente.

Faith lui jeta un regard d'avertissement.

— Ça n'a rien de drôle. Pauvre Raine. Tu imagines une sœur avoir ce genre de pression, savoir qu'elle est le seul espoir que son frère a de ne pas être exécuté ? Sois gentil avec elle, Callum. Elle traverse une sacrée épreuve.

Elle leva les mains.

— Et ne me fais pas la leçon encore une fois sur ce qu'elle t'a fait subir. Tu as déjà vécu bien pire. Et c'était vraiment horrible de compter les minutes à haute voix avant l'arrivée de la police, pendant qu'elle t'expliquait à toute allure les informations qu'elle avait, alors qu'elle avait tellement mal à la tête. Tu lui dois des excuses.

Asher en resta bouche bée.

— Dis-moi que c'est une plaisanterie, dit Callum.

— Les hommes...

Elle croisa les bras.

— Outre les dossiers, nous avons aussi l'ordinateur portable de Raine. Elle m'a donné le mot de passe juste avant qu'on ne la charge dans l'ambulance et m'a dit qu'elle a d'autres informations sur l'affaire de son frère dans son ordinateur. Nous allons jeter un coup d'œil, voir ce que nous pouvons trouver et l'imprimer pour toi.

— Laisse-moi l'ordinateur, pour que je n'aie pas à attendre les impressions. La rapidité est le maître-mot, étant donné que l'heure tourne pour son frère.

Elle arqua un sourcil.

— Tu es sûr que tu veux t'attaquer à son ordinateur ? Tu sais comment tu es avec l'électronique.

— Oh bon sang. De la malchance et quelques erreurs ici et là ne font pas de moi un idiot en la matière. Et je ne suis pas le seul qui a des problèmes à utiliser notre système ridiculement compliqué de vidéoconférence.

Asher écarquilla les yeux.

— Et la fois où tu as réussi à effacer les aveux d'un suspect en voulant les réécouter ?

Callum plissa les yeux. Asher se mit à rire. Faith secoua la tête devant eux.

— Je t'enverrai le mot de passe par texto, Callum.

— Je t'en suis reconnaissant. Asher, tu disais que Lance va surveiller notre suspect potentiel. J'ai presque peur de le demander, mais si nous avons un nom, une adresse et autant d'informations que tu le disais, dois-je supposer que Raine a effectué une surveillance concrète de notre tueur ?

Asher reprit son sérieux.

— C'est certain. Elle a gardé des registres qui détaillent sa routine.

Callum serra les poings sur ses genoux.

— Je peux imaginer une avocate, sans expérience de police, me surveiller depuis sa voiture dans le parking sans que je la voie. Je n'avais aucune raison de la remarquer. Mais un meurtrier, un tueur en série, est toujours en quête de sa prochaine victime. Et à l'affût de la police qui peut se rapprocher de lui. Nous devons considérer qu'il a pu la repérer à un moment quelconque. Pour ce que nous en savons, il a pu décider de l'ajouter à sa future liste de victimes.

Faith pâlit.

— Il pourrait même l'avoir suivie jusqu'ici.

Il hocha la tête.

— C'est tout à fait possible. Dès que l'un de vous aura des nouvelles de Lance, tenez-moi au courant. Je me sentirais mieux vis-à-vis de sa sécurité si notre équipe le localise et que nous savons qu'il n'est pas à proximité de l'hôpital ou du bungalow qu'elle a loué ici.

— Je te tiendrai au courant à la minute où Lance nous aura fait son rapport, lui dit Asher.

— Merci.

Faith fit signe à Asher.

— Va prendre l'ordinateur portable. Il est sous mon cartable, du côté gauche du coffre.

— Un « s'il te plaît » serait gentil...

— Asher...

— D'accord, d'accord.

Il adressa un regard de martyre à Callum.

— Je ne suis pas seulement son chauffeur, je suis son assistant.

Callum les considéra tour à tour.

— Il y a quelque chose que je devrais savoir entre vous deux ? Quelque chose de croustillant que le reste de l'équipe aimerait bien connaître aussi ?

« Horrifiée » ne suffisait pas à décrire l'expression de leurs visages.

— Ma voiture est au garage. Il fallait que quelqu'un me conduise aujourd'hui.

Faith réussissait à avoir l'air à la fois défensif et offensé.

— Et s'il te plaît. Asher ? Et moi ? Impossible. Jamais.

Asher fronça les sourcils.

— Attends une minute. Qu'est-ce que j'ai dit d'aussi affreux ?

Elle arqua un sourcil.

— Tu as combien de temps ?

Callum se mit à rire et leva les mains.

— C'est bon, les enfants. Continuez à vous disputer ailleurs.

Il désigna la bénévole qui lui faisait signe.

— Apparemment, je suis convoqué.

Il se leva et étira la poignée du sac afin de le tirer derrière lui.

Asher jeta un regard noir à Faith avant de se diriger vers la sortie à longues enjambées coléreuses.

Elle gloussa.

— Sois gentil avec Raine, Callum. Tiens-moi au courant de son état et fais-moi savoir quand je dois aller chez elle.

— Je suis toujours gentil. Et je te tiendrai au courant de l'état de Mlle Quintero du moment que tu me tiens au courant de ta relation naissante avec Asher.

Il se mit à rire en la voyant faire un geste grossier et rejoindre Asher au pas de course.

Dans le bureau, il sourit à la femme aux cheveux roux flamboyant, chargée de tenir les proches au courant.

— Vous avez des nouvelles de Mlle Quintero ?

Elle cocha une case sur son écritoire à pince et se leva.

— Le docteur Bagnoli va vous recevoir dans la salle numéro 3, juste au coin. Je vous montre le chemin.

Callum s'était assis dans l'une des chaises en plastique de cette pièce sans fenêtre pas plus grande qu'un placard quand le médecin effleura la porte des doigts et entra. Moins d'une minute plus tard, il était reparti. Et il n'en fallut pas plus pour que Callum se retrouve responsable de la santé et du bien-être d'une femme qu'il connaissait à peine. Une femme qu'il avait rencontrée dans des circonstances bizarres, lesquelles le faisaient osciller entre l'envie de l'aider et l'envie de l'envoyer au diable.

Bien sûr, la décision avait déjà été prise. Un marché avait été passé quelques secondes avant l'arrivée de la police dans ce cottage en ruine. Il en résultait qu'il avait menti à la police. Il était évident qu'ils n'avaient pas gobé ses bobards. Mais les excellentes relations entre la police de Gatlinburg et UB avaient aplani les choses, de sorte qu'ils avaient prétendu le croire et l'avaient laissé partir. Changer d'avis était impossible maintenant.

Quelques minutes plus tard, une infirmière l'emmena dans le service où l'on traitait les patients et où le personnel médical se hâtait dans tous les sens. Elle lui désigna l'alcôve entourée de rideaux où se trouvait Raine et alla d'un pas pressé s'occuper d'un autre patient.

Lorsque Callum fut à quelques mètres, il s'arrêta, sidéré et bourrelé de remords devant son air pitoyable. Elle était couchée sur le flanc, les genoux remontés dans une position fœtale. Ses yeux étaient fermés, mais elle fronçait les sourcils dans son sommeil. Comme elle agrippait sa tête à deux mains, il n'était pas nécessaire d'avoir un diplôme de médecin pour en déduire qu'elle souffrait.

Il fit immédiatement un demi-tour et se dirigea vers le bureau circulaire. Une dizaine d'infirmières et de médecins composaient une scène chaotique, bourdonnante d'activité. Certains conféraient. Une poignée d'entre eux étaient au téléphone. Plusieurs autres étaient en train de taper à l'ordinateur, et d'autres encore se tenaient au comptoir, manipulant des tablettes. Ils faisaient tous de leur mieux pour l'ignorer.

Il pouvait comprendre leur désir de ne pas être interrompus, vu la surcharge de travail qu'ils semblaient tous avoir. Mais Raine avait besoin d'un analgésique, et il ne reculerait pas tant qu'elle ne l'aurait pas.

La première personne qui eut l'infortune de croiser son regard devint sa cible. Cinq minutes plus tard, Raine dormait profondément. Son froncement de sourcils avait disparu, et elle ne se tenait plus la tête.

— Dès que le médecin donnera son aval pour qu'elle sorte, lui dit l'infirmière, j'enverrai quelqu'un avec un fauteuil roulant pour que vous puissiez la ramener chez elle. Mais ne soyez pas surpris si cela prend un moment. Nous sommes débordés. Je ne sais même pas quand le médecin prendra sa décision.

— Ce n'est pas la première fois que je viens à l'hôpital. Je connais la lenteur des rouages de la bureaucratie.

Il sourit pour adoucir ses paroles et remercia l'infirmière, qui s'en fut vivement, tirant le rideau derrière elle.

Callum prit place sur l'une des chaises ridiculement petites et tira le sac à côté de lui. Après un bref coup d'œil à Raine pour s'assurer qu'elle se reposait toujours confortablement, il prit l'un des épais dossiers et l'ouvrit sur ses genoux.

— D'accord, maître Quintero. Voyons voir dans quel guêpier vous m'avez mis.

5

Le soleil commençait à peine à émerger derrière les montagnes quand un coup sonore se fit entendre à l'entrée. Raine hésita, bien qu'elle soit à quelques pas de la porte. Callum et sa collègue, Faith Lancaster, étaient les seules personnes qu'elle attendait. Mais il était trop tôt pour que Callum fasse son apparition. Faith avait passé la nuit chez elle pour la surveiller, selon les ordres du médecin. Mais elle était partie quelques minutes auparavant, pour aller chercher des sandwichs dont elle avait juré qu'ils étaient les meilleurs à des kilomètres à la ronde. Si elle revenait aussi vite, quelque chose avait dû mal tourner. Peut-être avait-elle oublié son portefeuille. Elle avait refusé que Raine paye, peu importe son insistance.

La veille au soir, après s'être réveillée aux urgences, elle avait trouvé Callum à son chevet. Lui aussi avait refusé d'accepter une compensation de sa part. Elle lui avait précisé qu'elle pouvait se permettre de payer le tarif qu'il lui facturerait, et qu'elle lui devait des frais de peinture pour les égratignures de son SUV. Mais il lui avait répondu que son patron, Grayson Prescott, avait approuvé les dépenses liées au cas de son frère en raison des informations qu'elle leur avait fournies sur l'affaire du tueur en série. Cela lui avait donné un sentiment de culpabilité, bien sûr. Une fois que la… situation… de son frère serait résolue, elle reviendrait sur la question du remboursement d'Unfinished Business et de Callum.

Un autre coup résonna à la porte, plus fort, comme si son visiteur matinal s'impatientait. Ce devait être Callum, après tout. Elle n'imaginait pas Faith s'impatienter. Elle avait traité Raine avec compréhension et gentillesse, bien plus qu'elle ne le méritait vu les circonstances.

Reculant sa chaise, elle alla jeter un coup d'œil par le judas, et, sans surprise, vit Callum lui rendre son regard. Elle ouvrit la porte… et faillit oublier de respirer.

Callum en costume était prévisible, normal, comme les gens avec qui elle travaillait au quotidien. Callum en jean, T-shirt noir et blouson de cuir, avec ses cheveux noirs et ses yeux bleu nuit, c'était plus qu'inattendu. « Beauté dévastatrice » fut l'expression qui lui vint à l'esprit. Le chaume sur sa mâchoire carrée, son bronzage doré, la… oh mon Dieu, la largeur de ses épaules, son ventre plat souligné par le T-shirt moulant… Comment ne s'était-elle pas aperçue jusque-là combien il était beau ?

Il souleva un ordinateur portable qu'elle reconnut comme le sien.

— Vous m'avez espionné, maître Quintero.

Il la contourna en l'effleurant, tirant un sac à roulettes derrière lui.

Espionné ? Elle sentit son estomac se nouer devant les implications de cette affirmation. Il avait dû explorer bien plus que les dossiers de son frère. Elle referma lentement la porte en marmonnant :

— Bonjour à vous aussi.

— Bonjour, répliqua-t-il d'un surprenant ton amusé.

Il déplaça son mug sur le plan de travail et s'assit sur la chaise qu'elle venait de quitter. Sans lui demander la permission, il poussa les papiers qu'elle regardait et posa l'ordinateur à leur place.

Il valait mieux que Faith revienne vite. Callum plus la

commotion, c'était une combinaison qu'elle n'était pas prête à affronter avant d'avoir fini son premier café. Elle aurait voulu croire qu'elle ne se sentirait pas si accablée si elle ne s'était pas cogné la tête. Mais il s'était montré intimidant avant même qu'elle ne se blesse.

— J'ai besoin de prendre quelque chose pour ce mal de tête.

Elle fit mine de le contourner. Il avança la main et lui saisit le bras, l'arrêtant.

— Quand avez-vous pris votre dernier antidouleur ? Votre mal de tête est-il pire qu'à l'hôpital ?

Elle secoua son bras, et il la lâcha. Mais son regard perçant la figeait sur place tout aussi bien que sa main.

Arrête, Raine. Tu n'as aucune raison d'être troublée par cet homme.

Était-elle déstabilisée parce que c'était la première fois qu'elle était seule avec lui depuis le cottage ? Ou parce que sa tête lui faisait si mal qu'elle pouvait à peine penser ?

— Raine ?

Il fronçait les sourcils d'un air d'inquiétude qui la désorienta encore plus.

— Votre mal de tête est-il très fort ? Vous avez d'autres symptômes neurologiques ? Des vertiges ? Vous allez vous évanouir ? Vous devriez vous asseoir.

Il commençait à se lever pour l'inciter à prendre sa place quand son cerveau se remit enfin en route.

— Non, non. Je vais bien, ou j'irai bien quand j'aurai pris le comprimé auquel j'ai droit ce matin.

Son front plissé lui indiqua qu'il n'était pas certain de la croire. Mais il ne tenta pas de l'interrompre à nouveau.

Elle sentit la chaleur de son regard sur elle quand elle alla chercher le flacon de comprimés dans le placard et une bouteille d'eau dans le réfrigérateur. Une fois qu'elle eut avalé la pilule, sachant que le soulagement arriverait bientôt, elle s'assit face à lui – avec le mug de café qu'il avait déplacé. Après trois gorgées de ce nectar, elle se sentit enfin en possession de ses moyens et capable de risquer un regard dans sa direction.

Il l'observait toujours d'un air inquiet.

Elle serra les doigts sur le mug.

— Pourquoi vous comporter aussi brusquement à la porte et vous inquiéter maintenant de mon état ? Même Faith n'est plus inquiète. Tout allait bien hier soir, je n'ai plus besoin qu'on me surveille.

Il écarquilla les yeux.

— Cela vous déplaît que je m'inquiète pour vous ?

— Ça m'embrouille. Et ça m'énerve. Je n'arrive pas à vous déchiffrer, ou…

Elle rougit tandis qu'il continuait de la dévisager.

— Peu importe. Comme je l'ai dit, je vais bien, ou j'irai bien quand cette pilule et ce café feront effet. Et avant que vous me reposiez la question, non, je n'ai pas d'autres symptômes. Juste un peu de brouillard mental et un mal de tête persistant.

Elle désigna l'ordinateur portable devant lui.

— Je crois que je me sentirais mieux si vous me confrontiez avec ce que vous avez trouvé sur mon ordinateur, au lieu de feindre la sollicitude. Allez-y. interrogez-moi. Vous m'avez accusée de vous avoir espionné.

Il referma l'ordinateur et le mit de côté, un demi-sourire aux lèvres.

— J'ai peut-être réagi excessivement. Après tout, vous avez avoué m'avoir surveillé quand vous avez braqué votre arme sur moi. Je n'aurais pas dû être aussi surpris quand j'ai vu les montagnes de rapports que vous avez écrits la semaine dernière, cataloguant tous mes faits et gestes.

Elle fit la grimace.

— Oui bon, je me préparais à notre rencontre en apprenant tout ce que je pouvais sur vous. Je voulais être prête. Il s'est avéré que je ne l'étais pas.

Il croisa les bras sur le plan de travail.

— En fait, je vous ai trouvée assez impressionnante dans votre manière de gérer les choses. Si vous n'aviez pas choisi un fauteuil pourri dans ce cottage, je pourrais encore y être menotté.

— Vraiment ?

Il gloussa.

— Non, pas vraiment. Mais vous ne semblez pas très en forme ce matin, encore moins que je ne m'y attendais vu votre commotion. Je ne faisais qu'être gentil.

Elle faillit s'étrangler.

— C'est votre manière d'être gentil ?

Il haussa les épaules sans cesser de sourire.

— Recommençons à zéro. J'oublierai l'enlèvement et le harcèlement, pour l'instant, et le fait que vous êtes avocate. Nous avons tous deux fait un pacte avec le diable, et nous pouvons aussi bien en tirer le meilleur parti pour le temps pendant lequel nous devrons collaborer. Ou le temps qu'il faudra à mon équipe pour confirmer ou infirmer vos recherches sur le tueur en série.

Son avertissement sur ces recherches lui donna un peu la nausée. Mais ce fut l'autre partie de son propos qui attira son attention.

— Un pacte avec le diable ? Parce que je suis avocate ? Ou parce que je vous ai braqué avec une arme ?

— Je ne suis pas certain de pouvoir choisir l'un ou l'autre.

Elle cilla à nouveau.

— Waouh. Je ne sais même pas... Qu'est-ce que vous avez contre les avocats ?

— Dans l'intérêt de notre relation de travail, oublions que j'ai dit quoi que ce soit sur votre métier.

Il tendit la main.

— Bonjour. Je m'appelle Callum Wright, je suis ancien inspecteur de police, actuellement enquêteur pour Unfinished Business, spécialisé dans les affaires classées.

— Vraiment ? Nous allons faire ça ? Feindre que les événements des derniers jours...

— Ou semaines. Ce harcèlement...

Il cligna de l'œil.

— Nous feignons que tout cela n'est jamais arrivé ? Je suis censée faire quoi, ignorer que vous avez contribué à envoyer mon frère dans le couloir de la mort ? Et en retour, vous ignorerez que j'ai fait des recherches sur vous et que je suis avocate ? Afin de pouvoir supporter ma présence ?

Un sourcil haussé, elle croisa les bras. Il retira sa main et son sourire s'évanouit.

— Nouveau plan. Nous allons continuer à alimenter notre ressentiment mutuel, mais rester civilisés afin de faire ce qui doit être fait.

Elle poussa un soupir exaspéré.

— Ce n'est pas ce que je voulais dire. Je voulais juste...

— Quel était votre but en entamant tout cela ? Qu'espériez-vous que je fasse ? Comme je l'ai dit, j'étais surtout un assistant de l'inspecteur Farley, en ce qui concerne l'affaire de votre frère. Avant de compulser les informations que vous nous avez fournies, je m'en souvenais à peine. Alors pourquoi pensez-vous que je peux vous aider ? Et comment ? Même si j'avais des preuves à décharge, et je n'en ai pas, je ne peux exercer aucune influence sur le gouverneur de Géorgie pour qu'il lui accorde une grâce.

— Ce n'est pas le gouverneur que nous devons influencer. En Géorgie, il n'a pas ce pouvoir. Seule la Commission des grâces et des libérations conditionnelles détient l'autorité pour accorder une grâce ou commuer une condamnation à mort en emprisonnement à vie. Et même si c'est le gouverneur qui nomme les membres de cette Commission, le Sénat doit les approuver. En outre, ils sont nommés pour sept ans.

— Ce qui veut dire que le gouverneur ne peut pas remanier la Commission durant son mandat de quatre ans.

Elle hocha la tête.

— Exactement. Il est difficile, voire impossible, d'influer sur la Commission pour qu'elle accorde un sursis ou la clémence. Le seul espoir, en réalité, est de présenter des preuves tellement écrasantes qu'ils ne peuvent les ignorer.

— Si vous aviez ce genre de preuves, j'imagine que vous n'auriez pas recouru à des mesures extrêmes pour attirer mon attention.

— Non, je ne les ai pas et non, je ne l'aurais pas fait. Je suis évidemment désespérée. Mon frère doit être exécuté dans quelques semaines. Vous m'avez recommandé d'engager un avocat spécialisé dans les condamnations à mort. J'en ai deux, de deux cabinets différents. Ils ont fait tout ce qu'ils pouvaient pour trouver de nouvelles preuves à même d'exonérer Joey. Le mois dernier, ils ont réinterrogé des dizaines de témoins, pour essayer de trouver quelque chose, n'importe quoi, d'utile. Il y a quelque temps, ils ont réussi à obtenir une audience de la Commission pour demander une clémence. Rien de tout cela n'a marché, et j'ai peu d'espoir qu'ils réussissent. C'est pourquoi j'ai pris un congé au cabinet, afin d'explorer les possibilités restantes de l'aider avant qu'il ne soit trop tard.

— Et vous assumez le risque d'être radiée du barreau et d'aller vous-même en prison pour avoir enlevé quelqu'un à main armée ?

Elle rougit fortement.

— Je ne suis pas fière de ce que je vous ai fait. Mais mon frère est la seule famille qu'il me reste et il ne mérite pas de mourir pour quelque chose qu'il n'a pas fait. En dépit de ce que vous semblez croire, il y a des limites à ce que je suis prête à faire pour l'aider. Avec vous, par exemple, l'arme n'était pas chargée. J'espérais vous effrayer pour vous forcer à faire ce que je demandais. Prendre le risque de vous blesser, voire pire, n'était pas quelque chose que je pouvais supporter. Par conséquent, le pistolet était vide.

Il serra les dents.

— Eh bien, ne refaites plus jamais ça. Ne braquez une arme

sur quelqu'un que si elle est chargée et que si vous êtes prête à tirer. Autrement, vous mettez votre vie en danger en bluffant. Il suffirait qu'on vous mette au pied du mur pour que vous soyez tuée.

— Attention, Callum. On dirait presque que vous vous préoccupez de moi.

— Je me préoccupe de vous, comme on le fait des enfants et des imbéciles.

— Vous pensez donc que je suis imbécile ?

Il esquissa un sourire sardonique.

— Vous n'êtes certainement pas une enfant.

Elle cilla, ne sachant comment prendre cette remarque. D'un côté, il l'insultait en la traitant d'imbécile. De l'autre, il la complimentait indirectement en tant que femme. Comment pouvait-il être aussi énervant un instant et aussi ridiculement attirant le suivant ? Elle avait besoin de revenir en terrain sûr. Même une dispute était préférable à sa confusion devant cet homme incroyablement beau, confusion non dénuée d'envie de lui répondre sur un ton flirteur.

S'éclaircissant la gorge, elle dit :

— Peu importe. Ce dont j'ai besoin, c'est de votre expérience des affaires classées, que vous trouviez des indices à même de convaincre la Commission de surseoir au moins à l'exécution de mon frère. Le fait que vous ayez travaillé sur son affaire, même dans un rôle mineur, devrait, selon moi, amener la Commission à vous écouter si vous requérez une audience pour présenter de nouvelles preuves.

Il la dévisagea un moment, puis secoua la tête.

— Il fallait que vous soyez avocate, hein ?

Elle fronça les sourcils tandis qu'il prenait son téléphone.

— Je ne vois pas ce que cela a à voir avec...

Il leva la main pour l'interrompre et plaqua le téléphone sur son oreille.

— Salut, Reid. Oui, c'est encore Callum. Je t'appelle pour ce service dont nous avons parlé hier soir. Oui, je te prends au mot plus vite que prévu.

Raine croisa les bras et s'adossa à son siège pendant qu'il parlait à ce Reid. Qu'est-ce que Callum avait contre les avocats ? Non que cela ait de l'importance. Elle ne s'excuserait pas d'avoir choisi cette profession. Ce qui comptait, c'était d'aider Joey. Si cela signifiait tolérer un homme qui la mettait en colère une minute puis lui donnait envie de se jeter à son cou la suivante, ainsi soit-il. Ses réactions vis-à-vis de lui étaient complètement illogiques. Il la confondait et l'exaspérait. Mais c'était quelque chose qu'elle devrait gérer, d'une manière ou d'une autre. La vie de Joey était en jeu, c'était là-dessus qu'elle devait se concentrer, même si cela signifiait être mal à l'aise avec Callum Wright dans les semaines à venir.

Il termina son appel et glissa son téléphone dans la poche arrière de son jeans.

— Comment va ce mal de tête ?

Elle fronça les sourcils, puis plaqua une main sur sa tempe. Elle avait complètement oublié sa migraine. Un sourire contraint lui vint aux lèvres.

— Pour la première fois depuis que je me suis cogné la tête, la douleur est partie. Apparemment, me disputer avec vous m'a fait du bien.

— C'est ce que nous faisions ? Nous disputer ?

— Comment appelleriez-vous notre échange ?

Ce sourire sexy revint arquer ses lèvres, mais il secoua simplement la tête.

— Je considérerai comme un devoir sacré d'entamer une autre dispute si votre mal de tête revient.

Reculant son siège, il se leva.

— J'allais continuer à discuter des informations que j'ai lues dans l'affaire de votre frère. Mais, comme vous me l'avez rappelé, l'heure tourne. Nous pouvons économiser du temps en en discutant sur le chemin de la source à laquelle je veux parler. Prenez votre veste.

— Ma veste ? Nous partons ?

— C'est le plan. Le plus tôt sera le mieux.

— Mais Faith, elle est allée nous chercher un petit déjeuner…

— Je l'appellerai dans la voiture et lui expliquerai. Si vous ne détestez pas les *drive-in*, je peux vous prendre quelque chose à manger sur la route.

— Un *drive-in*, c'est parfait, mais je ne…

— C'est le placard, je suppose ?

Il désignait une porte à droite de la porte d'entrée. Elle hocha la tête. Il l'ouvrit en grand et prit une veste grise.

— Ça va, ça ? Je ne pense pas qu'il fasse assez froid pour un manteau.

— C'est parfait, merci.

Elle prit la veste qu'il lui tendait, puis attrapa son sac à main sur une console à quelques mètres.

— Où allons-nous ?

Après avoir ouvert la porte, il lui fit signe de le précéder dehors. Elle enfila la veste, mais au lieu de faire ce qu'il voulait, s'immobilisa.

— Je ne partirai pas tant que vous ne m'aurez pas dit où nous allons. Je veux savoir si le temps passé dans votre SUV est bien employé. Je peux répondre à toute question que vous avez, vous expliquer l'affaire sans que nous ayons à aller voir une source quelconque pour…

— L'homme à qui je viens de parler est un ami, avec lequel je travaillais autrefois. Nous avons échangé des services au fil des ans, et il m'en doit actuellement un gros. Il va remplir de la paperasse pour rendre disponible la source dont je parlais. Mais seulement si nous partons tout de suite, afin d'arriver dans le délai spécifié.

— Où ? Qui est cette source dont vous pensez qu'elle peut vous en dire plus sur l'affaire que moi ?

Il arqua un sourcil.

— Votre frère.

6

Raine poussa un soupir entrecoupé et se força à desserrer les doigts sur l'accoudoir. Il leur avait fallu à peine quatre heures pour parcourir la distance entre Gatlinburg, dans le Tennessee, et la prison de Jackson, en Géorgie. Avec un arrêt pour acheter des sandwichs dans un *drive-in*. Il lui en aurait fallu au moins cinq à elle, sans les sandwichs.

Callum ralentit finalement et stoppa derrière un véhicule d'escorte et l'un des nombreux bus blancs et rouges qui avançaient vers le portail. Sa conduite lui avait fait revivre sa peur d'enfance des montagnes russes. Au moins, il ne pouvait plus accélérer. Et ils ne fonçaient plus dans des virages dangereux.

— Vous êtes certain que votre ami s'est débrouillé pour que nous puissions voir mon frère ? Ma prochaine visite autorisée n'est pas avant le jour de son... Le dernier jour de son incarcération. Vous n'êtes même pas sur la liste des visiteurs approuvés. Seuls sa famille immédiate, ses avocats et quelques médias sont normalement autorisés à le voir.

— Reid est haut placé dans le Département des peines de Géorgie. Je ne sais pas bien ce qu'il fait pour eux, mais il m'a assuré qu'il obtiendrait un sauf-conduit, et que je serai sur la liste avant d'atteindre le poste de contrôle.

— Il n'a peut-être pas eu le temps de faire ce miracle. Il sait à quelle vitesse vous conduisez ?

Il sourit largement.

— Désolé de vous avoir rendu nerveuse. Je ne conduis normalement pas aussi vite, mais je ne voulais pas que nous rations cette opportunité.

Cette excuse, faite sur un ton léger, la prit à nouveau au dépourvu. La plupart des hommes qu'elle connaissait auraient été exaspérés qu'elle ose critiquer leur conduite, même de façon indirecte. Ils n'auraient certainement pas été amusés et ne se seraient pas excusés.

Elle jeta un coup d'œil par la vitre en direction des clôtures surmontées de barbelés qui entouraient la prison.

— La paperasse que votre ami a eu à remplir pour que nous voyions Joey au débotté est énorme. Les visites sont censées être planifiées et approuvées longtemps à l'avance, et elles sont sévèrement limitées, sinon je viendrais beaucoup plus souvent. Cela transgresse la politique de la prison, surtout lorsqu'il s'agit de visites aux détenus du couloir de la mort. Ce que vous avez fait pour qu'il vous doive une faveur devait être incroyablement important. Surtout pour une visite un mardi.

Son sourire s'évanouit.

— Oui, ça l'était. Qu'est-ce que le mardi a de spécial ? Reid n'a pas mentionné de problème potentiel quand je lui ai parlé.

Elle s'interrogea sur cette faveur, dont le souvenir ne lui était visiblement pas agréable, mais ne voulut pas être indiscrète.

— Les condamnés à mort ne reçoivent des visites que le samedi, le dimanche et les jours fériés. Je ne suis jamais venue un mardi à cause de ça. Les mardis et les jeudis sont des jours d'admission à la prison Jackson.

— La prison Jackson ? Ce n'est pas le nom de...

Elle agita une main en l'air.

— C'est comme ça que les prisonniers et leurs familles l'appellent. Ça sonne mieux que Prison de diagnostic et de classification de Géorgie.

Son sourire ténu revint.

— En effet. Je suppose que les jours d'admission, à en juger par tous ces bus et ces véhicules d'escorte, ce sont les jours où on fait entrer de nouveaux prisonniers.

— Et qu'on les transfère, oui. Cet établissement est la plaque tournante de toutes les prisons de Géorgie. Les détenus arrivent d'abord ici, en provenance de tous les comtés de l'État. Les bus vont les charger et les décharger toute la journée. Des experts évaluent ensuite la santé, l'état mental, la dangerosité ou la nécessité d'être placé sous protection de chaque détenu, ainsi que les niveaux d'occupation des autres prisons...

— Placé sous protection ?

— Oui, pour les protéger des autres détenus.

— Comme quand un policier va en prison ?

— Ou que quelqu'un a été condamné pour le meurtre d'un enfant. Je suis sûre que vous savez que ce type de détenu ne reste pas longtemps en vie en milieu carcéral. Une fois que le prisonnier a été évalué, on lui assigne un campement (une prison), et il y est transféré. Cela peut prendre deux à trois semaines pour qu'un détenu soit évalué et classé. Mais l'arrivée de nouveaux prisonniers et le transfert des détenus classifiés jusqu'à leur nouveau foyer se passent deux fois par semaine. Normalement, pour des raisons de sécurité, ils n'autorisent pas les visites aux condamnés à mort ces jours-là. Honnêtement, je serais surprise que nous atteignions le poste de contrôle et qu'ils nous laissent entrer. Ce n'est pas encore fait.

Néanmoins, l'insouciance de Callum s'avéra justifiée dès que les gardiens à l'extérieur de la clôture vérifièrent leurs pièces d'identité. On leur fit immédiatement signe d'avancer.

Lorsqu'ils s'arrêtèrent devant un autre portail, deux hommes examinèrent le dessous du SUV avec des miroirs fixés à de longues perches. Qu'ils cherchent des bombes ou un autre genre de contrebande, elle n'en avait aucune idée. Mais l'expérience lui disait qu'ils feraient de même quand Callum et elle s'en iraient, cette fois pour s'assurer que le prisonnier n'avait pas réussi à s'échapper en se cachant sous la voiture.

On leur indiqua de se garer sur l'un des quelques emplacements qui n'étaient pas à proximité des bus. On leur ordonna aussi de ne pas déverrouiller ou ouvrir leurs portières avant qu'un gardien n'arrive pour les escorter, ce qui était le contraire de ce qui se passait pour ses visites à elle. Dans son cas, on lui disait de sortir immédiatement de son véhicule et de se diriger vers le bâtiment. Mais aujourd'hui, probablement parce qu'on était mardi et que leur visite ne suivait pas le protocole, ils durent attendre. Après avoir posé sa carte d'identité sur la console entre eux, elle fourra son sac à main sous son siège.

— Vous ne prenez pas votre sac à main ?

— Ce n'est pas autorisé, dit-elle. Ils ne vous laissent entrer qu'avec vos clés et votre carte d'identité. Vous devriez sortir votre téléphone, votre arme, votre monnaie, et tout ce que vous avez dans les poches.

Elle ne se donna pas la peine d'avouer qu'elle avait son arme dans son sac. Il la lui prendrait probablement s'il s'apercevait qu'elle l'avait avec elle. Faith la lui avait rendue après qu'elle avait promis de ne jamais l'utiliser à moins que sa vie ne soit en danger. Comment Faith avait-elle réussi à la récupérer, Raine n'en avait aucune idée. Mais elle lui était reconnaissante. Elle n'aimait pas les armes et n'y connaissait pas grand-chose. Mais maintenant qu'elle en avait acheté une, elle avait l'intention de la garder sous la main, surtout si elle devait se rendre dans des quartiers malfamés pour aider son frère.

Après avoir retiré la monnaie de ses poches et enfermé son portefeuille et son pistolet dans la boîte à gants, il s'adossa à son siège. Cette fois, il ne souriait pas en l'observant.

— Combien de fois êtes-vous passée par là ?

— Près de cinquante, je dirais. Je lui rends visite chaque fois que je le peux. Les détenus du couloir de la mort ne reçoivent pas le même nombre de visites que les autres. Parfois, on me permet de venir une fois par trimestre, d'autres fois seulement deux fois par an. C'est ridicule.

— J'imagine que la sécurité est un cauchemar pour les condamnés à mort. Elle doit être spécialement rigoureuse. Et le système pénitentiaire de Géorgie est en sous-effectif grave en ce moment. D'après les statistiques que j'ai lues, soixante-dix pour cent des postes ne sont pas pourvus. De nombreuses poursuites et investigations fédérales sont suspendues à cause de cela.

— Vous les défendez ? Sérieusement ?

Elle croisa les bras avec agitation. Il secoua lentement la tête, l'air sincère.

— Pas du tout. Ce que vous traversez, je ne peux le comprendre. Je faisais seulement une piètre tentative pour réduire votre exaspération en expliquant les raisons de la rareté des visites.

Elle baissa les bras.

— Alors, merci. Je veux dire, j'apprécie que vous essayiez de rationaliser les choses. Et je comprends effectivement les conséquences qu'ont les demandes de visites sur le personnel pénitentiaire. Mais il me semble que si quelqu'un est à la merci de l'État, qu'il va être assassiné par l'État, ils devraient faire tout leur possible pour permettre à sa famille de le voir et de le réconforter dans d'aussi terribles circonstances.

— J'imagine qu'il est difficile d'équilibrer le respect des droits du prisonnier et la considération pour la victime et sa famille. L'État ne veut pas avoir l'air de cajoler les prisonniers. Ce serait insulter les victimes.

— Oui, eh bien, je suis d'accord avec ça. Mais mon frère est aussi une victime. Il est innocent.

Il serra les dents, réprimant son opinion sur la question. Il respectait assez ses sentiments à elle pour ne pas discuter ce point, ce dont elle lui fut reconnaissante.

Bien que son cerveau accepte ce qu'il disait, son cœur se rebellait parce qu'elle estimait que son frère ne devait pas être confondu avec d'autres condamnés. Il était innocent. Et bien qu'elle ait énormément d'empathie pour la famille de la victime, qu'elle avait rencontrée à de nombreuses reprises au fil des ans, c'était une corde raide sur laquelle évoluer. Les Claremont méritaient d'obtenir justice pour leur fille, Alicia. Mais pas aux dépens d'un homme qui n'avait rien à voir avec sa mort.

— On dirait que la cavalerie est là pour nous escorter.

Callum désignait quatre gardiens massifs qui se dirigeaient vers eux.

Le voyant mettre la main sur la poignée de la portière, elle lui toucha l'épaule.

— Ne faites pas ça. Attendez qu'ils nous ordonnent d'ouvrir la portière. Si vous commettez la moindre erreur, si vous ne suivez pas les instructions à la lettre, ils annuleront immédiatement la visite et nous renverront. Ils font tourner la prison comme une institution militaire, avec zéro tolérance pour les erreurs.

Elle détestait l'amertume de son ton mais ne parvenait pas à la cacher. À cinq reprises, elle avait été brutalement privée de visite parce qu'elle avait commis une petite infraction aux strictes règles de la prison. Une fois, elle avait oublié de la monnaie dans sa poche. Cela avait suffi pour la refuser quand on l'avait fouillée à l'intérieur du hall des visiteurs. Parfois, elle se demandait si les gardiens avaient même des sentiments. Ou peut-être était-ce leur foi têtue dans le système qui leur faisait supposer que son frère était coupable et que, par conséquent, sa sœur devait être une ordure comme lui.

Deux gardiens se positionnèrent devant leurs portières respectives et leur firent signe de descendre de voiture. Les deux autres se tenaient de dos, surveillant le périmètre avec une intensité qui donna à Raine un sentiment rarement éprouvé dans ce lieu.

La peur.

Elle jeta un coup d'œil au parking, où des dizaines de prisonniers enchaînés faisaient la queue devant chaque bus. Normalement, quand elle arrivait, il n'y avait aucun détenu dehors. Ils étaient si nombreux ce jour-là qu'elle ne pouvait les compter. Et beaucoup la regardaient directement, comme s'ils étaient prêts à foncer vers leur SUV si seulement on leur en donnait la chance.

— Suivez les empreintes de pas, allez, allez, allez, leur ordonna le chef des gardiens.

Elle baissa les yeux sur l'asphalte et un frisson de peur la parcourut quand elle s'aperçut qu'on leur ordonnait de suivre les traces de pas que les prisonniers longeaient pour entrer en prison. La pensée que Joey était arrivé un jour dans un de ces bus, enchaîné des pieds à la tête comme un animal, qu'il avait emprunté le même chemin, la fit trembler. Ils allaient le tuer dans moins de deux semaines ; la prochaine fois qu'elle viendrait ici, il ne serait plus qu'à quelques heures de la mort.

Un bras se posa sur ses épaules.

— Ça va aller, murmura la voix grave et bienveillante de Callum. Appuyez-vous sur moi. Vous pouvez fermer les yeux si vous voulez. Mettez juste un pied devant l'autre. Je vous tiens.

Égoïstement, elle eut envie de faire exactement cela, s'appuyer sur lui et fermer les yeux. Elle avait envie de remettre ses craintes et ses problèmes dans les mains de cet homme et le laisser porter son fardeau sur ses larges épaules. Mais ce n'était pas juste pour Joey. Il n'avait personne sur lequel s'appuyer, personne pour alléger son fardeau. Et elle n'était pas une damoiselle en détresse. Elle s'était battue de toutes les manières possibles depuis le jour de son arrestation, quinze ans auparavant. Renoncer maintenant n'était pas possible. Elle se devait d'être forte, d'aller jusqu'au bout. Pour Joey.

En souriant pour le remercier, elle repoussa gentiment son bras. Puis elle carra les épaules et mit ses pas dans ceux de son frère condamné.

7

Callum s'était attendu à ce que Raine s'effondre près de la voiture. Mais elle l'avait surpris en se raidissant et en marchant vers le bâtiment comme si son accès de panique n'avait jamais eu lieu.

Une fois à l'intérieur, elle démontra sa connaissance des procédures en expliquant à Callum qu'il devait signer le registre des visiteurs. Elle fournit le numéro d'écrou de son frère de mémoire, de même que les autres informations requises. Ils produisirent à nouveau leurs pièces d'identité, et l'une des personnes du poste de contrôle vérifia leurs autorisations. Raine expliqua à Callum qu'ils confirmaient aussi que le prisonnier était disponible, ni au tribunal ni à l'infirmerie. Les informations sur le prisonnier furent écrites sur un morceau de papier, placé sur un plateau qui allait passer au détecteur de métaux, lequel était la prochaine étape.

La suite ferait pâlir les protocoles de sécurité des aéroports. Ils furent fouillés au corps, ôtant tout ce qui était métal, chaussures, ceintures et clés. Le détecteur de métaux ne bipa pas sur leur passage, mais on les palpa tout de même avant de les emmener dans des pièces « de confidentialité » pour les fouiller encore.

On demanda à Callum de sortir son T-shirt de son pantalon, et un gardien fit courir ses mains autour de sa taille et tira sur son jean pour examiner ses sous-vêtements avec une lampe de poche. Callum se demanda quelle gêne ressentait Raine au même moment, mais elle ne parut pas embarrassée quand elle le rejoignit au poste de contrôle.

— Jusqu'où sont allées les privautés de votre gardienne ? chuchota-t-il.

Elle sourit pour la première fois depuis longtemps.

— J'ai dû retirer mon T-shirt de mon pantalon, soulever mon soutien-gorge et secouer les seins pour prouver que je n'avais rien de coincé entre eux.

Il la dévisagea, sincèrement choqué.

— Ils font ça à toutes les femmes ?

— Je suppose. Je ne me souviens pas qu'ils ne me l'aient pas fait. On s'y habitue, j'imagine.

L'un des gardiens devait les avoir entendus. Il fixa Callum sans ciller, comme pour le défier de se plaindre. Se rappelant les avertissements de Raine, il se garda de dire mot. Mais il en avait très envie. Cela le tracassait énormément qu'on la traite comme si elle était une criminelle. Il comprenait que les mesures de sécurité servaient à protéger tout le monde. Mais il n'aimait pas ça. Pas du tout.

La dernière étape du processus fut de faire tamponner leurs mains. L'encre n'était pas visible à l'œil nu, mais quand un gardien passa une lampe à rayons ultraviolets dessus, les tampons se mirent à briller. Raine lui fit signe de la suivre dans un passage où attendait un autre gardien.

Bien qu'on vienne juste de scanner leurs mains, il les scanna à nouveau et demanda les feuilles de papier qu'on leur avait données plus tôt. La surprise se lut sur son visage quand il les lut, et plutôt que de les escorter vers la zone de visite, il leur ordonna d'attendre tandis qu'il s'engageait dans un couloir et passait un appel à un poste fixé au mur.

À côté de Callum, Raine soupira. La déception obscurcissait son expression quand elle leva les yeux vers lui.

— Même si votre ami a fait des pieds et des mains, je crois

que ça n'a pas suffi, dit-elle. Ils ne vont pas nous laisser voir un détenu du couloir de la mort puisque ce n'est pas le bon jour de la semaine. Joey a pu aussi déjà utiliser son heure, ce qui serait une autre raison pour qu'ils nous empêchent de le voir.

— Utiliser son heure ?

— Les condamnés à mort sont enfermés vingt-trois heures par jour. Ils n'ont qu'une heure pour se doucher ou faire de l'exercice. Joey ne savait pas que nous venions, alors il a pu déjà utiliser son temps libre.

Le respect de Callum pour ce que Raine avait souffert toutes ces années ne cessait de grandir. En toute honnêteté, il ne se voyait pas accepter toutes ces règles si les rôles étaient inversés. La sécurité était importante. Le châtiment, ou la justice, rendait nombre de règles nécessaires. Mais certaines, comme le fait d'être enfermé vingt-trois heures par jour, semblaient cruelles. Comment pouvait-on rester sain d'esprit dans un environnement pareil ?

Il supposait que la plupart des gens s'en fichaient. Et il se sentait coupable de n'avoir jamais réfléchi aux conditions de vie des condamnés à mort jusqu'à ce jour. Que disait le fait de traiter les gens comme des animaux de ceux qui étaient responsables de ce traitement ?

Il devait y avoir une meilleure façon de protéger la société de ceux qui avaient prouvé qu'on ne pouvait pas leur permettre de vivre en liberté. Mais Callum n'avait pas la réponse à ce dilemme. Peut-être personne ne l'avait-il. Le système judiciaire avait de nombreuses tares. Mais il n'en avait pas vu de meilleur ailleurs.

Raine l'observait toujours, le front plissé par l'inquiétude. Il s'éclaircit la gorge et s'efforça de la rassurer.

— Ne renoncez pas encore. Reid est plutôt débrouillard. Il ne m'aurait pas dit qu'il pouvait nous faire entrer s'il n'était pas sûr de pouvoir le faire. L'une des choses qu'il m'a dites hier soir est que, contrairement à ce à quoi on s'attendrait, plus l'exécution approche, plus ils sont susceptibles d'accorder des privilèges supplémentaires.

— Je n'ai jamais entendu parler de ça avant. Ses avocats ne me l'ont pas dit.

— Je doute que la prison en fasse la publicité. Ils gardent probablement ça archi-secret.

Elle sourit. C'était un petit sourire, mais un sourire néanmoins.

— Je les vois bien faire ça, faire en sorte que personne ne sache qu'ils ne suivent pas leurs règles autoritaires cent pour cent du temps.

La lueur d'espoir dans ses yeux fit craindre à Callum ce que dirait le gardien à son retour. Si leur long trajet et les indignités qui avaient suivi s'avéraient inutiles, Reid lui devrait bien plus qu'une faveur.

Quelques instants plus tard, le gardien revint. La désapprobation se lisait clairement sur son visage quand il leur fit signe d'avancer jusqu'au portail suivant. Callum le remercia et obtint un grognement en retour. Raine et lui se hâtèrent le long du couloir avant qu'il ne change d'avis.

Un autre gardien leur fit franchir un portail de plus, dont les épais barreaux d'un jaune pétard contrastaient fortement avec le morne blanc cassé des sols et le gris ciment des murs. Ils avancèrent à travers un labyrinthe de couloirs, croisant parfois des prisonniers. Le gardien qui les accompagnait aboyait alors un ordre et les détenus se rangeaient immédiatement face au mur. Ils bougeaient à peine sur le passage de Callum et Raine. Callum constatait la discipline militaire dont Raine avait parlé, et il en était reconnaissant. Allez savoir les crimes que ces hommes avaient commis et les violences qu'ils auraient infligées à Raine s'ils en avaient eu l'occasion.

Quand ils atteignirent finalement le fameux couloir de la mort, il fut frappé par le silence qui y régnait. Pas de raclements de chaînes ni de hurlements de prisonniers. Pas de bourdonnement d'activité dû au simple nombre de gens qui s'y trouvait. C'était comme de passer du vacarme d'un couloir de lycée au silence sépulcral d'une bibliothèque. Le seul son perceptible était le souffle de la ventilation et les notes graves de la voix de leur gardien qui conférait avec un collègue placé de l'autre côté du portail fermé.

— Je ne m'attendais pas à ce que ce soit aussi silencieux.

Callum parlait à voix basse, comme il l'aurait fait dans ladite bibliothèque.

Elle hocha la tête, les yeux fixés sur les gardiens, à nouveau inquiète sans doute qu'ils refusent de les laisser, Callum et elle, voir son frère.

— En général, les condamnés à mort sont plus silencieux et plus sages que le reste de la population.

Elle parlait bas elle aussi.

— On m'a dit que c'est parce que nombre d'entre eux font encore appel de leur condamnation. Ils ne veulent pas nuire à leurs chances, aussi petites soient-elles, que leurs condamnations soient cassées ou commuées.

Il acquiesça, éprouvant à nouveau une empathie à laquelle il ne se serait jamais attendu pour les hommes sans nom et sans visage détenus derrière ces murs. En tant qu'inspecteur, il avait participé à de nombreuses affaires qui avaient abouti à des condamnations à mort. Mais c'était la première fois qu'il entrait dans une prison de haute sécurité, et plus encore une prison disposant d'une salle d'exécution. Il était beaucoup plus difficile d'être satisfait d'un verdict quand on faisait face à la réalité de cette décision. La plupart, sinon tous les hommes enfermés dans des cellules au-delà de ce portail ne quitteraient la prison que d'une seule manière – dans un sac mortuaire. C'était dégrisant.

Un claquement métallique résonna, suivi du bourdonnement électronique du portail qui reculait. Les grilles précédentes avaient été ouvertes avec des clés. Celle-là, comprit Callum, devait être déverrouillée à distance, par le poste de contrôle qui avait les yeux sur eux à cet instant même. Il y avait des caméras partout dans le bâtiment. Ce couloir ne faisait pas exception. L'une d'elles était placée dans le coin supérieur gauche au-dessus de l'ouverture.

Un gardien leur fit signe d'approcher. Un second gardien les fixa, les yeux plissés, comme s'il surveillait le moindre de leurs mouvements.

— Ne dites rien, murmura Raine. Imitez-moi.

Elle tendit le morceau de papier qu'on lui avait donné au second gardien. Callum fit de même. Le gardien l'étudia un long moment, puis, soupirant lourdement, leur fit signe d'entrer.

L'autre gardien retourna dans le couloir tandis que la grille bourdonnait et commençait à glisser lentement en travers de l'ouverture. Dès qu'elle se fut refermée avec un *clang* sonore, tous trois traversèrent une étroite zone commune. Il y avait trois tables et cinq téléviseurs montés en hauteur sur les murs, tous éteints. Quatre couloirs partaient de cette salle commune, probablement en direction des cellules des prisonniers.

C'était contraire à l'instinct protecteur de Callum de marcher derrière Raine dans une zone destinée au pire de ce que l'humanité avait à offrir. Mais elle avait fait cela des dizaines de fois et elle avait pris la tête. Elle connaissait la routine. Elle l'avait déjà averti de ne rien faire pour transgresser le protocole. Aussi près de leur but, il n'allait certainement pas causer des problèmes qui écourteraient leur visite. Raine ne lui pardonnerait jamais. Et il ne pouvait supporter l'idée de lui voler ce qui était probablement une de ses dernières chances de voir son frère avant qu'il ne meure.

Au fond de la salle, plutôt que d'emprunter l'un des corridors des cellules, le gardien leur fit faire halte devant une porte métallique peinte du même gris que le reste de la salle. À l'aide de la radio attachée à sa ceinture, il s'identifia et annonça qu'il escortait deux visiteurs jusqu'à la zone de visites. Il donna les noms de Raine et Callum, ainsi que le nom et l'identification du prisonnier. Callum s'attendait à entendre un autre bourdonnement électronique. Mais le gardien raccrocha la radio à sa ceinture et se servit d'une clé pour ouvrir la porte.

Quelques instants plus tard, Callum et Raine se retrouvèrent dans la petite salle de visites, la porte verrouillée derrière eux. La seule instruction qu'on leur avait donnée était de s'asseoir devant le troisième box vitré. Le prisonnier serait bientôt là. Ils auraient approximativement cinquante minutes pour lui parler grâce au téléphone fixé au mur. Puis le prisonnier retournerait en cellule, et un gardien les escorterait jusqu'à la partie principale de la prison.

Raine hésita devant l'unique tabouret en métal fixé au plancher. Elle regarda Callum, et celui-ci secoua la tête.

— N'essayez même pas de me faire asseoir sur le seul siège, dit-il. Ma mère m'a donné de meilleures manières.

Elle eut un pâle sourire et s'assit. Callum s'appuya au muret à droite.

— Nous pourrons l'entendre tous les deux ?

— Les parois sont à l'épreuve du son, j'imagine pour donner un peu d'intimité aux prisonniers. On ne peut entendre qu'avec le téléphone. Nous ferons de notre mieux pour le partager. Si nous ne pouvons pas bien entendre, nous lui parlerons tour à tour.

— Ça me paraît bien.

Elle jeta un coup d'œil à l'horloge analogique fixé au mur au-dessus de la séparation en verre, puis contempla la salle vide au-delà, ses jointures blanchissant là où elles agrippaient le comptoir en laminé.

Espérant la mettre à l'aise, Callum fit appel aux informations qu'il avait lues la veille au soir sur son ordinateur.

— Joey est plus vieux que vous, n'est-ce pas ? Dix ans de plus, quelque chose comme ça ?

Son regard restait rivé sur le seul passage vers l'autre salle, attendant que son frère émerge.

— Douze ans. J'étais en dernière année d'université quand il a été arrêté. Deux ans plus tard, il a été envoyé dans le couloir de la mort.

Et quelques années après cela, ses deux parents étaient décédés. Elle en avait beaucoup souffert. Et pourtant, d'après ce qu'il avait réussi à découvrir sur elle, grâce à Internet et aux bases de données de la police, elle était en route pour être nommée associée dans le cabinet où elle travaillait. Et elle était déjà devenue riche durant ce court laps de temps. Contre toute attente, elle avait très bien réussi. Puis elle avait mis en jeu sa vie avec une combine téméraire, prête à renoncer à tout en échange d'une mince chance de sauver son frère. Une part de luí pensait qu'elle était folle. Mais de manière plus générale, il était émerveillé par la loyauté et l'amour inconditionnel qui la poussaient à tout risquer.

— Vous comprenez que les chances de faire commuer sa peine sont presque inexistantes, n'est-ce pas ?

Elle détacha finalement son regard de la porte pour le poser sur lui. L'expression hantée de ses yeux lui fit mal au cœur. Peu importe ce qu'elle lui avait fait dans sa quête imprudente, elle ne méritait pas de souffrir autant. Personne ne le méritait. Il dut serrer les poings le long de son corps pour s'empêcher de tendre les bras vers elle et la serrer contre lui.

— Je connais les chances.

Sa voix était creuse, incroyablement triste.

— Mais jusqu'à ce qu'ils enfoncent une aiguille dans son bras, je ne renoncerai pas.

Incapable de résister au besoin de lui offrir du réconfort, il prit sa main dans la sienne et la serra.

— Pour votre bien, j'espère que vous avez raison et qu'il est innocent. Et que nous pourrons au moins lui obtenir un sursis, pour avoir le temps de nous battre pour sa libération. Mais quoi qu'il se passe, rappelez-vous que ce n'est pas votre faute. Vous avez tout fait pour l'aider. Ne vous faites pas de reproches et ne gâchez pas le reste de votre vie avec des « j'aurais pu » et « j'aurais dû ».

Elle écarquilla les yeux en fixant leurs mains nouées. Mais avant qu'elle puisse dire quoi que ce soit, un mouvement de l'autre côté de la vitre les surprit tous deux. Elle dégagea sa main et la pressa sur le verre tandis qu'un homme en combinaison blanche, enchaîné aux poignets et aux chevilles, s'avançait vers eux. Un gardien s'appuya contre le mur à trois mètres de lui, surveillant chacun de ses gestes.

— Que lui ont-ils fait ? murmura-t-elle d'une voix brisée, tandis qu'une larme roulait sur sa joue. Il a une tête épouvantable.

L'homme de l'autre côté de la vitre ne ressemblait ni au cliché anthropométrique que Callum avait vu la veille au soir ni même à ce à quoi il s'attendait. Il ignorait combien Joey Quintero avait changé depuis la dernière visite de Raine. Mais il avait l'air d'avoir vieilli de trente ans depuis son arrestation.

Avant d'entrer dans le couloir de la mort, Joey était grand et massif, comme un joueur de football américain. Maintenant, il était presque chauve, avec des pattes et des sourcils grisonnants sur un visage hâve. Sa peau jaunie semblait plisser sur son squelette. Mais c'était son regard éteint qui était le plus choquant. Il n'eut ni signe de reconnaissance ni sourire de bienvenue pour sa sœur. Et il regarda à peine Callum. C'était le visage d'un homme qui avait tout perdu et n'avait aucun espoir d'avenir d'aucune sorte.

Raine saisit le combiné du téléphone d'une main tremblante. Elle le tint près de son oreille, orienté de façon que Callum puisse également entendre. Il s'agenouilla sur le plancher à côté d'elle et se rapprocha du téléphone.

Quand son frère s'assit, la regardant sans expression, elle

réussit à produire un sourire encourageant et désigna le téléphone de son côté. Il sembla le contempler un instant, comme s'il n'allait pas le prendre. Mais il finit par le faire.

— Joey, c'est si bon de te voir. Comment te sens-tu ? Tu as l'air... fatigué.

Les chaînes à ses poignets cliquetèrent quand il posa les coudes sur le comptoir et pressa le téléphone sur son oreille.

— Je vis dans une boîte vingt-trois heures par jour, sans télé, sans radio, sans rien sauf une couchette inconfortable, des toilettes, un lavabo et ces bouquins insipides que tu m'envoies pour passer le temps. Les gardiens me réveillent toutes les demi-heures la nuit pour s'assurer que je n'ai pas réussi à m'échapper ou leur voler le plaisir de l'exécution en me foutant en l'air. À quoi tu t'attendais ? Bien sûr que je suis fatigué. Je n'ai pas eu une bonne nuit de sommeil depuis plus d'une décennie. Pourquoi es-tu venu, Raine ? Fais ta vie. Oublie-moi. Tu as assez perdu de temps avec moi.

Il leva le téléphone comme pour raccrocher, mais Raine lui fit frénétiquement signe de continuer à parler. Sa poitrine se souleva avec un soupir visible, et il tint de nouveau le combiné à son oreille.

— Quoi ?

Elle déglutit avec difficulté, sa main libre pressée sur la vitre comme si elle pouvait le sentir en pressant assez fort.

— Ne renonce pas, Joey. Il y a encore de l'espoir. L'homme qui m'accompagne est enquêteur privé, et...

— Un autre ? Combien d'enquêteurs as-tu engagés depuis quinze ans ? Mes recours sont épuisés. Il n'y a plus rien à faire. Sérieusement, Raine. S'il te plaît. Arrête ça. Laisse-moi partir.

— Je ne peux pas. Ne me demande pas de faire ça. Nous allons revoir l'affaire, trouver un moyen de prouver que tu es innocent.

Il ferma brièvement les yeux comme s'il avait mal, puis tourna son attention vers Callum pour la première fois.

— Donne-lui le téléphone.

— Il peut t'entendre, dit-elle. Nous t'entendons tous les deux.

Son regard froid vola vers elle.

— Donne-lui le téléphone.

Callum avait envie de cogner cet homme. Sa cruelle indifférence blessait sa sœur. Il vivait un enfer dans ce lieu – mérité ou non. Mais cela ne justifiait pas de traiter Raine ainsi.

Le visage pâle et tiré, elle tendit le téléphone à Callum et noua les mains sur ses genoux.

Callum inspira un grand coup et se promit de ne pas crier ou bouleverser Raine davantage qu'elle ne l'était.

— Monsieur Quintero, je m'appelle Callum Wright. J'ai accepté de jeter un regard neuf à votre affaire et de voir si nous pouvons vous obtenir un sursis, une grâce ou une peine de prison à vie. Votre sœur s'est donné énormément de mal, a risqué sa carrière et même sa liberté pour me convaincre de vous aider. Un sourire ou un « Je t'aime » ne vous ferait pas de mal et lui ferait certainement beaucoup de bien.

Raine le dévisagea, les yeux écarquillés, avant de détourner le regard. Joey dévisageait aussi Callum. Puis il se mit à rire.

Raine avait l'air absolument dévastée.

Callum fit signe au gardien derrière Joey, puis désigna Raine. Il hocha la tête et parla dans sa radio. Quelques instants plus tard, la porte de la salle de visite s'ouvrit et un autre gardien entra, faisant signe à Raine de le suivre.

Elle cilla et secoua la tête pour refuser.

— Raine.

La voix de Callum était basse, afin qu'elle seule entende.

— Donnez-moi cinq minutes avec votre frère. Vous pourrez revenir ensuite.

En la voyant secouer à nouveau la tête, il murmura.

— Vous m'avez fait confiance jusqu'ici. Ne vous arrêtez pas maintenant.

Elle le dévisagea, puis jeta un coup d'œil à son frère, visiblement partagée. Ses lèvres frémirent comme si elle retenait ses larmes. Puis elle se hâta de partir avec le gardien.

Dès que la porte fut refermée et verrouillée derrière eux, Callum s'assit sur le tabouret et fit face à l'homme amusé devant lui.

— Joey. Ça ne vous dérange pas que je vous appelle Joey, n'est-ce pas ?

L'autre haussa les épaules, un sourire narquois aux lèvres.

— Avant que votre sœur me contacte, je ne m'étais jamais donné la peine d'étudier le processus d'une exécution. Hier soir, j'ai fait pas mal de recherches là-dessus. Quelqu'un vous a-t-il expliqué ce qui va se passer dans treize jours ?

Joey plissa les yeux, et son sourire s'évanouit. Mais il ne dit rien.

— Environ vingt-quatre heures avant de vous tuer, ils vont vous déplacer dans une cellule qu'on appelle l'antichambre de la mort. Elle n'est pas très différente de celle où vous êtes maintenant, sauf qu'elle est un peu plus grande et qu'elle a une douche. Un surclassement. Cool, non ?

Joey baissa à moitié les paupières comme s'il s'ennuyait. Mais il tenait le téléphone et écoutait toujours.

— Vous croyez ne pas avoir beaucoup d'intimité maintenant, attendez d'être dans cette cellule. Un gardien sera assis dehors tout le temps, surveillant chacun de vos mouvements pour s'assurer que vous ne vous foutez pas en l'air, comme vous l'avez dit, et ne prenez pas le bourreau de vitesse. Ensuite il y aura votre dernier repas. En Géorgie, ce n'est pas une chouette commande de votre restaurant préféré. Ce sont d'autres prisonniers qui le préparent ici, en prison. Ne vous attendez pas à ce que ce soit meilleur que ce que vous mangez tous les jours.

Joey pinça les lèvres, et ses jointures blanchirent sur le téléphone.

— Si vous ne vous êtes pas complètement aliéné votre sœur, la seule personne au monde qui se préoccupe de vous, elle sera peut-être autorisée à vous rendre visite une dernière fois, depuis l'extérieur de la cellule. Pas de contact, pas d'étreinte finale. Les seuls qui peuvent entrer dans votre cellule sont le directeur de la prison et le chapelain. Et les gardiens, bien sûr.

Callum pointa le doigt vers la combinaison blanche de Joey.

— Vous porterez les mêmes vêtements pour votre dernier rendez-vous, à l'exception d'une chose. Il vous faudra mettre une couche pour adulte. Cela leur facilitera le nettoyage quand vos intestins se videront au moment de votre mort.

Joey débita une litanie de jurons et d'expressions remettant en cause la mère de Callum et l'accusant d'obsessions dégoûtantes.

Callum réagit comme Joey l'avait fait avec Raine : il rit.

— Vous ne voulez pas manquer la dernière partie, reprit-il. Une fois qu'on vous emmènera dans la salle d'exécution, on vous attachera à une table, bras et jambes écartés, complément vulnérable. Ce sera plus facile ainsi de vous planter une aiguille dans le bras. Puis ils ouvriront le rideau. Sur un miroir sans tain. On pourra vous voir, mais vous ne pourrez voir personne. Et vous savez qui sera là ? Vous regardant ? Priant pour votre âme ?

Il se pencha plus près de la vitre.

— Personne. Sauf si vous vous excusez et réparez le mal que vous venez de faire à votre sœur. Si vous ne le faites pas, je vous garantis qu'elle ne sera pas là. J'y veillerai. Je refuse de vous laisser la blesser encore.

— Qu'est-ce que vous me voulez, bon sang ? cracha Joey, sa fatuité remplacée par la colère.

— Vous voulez savoir comment ça finit, pas vrai ? Ils vous laisseront prononcer vos derniers mots. Mais, une fois encore, personne ne sera là pour les entendre. Alors peu importe ce que vous direz. Ça fera une brève aux informations, jusqu'à ce qu'une nouvelle histoire se présente et qu'on vous oublie complètement.

Les narines de Joey palpitèrent, ses yeux se révulsèrent et sa pomme d'Adam monta et descendit. Il affectait la nonchalance, feignant que les paroles de Callum ne le touchaient pas. Mais elles faisaient clairement leur effet.

Callum poursuivit sa charge, tirant à bout portant.

— Ils vous injecteront du thiopental sodique, prétendument pour vous endormir.

Il haussa les épaules.

— Mais qui sait de quoi vous serez conscient ? Ce que vous entendrez. Ce que vous sentirez. Le deuxième produit est du bromure de pancuronium. Il paralysera votre diaphragme et vos poumons, si bien que vous ne pourrez plus respirer.

Le visage de Joey devint blanc, et ses lèvres perdirent leur couleur.

— Le dernier produit qu'ils vous injecteront est du chlorure de potassium. Il provoquera un arrêt cardiaque. À supposer que tout ait marché comme prévu, vous n'aurez peut-être pas mal. Ou peut-être que si. La seule chose sûre est que vous serez mort. Aussi mort qu'Alicia Claremont, la jeune femme que vous avez tuée il y a quinze ans. La mort n'est jamais une chose agréable. Mais imaginez vous mourir seul, entouré de gardiens et d'un bourreau, au lieu de quelqu'un que vous aimez et qui vous aime, qui est là pour vous, à prier pour votre âme.

Joey tressaillit et détourna les yeux, visiblement secoué.

Callum porta le coup de grâce.

— Si vous mourez en laissant les choses telles qu'elles sont entre votre sœur et vous, ses derniers souvenirs de vous effaceront les bons souvenirs du passé. Elle vous en voudra pour toujours de l'avoir maltraitée alors qu'elle n'a rien fait d'autre que se sacrifier pour vous durant les quinze dernières années. Vous croyez que vous souffrez ici ? Pensez à elle, comment elle a mis ses espoirs et ses rêves en suspens pour se concentrer sur vous et essayer de vous faire libérer. Bien sûr, elle fait une belle carrière et elle a de l'argent. Mais pourquoi pensez-vous qu'elle a fait ça ? Pour financer votre défense. Pour vous donner les meilleures chances de survie. Et vous la remerciez en vous comportant comme une ordure, pour le dire poliment.

Joey lui jeta un regard noir, les joues marbrées de taches rouge vif.

— Tu comprends pas, mon pote ? J'aime ma sœur. Je sais qu'elle s'est sacrifiée pour moi. Elle devrait être mariée et avoir des bébés maintenant. Au lieu de ça, elle passe tout son temps libre sur mon affaire.

Il jura grossièrement.

— Je lui rends service en faisant en sorte qu'elle m'oublie. Je ne veux pas qu'elle me pleure et qu'elle gâche sa vie quand je serai parti.

Callum secoua la tête.

— Elle vous pleurera que vous lui ayez laissé de bons ou de mauvais souvenirs. Vous ne pouvez pas éteindre ses émotions comme une ampoule. Si elle se fichait de vous, elle ne vous aurait pas soutenu toutes ces années. Une conversation ne suffira pas pour l'empêcher de souffrir. Mais la manière dont vous lui parlez ne fait qu'ajouter à ce qu'elle ressentira si nous ne réussissons pas à commuer votre peine.

— Qu'est-ce que je suis censé faire, alors ? demanda Joey.

— Comportez-vous en être humain. Excusez-vous, dites-lui que vous avez passé une mauvaise journée et que vous n'auriez pas dû passer vos nerfs sur elle. Faites ce qu'il faut pour qu'elle se sente mieux ou je me désintéresse de votre histoire. Et croyez-moi, personne d'autre ne viendra à votre rescousse. Vous voulez vivre ? Avoir une chance de disposer d'un avenir et peut-être même de la liberté ? Alors vous devez faire deux choses. Premièrement, me convaincre que vous n'avez pas tué Mlle Claremont. Deuxièmement, vous mettre à plat ventre devant votre sœur et réparer ce que vous avez fait tout à l'heure.

Joey écarquilla les yeux.

— Vous l'aimez bien, hein ? C'est le truc. Vous vous intéressez à elle, alors vous ne voulez pas qu'elle soit contrariée. C'est pour ça que vous êtes ici, pour vous introduire sous les jupes de ma sœur.

— Au revoir, Joey.

Callum se leva et raccrocha.

Joey tapa du poing sur la vitre, désignant le téléphone à grands gestes et hurlant quelque chose, bien que Callum ne puisse l'entendre.

Le gardien se décolla du mur et dit quelques mots.

Joey leva une main et adopta une attitude apaisante jusqu'à ce que le gardien reprenne sa place. Le désespoir peint sur le visage, il agita la main en direction du téléphone.

Callum avait vraiment envie de partir. L'horloge indiquait qu'il restait trente minutes de visite. D'après ce qu'il avait lu du procès la veille, il doutait que quoi que ce soit le convainque que Joey n'était pas le meurtrier.

Et il ne pouvait vraiment pas supporter la manière dont il traitait Raine.

Mais comme il continuait à gesticuler de l'autre côté de la vitre, Callum comprit qu'il ne pouvait pas s'en aller et laisser les choses en l'état. Non pour Joey, mais pour Raine. Ce lieu lui avait donné une nouvelle perspective sur ce qu'elle avait enduré année après année. Et cela avait pratiquement effacé le souvenir cuisant d'avoir été enlevé par elle. Il comprenait son désespoir à présent, son sentiment de ne plus avoir aucune option. Et le respect qu'il avait pour elle, pour les sacrifices qu'elle avait faits ou failli faire, signifiait qu'il ne pouvait s'en aller et anéantir ses espoirs à ce stade. Donc, pour Raine, il se rassit et reprit le téléphone.

Imitant l'attitude de Joey un peu plus tôt, il dit :

— Quoi ?

— Vous êtes froid, mon pote. Froid comme la pierre.

Callum fit mine de raccrocher à nouveau. Joey agita

frénétiquement la main. Callum replaça le téléphone sur son oreille et attendit.

— D'accord, d'accord. Je suis désolé, OK ? J'ai dit n'importe quoi. Et je ne veux pas mourir. Pas s'il y a une chance que vous arrêtiez ça et que vous me sortiez du couloir de la mort.

— Et ?

Sa pomme d'Adam fit un aller-retour.

— Et je comprends ce que vous dites de Raine. Je ne voulais pas lui faire de mal. J'essayais juste de l'aider, à ma manière stupide. Je pensais que ce serait plus facile pour elle si elle m'en voulait à la fin. Elle est têtue comme une mule. N'importe qui d'autre aurait renoncé depuis longtemps. Mais elle refuse de s'arrêter. J'ai besoin qu'elle aille bien quand je serai parti. Je veux juste... Je ne sais pas comment faire pour qu'elle lâche l'affaire et aille bien.

— Avez-vous tué Alicia Claremont ?

Il cilla.

— Non. Non, je ne l'ai pas fait.

— Mais vous l'avez avoué.

Joey leva les yeux au ciel.

— Ils m'ont interrogé pendant vingt heures d'affilée. Je leur aurais dit que j'avais assassiné le pape pourvu qu'ils me laissent dormir. Je n'ai tué personne, d'accord ?

Callum le regarda au fond des yeux. En général, il arrivait assez bien à déchiffrer les gens. Mais il n'était pas certain de ce qu'il voyait cette fois. Joey pouvait être innocent, comme le croyait Raine. Ou condamné à juste titre.

— Je vous explique, Joey : je travaille pour une agence qui s'occupe d'affaires classées, Unfinished Business. Nous avons une grande équipe constituée des meilleurs enquêteurs du pays, de même qu'un labo privé. Si quelqu'un peut soulever un doute raisonnable et convaincre la Commission de surseoir à votre exécution, c'est UB. Mais nous ne lèverons pas le petit doigt tant que vous n'aurez pas fait une chose.

Il serra les doigts sur le récepteur.

— N'importe quoi, mon vieux. Quoi donc ?

— Quand votre sœur reviendra, vous allez faire tout votre possible pour la faire sourire. Réparez les dégâts que vous avez commis ou vous pourrez dire adieu à votre dernière chance d'obtenir justice et de rester en vie.

8

Raine regarda tour à tour son frère et Callum, lequel était à nouveau debout après avoir insisté pour qu'elle prenne le tabouret. Ils ne partageaient plus le téléphone. Callum lançait des questions les unes après les autres, essayant de recueillir autant d'informations que possible avant la fin de la visite. Et bien que son frère se soit montré incroyablement gentil quand elle était revenue, il avait repris son attitude boudeuse et colérique devant ce tir de barrage.

S'il s'était agi de n'importe qui d'autre, elle aurait exigé qu'il laisse son frère tranquille. Mais c'était ce qu'elle avait voulu, ce qu'elle avait tout risqué pour obtenir : un enquêteur de pointe faisant tout ce qu'il pouvait, dans un laps de temps extrêmement limité, pour sauver la vie de son frère. Pour cette seule raison, elle noua ses mains et se força à ne pas intervenir.

— Elle s'appelait Alicia Claremont, lança Callum au téléphone. Arrêtez de dire « cette femme ». Montrez un peu de respect pour la victime. Si nous arrivons à vous obtenir une audience, vous devez adopter une meilleure attitude. Autrement, vous vous aliénerez la Commission, et ils ne se donneront pas la peine de vous écouter, quelles que soient les preuves que nous aurons rassemblées.

Joey ne parut pas exactement contrit. Mais ce qu'il dit apaisa Callum dans une certaine mesure. Il poursuivit ses questions en succession rapide, donnant à peine à son frère le temps de répondre. Parce que l'horloge au-dessus de la paroi vitrée continuait d'égrener les minutes. Mais Raine soupçonnait que c'était le style d'interrogatoire de Callum, au moins dans cette situation, adapté à la personnalité de son frère. Le rythme de ses questions ne laissait pas le temps à Joey de se montrer sarcastique ou désinvolte, comme il l'était souvent. Cela le forçait à baisser sa garde et à dire la première chose qui lui venait à l'esprit. Elle admirait l'habileté de Callum et espérait qu'il obtiendrait ce qu'il voulait afin de décider de continuer à l'aider. Si Joey ne le persuadait pas qu'il pouvait être innocent, Callum laisserait tomber.

Je vous en prie, mon Dieu, pria-t-elle silencieusement, *aidez Joey à convaincre Callum qu'il n'est pas un meurtrier. Si Callum ne l'aide pas, je ne sais pas quoi faire d'autre.*

Vingt minutes plus tard, après un au revoir larmoyant, elle était dans le SUV, franchissant le dernier portail de la prison. Comme toujours, en quittant son frère, elle éprouvait un mélange de soulagement et de chagrin. Parce que être entre ces murs gris était accablant. Mais savoir que son frère, contrairement à elle, ne pouvait en sortir et ne le pourrait peut-être plus jamais, l'obligeait à lutter contre les larmes.

Comme s'il avait saisi son tourment, Callum demeura silencieux. De temps en temps, il lui jetait un coup d'œil. Mais il ne s'immisça pas dans ses pensées et ne la força pas à parler. Il lui laissa le temps dont elle avait besoin, ce dont elle lui fut reconnaissante.

Ils avaient parcouru la moitié du chemin vers Gatlinburg quand elle reprit suffisamment le contrôle de ses émotions pour dire quelque chose. S'éclaircissant la gorge, elle se redressa sur son siège.

— Qu'avez-vous dit à mon frère ?

Il lui jeta un coup d'œil, avant de mettre son clignotant pour doubler une voiture.

— J'ai dit beaucoup de choses.

— Je veux dire quand vous étiez seuls, tous les deux. Quand je suis revenue, il ressemblait au frère que je connaissais autrefois. Comment avez-vous fait cela ?

Il haussa les épaules.

— Je l'ai raisonné.

Elle serra ses mains sur ses genoux.

— J'aime mon frère, plus que vous ne pouvez le comprendre. Mais je le connais aussi mieux que personne. Il affronte le stress en devenant belliqueux et grossier. D'une manière ou d'une autre, vous avez réussi à lui rappeler ses manières et à me donner un rare aperçu de ce qu'il était avant... avant que la police ne lui extorque des aveux et ne détruise sa vie. Quoi qu'il en soit, merci. C'était un cadeau rare de le revoir comme il était autrefois. Merci.

— Je suis content d'avoir pu vous aider.

— Vous l'avez fait. Vraiment. Et j'espère que vous continuerez à le faire. Avez-vous obtenu les informations dont vous aviez besoin pour prendre votre décision ?

— Vous me demandez si je pense qu'il est coupable du meurtre ?

— Oui.

Il doubla une autre voiture avant de répondre.

— Honnêtement, il ne m'a rien dit qui me fasse penser que sa condamnation est injustifiée. Il n'était ni drogué ni ivre quand il a avoué, il l'a admis sans difficulté. Et il n'a pas d'alibi.

— Correction, il a un alibi. Être seul chez soi n'est pas un crime.

— Non, c'est vrai. Mais si ce n'est pas corroboré par un autre moyen, c'est une défense inutile.

— Il n'avait jamais rencontré Alicia. Pourquoi l'aurait-il tuée ?

— L'un de ses amis a dit qu'il avait vu Joey et Alicia devant le bar, la nuit où elle a été tuée.

Elle leva les yeux au ciel.

— Un ami ? Vous parlez de Randy Hagen ? Ce type ferait n'importe quoi pour avoir son quart d'heure de gloire. Joey et lui n'étaient même plus amis. Randy entretenait un ressentiment à l'égard de mon frère. Je ne crois rien de ce qu'il a dit à la barre. Les avocats de mon frère non plus. Ils lui ont parlé encore il y a quelques jours, pour le persuader de revenir sur son témoignage. Cet imbécile a refusé.

— Peut-être parce qu'il a dit la vérité. Son témoignage concorde avec les aveux de votre frère.

— Je vous ai dit que…

— Les aveux ont été extorqués, disent tous ceux qui ont avoué.

— C'était le cas. L'inspecteur qui l'a interrogé (votre ancien patron, Farley) venait juste de finir d'interroger Randy. Il s'est servi de ces informations durant l'interrogatoire de mon frère, et voilà que ses prétendus aveux collaient avec !

Callum haussa les épaules d'un air évasif. Elle croisa les bras d'exaspération.

— Vous allez l'aider ou non ?

Il resta silencieux si longtemps qu'elle se convainquit qu'il cherchait le moyen de laisser tomber. Il ne faisait pas de doute qu'il s'était décidé en faveur de la culpabilité de Joey avant même qu'ils pénètrent dans la prison. Le comportement de son frère n'avait pas non plus aidé. Et ses réponses aux questions de Callum n'avaient pas dû lui rendre service.

Qu'allait-elle faire désormais ? Le lendemain serait le douzième jour avant son exécution. Les deux nouveaux avocats qu'elle avait engagés n'avaient fait aucun progrès réel. Callum était son dernier recours. Était-elle vraiment arrivée au stade où il fallait renoncer ? N'y avait-il rien d'autre qu'elle puisse faire pour sauver la vie du seul parent qui lui restait ?

Elle regarda par la vitre juste au moment où ils dépassaient un panneau d'autoroute. Fronçant les sourcils, elle remarqua le suivant.

— Nous sommes sur la 36 ? Ce n'est pas la route d'Atlanta. Vous connaissez un itinéraire plus rapide vers Gatlinburg ?

Il la surprit en souriant.

— Pas vraiment. Mais c'est le chemin le plus court vers Athens.

Elle sursauta sur son siège, craignant d'espérer.

— Athens ? Pourquoi ?

— Et maintenant, qui feint de ne pas comprendre ? C'est la scène du crime, le meilleur moyen pour moi de voir les lieux, de voir ce que le tueur a vu, de donner sens aux rapports que j'ai lus et de les comparer à ce que votre frère m'a dit aujourd'hui.

— Ça veut dire que vous...

— Je vais travailler sur l'affaire de votre frère, du moins jusqu'à ce que je découvre qu'il est coupable. À la seconde où je serai convaincu de sa culpabilité, je me retirerai de l'affaire.

Impulsivement, elle détacha sa ceinture et lui planta un baiser sur la joue.

— Comme il n'est pas coupable, ce n'est pas un souci. Merci, Callum. Merci, merci, merci. Ça veut dire beaucoup pour moi.

Il gloussa et la repoussa gentiment.

— Ça voudrait dire beaucoup pour moi si vous remettiez votre ceinture. Les accidents sont toujours imprévisibles, et je ne veux pas que vous voliez à travers le pare-brise. Je dois déjà faire repeindre le SUV. Devoir remplacer un pare-brise cassé en plus serait une sacrée tuile.

Elle rit et rattacha sa ceinture.

— C'est bon de savoir que vous vous en préoccupez. De votre voiture, je veux dire.

— C'est vrai, vous savez.

Il la regarda, sourire envolé, la fixant dans les yeux avec une intensité qui lui coupa le souffle.

— Je me préoccupe de ce qui vous arrive. Je vous respecte, j'admire votre courage et votre volonté de renoncer à tout ce pour quoi vous avez travaillé afin d'aider votre frère. Ce genre de loyauté est rare et admirable.

Elle cilla, sentant son visage devenir chaud.

— Merci, je vous en suis reconnaissante. Je… euh, vous admire aussi, pour être honnête. Même en sachant que vous avez contribué à envoyer mon frère en prison, ne serait-ce qu'en accomplissant des corvées pour l'inspecteur principal. Je ne serais pas venue vous demander de l'aide si je n'avais pas appris vos succès en tant qu'inspecteur. Et, bien sûr, pour Unfinished Business. C'est le facteur final qui m'a décidée à…

— M'enlever à main armée ? la taquina-t-il.

Elle rougit plus encore.

— Je ne pourrais jamais vous faire oublier cela, n'est-ce pas ?

— Probablement pas, dit-il en souriant encore plus largement.

— Eh bien, je suppose que ça en valait la peine si cela vous a décidé à travailler sur l'affaire. Parce que je suis tellement courageuse, bien sûr. Et loyale.

— Il y a ça, oui. Mais j'ai des raisons égoïstes aussi. Je ne sais pas si je me serais donné la peine de lire les rapports ou de lui rendre visite en prison si vous ne nous aviez pas donné ces informations sur le tueur en série que nous essayons d'attraper. Tous ceux qui travaillent à cette enquête piochent dans vos recherches. Nous espérons que ce sera la clé pour arrêter le tueur avant qu'il ne fasse une autre victime.

Elle sentit son estomac se nouer tandis qu'elle se forçait à sourire. Une fois qu'il se fut concentré à nouveau sur la route, elle contempla le paysage par la fenêtre. Qu'avait-il dit exactement ? Que tout le monde mettait son espoir dans les informations qu'elle avait fournies ? Travaillaient-ils tous sur cet angle au lieu des pistes qu'ils suivaient avant qu'elle n'arrive ?

La nausée lui tordit l'estomac. Son plan avait marché, un peu trop bien. Elle serra les poings sur ses genoux et inspira profondément pour réprimer la panique qui montait en elle.

Doux Jésus. Qu'ai-je fait ?

9

Le quartier résidentiel dans lequel Callum pénétra ce soir-là, en périphérie d'Athens, pouvait être qualifié au mieux de prometteur. La plupart des maisons semblaient dater d'une ère révolue, bâties longtemps avant la naissance de Callum, peut-être même avant la naissance de ses parents. En majorité construites en bois et de plain-pied, elles ne payaient pas de mine et arboraient des peintures pelées, certaines avec des allées effondrées ou absentes. Mais toutes les quatre ou cinq maisons, on en voyait une complètement différente, généralement à un étage, grande et moderne. Les gens achetaient les vieilles maisons, les faisaient abattre et les remplaçaient par ces bâtiments carrés en forme de gâteaux que l'on voyait dans tant d'autres quartiers. Et la raison pour laquelle ils les achetaient par ici était évidente.

Les terrains étaient immenses.

Ce quartier avait été construit à une époque où les terrains spacieux étaient la norme. Des chênes gracieux et des jardins paysagers parsemés de plates-bandes débordantes de couleurs lui donnaient un air douillet, une atmosphère de bienvenue. Chaque propriété disposait de suffisamment de terrain pour une maison bien plus grande. Tout en laissant la place à de vastes jardins plantés de grands arbres. Les terrains de cette taille n'existaient plus en ville. Ou, s'ils existaient, ils valaient des fortunes.

— Joli, n'est-ce pas ?

À côté de lui, Raine arborait un sourire serein, prenant visiblement plaisir à ce qu'elle voyait par la fenêtre. Lorsqu'il comprit quelles maisons elle admirait, il ne put s'empêcher d'être surpris.

— Vous aimez les vieilles maisons ? Pas les plus récentes ?

— Eh bien, oui. Pas vous ? Les nouvelles ressemblent à des boîtes.

Elle montra la vitre.

— Celles-ci sont charmantes, uniques. Bien sûr, elles ont besoin d'être restaurées. Mais elles sont différentes, spéciales, comme des reliques historiques.

— Et pourtant vous vivez dans une villa dans un lotissement où les maisons sont si serrées qu'on pourrait sauter d'un toit à l'autre.

Elle fronça les sourcils.

— D'abord, ce n'est pas une villa. Deuxièmement, comment savez-vous où j'habite ?

— Je suis enquêteur.

— Et vous avez éprouvé le besoin d'enquêter sur moi ?

— Comme vous l'avez fait pour moi ?

Elle fit la grimace.

— Un point partout, j'imagine.

Elle désigna à nouveau la maison la plus proche.

— Si je ne visais pas un poste d'associé dans un cabinet qui doit maintenir son image, je me verrais bien vivre ici. Vraiment. Bien sûr, ma Porsche détonnerait, avec seulement un auvent pour la protéger. Peut-être que je ne pourrais pas vivre dans l'une de ces maisons, après tout.

— Une Porsche ? Vous conduisez vraiment un de ces bolides ?

— Un cadeau que je me suis fait après une affaire particulièrement lucrative. Pourquoi êtes-vous aussi surpris ?

Il haussa les épaules.

— Parce que je ne vous ai vue qu'en jean jusqu'ici, j'imagine. J'aurais cru que vous conduisiez un petit SUV ou quelque chose comme ça.

— Peut-être que je devrais reconsidérer vos capacités en tant qu'enquêteur. Mon autre voiture, celle que je prends pour aller au supermarché, est un pick-up.

Il se mit à rire.

— C'est une surprise. Un pick-up normal ou à quatre roues motrices ?

— Quatre roues motrices.

— Rouge ?

— Bien sûr.

— Sympa. Voilà ce que j'appelle une belle caisse.

— Et pourtant, vous conduisez un SUV.

Il sourit largement.

— C'est ma voiture professionnelle, comme votre Porsche est la vôtre. Ma voiture normale est un 4×4. Rouge.

Elle se mit à rire, et ils se tapèrent dans la main.

— Nous nous ressemblons plus qu'on aurait pu croire.

— J'imagine que oui. Mais si je dois faire quelque chose d'utile avant le coucher du soleil, il faut nous activer.

Il ouvrit sa portière.

— Nous activer à quoi ? interrogea-t-elle. Si vous voulez voir la scène de crime, les Claremont habitent dans la rue suivante.

— Comme je vous l'ai dit, je veux me faire une idée des lieux.

Il sauta de son véhicule d'un bond et passa à l'arrière du SUV pour ouvrir le hayon. Quand Raine le rejoignit, il avait déjà sorti un drone et le préparait à décoller.

— Waouh. Bien plus beau que le mien, dit-elle.

— Vous vous servez d'un drone pour le travail ?

— Non. Je suis une ennuyeuse avocate d'affaires. Aucun besoin d'un drone pour ça. Le mien est pour les week-ends, pour me faire une idée des lieux, comme vous dites. Je survole des endroits pour faire des photos et j'en prends de très bonnes avec le drone lui-même.

— Des images, donc.

— De la photographie. La nature, les paysages, ce genre de choses. C'était ce que je voulais faire avant que mes parents ne me persuadent de choisir un vrai métier. Je voulais étudier la photo à l'université, essayer de vendre le produit de mon travail aux magazines... Mais je suppose que c'est une bonne chose qu'ils m'en aient dissuadée. J'aurais probablement dû avoir un second boulot juste pour payer le loyer. Cela ne m'aurait pas procuré l'argent dont j'ai eu besoin pour financer la défense de mon frère.

Elle s'éclaircit la gorge, son enthousiasme envolé.

— Non que cela lui ait beaucoup servi.

Il recula et lança le drone en l'air.

— Nous avons treize jours pour soulever un doute raisonnable. Ne renoncez pas maintenant.

Elle hocha la tête sans conviction. Il ne pouvait le lui reprocher. Les avocats de Joey avaient essayé pendant des années de faire casser sa condamnation et de lui obtenir un nouveau procès. Faire appel à Callum pour lui sauver la mise, c'était comme parier sur un match mal engagé : les chances de succès étaient faibles. Mais elles n'étaient pas nulles. Si Joey était vraiment innocent. Et jusque-là, Callum n'avait rien vu qui l'en convainque.

— Quel était votre rêve de carrière, quand vous étiez jeune ?

Elle se tenait à côté de lui, observant l'écran de contrôle grâce auquel il dirigeait le drone pour avoir une meilleure vue du quartier, notamment des routes principales et secondaires.

— Ma mère dit que j'ai voulu être policier dès que j'ai commencé à parler.

— Vraiment ? Pourquoi ? Je veux dire, ce n'est pas une mauvaise chose, au contraire. Mais qu'est-ce qui peut pousser un enfant de 2 ou 3 ans à vouloir être policier ? Et à conserver cette résolution jusqu'à l'âge adulte ?

Il haussa les épaules, notant que les villas les plus éloignées étaient sises sur des terrains encore plus vastes, plantés de nombreux arbres et arbustes. Beaucoup de cachettes pour un malfaiteur.

— Je suppose que ça courait dans la famille. J'ai grandi entouré d'uniformes. Mon père faisait partie de la police de l'armée. Ma mère travaillait comme opératrice au 911. C'est comme ça qu'ils se sont rencontrés. Mon grand-père paternel était le chef de la police de la ville où il est né. Mayfield, dans le Kentucky.

— Pas étonnant que vous soyez enclin à supposer la culpabilité de mon frère. Je suis surprise que vous ne m'ayez pas fait arrêter après mon coup d'éclat.

Il sourit.

— Oui, eh bien, comme je l'ai dit, j'avais des raisons égoïstes.

Ce qu'il ne lui disait pas, c'était qu'en plus de vouloir ses informations sur le tueur en série, il avait été aussi curieux d'elle.

C'était une très jolie femme, on ne pouvait le nier. Mais c'était sa détermination, sa volonté de tout risquer pour son frère, qui lui avait donné envie d'en savoir plus sur elle. En dépit de l'illustre histoire familiale, il n'était proche d'aucun membre de sa famille. La fameuse loyauté familiale n'existait pas chez les Wright, et moins encore chez son père. C'était la raison pour laquelle il ne l'avait pas revu, pas plus que le reste de la famille, depuis qu'il était entré à l'université – sur ses propres fonds, en occupant deux emplois. Ses parents auraient pourtant aisément pu payer ses frais d'université s'ils l'avaient voulu. Ils l'avaient fait pour les études de sa sœur.

— Voici la maison des Claremont.

Raine désignait une vieille maison blanche sur l'écran.

— Cette extension à l'arrière est récente, bâtie dans les six derniers mois.

— Comment le savez-vous ?

— Parce que la dernière fois que je leur ai rendu visite, elle n'était pas là.

Il lui jeta un coup d'œil surpris avant de revenir à l'écran pour faire voler le drone au-dessus de la maison en question.

— Vous avez rendu visite aux parents de la femme que votre frère est accusé d'avoir tuée ?

Elle s'éloigna de quelques centimètres, comme si elle était soudain gênée d'être près de lui.

— Ce n'était pas l'objectif. Ce n'est pas comme si je m'étais présentée sur le pas de leur porte. Cela aurait été affreusement inapproprié, étant donné la situation. Mais je ne pouvais pas ignorer ce qui s'était passé. Oui, je crois à l'innocence de mon frère. Je sais qu'il est innocent, de tout mon cœur. Mais les parents d'Alicia n'ont pas grandi avec Joey. Ils n'avaient aucune raison de douter de ce que la police leur a dit. Dans leurs cœurs, Joey était l'ennemi, celui qui avait dévasté leur vie. Mais, moi, je suis sa sœur. C'était de ma responsabilité de les contacter et de présenter des excuses au nom de la famille. J'ai envoyé une carte, puis une lettre par l'intermédiaire d'un des avocats de Joey, pour exprimer mes sincères condoléances pour cette perte terrible. Je leur ai dit que je croyais sincèrement que le meurtrier était encore en liberté, mais que je voulais aussi qu'ils sachent que je comprenais pourquoi ils estimaient que mon frère lui avait fait du mal, et que j'étais désolée pour le chagrin qu'ils avaient enduré.

Elle haussa les épaules.

— Pathétique, je sais. Mais je sentais que je devais dire quelque chose.

Raine le surprenait une fois de plus. Elle se révélait très différente de ce qu'il avait présumé. En dépit du fait qu'elle était avocate et sœur d'un repris de justice, il l'appréciait de plus en plus. C'était la plus grosse surprise de toutes.

— Comment ont-ils réagi à cette lettre ?

Il finit d'examiner le terrain entourant la maison et envoya le drone explorer les terrains adjacents, cherchant des itinéraires d'évasion, des moyens de sortir de la propriété sans être vu.

— Au lieu de me répondre à travers l'avocat ou de simplement m'ignorer, ils m'ont appelée au travail.

— Vous plaisantez...

— Pas du tout. J'ai éclaté en sanglots en prenant l'appel. Mon assistante a pensé que c'étaient des clients potentiels, elle n'a pas reconnu leur nom. Quand M. Claremont s'est présenté, j'ai eu l'impression d'être renversée par un camion.

Elle secoua la tête et poussa un soupir saccadé.

— Il s'est montré tellement gentil, tellement bienveillant et compréhensif. Ils l'ont été tous les deux, d'ailleurs. Ils voulaient que je vienne les voir.

— Quand était-ce ?

— Une semaine après la condamnation de Joey.

— Incroyable. Comment ça s'est passé ? Très bien, j'imagine, si vous les voyez régulièrement. Assez pour savoir que cette extension n'était pas là il y a six mois.

— Je les vois une ou deux fois par an. Mais la première visite n'a pas eu lieu avant plusieurs mois après leur appel. Leur envoyer une lettre, c'était une chose. Les rencontrer en personne, m'asseoir en face d'eux, dans la maison où leur fille avait été assassinée, et savoir qu'ils étaient convaincus que mon frère l'avait tuée... ce n'était pas quelque chose que j'étais prête à faire. Il m'a fallu un moment pour avoir le courage de les rencontrer. Et quand je l'ai fait, ils ont été incroyables. Ils voulaient que je sache qu'ils ne retenaient pas les actes de Joey contre moi, qu'ils ne me reprochaient pas d'essayer de le défendre parce que c'était mon frère. Ils me comprenaient, comme personne ne l'avait fait jusque-là. Jusqu'à maintenant, je suppose. Vous semblez m'avoir pardonné mes actes parce que vous comprenez la loyauté familiale.

— C'est plutôt que j'apprécie ce concept, parce que je n'en ai jamais fait l'expérience moi-même.

— Que voulez-vous dire ?

Il soupira et fit revenir le drone vers eux.

— Nous en parlerons une autre fois. Peut-être.

Elle resta silencieuse jusqu'à ce qu'il range le drone dans le coffre et referme le hayon.

— Maintenant que vous avez vu où ça s'est passé, que faisons-nous ? demanda-t-elle. C'est un long trajet d'ici à Gatlinburg, et il commence déjà à faire noir. Nous pourrions dîner en ville et dormir chez moi cette nuit, pour partir tôt demain matin.

— J'apprécie votre offre. C'est une perspective plus agréable que de prendre une chambre d'hôtel. Mais je n'ai pas fini ici. Je comprends mieux le cadre, mais pas la scène de crime elle-même.

Elle le regarda vivement.

— Vous voulez aller chez eux ? Voir où Alicia a été… où elle a été tuée ?

— J'avais prévu de contacter les Claremont demain matin, pour savoir s'ils accepteraient de me voir, sans vous, par respect pour eux. Mais maintenant que je sais qu'ils ne seront pas bouleversés si vous venez aussi, nous pouvons économiser du temps en leur rendant visite maintenant. Il y a une voiture dans leur allée. Ils sont chez eux.

Elle écarquilla les yeux d'un air de panique. Avait-elle inventé l'histoire de la lettre et de l'appel téléphonique ? Peut-être avait-elle créé cela de toutes pièces pour susciter de l'empathie envers elle et, par procuration, envers Joey. L'idée qu'elle mente à propos d'une telle chose le fit se raidir. Il se demanda sur quoi d'autre elle avait menti. C'était une avocate, après tout. Il aurait été plus avisé de ne pas lui faire confiance.

— Si vous préférez ne pas venir avec moi…

— Non, non, l'interrompit-elle. J'adorerais les voir. Je suis juste…

— Inquiète que je découvre que vous ne les avez jamais rencontrés ?

Elle ouvrit tout grand la bouche, puis la referma en rougissant. S'éclaircissant la gorge comme si elle avait du mal à parler, elle dit :

— Vous croyez que je vous ai menti ?

— Vous l'avez fait ?

Elle jura à mi-voix.

— J'imagine que nous allons le découvrir, à supposer qu'ils veuillent vous voir. Mon hésitation était due au fait que je ne veux pas les blesser. Je ne veux pas que vous réveilliez d'horribles souvenirs et que vous leur causiez du chagrin.

— C'est à eux de le décider, pas à vous.

— Alors je suppose que nous devrions y aller. Mais je vais d'abord entrer seule, pour ouvrir la voie et m'assurer qu'ils seront d'accord.

Elle marcha vers la Lexus et s'installa sur son siège.

— Au diable cette idée, marmonna-t-il pour lui-même en se dirigeant vers le côté conducteur. J'entrerai le premier pour voir leur réaction.

10

Dans le hall d'entrée, Raine serra la main de Mme Claremont entre les siennes et sourit à M. Claremont.

— Je vous en prie, ne vous croyez pas obligés de partir. Je peux vous tenir compagnie pendant que M. Wright fait le tour de la maison. Nous n'en aurons que pour quelques instants. Vous n'aurez à répondre à aucune question.

Elle ignorait Callum, qui se tenait derrière elle. Sans aucun doute, il était furieux de ne pas avoir l'occasion de leur parler d'Alicia. Mais ces gens adorables n'avaient que trop souffert. Raine n'allait pas leur infliger un interrogatoire dirigé par Callum, même si c'était pour aider Joey.

M. Claremont lui tapota l'épaule.

— Prenez autant de temps que vous le voulez. Vous m'appellerez quand nous pourrons revenir. Nous comprenons combien c'est important pour vous. Et nous voulons que vous trouviez la paix, que vous sachiez que vous avez exploré toutes les possibilités, que vous avez fait tout ce que vous pouviez pour votre frère. Nous ferions la même chose à votre place.

Raine leur offrit un sourire de gratitude, les yeux humides.

— Vous avez été si gentils avec moi, tous les deux, si compréhensifs. Je ne sais pas comment vous remercier.

Mme Claremont serra les mains de Raine avant de les lâcher.

— Vous parlez comme si vous ne nous donniez rien en retour.

Mais vous parler au téléphone, vous voir, recevoir vos cartes, vos fleurs, tout ça nous donne quelque chose à attendre dans une maison bien trop silencieuse. Vous gardez Alicia en vie pour nous. Vous nous faites sentir vivants. En ce qui nous concerne, vous êtes notre seconde fille. Nous vous aimons, Raine.

— Je vous aime aussi, murmura-t-elle d'une voix brisée, et elle les serra tous deux contre elle.

Tandis qu'ils franchissaient la porte, Mme Claremont se retourna pour lui adresser un dernier sourire.

— Tout ira bien, Raine. Vous vous en sortirez. Quoi qu'il arrive, nous sommes là pour vous.

Elle se força à sourire et les regarda s'éloigner en voiture, puis referma doucement la porte.

— Vous tremblez.

Callum lui passa un bras autour de la taille comme s'il craignait qu'elle s'évanouisse.

— Venez. Asseyez-vous sur le canapé.

Être traitée en petite chose impuissante la poussait normalement à réagir avec ressentiment. Elle avait travaillé trop longtemps et trop dur pour être traitée comme une faible femme. Mais elle avait effectivement besoin de s'asseoir. Elle était si fatiguée de devoir être forte tout le temps. En outre, il avait raison. Elle tremblait et ignorait combien de temps ses jambes allaient la porter.

Le visage empourpré, elle le laissa la conduire vers le canapé, où elle prit place avec gratitude. Trop gênée pour le regarder, elle posa les coudes sur ses cuisses pour soutenir sa tête et ferma les yeux.

— Allez-y, dit-elle. Visitez la maison et cherchez ce que vous croyez pouvoir trouver quinze ans après. J'ai juste besoin d'une minute.

— La maison peut attendre. Vous voulez un verre d'eau ? Vous allonger ?

Elle rougit de plus belle.

— Arrêtez. Faites ce que vous avez à faire. Je vais très bien. Ou j'irai bien. Je suis juste… bon sang, je ne sais pas ce que j'ai. Mais ça ira dans quelques minutes.

Au lieu de la quitter, il s'assit à côté d'elle et posa un bras ridiculement chaud et musclé sur ses épaules. Une part d'elle avait envie de repousser sa gentillesse, qu'elle ne pensait pas mériter. L'autre partie avait envie de se blottir contre lui, peut-être même de glisser un bras autour de sa taille. Bonté divine. Qu'est-ce qui n'allait pas chez elle ?

— Je vois presque les rouages tourner dans ce cerveau affûté, la taquina-t-il. Vous n'avez pas l'habitude de vous sentir vulnérable. Mais vous devez vous accorder un répit. Vous êtes stressée. N'importe qui le serait dans votre situation. Et cela ne va faire qu'empirer dans les deux prochaines semaines.

Elle grogna et s'adossa au canapé, le forçant à ôter son bras avant qu'elle ne se fasse encore plus honte en se collant contre lui.

— Même si je déteste l'admettre, vous avez raison. J'ai l'impression qu'un énorme rocher dévale la montagne dans ma direction et que je ne peux pas l'éviter, quelle que soit la vitesse à laquelle je cours. Et pourtant, ce n'est pas moi qui suis en péril, c'est Joey.

Elle serra les poings et rouvrit les yeux.

— Je n'ai pas le temps de rester les bras ballants pendant que l'horloge égrène les dernières heures de sa vie.

Elle voulut se lever, mais il l'en empêcha gentiment.

— Vous n'aiderez pas votre frère comme ça. Vous êtes au bout du rouleau. Et toute cette culpabilité que vous trimballez vous rend malheureuse. Ces gens, les Claremont, ils ont visiblement beaucoup d'affection pour vous. On dirait que vous avez fait beaucoup plus que de leur rendre visite de temps en temps. D'après ce que j'ai entendu, vous n'avez aucune raison de vous sentir coupable vis-à-vis d'eux, au contraire. Et vous avez fait tout ce que vous pouviez pour aider votre frère. Vous faites encore tout ce que vous pouvez. Accordez-vous un peu de repos de temps en temps. Autrement, vous n'aurez plus d'énergie et vous ne pourrez plus rien faire pour lui.

Elle poussa un soupir saccadé. Il avait raison quant à son épuisement. Elle ne dormait presque plus. Et ses capacités de concentration étaient réduites à néant. Mais il se trompait en disant qu'elle ne devait pas se sentir coupable. Elle avait beaucoup plus de raisons pour cela qu'il ne s'en doutait.

Il fallait qu'il sache la vérité. Elle devait lui dire ce qu'elle avait fait. Mais si elle le faisait, cesserait-il d'aider Joey ? Et si elle ne le faisait pas, quelqu'un souffrirait-il de son mensonge ?

Réfléchis, Raine. Essaye de comprendre. Il doit y avoir un moyen de réparer ça sans sacrifier Joey au passage.

— Vous semblez aller mieux. Si vous êtes prête, nous pouvons en discuter, dit-il.

Elle leva les yeux, stupéfaite. Avait-elle parlé tout haut ?

— En discuter ?

— De l'agression, de ce qui s'est passé ici. J'ai lu les rapports de police, autant que je le pouvais en une nuit. Vous les avez probablement lus des dizaines, voire de centaines de fois. J'ai entendu la version de Joey ce matin, durant le temps limité que nous avons eu avec lui. Mais ça ne suffit pas. Discutons-en en nous prêtant mutuellement une oreille critique. Ensuite, je jetterai un coup d'œil avec tout ça en tête, de manière à me représenter ce qui s'est passé et voir s'il y a des trous dans les théories de la police.

Le soulagement l'incita à se saisir de la perche qu'il lui tendait. Elle remit à plus tard l'aveu de son terrible secret. Et peut-être avant cela, peut-être seulement, un déclic se produirait dans l'esprit de Callum, un déclic qui conduirait à une réponse à ses prières et celles de Joey.

— D'accord.

Elle inspira à fond, sentant sa fébrilité reculer.

— Par où commençons-nous ?

— Pour l'instant, limitons-nous à l'intérieur de la maison. Nous pourrons discuter du reste après notre départ, afin de ne pas obliger les Claremont à rester dehors plus longtemps que nécessaire. Bien que je veuille leur demander s'ils ont un animal domestique. Je suppose qu'ils n'en ont plus, sinon ils en auraient parlé.

— Non, ils n'en ont pas et ils n'en avaient pas non plus à l'époque si c'est votre question suivante. Pas de chien pour aboyer et alerter le voisinage.

— Des voisins ? Les maisons ne sont pas très proches les unes des autres. Mais si une des maisonnées avait un chien qui avait tendance à aboyer en voyant quelqu'un, ce serait bon à savoir. Ça pourrait nous indiquer si le tueur était connu du quartier ou non.

Elle secoua la tête.

— J'ai entendu des chiens dans le quartier, mais jamais très près. Je ne pense pas que les maisons voisines ont des chiens.

— D'accord. On continue, alors. Continuons à parler.

— Nous nous concentrons sur Alicia ?

— Pour l'instant. Nous parlerons des suspects potentiels plus tard. Alicia avait 20 ans, elle était en première année à l'Institut Technique d'Athens. Elle vivait encore avec ses parents pour économiser.

Raine hocha la tête et avança sur son siège.

— Elle préparait un diplôme d'infirmière. Elle voulait aider les gens.

Son estomac se noua. Alicia, selon tous les dires, était une bonne étudiante, une bonne personne. Elle aurait pu faire une différence dans le monde.

— On était vendredi soir, samedi matin, en réalité. Elle se détendait au club de la ville. Elle est partie vers 2 heures du matin et est rentrée chez elle en voiture.

Raine acquiesça.

— Ses parents s'étaient absentés pour le week-end, pour rendre visite à une amie malade. Ils n'étaient pas sûrs d'être rentrés assez tôt le lundi pour qu'Alicia arrive à l'heure à son premier cours. Alors ils s'étaient mis d'accord pour qu'elle reste ici.

Callum se leva.

— Si vous allez mieux, je vais parcourir la maison. Vous pouvez rester assise et...

— Non, non, je vais bien. Vraiment. Je veux vous aider.

Il tendit la main. Elle hésita, puis le laissa la mettre sur pied. Au lieu de la lâcher tout de suite, il sourit et l'entraîna vers le hall. Ce n'était pas comme s'ils se tenaient vraiment la main. Pas comme s'ils étaient un couple ou rien de ce genre. Mais cela faisait si longtemps qu'elle n'avait pas touché quelqu'un que sa main lui faisait l'effet d'une chaleureuse étreinte sur tout le corps. Et lorsqu'ils atteignirent le hall et qu'il la lâcha, elle se sentit soudain perdue, triste et seule.

Il fronça les sourcils.

— Vous êtes sûre que vous êtes prête à cela ?

— Oui, oui, bien sûr. Désolée, je pensais juste à quelque chose.

Elle lui sourit, rougissant à nouveau.

— Allons-y. Je n'ai jamais effectué de reconnaissance, ou quel que soit le nom que vous lui donnez. Je ne suis pas sûre de savoir comment ça marche.

— Il n'y a pas de règle ou de procédure. Nous parlons juste de la maison, nous parcourons la scène du mieux possible.

Il se tint dos à la porte d'entrée et lui fit signe de l'imiter.

— Nous nous trouvons là où Alicia s'est tenue cette nuit-là. Les photos de scène de crime se sont concentrées sur la chambre, là où la police pense que c'est arrivé. Vous avez vu la maison avant, quelques mois après le procès. Ressemble-t-elle à ce qu'elle était cette nuit-là, ou est-elle différente, maintenant ?

Elle survola du regard le hall, les ouvertures en forme d'arche à droite et à gauche, le salon droit devant.

— Euh… Je n'y ai jamais réfléchi avant. Mais je ne crois pas qu'il y ait eu beaucoup de changements depuis que j'ai commencé à leur rendre visite. C'est en quelque sorte… figé dans le temps. Quelle tristesse.

— Cela leur procure peut-être du réconfort de laisser les choses comme elles étaient quand leur fille était encore en vie. En me tenant là, comme si je venais de passer la porte d'entrée, je vois la plus grande partie du salon. Si les meubles sont à la même place…

— Oui.

— … alors il n'y a pas vraiment de cachette ici. Si le canapé était contre le mur opposé, face à nous, je dirais que le meurtrier a pu se cacher derrière. Mais nous sommes en face, et le miroir au-dessus de la cheminée en montre l'arrière.

— Oh waouh, je n'avais pas pensé à ça.

— S'il était dans le salon, elle aurait pu le voir dès la porte franchie et courir dehors.

— C'est logique.

Elle désigna sa droite.

— Et la cuisine ?

— Jetons un coup d'œil.

Il franchit le petit passage voûté pour pénétrer dans une petite cuisine étroite et la parcourut d'un bout à l'autre. Il y avait une porte qui conduisait à l'auvent des voitures. Et une autre à côté, au bout de la rangée de placards.

— Le rapport de police affirme que rien n'indique que quelqu'un soit passé par cette porte. Mais il n'y avait pas de traces d'effraction sur la porte d'entrée non plus.

— C'est bien pour ça qu'il est logique de penser qu'elle connaissait son agresseur. Et Joey n'avait jamais rencontré Alicia.

Il ouvrit la porte de la cuisine.

— Le garde-manger. Il n'est pas grand. Impossible de s'y cacher, à moins d'être un enfant et de se faufiler sous les étagères.

Il referma la porte.

— Quant au fait qu'elle connaissait Joey, c'est toujours en débat, comme nous l'avons déjà dit.

— Randy Hagen a menti. Et le fait qu'il dise qu'il les a vus ensemble démontre qu'il la connaissait de vue, bien qu'il ait dit le contraire à la police.

— Son témoignage précise qu'il avait vu des photos d'elle aux informations et qu'il s'était souvenu de l'avoir vue avec Joey.

— Comme je disais, des inventions.

— Comment savez-vous qu'il a menti ? Parce que c'est ce que dit Joey ?

Elle leva le menton.

— Oui. Et parce qu'aucun témoin n'a corroboré cela. Personne d'autre ne se souvient d'eux au bar ce soir-là.

— Ce n'est pas ce que je me rappelle avoir lu. D'autres personnes croyaient les avoir vus, sans en être sûres.

Elle croisa les bras.

— Son relevé de carte de crédit prouve qu'elle y était, continua-t-il. L'endroit était très bruyant, bondé et sombre. Elle n'a rien fait pour se faire remarquer. Mais elle était incontestablement là. Joey a pu y être aussi. S'il n'y était pas, pourquoi Hagen aurait-il menti à ce propos ? Qu'avait-il à y gagner ?

— La vengeance. Joey et lui aimaient la même fille des années avant cela. Elle a laissé tomber Hagen pour Joey. C'est pour ça qu'ils n'étaient plus amis.

— Des années auparavant. Et Hagen décide de prendre sa revanche sur lui en l'envoyant dans le couloir de la mort ? Ça me paraît un peu extrême.

Il leva les mains pour l'empêcher de répondre.

— Laissons cette discussion pour plus tard. Revenons à la question de savoir comment le tueur est entré. La police a émis l'hypothèse que Joey a fouillé son sac à main au bar et a trouvé ses clés. Ses parents ont confirmé qu'elle avait toujours un double des clés dans la poche intérieure de son sac, au cas où tous trois s'absentaient en même temps. Ce double n'était pas dans son sac quand la police l'a trouvé.

— Elle aurait pu le perdre à n'importe quel moment sans s'en apercevoir.

— Peut-être, concéda-t-il, l'air peu convaincu.

— Je pense toujours qu'elle a dû laisser le meurtrier entrer, dit Raine.

— Ou bien il avait une clé. Tout ce que nous avons pour l'instant, ce sont des spéculations et des théories. Les fenêtres étaient fermées. Aucun des écrans-moustiquaires n'a été déchiré. La porte d'entrée ne montrait ni trace d'effraction ni enfoncement. Les encadrements étaient intacts.

— Alors la police doit se tromper en pensant qu'il attendait à l'intérieur. Peut-être est-elle rentrée chez elle avec quelqu'un qu'elle connaissait.

— Vous pensez à Hagen ? questionna-t-il.

Elle haussa les épaules.

— C'est possible.

— Connaissait-elle Hagen ?

— Personne n'a jamais pu le prouver. Mais ils n'ont pas prouvé non plus que c'était le cas de Joey.

Elle arqua un sourcil d'un air de défi.

Il sourit et fit un tour sur lui-même, observant la cuisinière, le réfrigérateur et les plans de travail.

— Normalement, dans une situation comme celle-là, je dirais que le tueur s'est servi d'une ruse, comme une livraison de pizza, pour lui faire ouvrir la porte. Il a pu prétendre s'être trompé de maison. Il a emporté la boîte en partant afin que personne ne sache. Ou la livraison d'un paquet. Il y a toutes sortes de motifs pour faire ouvrir la porte à un inconnu. Mais à cette heure de la nuit, je ne vois pas.

— Moi non plus, honnêtement. Je n'ouvrirais certainement pas la porte à quiconque après minuit, approuva-t-elle.

— Une autre possibilité, c'est qu'il se soit caché dans les buissons près de la porte. Lorsqu'elle l'a ouverte, il est arrivé derrière elle et est entré de force.

Elle hocha lentement la tête.

— Ça paraît plausible. Mais je ne me souviens pas que la police en ait parlé dans ses rapports.

— Ils n'ont probablement trouvé aucun débris de terre ou de feuilles pour soutenir cette théorie, alors ils ne l'ont pas mentionnée.

— C'est néanmoins une possibilité. Une petite possibilité, mais davantage que ce que j'avais. Merci.

Il sourit.

— Elle a pu simplement oublier de verrouiller la porte derrière elle, et quelqu'un est entré après elle.

Raine cilla.

— C'est tellement évident, et pourtant personne, pas même moi, n'en a parlé avant.

— Je suis sûr que la police a réfléchi à tout cela. Mais les inspecteurs ont dû tout revoir et assembler le puzzle de la manière la plus logique pour eux.

— C'est-à-dire avec la culpabilité de mon frère.

— C'est Hagen qui leur a donné son nom. Puis Joey a avoué. Difficile de leur reprocher de croire qu'il était leur suspect.

Il leva à nouveau les mains.

— Ne parlons pas encore des faux aveux. Nous nous occuperons de ça plus tard.

Elle poussa un soupir d'agacement.

— Et ensuite ?

— Pour l'instant, supposons que personne ne s'est introduit

avec elle dans la maison. Qu'a-t-elle fait quand elle a verrouillé la porte derrière elle ? Son sac a été trouvé sur cette console, près de la porte d'entrée. Ses clés étaient posées dessus. La cuisine et le salon étaient rangés. Rien ne suggère qu'elle est allée manger un morceau. Aucun coussin dérangé, aucun plaid froissé sur le canapé pour indiquer qu'elle a regardé la télévision après être rentrée.

Raine se tenait dos à la porte, et un sentiment d'étrangeté s'abattit sur elle lorsqu'elle s'imagina à la place d'Alicia. Regagner le foyer confortable où elle avait grandi, sans savoir que sa jeune vie allait être fauchée de la plus horrible des manières. Elle feignit de poser son sac et ses clés sur la console, bien que son sac à main soit dans le SUV de Callum. Puis elle baissa les yeux.

— Les chaussures. J'aurais enlevé mes chaussures et je les aurais rangées dans le placard du hall.

Il la rejoignit dans ledit hall.

— Il n'y a pas de placard ici. Dans la chambre, peut-être ?

— Peut-être.

Elle tourna pour s'engager dans le couloir. La première porte était plus étroite que les autres. Elle l'ouvrit. C'était bien un placard. Des manteaux et des vestes étaient suspendus à des cintres. Et des paires de chaussures disposées sur un rack en bois. Quand elle referma la porte, celle-ci grinça.

— Le tueur a dû entendre ça.

— Si elle grinçait à l'époque, et qu'il était déjà à l'intérieur. Mais je pense qu'il a su qu'elle était rentrée. Il a dû entendre la porte d'entrée ou les clés et le sac qu'elle déposait sur la table. La théorie de la police est qu'il attendait dans sa chambre. Elle donne sur la façade. Ils ont supposé qu'il épiait par la fenêtre, surveillant son arrivée.

— Des suppositions. Des hypothèses. Ils n'ont trouvé aucune empreinte pour le prouver.

Il sourit.

— C'est pourquoi ils ont dit que le meurtre était prémédité. Le meurtrier portait des gants.

— Encore des suppositions.

— Des déductions, plutôt. Il est improbable qu'on l'ait agressée et étranglée sans laisser aucune trace ADN ni aucune empreinte, à moins de porter des gants. Et un préservatif. Il y avait des indices de viol, mais pas de sperme.

Elle frissonna.

— Pauvre Alicia.

Il serra les dents.

— Pauvre Alicia, oui.

Il avança dans le couloir, jetant un bref coup d'œil dans chaque pièce qu'ils dépassaient, comme pour reconstruire le plan de la maison dans sa tête. Dans la chambre principale, il étudia les peintures accrochées aux murs et les photographia avec son téléphone, de même que les bibelots disposés sur la commode.

— Vous pensez que le tueur est venu dans cette pièce ? questionna Raine depuis le seuil.

— Je pense que oui. La connaissance de ces pièces serait une manière de prouver son identité. Il n'y avait pas de photos dans les rapports de police, rien dans les publications de la presse. Et je me rappelle que le policier arrivé le premier sur les lieux a dit que toutes les portes du couloir étaient fermées, à l'exception d'une seule.

— La chambre d'Alicia.

Il hocha la tête et pénétra dans le dressing des parents. Le fond du dressing était tapissé d'un papier peint parsemé de bouquets de fleurs violettes. Il prit à nouveau une photo, car c'était un détail qu'il ignorait auparavant. Puis tous deux regagnèrent le couloir. Ils firent halte devant la porte de la chambre qu'ils étaient venus voir.

La chambre d'Alicia. Le lieu où elle avait été agressée, violée et étranglée, telle que l'avaient découverte ses parents le lundi matin, quand ils étaient revenus de leur déplacement.

Elle avait subi une mort brutale. Celui qui l'avait tuée méritait le pire châtiment qu'un tribunal pouvait prononcer. Et ses parents méritaient d'obtenir justice, de savoir que celui qui avait tué leur fille avait payé pour son crime. Raine le voulait aussi ardemment qu'eux. Mais pas au prix de la vie de Joey. Joey était doux et bienveillant ou l'avait été durant son enfance et son adolescence. Il avait fait l'objet de harcèlement, il n'était pas du genre à harceler lui-même. Oui, il avait commis des délits en cambriolant des villas, en peignant des graffitis, en volant des biens. Il avait eu quelques peines de prison mineures. Mais aucun de ces délits n'avait jamais visé des personnes. Il n'avait jamais été un violeur. Et il avait plaidé coupable chaque fois qu'il s'était fait attraper.

Callum posa la main sur le bouton de la porte.

— Prête ?

Raine inspira pour se donner du courage.

— Prête.

Il poussa la porte. Raine plaqua une main sur sa poitrine.

— Oh ! mon Dieu.

11

— Ce n'était pas ce à quoi vous vous attendiez ? questionna Callum.

Elle secoua lentement la tête.

— On dirait... qu'Alicia va rentrer d'une minute à l'autre. Je pensais que vous vouliez une idée de la taille de la pièce, de l'emplacement du placard, de la fenêtre, ce genre de choses. J'ignorais qu'ils l'avaient conservée dans le même état.

Son regard se posa sur le lit.

— Sauf que... c'est différent. Ce n'est pas exactement le même lit que sur les photos.

— La police a dû emporter la literie d'origine aux fins de preuves. Ses parents ont sans doute essayé de trouver la même sans y arriver. À en juger par l'ensemble, ses livres, son ordinateur, sans doute rendu après le procès, les coupes sportives, les posters sur les murs, ils ont gardé la pièce telle quelle. Un mémorial dédié à leur fille.

— Ils n'ont pas tourné la page.

— Beaucoup de familles ne le font pas. Alicia était peut-être légalement une adulte, mais ses parents pensaient à elle comme à leur enfant, leur unique enfant. Se débarrasser de ses affaires devait être trop douloureux au début. Plus tard, ils ont juste fermé la porte et n'y ont plus touché. Mais d'après l'absence de poussière, la chambre est régulièrement nettoyée.

— Comme c'est triste de les imaginer faisant cela.

Elle se frotta les bras de bas en haut comme si elle avait froid.

— Que vouliez-vous voir ici ?

Il prit son téléphone, manipula l'écran et le lui montra.

— Cet album contient les photos de police prises dans cette pièce. À l'origine, comme vous l'avez dit, je voulais me faire une idée de l'espace, des dimensions. Mais comme la scène de crime est bien préservée, nous avons une occasion unique de la comparer aux photos de la police. Si des détails significatifs n'ont pas été photographiés, cela nous fournira des informations que seul le vrai meurtrier peut connaître.

— Ce qui nous aiderait à prouver que quelqu'un d'autre l'a fait.

— Ça pourrait.

Ou cela pourrait ajouter des preuves supplémentaires contre Joey Quintero, si Callum avait l'occasion de l'interroger hors de la présence de Raine. Il contacterait son ami l'administrateur de la prison et arrangerait cela avec lui.

— D'accord, dit Raine, apparemment encouragée. Voyons voir ce que vous avez là.

Il lui tendit le téléphone. Lui-même n'avait pas besoin de les regarder car il les avait étudiées en détail la veille au soir. Il arpenta donc la chambre. Le placard était petit, comme tout ce qui se trouvait dans la maison. Ses portes en bois blanc s'ouvraient en accordéon. Quelqu'un aurait pu s'y cacher derrière les vêtements et épier à travers les fentes. Les portes étaient typiques des nombreuses maisons bâties à cette époque.

En faisant glisser les cintres, il découvrit que le fond du placard était recouvert d'un papier peint blanc à motif de branchages et de fleurs roses. Il supposa que c'étaient des fleurs de cerisier mais il n'en était pas sûr. Il lui faudrait prendre une photo avant de partir, car il n'avait pas vu cela sur les photos de la pièce.

À droite du placard, une fenêtre donnant sur la rue et, à l'opposé, un lit double. Comme le lit, la commode et le petit bureau sous la fenêtre étaient blancs. En écartant le store à lamelles, il vit que l'encadrement de la fenêtre avait été cloué. Il devrait interroger les Claremont là-dessus car il ignorait si c'était le cas quinze ans auparavant.

Tout ce qui se trouvait dans la pièce datait vraisemblablement de l'époque. Mais le rapport de police n'en avait pas fait état. C'était à la fois décevant et encourageant.

Décevant parce qu'il attendait davantage de ses anciens collègues. Encourageant dans la mesure où tout n'ayant pas été documenté, Raine et lui avaient une chance de découvrir un indice qui les oriente dans une nouvelle direction.

Ou qui confirme la culpabilité de Joey.

— Vous pensez que ces livres sont importants ? questionna Raine.

S'approchant d'elle, il vit qu'elle avait découvert une pile de livres dans le tiroir de la commode. D'autres livres étaient rangés sur des étagères gondolées, sur le mur opposé. Apparemment, Alicia était une lectrice prolifique. Il y avait aussi bien des livres de fictions que de non-fiction.

— Autant les inspecter. On ne sait pas ce que le meurtrier a pu faire avant ou après avoir tué Alicia. Il pourrait se rappeler ces livres. Si c'est le cas, ce serait la preuve qu'il s'est trouvé dans cette pièce. Ils ne sont ni en pleine vue, ni sur les photos de la police. Beau boulot, Raine.

Elle sourit et entreprit de photographier les livres.

Callum fut soulagé de la voir sourire à nouveau. Elle semblait tellement perdue un peu plus tôt, comme si le poids du monde reposait sur ses épaules. Bien qu'il doute que ces livres les aident, cela donnait l'impression à Raine de progresser. Et on ne savait jamais quand un détail pouvait faire sortir tout un puzzle de l'ombre.

Ils passèrent un bon moment dans la chambre, notant tous les détails. En dehors de la disposition des meubles et de l'absence de cachette, tout ce qu'ils avaient recueilli d'utile était les cintres roses, le papier peint dans le placard et les livres.

Il était sur le point de suggérer de quitter la chambre lorsqu'il pensa à lever les yeux au plafond. Elles étaient pâles et difficiles à voir. Mais elles étaient là. S'approchant de l'interrupteur, il éteignit le plafonnier.

Raine poussa une petite exclamation en regardant elle aussi le plafond.

— Des étoiles phosphorescentes ! Il y en a partout.

Callum prit une photo.

— Ce n'est pas le genre de chose qu'on pourrait remarquer sur les photos de police. Mais le meurtrier, s'il est venu dans cette pièce, a forcément dû les voir.

Il ralluma, et les étoiles disparurent presque complètement, se fondant dans le blanc du plafond.

— J'en avais aussi dans ma chambre, quand j'étais adolescente, dit Raine d'un ton attristé. C'est émouvant qu'elle les ait gardées alors qu'elle allait déjà à l'université.

— Moi aussi. Mais parmi les miennes, il y avait des planètes et des fusées.

Elle sourit à nouveau avec mélancolie.

— On peut sortir d'ici, maintenant ?

— Après vous.

Ils retournèrent dans le hall d'entrée.

— Vous voulez visiter l'extension aussi ?

Raine désignait la porte située au fond du salon. Callum hésita.

— Comme cette partie n'existait pas au moment du crime, ce n'est sans doute pas nécessaire. Mais puisque vous en parlez, jetons un coup d'œil, au cas où nous aurions une question à poser aux Claremont.

Il poussa la porte, et ils pénétrèrent dans une vaste pièce très haute de plafond. Alors que le reste de la maison était figé dans le temps, cette extension sacrifiait entièrement au design moderne. Un énorme écran de télévision était suspendu au mur du fond. De confortables canapés en cuir blanc étaient disposés en U face à la télévision. À gauche et à droite de l'écran, de vastes baies vitrées, dotées de barreaux en métal gris ouvraient sur une terrasse pavée, munie d'une cuisine d'extérieur.

— Waouh ! s'exclama Raine. C'est super beau. Je parie que c'est ici qu'ils passent la plupart de leur temps. C'est ce que je ferais.

Callum considéra les poutres noires au plafond.

— De l'extérieur, on pourrait croire qu'il y a un étage. Mais c'est seulement un plafond très haut.

— Je suis heureuse qu'ils disposent de cette pièce. C'est agréable de savoir qu'ils ne passent pas tout leur temps dans le passé.

Elle pivota sur elle-même, et son sourire mourut sur ses lèvres.

— Oh non...

Callum se retourna pour voir ce qui motivait son exclamation. Son cœur se serra lorsqu'il vit ce qui ressemblait à un autel à la mémoire d'Alicia. Des rangées et des rangées de photos s'alignaient au mur, la montrant à différents âges. Les photos avaient été choisies pour évoquer des temps heureux, car Alicia souriait à l'objectif sur chacune d'elles.

Raine se frotta à nouveau les bras.

— Je n'ai jamais, jamais douté de mon frère. Je n'ai jamais pensé qu'il avait fait ça. Mais jusqu'à maintenant, je n'avais jamais mesuré non plus ce que la mort d'Alicia a fait à ses parents.

Elle se tourna vers lui.

— Je ne veux pas que cela arrive à une autre famille s'il y a moyen de l'empêcher. Partons. Tout de suite.

Elle se rua vers la porte. Callum lui emboîta le pas et ne la rattrapa que dans le hall d'entrée, alors qu'elle était sur le point d'ouvrir la porte.

— Attendez, Raine. Attendez un peu.

Il la prit par l'épaule et la retourna vers lui.

— Qu'est-ce qui ne va pas ? En dehors du fait que vous êtes triste pour les parents d'Alicia. Et inquiète pour Joey.

Elle secoua la tête, faisant voler ses cheveux sur ses épaules.

— C'est bien pire que ça.

Des larmes roulèrent sur ses joues.

— Il faut que nous partions. Je dois vous parler, vous dire... J'ai menti, Callum. J'ai gardé un terrible secret. Je pensais que ça n'avait pas d'importance, mais vous avez dit... Et puis j'ai vu... Je ne peux pas...

— Respirez, Raine. Reprenez votre souffle. Quel que soit ce dont il s'agit, ce ne peut pas être aussi grave.

Elle ferma les yeux, et les larmes débordèrent sur ses joues.

— J'ai fait quelque chose d'affreux. Et si je ne le répare pas, si je ne vous dis pas ce que j'ai fait, une autre femme pourrait mourir.

12

Après avoir été témoin de la souffrance des Claremont, il fut très difficile à Raine de parler au téléphone à Mme Claremont. Mais Callum avait insisté pour qu'elle leur dise qu'ils pouvaient rentrer avant de lui faire ses aveux.

La confession était censée soulager. Mais Raine craignait que cela ne la détruise. Ne rien dire serait pourtant encore pire, puisque quelqu'un risquait de perdre la vie à cause de cela.

L'appel achevé, elle rangea son téléphone dans son sac, posé sur le siège entre eux.

— C'est fait, dit-elle. Ils ont fini de dîner et ils étaient en train de rouler dans les environs, attendant mon appel. Ils vont rentrer maintenant. Elle s'est montrée si douce, si pleine de sollicitude.

Elle secoua la tête.

— Je ne comprends pas comment elle fait ça. Et je ne le mérite certainement pas.

Elle serra fortement ses mains, posées sur ses genoux.

— On peut s'arrêter pour parler maintenant ?

— Encore une minute. Je ne veux pas m'arrêter ici et croiser les Claremont. Ils s'arrêteraient pour nous demander si tout va bien.

— Oh oui, bien sûr. Bien pensé.

Elle regarda finalement par la vitre

— Vous retournez en ville. Ma maison n'est pas très loin d'ici.

On pourrait y passer et aller dîner plus tard, en supposant que vous vouliez toujours de ma compagnie.

— Je suis sûr que ce que vous voulez me dire n'est pas aussi grave que ça. Et oui, j'avais prévu de passer d'abord chez vous.

— Vous connaissez mon adresse ? Attendez, mais oui bien sûr. Vous m'avez cherchée en ligne, vous m'avez accusée de vivre dans une villa luxueuse.

— Ce qui vaut pour l'un...

— Vaut pour l'autre. Je sais, je sais. Je vous ai suivi, j'ai effectué des recherches sur vous. Il est normal que vous ayez fait la même chose. Je comprends. Ça ne veut pas dire que j'aime ça, mais je comprends.

Il tourna dans l'allée menant à la résidence où elle vivait.

— Vous avez une télécommande ou quelque chose comme ça pour franchir le portail ?

Elle sourit, vaguement amusée malgré le stress qui la taraudait.

— Nous n'avons pas besoin ni de télécommande ni d'autocollant sur le pare-brise. Ralentissez simplement et engagez-vous sur la file des propriétaires quand nous serons à la guérite d'entrée. Et baissez votre vitre.

Il lui jeta un regard perplexe mais acquiesça. Lorsqu'ils arrivèrent au portail, il resta à droite, évitant les quelques voitures qui attendaient dans la file des visiteurs.

— Excusez-moi.

Détachant sa ceinture, Raine se pencha vers lui. Quelques secondes plus tard, un bip se fit entendre et le portail commença à glisser sur son rail.

— Eh bien, quelle surprise.

Callum la regarda.

— Il y a une caméra quelque part ?

— Dans les buissons, si bien que nous n'avons pas à fixer un vilain poteau surmonté d'une caméra.

— Les gens riches.

Il secoua la tête.

— Bizarres et excentriques.

— Les gens riches ? Si je suis riche, qu'êtes-vous ? Votre salaire chez UB...

— Ne vous regarde pas.

— Mais il est aisé de le trouver, du moins son ordre de grandeur, quand on sait où regarder. Me traiter de riche sur ce ton, c'est lamentable alors que vous gagnez autant que moi, voire plus. Et aucun de nous n'a à s'excuser de ce qu'il possède. Nous venons tous deux de milieux modestes et nous nous sommes battus pour nous en sortir. On ne m'a jamais rien donné gratuitement, ça, c'est sûr.

Il sourit en tournant vers la droite.

— Mes excuses... Je suis snob sans même m'en apercevoir.

Elle joignit à nouveau les mains.

— Ce n'est pas vous qui devez des excuses à l'autre. Et vous ne me pardonnerez jamais une fois que je vous aurais dit ce que j'ai fait. Je vous demande juste... je vous supplie de réfléchir avant de réagir. Mon frère ne devrait pas mourir à cause de mes erreurs. J'ai désespérément besoin de votre aide.

— Vous croyez que quoi que vous ayez fait, cela va me pousser à abandonner cette enquête ?

Elle tressaillit.

— Si j'étais à votre place, oui. Mais je parie sur le fait que vous êtes meilleur que moi.

Gloussant, il s'arrêta dans une allée pavée de briques et pointa le doigt vers le pare-brise.

— Nous voilà arrivés, ma chère.

Raine le précéda dans l'allée avec un mélange d'effroi et d'impatience. Elle craignait la conversation qui allait suivre. Mais elle était impatiente d'être chez elle. Cela faisait des semaines qu'elle n'était pas rentrée, et elle était lasse de trimballer des sacs. Prendre une douche chaude dans sa salle de bains serait merveilleux. Et dormir dans son lit, le paradis.

Mais d'abord, un peu d'enfer. Elle devait affronter les conséquences de ce qu'elle avait fait.

À la porte, il fit halte à côté d'elle.

— Laissez-moi deviner, encore une reconnaissance faciale ?

— En fait, non. Je n'ai jamais été très douée avec l'électronique. Et l'idée d'être enfermée hors de chez moi à cause d'une panne d'électricité ou un problème informatique me terrifie. Je préfère la bonne vieille méthode.

Elle tira une clé de son sac. Il sourit de toutes ses dents.

— C'est bon de savoir que je ne suis pas le seul.

— À utiliser une clé ?

— À avoir des problèmes avec l'électronique. Ne dites pas à Asher que je l'ai admis. Il me taquine déjà assez comme ça.

Souriante, elle poussa la porte et inspira brusquement, sous le choc. L'intérieur était dévasté comme par une tornade.

Callum poussa un juron et la fit passer derrière lui, tirant son arme de l'autre main.

— Retournez à la voiture et enfermez-vous. Appelez le 911. Allez, tout de suite !

Elle se mit à courir vers le SUV.

13

Callum contourna une table renversée dans le grand hall, balayant l'espace de son pistolet. Les sols de marbre gris et blanc étaient la principale attraction de la maison. Mais ils étaient jonchés de vaisselle et de verre brisés, de coussins lacérés, de tables et de chaises renversées ou réduites en petit bois. Le malfaiteur qui avait ravagé la maison ne l'avait pas fait pour la cambrioler. Ou si c'était le cas, cela avait été une idée après coup. Il était venu dans l'intention de tout casser. Ce que Callum devait découvrir, c'était s'il était encore là et s'il était armé.

Malgré les dimensions caverneuses du hall et de la pièce principale, qui avaient deux étages sous plafond, le rez-de-chaussée comportait peu de pièces. *Open space*, pensa-t-il, l'ayant entendu dire. De là où il se trouvait, il pouvait voir le hall, le salon, le jardin, la cuisine et le coin repas en se tournant un peu. Il n'y avait personne. Ce qui voulait dire que l'intrus était soit dans le couloir du fond, sous l'escalier en spirale, au premier étage, ou déjà parti.

Il espérait qu'il était encore là. Parce qu'il avait très envie de lui tordre le cou. Raine n'avait pas besoin de cette sorte de stress en plus de ce qu'elle endurait déjà.

S'efforçant de ne pas faire crisser le verre brisé sous ses chaussures, il se fraya silencieusement un chemin sous l'escalier. Quelques portes ouvraient sur le couloir. Il les ouvrit une par une et passa son arme dedans. Toutes vides. Le bureau, les deux chambres d'amis et la salle de bains avaient été épargnées par le vandalisme commis ailleurs.

Un choc résonna au-dessus de lui.

Callum sourit. Le salopard était toujours là. Il revint ses pas et se précipita au bas de l'escalier, dirigeant son arme vers le palier du dessus. Rien à signaler. Il n'y avait personne, du moins qu'il puisse voir.

Avec toujours plus de prudence, il gravit l'escalier sur la pointe des pieds. Lorsqu'il fut en haut, un autre bruit s'éleva, cette fois sur sa droite. Il y avait un nombre ridicule de portes sur ce large palier. Un velux laissait filtrer le soleil couchant. En dehors de quelques fauteuils rembourrés et d'une table basse, il n'y avait rien pour se cacher. L'homme devait être dans l'une des chambres.

Il y avait trois portes à proximité. Callum se figea sur place, respirant à peine pour ne pas alerter sa proie. Quand une autre minute se fut écoulée, il songea que le jeu était engagé. Le type devait avoir compris que quelqu'un était là et s'efforçait de ne pas faire de bruit.

Dirigeant son arme vers le plafond, il posa la main sur la poignée de la première porte. Il l'ouvrit rapidement et se rua dans la pièce, plié en deux, balayant l'espace de son arme. Une chambre. Il vérifia la salle de bains adjacente ainsi que le placard, puis repassa la tête dans le couloir. Rien à signaler.

La deuxième porte ouvrait sur une autre chambre, également vide. Il était sur le point d'ouvrir la troisième porte, quand il entendit crisser du verre au rez-de-chaussée. Il poussa un juron. Le salopard avait dû passer devant lui quand il vérifiait les chambres. Faisant demi-tour, il courut vers l'escalier, son arme braquée devant lui.

Il descendit lentement les marches, regardant autour de lui. Lorsqu'il eut atteint la dernière, il jeta un coup d'œil au mur du fond, essentiellement constitué de trois portes-fenêtres. Toutes étaient fermées. En regardant vers le hall, il vit que la porte d'entrée était également fermée. Ce qui voulait dire que le salopard était soit dans l'une des pièces sous l'escalier, soit dehors.

Raine est dehors, bon sang !

Il s'élança vers la porte d'entrée, l'ouvrit à la volée et se trouva nez à nez avec un pistolet braqué sur lui.

C'était Raine qui le tenait en joue. Il jura et attrapa l'arme, la lui arrachant presque.

— Désolée, désolée, dit-elle. J'ai cru que c'était le type.

— Et moi j'ai cru qu'il était dehors, que vous étiez en danger. Pourquoi n'êtes-vous pas dans la voiture, portières verrouillées, comme je vous l'ai dit ?

— J'y étais, mais vous êtes parti si longtemps. Je me suis inquiétée et... Derrière vous !

Il pivota d'un seul geste. Une silhouette tout de noir vêtue traversait le salon en direction des portes-fenêtres.

— Arrêtez-vous ou je tire, hurla Callum en courant après lui.

Le malfrat tourna la poignée et franchit la porte-fenêtre.

— Enfermez-vous dans l'une des pièces du bas, cria Callum à Raine.

Il s'engouffra par la porte ouverte pour se lancer à la poursuite du fuyard.

Dix minutes plus tard, jurant tout ce qu'il savait, Callum reprit la direction de la maison de Raine. L'arrière de la propriété faisait face à une zone boisée, une sorte de réserve naturelle. Il avait fait de son mieux pour rattraper le fuyard, mais il l'avait perdu. Si Raine n'attendait pas chez elle, il aurait continué à chercher. Mais il ne lui faisait pas confiance pour rester sur place. Elle allait le chercher. Et il ne voulait pas d'elle dans ces bois, avec un criminel potentiellement armé dans les parages.

Le temps de rejoindre la maison, il s'aperçut que la police était là. Il dut lâcher son pistolet et expliquer qui il était à deux agents en uniforme. Raine sortit et leur dit qu'il était l'enquêteur dont elle leur avait parlé.

— Enquêteur privé, précisa Callum. Anciennement inspecteur dans la police d'Athens et du comté de Clarke.

— Rendez-lui son arme. Il est de notre côté, dit un homme en costume gris, en les rejoignant dans le patio. On a fait le plus vite possible, Callum. Sympa de te revoir.

— Hé, Danny. Ça fait quoi, trois mois ?

Callum reprit son pistolet des mains d'un des policiers et le glissa dans la poche intérieure de sa veste.

— J'ai poursuivi l'intrus dans les bois, mais il a disparu. Je n'ai pas vu d'arme, mais il pouvait très bien en avoir une.

Danny aboya des ordres, et plusieurs policiers s'élancèrent à la recherche de l'homme.

— Retournons à l'intérieur.

Callum orienta Raine vers les portes-fenêtres.

— Si l'intrus a bien une arme, je ne veux pas que vous lui serviez de cible.

Tous trois se dirigèrent vers le canapé et les fauteuils en cuir blanc, placés devant une cheminée également blanche. Ces meubles n'avaient pas été lacérés, sans doute parce que Callum et Raine avaient interrompu cet accès de vandalisme.

— Vous êtes amis, tous les deux ?

Raine les considérait tour à tour. L'inspecteur se mit à rire.

— J'imagine qu'on pourrait dire ça. J'ai épousé sa sœur. Et nous avons été collègues aux homicides pendant trois ans.

— Plutôt partenaires de crime, le taquina Callum.

Raine fronça les sourcils.

— Je ne comprends pas.

Danny agita la main en direction de Callum.

— Bien qu'il soit l'un des meilleurs inspecteurs que nous ayons jamais eus, Callum a décidé d'accepter une mission d'infiltration pour un an, pour aider à démanteler un réseau criminel à

Athens. Il m'a entraîné là-dedans, et nous avons feint d'être de fichus criminels. Excusez mon langage, madame.

Elle sourit.

— Pas de problème. J'ai entendu bien pire, et j'en dis parfois moi-même.

Il rit, puis reprit son sérieux et désigna les dégâts autour d'eux.

— C'est vraiment dommage que quelqu'un ait fait tous ces dégâts. Ça a l'air d'une jolie maison. Vous m'avez dit que vous n'avez bien pas vu l'homme. Mais toi, Callum ? Tu peux m'en faire une description ? Je vais émettre un BOLO.

— Un BOLO ? questionna Raine.

— Un avis de recherche, expliqua Callum. Il mesurait environ 1,75 mètre, plutôt mince, environ 85 kg. Vêtu tout de noir, y compris les chaussures, les gants et un bonnet tiré sur les oreilles. Je n'ai eu qu'un aperçu, je n'ai pas eu le temps de le regarder. Il est blanc, il a des cheveux noirs, il a entre 25 et 35 ans. Ce n'est pas grand-chose, je sais.

Raine cilla.

— C'est beaucoup plus que moi. Tout ce que j'ai pu dire à l'inspecteur Cooper, c'est qu'il était habillé comme un ninja.

Danny gloussa.

— Je vous ai dit que Callum était l'un des meilleurs. Il l'est toujours, j'imagine. Tu travailles pour cette agence d'affaires classées, maintenant. Mlle Quintero disait que tu l'aides dans l'affaire de son frère ?

— Oui, je l'étudie. Il s'est avéré que c'est une affaire pour laquelle j'avais secondé Farley, il y a des années.

L'inspecteur tressaillit.

— Celui-là, je n'ai pas souhaité sa mort, mais je ne peux pas dire que ça me manque de travailler avec lui.

— Raine pense qu'il avait extorqué de faux aveux à son frère.

Danny haussa les sourcils d'un air surpris.

— Ça alors. Il était dur, avec des méthodes pas orthodoxes,

mais je n'ai jamais entendu personne l'accuser de cela. Vous avez des preuves ?

— J'ai pris contact avec une professeure de justice pénale à l'université de Géorgie, intervint Callum. Elle a étudié le rapport d'interrogatoire de Joey, alors elle pourra nous dire si ce sont de faux aveux ou non.

Raine le regarda avec surprise, et il se rendit compte qu'il ne lui avait pas encore parlé de ce rendez-vous.

— C'est une experte dans son domaine. Quand notre agent de liaison a appelé pour obtenir les dossiers de l'affaire, il n'a pas pu avoir les enregistrements des interrogatoires de M. Quintero. Apparemment Farley ne les a pas enregistrés. Tu as davantage travaillé avec lui que moi et plus récemment. C'était inhabituel de sa part ?

— Bonne question. Je sais que la technologie lui donnait des boutons, parce qu'il n'était pas doué du tout.

Il esquissa un sourire narquois.

— Ça me rappelle quelqu'un.

— Peu importe. Ça veut dire qu'il évitait de s'en servir ?

Danny acquiesça.

— Quand il pouvait s'en sortir sans. Honnêtement, ça ne me surprendrait pas qu'une grande partie de ses interrogatoires aient été effectués à l'ancienne, avec papier et crayon, au lieu d'audio et vidéo. Ça ne veut pas dire que des abus aient eu lieu. Mais je peux me renseigner, voir si ses interrogatoires comportent un schéma suspect.

— Je t'en serais reconnaissant. Nous sommes pressés, aussi.

Danny adressa à Raine un regard de sympathie.

— Compris. Je te recontacte dès que possible. Je vais essayer de trouver des points communs dans les interrogatoires de cette période. Mais je dois d'abord m'occuper de cette scène de crime et écrire mon rapport.

Il prit une tablette qu'il avait dû laisser sur la table un peu plus tôt.

— Mlle Quintero m'a donné sa version de ce qui s'est passé pendant que tu poursuivais le suspect. Maintenant, écoutons ton point de vue, Callum.

Danny était aussi consciencieux que Callum se le rappelait. Tandis que Raine faisait l'inventaire de la maison, pour voir si quelque chose avait été pris, Danny cuisina Callum sur les détails de sa fouille de la maison. Le temps qu'il en arrive à sa chasse dans les bois, Raine avait déjà rapporté que rien ne manquait et était revenue s'asseoir sur le canapé avec lui.

Danny changea de position sur son fauteuil.

— Bon, voyons voir s'il y a autre chose à ajouter, une dernière trouvaille qui indiquerait s'il s'agit d'un dingue, un jeune aviné ou autre chose.

Raine écarquilla les yeux.

— Que voulez-vous dire par « autre chose » ?

— C'est une coïncidence un peu grosse que vous enquêtiez tous les deux sur une affaire de meurtre, et que votre maison fasse l'objet d'une effraction. Peut-être que le type est venu chercher vos notes et qu'il s'est énervé et a saccagé la maison parce qu'il n'avait rien trouvé.

Raine pâlit et se tordit les mains sur les genoux.

— Alors c'est une bonne chose que mon ordinateur n'ait pas été là. Ni mes dossiers papier.

— Une minute, dit Callum. Cette hypothèse implique que quelqu'un aurait une raison de craindre l'enquête. L'affaire a été jugée, et nous devons encore trouver la preuve que quelqu'un d'autre était impliqué dans le meurtre de Mlle Claremont.

Un éclair de colère passa dans les yeux de Raine.

— Je vous l'ai dit, Joey est innocent. C'est parfaitement logique que le vrai meurtrier s'inquiète de me voir fouiner.

Danny leva les mains.

— Attendez. Si vous voulez vous disputer, faites-le à un autre moment. Je me renseigne seulement sur le contexte, afin d'envisager toutes les possibilités. Callum, tu disais tout à l'heure que Mlle Quintero et toi veniez de parler avec les Claremont de ce qui s'est passé quand leur fille a été tuée.

— C'est plutôt que je voulais avoir une idée de la scène de crime, du quartier. Je ne voulais pas perturber les parents à moins d'en avoir absolument besoin. Toutefois, comme Raine entretient une amitié étroite avec eux, nous en avons profité pour faire le tour de leur maison. Quelques heures plus tard, nous sommes revenus ici pour discuter de l'affaire et prévoir nos démarches du lendemain.

— Et une fois arrivés, vous avez découvert que la maison avait été saccagée.

— Exactement.

— Mais rien n'a été volé. Ça semble bizarre qu'on ait fait autant de dégâts sans rien prendre.

Il désigna la table fracassée, les papiers éparpillés sur le sol, les coussins lacérés.

— Il y a de l'émotion, ici, de la colère. Et cette colère semble être tournée contre vous, mademoiselle Quintero. Vous m'avez dit tout à l'heure que vous ne connaissez personne qui voudrait vous faire du mal. Que votre frère soit coupable ou non, avez-vous fait quelque chose, avant que Callum participe à l'affaire, qui a pu provoquer la peur ou la colère de quelqu'un ? Quelque chose qui serait lié à l'affaire sur laquelle vous travaillez ?

Elle le dévisagea, les sourcils froncés.

— Honnêtement, je l'ignore. Ce n'est pas comme si nous avions parlé à quiconque en dehors de mon frère et des Claremont. Personne ne savait que nous venions en ville aujourd'hui. Les avocats de mon frère ont récemment interrogé quelques personnes ici. Et j'ai posé aussi des questions, mais c'était il y a des semaines. Je suppose que Randy Hagen aurait pu entendre parler de tout ça et avoir envie de me punir en saccageant ma maison. Il a menti sous serment au procès. Pour autant que je sache, c'est peut-être lui qui a tué Alicia Claremont.

Callum échangea un regard peiné avec Danny.

— Tu peux enquêter sur lui si tu veux. Mais il avait un alibi pour le meurtre d'Alicia. Je ne le vois pas avoir un mobile pour vandaliser la maison de Raine.

— Peut-être que vous devriez examiner son alibi, insista Raine.

Danny les considéra tour à tour, l'air perplexe.

— Un alibi pour l'effraction, ou pour le meurtre il y a quinze ans ?

— L'effraction, dit Callum.

— Le meurtre, dit Raine au même moment.

Elle jeta un coup d'œil à la fois coupable et exaspéré à Callum.

— Il y a d'autres affaires. Je les ai étudiées. Ceci est peut-être lié à elles. Nous sommes venus ici ce soir afin que je dise à Callum que...

Callum se leva, l'interrompant.

— Nous abusons du temps de Danny. Il n'a pas besoin du détail des autres affaires sur lesquelles enquête UB.

Danny l'imita, l'air soulagé.

— Je vais émettre un avis de recherche pour Hagen et pour notre intrus inconnu. Ils ne font peut-être qu'une seule et même personne, mais si ce n'est pas le cas, nous sommes couverts. Je vais également faire parvenir un communiqué de presse aux médias et transmettre l'alerte aux infos. Si Hagen est dans les parages, quelqu'un le verra et le dénoncera. Et si ce n'est pas lui qui a commis l'effraction, nous ferons d'une pierre deux coups. Callum, s'il se présente autre chose dans l'enquête sur laquelle tu travailles, et que tu penses que ça peut mettre un suspect en lumière...

— Je te le ferai savoir, bien sûr.

— Ça me suffit. Il se fait tard, et il faut que je tape mon rapport.

Raine avait l'air sur le point d'exploser. Callum passa un bras autour de ses épaules et la serra contre lui. Danny haussa les sourcils, pensant visiblement que quelque chose se passait entre eux. Callum s'en fichait. C'était efficace. Cela avait troublé Raine et l'avait fait taire.

Danny regarda autour de lui, comme pour chercher le technicien de scène de crime.

— Il est parti, lui dit Callum. Il a pris quelques empreintes sur les portes-fenêtres et l'escalier pendant que nous parlions et il s'en est allé.

Raine reporta son attention sur Danny, ce nouveau mystère excitant sa curiosité.

— Pourquoi cherchait-il des empreintes ? Callum dit que le type portait des gants.

— Procédure standard, expliqua Danny. Parfois le criminel ne porte pas de gants à l'extérieur. Il ne veut pas qu'on les remarque, ce qui pourrait conduire à un signalement à la police. Il les enfile à l'intérieur et prévoit d'essuyer la porte d'entrée en ressortant. Mais comme Callum l'a fait fuir, il n'a pas eu l'occasion d'effacer ses empreintes. Nous pourrions avoir de la chance et réussir à l'identifier.

Il regarda autour de lui, cherchant les autres policiers.

— Les ordures... Ils m'ont laissé seul. Encore.

Callum se mit à rire.

— Tu as toujours été l'un des derniers à quitter la scène.

Danny sourit de toutes ses dents.

— J'imagine que rien n'a changé depuis l'époque où nous faisions équipe. Callum, une fois que ton enquête actuelle sera bouclée, tu pourrais venir dîner à la maison. J'aime bien regarder des matchs chez toi, mais c'est sympa de t'avoir chez nous de temps à autre. Ce serait génial de te voir de nouveau avec Lucy. Tu lui manques

Callum continua de sourire malgré son malaise.

— Je ne manque pas à Lucy, Danny. Pas plus qu'à quiconque dans la famille. Je ne leur manque plus depuis des années. Mais j'apprécie que tu mentes à ce sujet. N'oublie pas d'examiner les rapports de Farley quand tu pourras.

Danny secoua la tête, mais n'essaya pas de nier la vérité.

— Je n'y manquerai pas. Mademoiselle Quintero, je suis désolé de ce qui est arrivé à votre belle maison. La police d'Athens fera tout ce qu'elle pourra pour arrêter le coupable. Et, pour ce soir au moins, mon patron a approuvé des patrouilles autour du quartier.

— Merci, je vous en suis reconnaissante.

Danny salua Callum avec deux doigts et tourna les talons.

Dès que la porte se fut refermée derrière lui, Raine rejeta le bras de Callum et se tourna vers lui.

— Expliquez-moi pourquoi vous ne cessiez de m'interrompre quand j'essayais d'expliquer à l'inspecteur Cooper mon enquête sur le tueur en série, des informations qui pourraient être liées à l'effraction.

— Elles ne le sont pas.

— Comment le savez-vous ?

— Je vous le dirai après que vous m'aurez expliqué autre chose. Où diable avez-vous trouvé une nouvelle arme ? Et où l'avez-vous cachée afin que la police ne tombe pas dessus, étant donné que mon beau-frère n'y a pas fait allusion une seule fois ?

14

Raine lui enfonça un doigt dans la poitrine. Elle n'était pas le moins du monde intimidée, Callum le voyait bien. Dieu qu'elle était sexy quand elle était en colère !

Elle pressa à nouveau son index pour souligner ses paroles.

— Quand alliez-vous me dire que vous aviez prévu de rencontrer une spécialiste des faux aveux ? Nous sommes censés être des partenaires dans cette affaire. C'est moi qui vous ai engagé, pas le contraire.

— C'est comme ça que vous appelez le fait d'enlever quelqu'un ? L'engager ?

— Pourquoi me jetez-vous ça encore à la figure ? Je croyais que nous l'avions dépassé.

Il haussa les épaules.

— Peut-être que ça me plaît de vous agacer. Cessez de faire diversion. Où avez-vous eu l'arme ? Et où est-elle maintenant ?

— Et moi qui croyais que vous étiez enquêteur...

— C'est Faith, n'est-ce pas ? C'est elle qui vous l'a rendue.

Elle écarquilla les yeux en rosissant légèrement. Il ne put s'empêcher de sourire.

— J'adore vous voir rougir. Un peu de couleur aux joues, ça vous va bien. Et c'est tellement révélateur. Je sais toujours quand vous cachez quelque chose.

— C'est ce que vous croyez, grommela-t-elle.

— Quoi ? Je n'ai pas bien entendu…

Elle s'éclaircit la voix.

— Ne reprochez pas à Faith de m'avoir rendu mon arme. Je l'ai achetée pour me protéger, et j'en aurai besoin si nous nous aventurons dans des quartiers malfamés.

— Ne vous inquiétez pas. Je ne lui en parlerai pas. Elle me ferait un sermon sur les droits des femmes jusqu'à ce que j'implore sa pitié.

— J'aime de plus en plus Faith. Quant à l'endroit où j'ai mis l'arme, je ne vous le dirai pas. Vous me la prendriez encore.

— En effet. Je ne veux pas me réveiller avec un canon sous le nez.

— Je ne ferais jamais ça. Je veux dire, plus maintenant.

Il leva les yeux au ciel.

— C'est bon à savoir.

— Vous êtes impossible, se plaignit-elle. Vous vous refusez à croire que je peux m'occuper de moi-même. Je parie que si vous n'avez pas rattrapé ce sale type, c'est parce que vous craigniez de me laisser toute seule, sans protection.

— Pourquoi pensez-vous cela ?

— Regardez-vous. Vous êtes en excellente forme. Je ne peux pas imaginer qu'un voyou réussisse à vous échapper quand vous lui courez après.

— Vous pensez que je suis en excellente forme, hein ?

— Oui, bon. Ne laissez pas cette réflexion vous monter à la tête. C'était juste une observation… biologique. Rien de personnel.

Il se mit à rire.

— Je dois avouer que je n'avais jamais entendu celle-là avant. Je vais le prendre comme un compliment.

Il cligna de l'œil. Elle cilla, ne sachant visiblement pas comment le prendre. Il était si facile de la troubler. Il aurait dû faire cela plus souvent, juste pour s'amuser.

Elle poussa un profond soupir, comme pour s'exhorter à la patience. Puis elle le regarda à nouveau, en se tordant les mains.

Oh ! oh.

— Callum ?

— Raine ?

Elle soupira.

— Je vous ai dit, quand nous avons quitté les Claremont, que j'avais un secret à vous avouer. Avec tout ce qui s'est passé ce soir, je n'en ai pas eu l'occasion. Mais je ne pourrai plus me supporter si je laisse une autre journée s'écouler sans vous dire la vérité.

— Parce qu'une autre femme pourrait mourir ? Je crois que c'est ce que vous disiez plus tôt.

— Oui. Exactement. Et ne prenez pas ce ton avec moi.

— Quel ton ?

— Comme si vous ne me preniez pas au sérieux. C'est important.

— Alors je suppose que je ferais mieux de m'asseoir.

Il s'assit sur le canapé.

— Joli canapé, en passant. Ce cuir est d'une douceur incroyable.

— Soyez sérieux.

— Je suis toujours sérieux à propos du cuir.

Elle se laissa tomber à côté de lui.

— Arrêtez...

Elle prit sa main entre les siennes.

— Écoutez-moi...

Le contact de ses mains douces eut pour effet de mobiliser son attention. Mais pas dans le sens qu'elle voulait. Tandis qu'elle débitait toutes sortes de choses sur ses recherches et son frère, il se demanda quand il était passé de l'irritation et l'envie de la voir s'en aller à cette fascination pour ses mains, ses cheveux, son corps doux et potelé.

Bon sang. Et elle était avocate par-dessus le marché.

— Vous m'écoutez, Callum ? Vous avez entendu ce que j'ai dit ? Pete Scoggin n'est pas le tueur en série. Il a un casier judiciaire, oui. Un de mes amis au tribunal m'a aidé à étudier des affaires similaires, et son nom est apparu dans l'une d'elles. J'ai combiné cela avec d'autres affaires et j'ai biaisé pour faire en sorte qu'il ait l'air d'être le vrai tueur. Vous ne voyez pas ? J'étais désespérée, j'essayais de façonner une sorte d'appât, pour vous convaincre d'aider mon frère. J'espérais que vous étudieriez cet angle plus tard, après m'avoir aidée. Et alors, je vous aurais dit la vérité, afin que vous ne perdiez pas votre temps avec Scoggin. Mais vous avez dit que votre équipe était passée à la vitesse supérieure, qu'elle étudiait les informations que je vous avais données au lieu de continuer les recherches que vous faisiez avant que je n'arrive. Et ça m'a effrayée. Je suis terrifiée à l'idée que cela donne le temps au vrai tueur de choisir une autre victime. J'ai essayé de le dire à l'inspecteur Cooper, mais vous m'en avez empêchée.

Elle chercha son regard et lui pressa la main.

— Callum ? Pourquoi me regardez-vous comme ça ?

— Comme quoi ?

— Comme si vous étiez... amusé. Ou quelque chose du genre. Vous devriez être en colère.

— Pourquoi devrais-je être en colère contre vous ?

Elle retira ses mains et serra les poings.

— N'avez-vous pas entendu ce que je viens de vous dire ?

— Peut-être pas tout. Mais j'en ai entendu la majeure partie.

Elle le dévisagea avec l'air d'attendre quelque chose. Voyant qu'il ne réagissait pas, elle frappa le coussin à côté d'elle.

— Si c'est vrai, vous devriez être horrifié !

Il sourit. Elle plissa les yeux.

— Pourquoi n'êtes-vous pas horrifié, Callum ? Vous n'avez même pas l'air surpris.

— Je ne le suis pas. Vous êtes avocate.

Elle cilla.

— Et ?

— Vous êtes une avocate qui a braqué une arme sur moi et m'a menotté à un fauteuil.

Elle écarquilla les yeux. Il décida d'avoir pitié d'elle.

— Écoutez, je n'allais pas prendre tout ce que vous disiez pour argent comptant. Asher pensait que vos dossiers étaient de l'or et qu'ils nous seraient très utiles. Et je dois admettre que j'espérais qu'ils le seraient. Mais nous ne pouvions pas risquer toute notre enquête sur la véracité de vos dires avant d'avoir validé ou infirmé les informations que vous nous fournissiez.

— Je ne… comprends pas. Vous m'avez dit que tout le monde se concentrait sur les dossiers que je vous avais donnés. Je pensais que vous aviez interrompu votre enquête originelle et que vous vous reposiez entièrement sur mes données. C'est pourquoi je craignais que le tueur ne s'en prenne à quelqu'un d'autre, parce que vous aviez réaffecté les ressources humaines.

— Nous n'avons pas réaffecté les ressources humaines. J'ai parlé à mon patron, et il a accepté d'attribuer quelques enquêteurs supplémentaires à l'affaire, afin que nous puissions examiner les nouvelles informations, tout en continuant à suivre nos infos existantes.

— Vous voulez dire que je n'ai mis personne en danger en vous orientant sur une fausse piste ?

— Non, pas du tout.

— Vous m'avez menti.

Il arqua un sourcil.

— Vous aussi.

Elle pressa une main sur son front comme si elle avait mal à la tête.

— Quand, exactement, avez-vous découvert mon secret, à savoir que mes informations étaient bidon ?

— Elles n'étaient pas entièrement bidon. Vous avez fait de bonnes recherches. Vous avez juste… extrapolé. Et quand je l'ai compris ? Le premier jour, quand vous étiez à l'hôpital. Dans votre chambre aux urgences, j'ai recoupé les informations sur ces nouveaux meurtres dont vous nous aviez parlé. Asher a fait la même chose. Nous avons accès à des bases de données que vous ne connaissez pas. Cela n'a pas été difficile à comprendre.

— Vous êtes... vous êtes en train de me dire que vous m'avez fait marcher tout ce temps ? Je mourais d'angoisse, je m'inquiétais de ce que j'avais fait...

Elle le dévisagea, ses yeux verts jetant des éclairs.

— Ne soyez pas hypocrite. Vous avez menti pour obtenir ce que vous vouliez, et j'ai menti parce que je ne fais confiance ni aux avocats ni aux criminels, et que vous êtes les deux. Je ne vous faisais pas confiance. Et ce que vous avez fait prouve que j'avais raison de ne pas le faire.

La peine qu'il lut dans ses yeux avant qu'elle ne détourne le regard lui donna l'impression d'être un salaud. Il avait répondu à ses questions, mais il aurait dû tourner ses propos avec plus de délicatesse. Lui faire mal n'avait jamais été son intention.

— Écoutez, Raine. Je ne voulais pas...

— Je m'occuperai de ce bazar plus tard. Je vais prendre une douche. Il y a une chambre d'amis sous l'escalier, que l'intrus n'a pas touchée. Vous trouverez des draps propres et des oreillers dans le placard. La cuisine doit être bien fournie, à l'exception du lait, qui a dû tourner. Mais le freezer est plein. Il y a aussi de la bière, du vin, de l'eau en bouteille...

— Raine, regardez-moi.

Elle ferma brièvement les yeux, puis le regarda.

— Quoi ?

— Quand je vous ai dit tout ça, j'étais...

Son téléphone bourdonna dans sa poche. Il fronça les sourcils et pressa une touche pour le faire taire sans le regarder.

— Je répondais à vos questions. Mais en faisant cela, j'aurais dû...

Son téléphone bourdonna à nouveau. Jurant, il le tira de

sa poche pour consulter l'écran. C'était un texto d'Asher, avec seulement trois caractères : 911. Il jura derechef.

— Je suis désolé, Raine, il faut que je prenne cet appel.

— Bien sûr que oui. Après tout je ne suis qu'une avocate. Je ne vaux pas la peine que vous perdiez votre temps.

Elle se dirigea vers l'escalier.

— Raine, attendez.

Elle gravit les marches quatre à quatre et disparut. Un instant plus tard, une porte claqua à l'étage.

Callum voulut la suivre, mais son téléphone bourdonna à nouveau. Faisant halte, il prit l'appel.

— Asher, il vaut mieux que ce soit une vraie urgence…

— Où es-tu en ce moment ?

Callum se raidit. Le ton de son ami lui indiquait que c'était sérieux.

— Chez Raine, à Athens. Pourquoi ?

— Elle est avec toi ?

— Oui. On a vandalisé sa maison. La police vient de partir et elle est allée prendre une douche.

— Vandalisée ? On a attrapé le type ? Je suppose que vous êtes sains et saufs tous les deux, sinon tu m'aurais dit quelque chose.

— Nous allons bien. On n'a pas attrapé le type. Pas encore. Qu'est-ce qu'il se passe ? Quelle est l'urgence ?

— Tu te souviens du nom que Raine nous a donné, celui dont elle disait qu'il pouvait être le tueur en série ?

— Pete Scoggin. Mais nous avons déjà déterminé qu'il avait des alibis pour les meurtres.

— La plupart. Pas tous. Il y en a un pour lequel nous n'avons pas trouvé d'alibi. Faith et moi avons fait nos devoirs, juste pour nous assurer que nous pouvions le rayer de la liste des suspects. Elle ne pouvait pas prouver qu'il était dans le voisinage de la victime à l'heure de l'agression. Mais elle ne pouvait pas prouver l'inverse non plus. Nous avons trouvé plusieurs liens entre la victime et lui, qui ont totalement échappé à Raine. Ils étaient voisins autrefois, comme l'a dit Raine. Mais elle ignorait tout des plaintes que la victime avait déposées contre lui. Elle s'est plainte d'intrusions sur sa propriété, elle a appelé la SPA parce qu'il laissait son chien enchaîné, sans eau ni nourriture, des choses comme ça. Il y a eu des appels à la police aussi. Des plaintes pour tapage, du vandalisme dont elle le croyait responsable.

— Du vandalisme ?

Un frisson lui parcourut le dos tandis qu'il jetait un coup d'œil à l'escalier. Il se dirigea vers la porte d'entrée afin de vérifier qu'elle était bien fermée. Puis il alla inspecter les portes de service.

— Il y a eu d'autres trucs, des problèmes entre lui, la victime et d'autres gens, continua Asher. Apparemment, il était le cauchemar du quartier, il harcelait tout le monde dans la rue. Mais la victime est la seule à s'être vraiment dressée contre lui.

— La police l'a-t-il considéré comme suspect de son meurtre ? Ils auraient dû au moins l'interroger.

— Non, pas du tout. La victime a déménagé des mois avant sa mort. Prétendument parce qu'elle avait trouvé du travail ailleurs. C'est ce qu'elle a dit à ses amis. Mais Faith et moi, nous pensons...

— Que c'était pour fuir son odieux voisin.

— Bingo. Nous pensons qu'il l'a menacée et qu'elle a compris qu'elle était en mauvaise posture. Alors elle a échafaudé un plan pour s'échapper. Mais il n'était pas prêt à la laisser s'en tirer, pas après les amendes que la municipalité lui avait infligées, plus les signalements à la police. Tout ce que nous avons trouvé sur ce type renforce l'idée que c'est une tête brûlée, qui ne laisse jamais passer une insulte. J'ai demandé à notre agent de liaison d'obtenir un mandat pour les registres de ses appels de portable. Nous devons déterminer s'il était proche du nouveau domicile de la victime au moment du meurtre. Cela prendra des jours.

Mais nous savons avec certitude qu'il n'était pas chez lui à ce moment-là. On ne sait pas où il était. Il a appelé son travail pour dire qu'il était malade, mais ses voisins ne l'ont pas vu. Et on dirait qu'ils le surveillaient de près parce qu'ils avaient peur de lui.

— Résume-moi tout ça, Asher.

— Nous pensons que ce meurtre est celui dont s'est servi Raine pour construire de faux liens avec les autres meurtres, comme nous l'avions soupçonné. Je ne pense pas qu'elle ait compris qu'elle est effectivement tombée sur un vrai meurtrier. Mais ça a bien l'air d'être le cas.

— Elle l'a filé, dit Callum. Je me souviens d'avoir lu ça dans le dossier.

— Oui. À cause de ça, quand Faith a découvert ces informations tôt ce matin, nous avons envoyé un détective privé filer Scoggin. Nous voulons être sûrs de savoir où il est à tout moment, juste au cas où il aurait vu Raine à un moment donné et compris qui elle était. S'il pense que les flics sont sur lui…

— Il peut le lui reprocher ou vouloir l'éliminer en tant que témoin potentiel. Tu disais qu'un détective le surveillait ?

— Oui. Mais Scoggin l'a leurré. Il s'est aperçu qu'il était filé et a pris la tangente. Il est dans la nature.

Callum serra la main autour du téléphone.

— Quelle est sa dernière adresse connue ?

— Athens.

Callum tira son pistolet et s'élança vers l'escalier.

15

Raine ferma le robinet de la douche et tordit ses cheveux pour les essorer. La porte de la salle de bains s'ouvrit à la volée. Suffoquée, elle recula en voyant Callum faire irruption. Arme à la main, il lui jeta à peine un coup d'œil et se dirigea vers le placard, à l'autre bout de la pièce.

Elle attrapa la serviette passée au-dessus de la porte en verre et s'enroula dedans à la hâte tandis qu'il se retournait. Il avait rangé son arme et était maintenant au téléphone.

— Qu'est-ce qu'il se passe ?

Elle sortit de la douche et posa le pied sur le tapis de bain, serrant la serviette autour d'elle.

— Tout va bien, articula-t-il silencieusement, toujours au téléphone.

Une seconde plus tard, il était parti, refermant la porte derrière lui.

Elle aurait dû se fâcher de cette intrusion. Mais il était évident que quelque chose n'allait pas. Il était venu s'assurer qu'elle était saine et sauve. Cela au moins c'était évident. Ce qui l'était moins, c'était pourquoi. Pourquoi pensait-il que quelqu'un se trouvait avec elle ? Et à qui parlait-il au téléphone ?

Elle se sécha rapidement les cheveux, sans prendre la peine de se maquiller. Après avoir enfilé un jean et un corsage bleu marine, elle sortit de la salle de bains.

La première chose qu'elle remarqua fut que Callum se tenait devant l'une des fenêtres, épiant la rue à travers les stores. La seconde, que la chaise normalement rangée devant son bureau était placée sous la poignée de la porte de sa chambre. Personne ne pouvait entrer ou sortir.

— Callum, bonté divine. Que se passe-t-il ? Pourquoi vous êtes-vous précipité dans la salle de bains alors que j'étais nue ?

Il laissa les lamelles du store reprendre leur place et marcha vers elle, les dents serrées, le front plissé par l'inquiétude.

— Pour ma défense, j'ai frappé avant d'entrer. Et je vous ai appelée, deux fois. Vous n'avez pas répondu.

— Oui, eh bien, j'avais probablement la tête sous l'eau. Je ne vous ai pas entendu.

— Vous avez déjà vu Pete Scoggin. Décrivez-le-moi.

— Scoggin ? Quoi ? Pourquoi ?

— S'il vous plaît.

Elle soupira.

— Bien sûr que je l'ai vu. Je l'ai filé. Mais je vous ai dit qu'il n'avait rien à voir avec les affaires de meurtre que je vous ai présentées. J'ai inventé les liens dans le seul but d'obtenir votre aide.

— Pas entièrement.

Il s'adossa à l'un des piliers du lit en merisier.

— Vous avez inventé de prétendus liens entre Scoggin et d'autres meurtres, en le présentant comme le tueur en série que nous recherchions. Mais vous aviez davantage raison à propos de lui que vous ne le pensiez. Il semble très probable qu'il ait tué la première victime à laquelle vous vous êtes intéressée.

Elle plaqua une main sur sa poitrine.

— Nancy Piraino ? C'était une supposition plus qu'autre chose. Vous pensez vraiment que c'est lui qui l'a assassinée ?

— Ça en a bien l'air. Faith et Asher ont fouillé dans son passé, et la victime…

— Nancy.

— Nancy. Personne d'autre ne semblait avoir de raison de lui vouloir du mal, même très vaguement. Scoggin est le seul pour lequel nous avons pu identifier à la fois un mobile et une opportunité.

Elle jeta un coup d'œil à la chaise coincée sous la porte, la gorge serrée.

— Et vous pensez, quoi, que c'est lui qui est entré par effraction chez moi et a tout saccagé ? Et qu'il pourrait revenir ?

— C'est la police qui a vérifié l'étage après que j'ai perdu le suspect dans les bois. Une fois que j'ai compris que l'équipe qui surveillait Scoggin l'avait perdu, je devais m'assurer qu'il n'avait pas réussi à faire demi-tour et à se réintroduire dans la maison au milieu de chaos.

Elle frissonna et s'entoura de ses bras.

— Pourquoi s'en prendrait-il à moi ? Parce qu'il me reproche… quoi ? D'avoir parlé de lui à Unfinished Business ? Comment saurait-il que j'ai fait ça ?

— Pas UB en particulier. Mais vous l'avez surveillé pendant un moment. Il a pu le remarquer, noter votre plaque d'immatriculation, comprendre qui vous étiez. Nous avons commencé à tâter le terrain à son sujet le jour même où nous avons eu les dossiers. La police l'a interrogé, mais n'avait rien à retenir contre lui, aussi ils l'ont relâché. Maintenant il a disparu. Personne ne sait où il est. Il a vandalisé la maison de Nancy à un moment donné. Je n'aime pas le fait que quelqu'un a fait la même chose chez vous. Je n'ai pas encore vu de photo de lui. Vous pouvez me le décrire ?

Elle haussa les épaules.

— Il n'a rien qui sorte de l'ordinaire, vraiment. Il est plus petit que vous de plusieurs centimètres, probablement un mètre soixante-quinze ou quatre-vingts. Il n'est pas massif, plutôt de corpulence moyenne, je dirais. Peut-être même un peu mince. Des cheveux noirs…

Elle inspira fortement.

— Je suis en train de décrire l'homme que nous avons vu cette nuit.

Il hocha la tête.

— En effet.

Il reprit son téléphone et fit monter des photos, avant de le lui tendre.

— Vous reconnaissez ce type ?

— Non, je... Attendez. Il est un peu plus vieux, un peu plus gros, mais... Randy Hagen ?

— C'est sa photo d'identité la plus récente, prise lors de sa dernière arrestation pour possession de drogue. D'après ce que vous venez de dire, il pourrait être le sosie de Scoggin. Ce qui veut dire que l'homme que j'ai pourchassé dans les bois peut être l'un ou l'autre. Si Hagen sait que vous avez fureté et mentionné son nom pour essayer de faire libérer votre frère, il pourrait avoir décidé de vous faire peur. Je suis sûr qu'il n'apprécierait pas d'être étiqueté comme suspect potentiel ou accusé d'avoir commis un parjure, si cela entraîne des conséquences pour lui.

— Il n'aurait pas tort. Il pourrait effectivement avoir de gros ennuis.

Elle s'assit au pied du lit, à quelques mètres de l'endroit où il se tenait.

— S'il était prouvé qu'il s'est parjuré au procès, cela ne changerait rien que le délai de prescription du parjure ne soit que de quelques années. Ici, en Géorgie, le compteur ne commence à tourner que lorsque le délit est découvert. Cela signifie qu'il pourrait être poursuivi. Et s'il est reconnu coupable, comme son faux témoignage a envoyé quelqu'un dans le couloir de la mort, il serait automatiquement condamné à la prison à vie.

Callum siffla.

— C'est un sacré mobile pour vous empêcher de parler à la police.

Une écœurante sensation de vertige la prit, comme si un abîme s'ouvrait sous ses pieds.

— Est-ce... Est-ce que Scoggin ou Hagen... est...

— Dans la maison ? Je ne crois pas. Mais ne vous ayant pas sous les yeux, je devais d'abord m'assurer que vous étiez saine et sauve. Je n'ai pas encore eu l'occasion de fouiller partout. Mais nous ne restons pas, de toute façon, pas avec deux hommes dans les parages qui ont des raisons de vous vouloir du mal.

— Nous ne restons pas ? Vous pensez vraiment que je suis en danger ?

— Je préfère surréagir que de vous croire à tort à l'abri. Votre adresse est publique. Une simple recherche Internet suffirait pour vous trouver. Quelqu'un l'a déjà fait.

Elle frissonna et se frotta les bras.

— Où pouvons-nous aller ? À l'hôtel ?

— Je veux que vous soyez plus en sécurité que ça. Quelque part où vous ne serez pas en public et aisément trouvable avec une recherche Internet.

— Et où serait-ce ?

Des éclairs rouges et bleus filtrèrent entre les lames des stores. Il alla à la fenêtre la plus proche et regarda dehors.

— J'ai prévenu Danny, l'inspecteur Cooper. Il va également émettre un avis de recherche pour Scoggin, en Géorgie et dans le Tennessee, en lien avec le meurtre de Nancy Piraino. Ce sera diffusé dans tous les médias. Nous le trouverons. J'ai également demandé à Danny de me prêter un des patrouilleurs qui surveillent le quartier. Ils vont nous escorter pour veiller à ce que personne ne nous file. Nous allons dans une maison où vous serez en sécurité.

Il se dirigea vers la porte et déplaça la chaise placée sous la poignée.

— Je vais lui dire que vous descendez dans quelques minutes. Préparez un sac. Nous partirons dès que vous serez prête.

— Callum, attendez. Où allons-nous ? De quelle maison parlez-vous ?

Il fit halte sur le seuil et se retourna pour la regarder.

— De la mienne.

16

Ils prirent la direction de l'est sur la State Road 78, que Raine connaissait mieux sous le nom de Lexington Road. Une voiture de police les suivait. Peu après avoir dépassé l'aéroport, Lexington Road devint Athens Road. Mais Callum ne montrait toujours aucun signe de vouloir ralentir ou tourner quelque part.

— Vous avez dit que je devrais aller quelque part où personne ne viendra me chercher, dit-elle. Si quelqu'un, disons Hagen, a entendu dire que nous posons des questions en ville, il aura l'idée d'aller voir chez vous, au cas où je m'y rendrais avec vous.

— Bien raisonné, conseillère. Mais ni le titre de propriété ni les abonnements à l'eau et à l'électricité ne sont à mon nom. Tout est protégé par un labyrinthe de sociétés écrans. J'ai fait cela après avoir reçu des menaces, lorsque j'étais inspecteur. Je ne voulais pas qu'un sale type que j'avais aidé à mettre à l'ombre sache où j'habitais. Quand j'ai déménagé à Gatlinburg, j'ai fait la même chose. On ne peut pas remonter jusqu'à moi à partir de ces maisons, à moins de faire une quantité incroyable de recherches. Et même comme ça, si on parvenait à découvrir qui est derrière chacune des sociétés, je le saurais. J'ai passé un accord avec un employé municipal afin d'être notifié si quelqu'un demande ces informations.

— Ça explique que je n'aie jamais pu trouver votre adresse quand je vous cherchais en ligne.

Il sourit jusqu'aux oreilles.

— Je suis ravi de savoir que mes précautions fonctionnent.

— Je meurs de curiosité. À quelle distance se trouve cette propriété détenue par des sociétés écrans ?

— Encore dix minutes. C'était un très long trajet depuis mon lieu de travail à l'époque. Maintenant que je vis à Gatlinburg, je viens rarement ici. La dernière fois, c'était il y a des mois, quand j'ai pris quelques jours de congé entre deux affaires.

— Ce doit être une propriété vraiment agréable pour que ces longs trajets en aient valu la peine et que vous l'ayez gardée même après votre emménagement dans le Tennessee.

Il sourit.

— Vraiment, en effet. La maison est simple et de taille modeste, pas de quoi se vanter. C'est le terrain qui est superbe. C'est une oasis boisée pas très loin des commodités de la ville, mais assez isolée pour que personne ne sache ce qu'on y fait. Elle était à mon grand-père paternel. Il me l'a léguée quand il est mort. Je venais juste d'avoir 18 ans.

— 18 ans, waouh ! C'est jeune pour devenir propriétaire. Vous la gardez pour des raisons sentimentales ?

— Je la garde plutôt pour irriter ma famille. Ils étaient furieux que mon grand-père me l'ait léguée à moi. Mes frères et sœurs ont essayé de me forcer à vendre et à partager le prix de la vente avec eux, mais j'ai refusé, par principe. Mon grand-père ne voulait pas qu'elle soit vendue. Si mon père avait eu l'intention de la garder, j'aurais immédiatement accepté. Mais tout ce qu'il voulait, c'était la vendre à un promoteur immobilier pour qu'il la divise en parcelles et construise un lotissement.

Il lui jeta un coup d'œil.

— Ce désaccord familial dure depuis des années, et il empire avec le temps. Les réunions familiales étaient devenues un exercice de marche sur les œufs. Après une visite particulièrement désagréable, où tout le monde a essayé de me pousser à vendre, ma famille a décrété que j'étais décidément trop radin et m'a plus ou moins banni. C'était il y a cinq ans.

— C'est affreux. Pour quelle raison sont-ils si avides de vendre la propriété ? Ils ont des problèmes d'argent ?

— Si c'était le cas, j'aurais immédiatement vendu. Personne n'est riche dans ma famille. Mais nous sommes loin de souffrir sur ce plan. Nous avons tous des emplois bien rémunérés. Et en vendant la petite chaîne de magasins de fournitures de bureau qu'ils avaient montée après avoir quitté la police, mes parents ont réalisé un bénéfice suffisant pour prendre leur retraite.

— Je suis désolé qu'on vous ait traité comme ça. Les biens ne devraient jamais se mettre entre des gens qui sont censés s'aimer.

— Ne soyez pas désolée. Je m'en sors très bien tout seul.

— Vous ne devriez pas avoir à le faire. Votre famille devrait vous aimer sans condition, c'est son rôle.

Sa pomme d'Adam monta et descendit dans sa gorge, mais il ne répondit pas.

L'éclair de souffrance qu'elle avait lu dans ses yeux lui en disait beaucoup plus long que ses paroles désinvoltes et son attitude détachée. Incapable de résister à son impulsion, elle posa sa main sur la sienne.

Il la dévisagea avec surprise. Mais il la surprit à son tour en retournant sa main et en entrelaçant ses doigts avec les siens.

— Merci, Raine.

Sa voix grave la fit frissonner de tout son long. Il serra sa main.

— Si quelqu'un sait ce que sont la loyauté et l'amour inconditionnel, c'est bien vous. C'est une des choses que j'admire chez vous.

Elle cilla.

— Vous m'admirez ? Moi, la femme qui vous a enlevé ?

Il se mit à rire, et les rides sur son front se détendirent.

— Ce n'était pas la rencontre la plus prometteuse, c'est certain. Mais je comprends maintenant. Je saisis pourquoi vous l'avez fait. Et que l'arme n'ait pas été chargée, que vous ayez mis votre vie en danger pour être sûre de ne pas blesser un innocent, c'est plus révélateur de votre caractère que tout autre chose. Vous êtes une bonne personne, Raine Quintero. Même si vous êtes avocate.

Elle leva les yeux au ciel et dégagea sa main, davantage parce qu'elle était tentée de se rapprocher encore que par agacement.

— Je ne sais pas si je dois le prendre comme un compliment ou une insulte.

— Un peu des deux. Mes excuses.

Il lui décocha un clin d'œil.

Elle se sentit rougir et poussa un soupir saccadé. Callum était un charmeur. Si elle n'y prenait pas garde, elle allait craquer pour le flic qui était en partie responsable de l'emprisonnement de son frère. Ce n'était pas de la loyauté familiale, c'était tout le contraire. Son frère aurait honte d'elle, il serait blessé. Un monde de culpabilité s'abattit sur elle. Lui, il comptait les jours qui lui restaient à vivre dans une cellule de deux mètres par trois, et elle flirtait au lieu de travailler à le libérer. Elle était prête à se haïr en cet instant.

— Quels sont vos plans, maintenant ? questionna-t-elle. Une fois que nous serons chez vous.

Il lui jeta un regard interrogateur, se demandant visiblement pourquoi elle avait changé d'humeur. Mais il prit le train en marche, reposant négligemment la main sur le volant.

— Eh bien, d'abord, je vais commander quelques provisions. J'ai un réfrigérateur sous l'auvent à voiture, où le livreur pourra les mettre demain si nous ne sommes pas encore rentrés. Pour ce soir, nous nous débrouillerons avec ce qu'il y a dans le freezer.

— Je voulais parler de ce que nous allons faire ensuite pour aider mon frère. Il se fait tard. Je sais que nous ne pouvons pas faire grand-chose cette nuit. Mais vous travaillez tout le temps sur des affaires classées. Vous devez avoir une sorte de plan d'approche, en dehors de la visite de la scène de crime.

Il baissa sa vitre, mit son clignotant et s'arrêta, attendant que les phares d'une voiture passent. Puis il tourna à gauche sur une route gravillonnée, bordée de grands arbres. Il agita la main pour la vitre ouverte. Par-dessus son épaule, Raine vit la voiture de patrouille faire demi-tour et reprendre le chemin de la ville.

— Le policier ne vient pas avec nous ?

— Inutile. C'est mon chemin.

Surprise, elle se redressa et regarda autour d'elle – ou essaya. Il faisait trop noir pour voir grand-chose. Le feuillage des arbres bloquait le clair de lune, et il n'y avait aucun éclairage.

Jusqu'à ce qu'il prenne un dernier virage.

— Oh ! waouh, souffla-t-elle.

Il rit doucement.

— Maintenant, vous voyez pourquoi mon grand-père aimait tellement cet endroit.

Il s'arrêta à vingt mètres d'un petit ranch de pierre blanche sur la droite. Raine lui accorda à peine un regard. Ce qui monopolisait son attention, c'était le jeu des lampes extérieures à l'avant et à l'arrière de la maison. Cette lumière blanche illuminait un vaste jardin soigneusement entretenu, avec de splendides massifs de plantes et d'arbres ornementaux.

Serpentant parmi la végétation, un sentier pavé menait à une étendue d'eau étincelante. L'étang ne semblait pas très large, bien qu'il le soit sans doute à la lumière du jour. Une fontaine jaillissait au milieu, éclairée par une rangée de spots flottants. Et un court ponton, plus adapté à la détente qu'à l'embarquement sur un bateau, s'étendait sur l'eau, avec des lampes ornementales à chaque bout.

— C'est magnifique. Je parie que vous vous installez des heures sur ce ponton quand vous venez ici. C'est un emplacement idéal pour lire.

— Je n'y avais pas pensé. Lire n'est pas quelque chose que je fais beaucoup en dehors du travail. Mais c'est un endroit génial pour pêcher ou boire une bière et feindre que le reste du monde n'existe pas.

— Comment est-ce resté aussi joli ? Vous disiez que vous ne veniez pas souvent.

— Pas assez pour entretenir la propriété, c'est sûr. Les entreprises paysagistes coûtent une petite fortune. Mais chaque fois que je songe à cesser ces dépenses, à laisser la nature reprendre ses droits, je me souviens de ma grand-mère qui s'occupait des plates-bandes. Ce sont mes grands-parents qui ont planté toutes ces fleurs, ces arbustes, ces arbres. Je les ai aidés à désherber, arroser et retourner la terre plus souvent que je ne m'en souviens. Laisser tomber tout ça, ça me ferait l'effet, je ne sais pas, de les laisser tomber, j'imagine. Ça semble idiot, mais...

— Pas du tout. Vous honorez leur mémoire en entretenant ce lieu. C'est un formidable hommage à leur vie et leur affection pour vous. Tout détruire, tout raser pour construire des maisons toutes pareilles, ce serait une vraie désolation. Votre famille ne mérite pas cette propriété si elle ne sait pas l'apprécier.

Lorsqu'elle prit conscience qu'il se taisait depuis un moment, elle arracha son regard de ce paysage de rêve et découvrit qu'il l'observait avec intensité. Sous la lumière de la lune, du tableau de bord et du scintillement des lampes extérieures, tout lui parut soudain... magique.

Le stress, les inconnues, ses craintes vis-à-vis de l'enquête s'évanouirent quand il détacha lentement sa ceinture, les yeux fixés sur les siens.

Elle parvint à détacher la sienne, et ils furent soudain dans les bras l'un de l'autre. Comme le magicien qu'il était, il l'enveloppa dans une étreinte d'une douceur exquise et pressa ses lèvres sur les siennes. Brièvement, bien trop brièvement. Mais oh, c'était tellement merveilleux. Puis ses lèvres descendirent sur sa gorge, la faisant gémir de désir.

Une sorte de grognement monta dans sa gorge, et il se tourna à moitié, la plaquant sur le siège. Cette fois, lorsque ses lèvres capturèrent les siennes, cela n'eut rien de bref. Il prit son temps, faisant l'amour à sa bouche, caressant, taquinant, donnant et prenant jusqu'à ce qu'elle ait envie de pleurer de tant de beauté.

Lorsqu'il recula finalement, il lui caressa gentiment les cheveux, repoussant sa frange hors de ses yeux.

— C'était... magique, murmura-t-elle. Je n'ai jamais été embrassée ainsi.

— Quel dommage, chuchota-t-il en retour. Vous devriez souvent être embrassée comme ça. Chérie et choyée.

— Attention, je vais devenir trop gâtée pour les autres.

Il sourit, et ses mains chaudes tracèrent leur chemin des deux côtés de son visage, jusqu'à son cou et ses épaules.

— C'est ce que je fais ? Je vous gâte trop pour les autres ?

Il pressa un tendre baiser sur sa clavicule. Elle frissonna.

— Quels autres ?

Il rit doucement contre sa peau, la faisant frémir à nouveau.

— Il faut nous arrêter, sinon je vais vous faire l'amour là tout de suite, dans la voiture. Et vous méritez bien mieux que ça. Entrons dans la maison.

Il rentra le SUV sous l'auvent et, soudain, le cerveau de Raine se remit à marcher. Faire l'amour ? À quoi pensait-elle pour en avoir seulement envie ? Parce qu'elle en avait envie. Elle le désirait, plus qu'elle n'avait jamais désiré personne. Et elle ne comprenait pas. Oui, il était beau, d'une beauté incroyable. Il était fort, doux, intelligent, et... et c'était l'enquêteur qui travaillait sur l'affaire de son frère. Peu importe combien elle avait envie d'être dans ses bras, cela devait passer après ce qui comptait vraiment.

Sauver la vie de Joey.

Sa portière s'ouvrit, et Callum fut là, tenant le sac qu'elle avait emporté. Son sourire s'évanouit quand il vit son expression.

— Le moment est passé, hein ?

Son ton était chargé de regret.

— Je vous ai donné trop de temps pour réfléchir.

— Tant mieux. Il faut que nous restions concentrés sur ce qui importe.

Il la contempla un long moment, puis hocha la tête comme s'il comprenait soudain quelque chose.

— Ce qui importe. Absolument. J'aurais dû le savoir. Ça n'arrivera plus.

Le voyant se détourner, elle lâcha son sac à main et lui prit la main.

— Callum, attendez.

Il se retourna, les sourcils haussés. Elle l'attira à elle et encadra son visage de ses mains. Puis elle déposa un baiser aussi léger qu'une plume sur ses lèvres et le regarda dans les yeux.

— Je suis désolée. Ce n'était pas ce que je voulais dire. Ce que nous avons fait, ce que vous êtes, ça compte. Mais c'est si inattendu, si surprenant… Nous nous connaissons à peine. Et je ne sais pas comment prendre cette… chose qui se passe entre nous. J'ai déjà du mal à me contenir, sachant que mon frère va mourir dans quelques jours si je n'accomplis pas un miracle. Je dois me concentrer là-dessus, au lieu de m'abandonner à vous, même si j'en ai désespérément envie. Je ne suis pas très logique, je sais, mais vous me comprenez ? Vous comptez vraiment, Callum. Vous comptez beaucoup pour moi. Vous comptez plus qu'il est possible de le faire en si peu de temps. Mais voilà…

Il sourit en repoussant gentiment ses cheveux.

— Vous êtes surprenante, Raine Quintero. Et je comprends effectivement ce que vous dites. Vous êtes avocate et vous savez faire entendre vos arguments. Mais je ne suis pas d'accord avec votre postulat. Je pense qu'on peut mêler travail et plaisir. Et j'ai appris que ne pas penser quelque temps à un problème aide à mieux se concentrer quand on y revient.

— Êtes-vous en train de me dire que faire l'amour nous aiderait à mieux nous concentrer, Callum ?

Son sourire s'élargit.

— Est-ce que cela vous ferait entrer dans mon lit si je le disais ?

Elle se mit à rire.

— Non. Nous avons du pain sur la planche. Et pas de temps à perdre.

Elle leva la main.

— Pas à perdre... À passer sur des choses qui sont sans doute plus agréables...

— Torrides, merveilleuses, renversantes...

Elle rit à nouveau.

— Il faudra travailler sur ce manque de confiance en vous.

— Je suis à votre service, dès que vous le voudrez.

— Bonté divine, dit-elle en s'éventant, vous êtes incorrigible.

— J'arrête. Honnêtement, je n'essaie pas de vous faire changer d'avis. Je respecte votre décision. Rentrons et je répondrai à votre question de tout à l'heure.

Il se dirigea vers la porte latérale et introduisit sa clé dans la serrure.

Elle prit son sac et se hâta de la rejoindre devant la porte.

— Ma question de tout à l'heure ?

— Vous vouliez savoir quel était mon plan pour résoudre l'affaire de votre frère.

Elle cilla.

— Oui. Bien sûr, votre plan. Vous voyez ce que je veux dire ? Vous me distrayez.

— Tout le plaisir est pour moi, je vous assure. Mais j'essaierai d'être sage dorénavant.

Elle secoua la tête d'exaspération. Cet homme était un vrai coquin. Il ne cessait de dire qu'elle le surprenait ; eh bien, il était encore plus surprenant pour elle. Pas du tout ce à quoi elle s'était attendue. Mais si elle cédait à son désir maintenant, et qu'ils ne pouvaient aider son frère, pourrait-elle se le pardonner ? Ou à lui ? Ce n'était pas le genre de culpabilité qu'elle était désireuse d'envisager. Ce qui voulait dire que toute relation entre Callum et elle était impossible pour l'instant. Et, selon ce qui arriverait à Joey, peut-être jamais.

17

La réponse de Callum à la question de Raine lui donnait encore le vertige le lendemain après-midi, alors qu'ils se rendaient à un autre rendez-vous. Ce qui l'avait le plus surprise était que plusieurs personnes d'Unfinished Business travaillaient sur l'affaire de son frère. Elle n'en avait pas pris conscience. Elle pensait que tout le monde travaillait sur d'autres affaires ou sur celle du tueur en série. Mais, apparemment, ils abordaient toutes les affaires en tant qu'équipe, distribuant les tâches en fonction des besoins, surtout quand il s'agissait d'une course contre la montre comme une exécution imminente.

Certains membres de l'équipe avaient validé les informations des minutes du procès et des dossiers de police. Ils avaient travaillé là-dessus depuis le moment où elle leur avait remis ses dossiers papiers et électroniques.

UB possédait son propre laboratoire intégré. L'un des analystes revoyait les indices matériels ou, du moins, leur liste dans les dossiers de la police. On réexaminait aussi les analyses médico-légales, afin d'en envisager éventuellement d'autres. Bien sûr, s'ils voulaient des analyses complémentaires, il faudrait de bons arguments pour que le ministère public les autorise. Et cela requerrait du temps, un temps que Joey n'avait pas. Raine ne fondait pas beaucoup d'espoir sur ce front-là. Mais elle leur était profondément reconnaissante de s'y atteler. Les miracles existaient. Il lui en fallait un.

Les témoignages clés étaient relus et comparés aux rapports écrits par la défense et le ministère public. Callum avait expliqué que c'était pour s'assurer que les règles de communication préalable avaient été respectées. Si un indice n'avait pas été convenablement communiqué à la défense avant le procès, cela pouvait être utilisé pour arguer d'un procès inéquitable. Mais, une fois encore, Raine doutait que cette stratégie aboutisse. Si les règles n'avaient pas été respectées, cela aurait fait l'objet d'un appel depuis longtemps.

Son espoir reposait surtout sur les interrogatoires de ceux qui avaient témoigné au procès et de ceux qui ne l'avaient pas fait. Si l'un d'eux revenait sur son témoignage ou en changeait substantiellement la teneur, on pourrait argumenter que le procès avait été inéquitable. Ce serait considéré comme une nouvelle preuve, ce dont ils avaient terriblement besoin. Elle espérait que Callum et ses collègues allaient trouver de nouveaux témoins qui remettraient en doute la culpabilité de Joey. La Commission ne pourrait pas ignorer des preuves comme celles-là. Ils devraient agir, ne serait-ce qu'en suspendant temporairement l'exécution.

Les enquêteurs d'UB effectuaient des recherches sur les bases de données policières, cherchant des crimes similaires, comme elle l'avait fait.

On consultait des experts sur toutes sortes de choses. Et les avocats d'UB examinaient les appels qui avaient été faits en faveur de Joey, cherchant des vices de forme ou des opportunités précédemment négligées.

Et c'était tout ce dont Raine se souvenait de la discussion de la veille au soir. À un moment donné, elle avait demandé grâce. Et elle s'était excusée pour l'avoir remis en question. Manifestement, les enquêteurs d'UB – surtout Callum – savaient ce qu'ils faisaient. Ses craintes qu'ils ne travaillent pas assez dur pour être efficaces étaient totalement infondées. Ces gens travaillaient sur l'affaire vingt-quatre heures sur vingt-quatre. On explorait toutes sortes de possibilités. Mais même sachant cela, elle ne pouvait se permettre de ralentir.

Callum était leur atout sur le terrain. C'était lui qui pouvait s'adresser aux gens, exiger un entretien qui aurait été refusé à quelqu'un d'UB à Gatlinburg. Ce que Callum et elle faisaient pouvait aboutir à une petite bribe d'information à même de retourner la Commission en leur faveur. Ils devaient continuer. C'était pourquoi – après avoir déjà passé des heures à parler à des témoins – ils se trouvaient maintenant sur le campus de l'université de Géorgie.

Plus d'une demi-heure auparavant, ils avaient été introduits par un secrétaire dans la salle d'attente du département de justice pénale. Ils attendaient la professeure Irena Kassin, spécialiste du phénomène des faux aveux. Ils avaient rendez-vous, mais l'heure prévue était venue puis passée. Apparemment, les rouages de la justice tournaient lentement, même sur un campus.

Callum avait déjà mis Raine en garde contre un excès d'espoir. Mais il l'avait spécialement prévenue par rapport à ce rendez-vous. L'idée que les aveux de Joey aient pu lui être extorqués n'était pas nouvelle. C'était l'argument de fond des appels de ses avocats au fil des ans. Pour que l'on en fasse encore usage, cette fois avec succès, il fallait qu'ils trouvent des éléments extraordinairement convaincants.

Jusque-là, malgré tout leur labeur et les ressources d'UB, ils n'avaient rien obtenu. C'était pourquoi, malgré l'avertissement de Callum, Raine espérait beaucoup de cette professeure. Ses références étaient impeccables. Elle avait écrit plusieurs livres et conduit des études scientifiques sur les faux aveux. Et elle avait témoigné dans plus de cinquante procès. Ce qui impressionnait le plus Raine là-dedans, c'était qu'elle l'avait fait aussi bien pour la défense que pour le ministère public. Au vu de ce parcours, personne ne pouvait l'accuser d'avoir un biais dans un sens ou un autre. Si elle était convaincue que les aveux de Joey étaient faux, cela aurait du poids auprès de la Commission.

La porte du bureau de la professeure Kassin s'ouvrit enfin. Un homme en costume sombre en sortit, les salua de la tête et s'en fut. La jeune secrétaire pénétra dans la pièce. Un instant plus tard, elle en ressortit et leur fit signe d'entrer.

Raine ignorait à quoi s'attendre d'une professeure de justice pénale avec plusieurs livres et études à son actif. Mais elle n'avait certainement pas imaginé la petite femme brune très à la mode qui les accueillit. Elle parut sourire plus chaleureusement à Callum et retenir sa main un plus longtemps que nécessaire tandis qu'ils échangeaient des civilités. Raine dut faire effort pour ne pas repousser sa main. N'était-ce pas ridicule ? Un baiser. Callum et elle n'avaient partagé qu'un seul baiser. Elle n'aurait pas dû avoir envie d'arracher les yeux de cette femme juste parce qu'elle lui souriait.

Mais c'était bien ce qu'elle éprouvait.

Heureusement, cette jalousie inattendue se dissipa quand la professeure entreprit de leur expliquer les fondements de l'étude des faux aveux. Raine fut rapidement absorbée par les explications d'Irena Kassin. Elle fut impressionnée d'apprendre que celle-ci avait passé plusieurs heures ce matin-là à préparer leur entretien. Elle avait étudié les rapports de police sur les prétendus aveux de Joey, fournis par UB. Et elle avait également réussi à se procurer les minutes du procès et à en lire les parties concernant l'interrogatoire. Cela seul suffit à Raine pour se sentir à la fois coupable de sa jalousie et immensément reconnaissante.

Derrière son bureau, Irena Kassin sourit.

— Je suis consciente de vous avoir noyés dans une tonne d'informations. C'est que le phénomène des faux aveux a des dimensions impressionnantes. Je vais résumer les principaux points et essayer de les mettre en relation avec la situation particulière de M. Quintero.

Elle feuilleta ses notes écrites sur du papier au format légal. Passant un long ongle rouge sur plusieurs points, elle hocha la tête comme pour approuver ce qu'elle avait écrit. Souriant à nouveau, elle tapota le premier point et s'adossa à son fauteuil.

— Je vais mettre les choses en contexte avec quelques statistiques. Cela nous aidera à avoir une meilleure image d'ensemble. Ces statistiques concernent des affaires où la condamnation a été cassée en raison de nouvelles preuves. Cela nous donne un panel d'affaires à étudier, dans lesquelles nous avons un innocent condamné à tort. Lorsqu'on les examine, on constate que les faux aveux (lorsqu'un suspect a dit qu'il avait commis le crime alors qu'il ne l'avait pas fait) sont la cause principale des condamnations dans les affaires d'homicide. Choquant, n'est-ce pas ?

— Pas pour moi, dit Raine. Mon frère en est la preuve vivante.

— Je dois admettre que c'est une surprise pour moi, intervint Callum. Je n'ai jamais entendu parler de cela et, honnêtement, je ne m'y attendais pas.

Irena Kassin hocha la tête.

— Il y a pire. Lorsqu'on examine ces affaires, pas seulement les homicides, qui ont été rejugées par suite du travail effectué par divers groupes de défense des innocents, on constate qu'entre 25 % et 66 % d'entre elles comportaient de faux aveux. En extrapolant à partir de cela, on peut en conclure que plus de cinquante mille personnes sont en prison en ce moment, dans notre pays, pour un crime qu'elles n'ont pas commis. C'est un chiffre stupéfiant. Et cela souligne une faille majeure dans notre système judiciaire.

Raine était abasourdie par les pourcentages que la professeure venait de citer.

Callum semblait également surpris. Il se pencha en avant sur son fauteuil et posa les coudes sur les genoux.

— En supposant que les chiffres que vous citez sont exacts…

— Ils le sont, lui assura la professeure Kassin.

Il sourit.

— Ce que je ne comprends pas, c'est comment cela peut arriver. Personne ne pourrait me faire avouer quelque chose que je n'ai pas fait, en particulier un meurtre.

— Et ça, monsieur Wright, c'est le problème. Les gens ne comprennent pas comment cela peut arriver, par conséquent, ils supposent automatiquement que cela n'arrive pas. Mais puisque nous pouvons prouver que cela se produit avec une fréquence alarmante, nous devons comprendre comment et pourquoi. Ensuite, nous devons former les membres de la police et du ministère public pour qu'ils le reconnaissent et l'empêchent. À tout le moins, les techniques d'interrogatoire doivent changer.

Callum s'adossa à son siège et croisa les bras.

— Si vous pensez que les inspecteurs devraient suivre tout un tas de nouvelles règles et se montrer plus gentils, personne ne vous suivra là-dessus. Vous ne pouvez pas lier les mains des types bien qui traitent avec des criminels sans foi ni loi. Si c'était le cas, nous ne pourrions jamais condamner personne.

— Je ne suis pas d'accord. Mais, plus important, votre argument illustre bien l'un des principaux problèmes des faux aveux. Les inspecteurs supposent *a priori* que les gens sont coupables lorsqu'ils les interrogent. Toute cette histoire de « sans foi ni loi » implique qu'ils sont criminels et qu'ils doivent avoir commis le délit ou le crime à propos duquel ils sont interrogés. C'est un biais qui fausse automatiquement les choses pour le suspect.

Callum secoua la tête, visiblement contrarié.

— La présomption d'innocence, c'est ce qui guide le jury dans un tribunal. Si les inspecteurs ne croyaient jamais personne coupable, ils ne procéderaient pas à des arrestations ou des interrogatoires pour commencer.

La professeure Kassin hocha la tête.

— Je suis d'accord avec vous sur ce point. C'est un dilemme. Mais il faut améliorer la manière de conduire les interrogatoires, autrement nous ne résoudrons jamais le problème des faux aveux. Néanmoins, vous n'êtes pas venus pour résoudre cette question. Mademoiselle Quintero et vous êtes ici pour comprendre le problème et la manière dont il peut ou non être lié à la situation de son frère.

Elle avança sur son fauteuil et s'adressa à Raine.

— Il y a de nombreux facteurs qui peuvent pousser quelqu'un à dire qu'il a commis un crime alors qu'il ne l'a pas fait. L'épuisement, le dérangement mental ou encore l'influence d'une substance quelconque rendent la personne vulnérable à la suggestion.

Elle se tourna ensuite vers Callum.

— Les techniques d'interrogatoire de la police ont une énorme influence, comme vous pouvez l'imaginer. Elle est formée à utiliser des méthodes psychologiques qui, malheureusement peuvent influencer n'importe qui, coupable ou non. Cela comprend l'isolement du suspect dans une pièce inconfortable avec peu de commodités. Cet environnement inconnu rend le suspect nerveux, incertain. Les interrogateurs détiennent tout le pouvoir. Ils font pleuvoir des accusations sur le suspect en continu.

— Ça ressemble à un lavage de cerveau, dit Raine.

Callum lui lança un regard agacé.

— C'est une bonne manière de le décrire, approuva la professeure. Imaginez-vous dans une pièce pendant des heures, vous sentant impuissante. Vous êtes fatiguée, désorientée, et les personnes qui ont tout le pouvoir vous répètent que vous êtes mauvaise. Puis l'un se met à jouer le bon flic, vous prend en pitié, essaie de vous trouver une issue, d'apporter une justification à votre comportement. Si le suspect nie sa culpabilité, l'enquêteur l'interrompt sans cesse en lui disant qu'il est coupable. Il fournit des contre-arguments pour discréditer tous les faits que le suspect peut présenter. Encore une fois, les facteurs psychologiques sont énormes. Les interrogateurs ne permettent pas au suspect de se taire. Ils le font parler sans cesse, de façon qu'il ne puisse s'arrêter, se calmer et réfléchir à ce qu'il dit.

— Je n'ai jamais conduit mes interrogatoires ainsi, protesta Callum.

— C'est louable, répondit-elle. Mais vous avez déjà menti à un suspect ? Vous vous êtes montré faussement poli et amical ? Vous l'avez encouragé à se décharger de sa culpabilité afin de se sentir mieux ?

Il s'adossa à sa chaise sans répondre.

— Votre silence me dit que vous l'avez fait, dit-elle. Et je ne suis pas en train de dire que c'est mauvais en soi. Mais lorsque vous gagnez la confiance d'un suspect et qu'il est déjà vulnérable, du fait d'une légère déficience mentale par exemple, il peut vous dire ce qu'il croit que vous voulez entendre. Et il le fera en croyant vous faire plaisir, et qu'une fois qu'il vous aura fait plaisir, vous le laisserez rentrer chez lui.

Callum secoua la tête.

— Personne n'avoue un meurtre en supposant qu'on va le laisser rentrer chez lui après ça.

— Je peux vous montrer des dizaines de dossiers qui prouvent le contraire.

En voyant l'expression de Callum, Raine craignit que cela ne débouche sur un débat enflammé. Cela n'aiderait pas Joey.

— Attendez, dit-elle, pouvons-nous revenir au sujet qui nous occupe, s'il vous plaît ? Nous sommes ici pour savoir si la professeure Kassin pense que les aveux de Joey lui ont été extorqués.

Callum poussa un profond soupir.

— Je vous prie de m'excuser toutes les deux. J'étais jeune

inspecteur quand j'ai travaillé sur l'affaire de Joey, et ceci met un peu trop dans le mille.

Irena Kassin écarquilla les yeux.

— Je ne me souviens pas d'avoir vu votre nom parmi ceux des interrogateurs.

— « Jeune inspecteur » est peut-être trop généreux, dit-il un sourire ironique aux lèvres. L'inspecteur Farley dirigeait l'enquête. C'est lui qui interrogeait Joey. J'étais son assistant. Mais l'idée que quelque chose de fâcheux ait pu avoir lieu pendant que je travaillais là-bas m'embête. Si j'avais cru que Farley forçait des innocents à mentir, je vous assure que j'y aurais mis fin d'une manière ou d'une autre.

Raine lui toucha l'épaule pour attirer son attention.

— J'en sais assez sur vous pour être sûre à cent pour cent que vous n'enfreindriez pas délibérément les droits d'un suspect pour obtenir des aveux à tout prix.

Son air surpris lui donna un regain de culpabilité quant à la manière dont ils s'étaient rencontrés. Callum était un homme de caractère, et elle n'aurait jamais dû le priver du choix de l'aider ou non. Elle aurait dû faire plus d'efforts pour obtenir un entretien avec lui et le laisser décider s'il voulait ou non se charger de l'affaire.

La professeure tourna une page, une manière subtile de regagner leur attention.

— Pour finir, j'ajouterai que la longueur des interrogatoires entre en jeu. Plus il dure, plus le suspect est susceptible de mentir pour y mettre fin. Plus le suspect est jeune aussi, plus il ou elle est vulnérable.

Elle tourna une autre page.

— Concernant les interrogatoires de Joey, il y a plusieurs choses qui m'ont préoccupée.

Un par un, elle énuméra les problèmes potentiels de ces

interrogatoires, en particulier du dernier, durant lequel il avait prétendument avoué.

— Les interrogatoires étaient longs. Joey a mentionné qu'il souffrait d'insomnie, donc il était déjà fatigué. Il n'y a eu aucun enregistrement, ni audio, ni vidéo, des interrogatoires. Les aveux que Joey a signés avaient un vocabulaire et un phrasé qui ne correspondaient pas aux échantillons inclus dans son dossier. En bref, quand je récapitule l'ensemble, il y a des signaux d'alerte. Je crains qu'il n'ait été indûment influencé ou contraint de signer un résumé de ses aveux ne correspondant pas exactement à ce qu'il avait dit.

Raine la dévisagea, craignant d'espérer et même de respirer.

— Je ne… Je ne sais pas bien quoi faire de ça. Êtes-vous en train de dire… que votre opinion d'experte est que…

L'air d'empathie sur le visage de la professeure la fit plaquer une main sur sa poitrine.

Ne le dites pas. Ne le dites pas. Ne le dites…

— Mademoiselle Quintero, il y a incontestablement des passages des interrogatoires de votre frère qui me préoccupent. Mais en considérant le tableau d'ensemble, les interrogatoires et la manière dont ils ont été conduits, il n'y a rien que je puisse isoler pour dire que ses aveux lui ont été extorqués.

À peine consciente que Callum avait posé une main réconfortante sur son épaule, elle fixa la professeure, sous le choc.

— Je ne comprends pas. Vous avez dit qu'il y a des signaux d'alerte. Vous avez des craintes. Vous pouvez parler à la Commission, et…

— Ce que je peux faire, et que je ferai, c'est formuler des critiques et des recommandations à la police d'Athens pour des interrogatoires futurs. Quant à m'adresser à la Commission des grâces et des libérations conditionnelles en faveur de M. Quintero, je ne peux m'y résoudre en toute conscience. Je suis navrée, mademoiselle Quintero. Il n'y a rien que je puisse faire pour aider votre frère.

18

Lorsque Raine eut digéré les conclusions dévastatrices de la professeure Kassin – ou plutôt l'absence de conclusions – elle s'efforça de faire bonne figure en accompagnant Callum. Mais la vérité c'était que plus d'une semaine plus tard, et malgré les efforts incroyables que Callum fournissait, le manque de sommeil, les heures interminables passées sur des dossiers, ils n'étaient pas plus près de sauver Joey.

Et le temps était leur ennemi.

Durant le petit déjeuner pris dans le patio plus tôt ce matin-là, elle avait pris conscience avec une netteté accrue que les prochains jours pouvaient très bien être les derniers de son frère. Et voilà qu'elle était dans le SUV, regardant le paysage défiler de l'autre côté de la vitre, tandis que Callum les conduisait à un entretien de plus.

Elle avait perdu un temps précieux à parler à des inconnus, à parcourir d'innombrables kilomètres, sans qu'il n'en résulte rien. Y avait-il un stade où elle devait s'arrêter, renoncer ? Devait-elle plutôt aller voir son frère, profiter du relâchement des règles de visite à l'approche de son exécution ? Était-il plus sensé de lui parler à travers une épaisse paroi en verre et un téléphone à l'ancienne, sans avoir rien de nouveau à lui dire, aucun espoir à lui donner ? Ou était-il plus utile de passer ce temps à conférer interminablement avec ses avocats ? À se torturer les méninges avec Callum ? Quoi qu'elle fasse, il semblait que cela n'ait plus d'importance.

Une larme tomba de ses cils et roula sur sa joue. Elle l'essuya rapidement et poussa un soupir entrecoupé de sanglots.

La main chaude et musclée de Callum se posa soudain sur la sienne. Elle noua mécaniquement ses doigts aux siens, acceptant le réconfort qu'il lui offrait. Ils étaient si habitués l'un à l'autre qu'ils n'avaient plus besoin de parler pour comprendre ce que l'autre pensait ou éprouvait. C'était une intimité qu'elle chérissait et sur laquelle elle comptait tellement qu'elle ignorait comment survivre sans. Elle était là, l'avocate endurcie qui avait passé la plus grande partie de sa vie adulte à se battre pour la justice d'une manière ou d'une autre. Et pourtant, quand cela comptait vraiment, elle perdait la bataille et songeait à abandonner.

— Ne renoncez pas encore, Raine. Ce n'est pas fini. Loin de là.

Il lui pressa la main. Elle sentit sa gorge se serrer. C'était comme s'il avait lu dans ses pensées. Encore une fois. D'une façon ou d'une autre, quand elle se sentait vraiment mal, il savait toujours comment lui remonter le moral. Savoir qu'il n'avait pas renoncé lui donna la force de se redresser sur son siège et de ravaler ses larmes.

Quand elle fut à nouveau capable de parler, elle demanda :

— Comment se passe l'enquête sur le tueur en série ? Vous ne m'en avez plus parlé, sauf pour dire qu'il n'y avait pas eu d'autres victimes. Le tueur est peut-être mort. Ou on l'a mis en prison pour d'autres motifs. Ne serait-ce pas une chance ?

— Si cela voulait dire qu'il ne serait plus jamais libre de faire du mal à quelqu'un, bien sûr. Mais les familles de ses victimes ont besoin de tourner la page, si une telle chose est possible. À tout le moins, elles ont besoin de savoir que l'homme qui a tué leurs proches est enfermé pour de bon. J'ai effectivement parlé à Asher ce matin, quand vous preniez votre douche. L'équipe se concentre sur un suspect. Vous avez déjà entendu le nom de Drake Knox quand vous étudiiez cette affaire ?

— Drake Knox...

Elle réfléchit un instant puis secoua la tête.

— Ça ne me dit rien. Qui est-ce ?

— Quelqu'un qui n'a jamais été sur l'écran radar de la police. Un héritier qui vit de ses rentes. Il n'a jamais travaillé, il n'en a pas besoin. Il n'a pas de casier judiciaire. Aucun antécédent de violence envers les animaux ou d'autres signes typiques de quelqu'un qui va devenir un tueur en série. Mais c'est un fils unique, élevé dans le manoir familial sur une propriété des Smoky Mountains plutôt isolée. Il a été scolarisé à domicile, non que ce soit un précurseur de tendances psychopathes. Mais cela va avec une enfance plutôt solitaire. Il n'a eu que ses parents et des gouvernantes pour le socialiser.

— S'il est aussi atypique et qu'il n'est pas sur le radar de la police, pourquoi pensez-vous qu'il est le tueur que vous recherchez ?

— Asher n'en est pas certain, pas encore. C'est seulement le seul suspect viable qu'ils ont trouvé, alors ils étudient son passé et essaient d'établir des chronologies pour déterminer où il était durant les meurtres. Son nom est apparu dans l'enquête sur deux des meurtres, parce qu'il se trouvait dans la région au même moment. Il y avait très peu de liens entre les victimes. Elles ont été choisies au hasard. Alors découvrir quelqu'un qui appartenait au cercle social, au moins brièvement, de deux d'entre elles a excité la curiosité d'Asher et Faith. Jusqu'ici, ils ont réussi à le lier à une autre victime en termes de chronologie et d'emplacement du meurtre. Cela en fait trois, et ils cherchent encore des liens.

— Ça paraît prometteur. J'espère qu'ils sont sur quelque chose.

— Il y a autre chose qui rend Knox prometteur. Sur quatre des voitures des victimes, on a retrouvé des traceurs GPS fixés au châssis. Knox a été arrêté une fois à un stop, il y a des années, et l'une des choses que le flic a noté sur l'amende, c'était qu'il avait du matériel de géolocalisation sur le siège à côté de lui. Il a trouvé ça assez bizarre pour le noter dans le PV.

— C'est vraiment bizarre. Comment l'a-t-il expliqué, ce Knox ?

— Il ne l'a pas expliqué. Il a dit au flic que ce n'était pas son affaire ce qu'il avait dans sa voiture. Et comme c'était un simple contrôle routier, il avait raison. Le policier n'avait aucun motif de procéder à une fouille. Mais c'est évidemment un signal d'alarme. Une théorie que nous avons toujours eue sur les victimes, c'est qu'elles ont été suivies quelque temps avant d'être tuées. Elle se base sur le fait que ces femmes étaient très actives et qu'il a toujours réussi à les approcher quand elles étaient seules, quand leurs petits amis ou leurs maris étaient partis. Avec un traceur GPS, il était facile de les suivre.

Il lui pressa à nouveau la main.

— Ça suffit là-dessus. Concentrons-nous sur l'affaire de Joey. Vous n'avez pas besoin de m'accompagner à tous ces entretiens. Si vous n'en avez pas envie aujourd'hui, je peux…

— Ne me dites pas de rentrer à la maison. Je ne pourrais jamais me pardonner si nous ne pouvons… Si nous n'arrivons pas à arrêter… Si je ne fais pas tout ce que je peux pour mon frère. On ne sait jamais. Je pourrais penser à une question qui débouchera sur une nouvelle information. Ou bien relier les choses autrement et ouvrir une piste à explorer. Je veux être là.

— Très bien. J'ai parlé ce matin à Danny, l'inspecteur Cooper. Les avis de recherche sont toujours actifs pour Scoggin et Hagen. On n'a vu ni l'un ni l'autre. UB effectue des recherches intensives sur Scoggin, pour essayer de le trouver et de savoir si c'est un tueur opportuniste, ou si Knox pourrait être responsable de ce meurtre-là aussi. Danny a enfin terminé d'évaluer les affaires sur lesquelles travaillait Farley.

Tandis qu'il doublait une voiture, elle dit :

— À votre ton, je suppose qu'il s'agit d'une autre déception.

Il acquiesça.

— Rien ne montre que Farley a délibérément choisi de ne pas enregistrer des aveux ou d'enregistrer d'autres interrogatoires. Danny a même revu les données avec les Affaires Internes, pour s'assurer qu'il n'avait rien raté. Ils ont approuvé. Il n'y a aucune raison de penser que Farley était autre chose que paresseux ou incapable d'enregistrer de façon cohérente. Et comme la professeure Kassin, les Affaires Internes n'estiment pas qu'il y a suffisamment d'éléments dans la transcription des aveux de Joey pour affirmer qu'ils lui ont été extorqués. Je suis désolé, Raine. J'aurais aimé avoir de meilleures nouvelles.

Elle dégagea sa main et s'entoura de ses bras en regardant par la vitre.

— Ce n'est pas votre faute. Vous faites tout ce qui est humainement possible, de même que la moitié de l'équipe d'UB.

— La moitié, c'est beaucoup dire. Ils ont dû réaffecter des ressources humaines pour étudier l'angle Knox et faire le suivi du cas Scoggin. Mais si nous avons besoin d'aide, nous pourrons nous reposer sur les détectives privés du coin.

— Je comprends.

Et elle comprenait réellement. UB avait de nombreuses affaires à traiter. Consacrer la plupart de leurs ressources à cette affaire, alors qu'ils devaient étudier une affaire classée qui venait de se ranimer, n'avait aucun sens. Si elle avait été la propriétaire d'UB, elle aurait agi de même. Mais cela signifiait que ses espoirs sombraient en même temps.

— Quatre jours, dit-elle d'une voix brisée. Ils vont le tuer dans quatre jours.

— Pas si nous pouvons l'empêcher. Je vous l'ai dit, ne renoncez pas encore. J'ai pris un rendez-vous avec les avocats de Joey et la Commission le matin du jour prévu pour son exécution. Nous présenterons ce que nous aurons trouvé. Ils délibéreront juste après l'audience et accorderont un sursis s'ils estiment avoir besoin de plus de temps.

— Eh bien, c'est quelque chose. Tant mieux.

— En effet, approuva-t-il en ralentissant pour entrer dans une résidence.

— Merci, Callum. Pour tout. Je ne sais pas comment j'aurais réussi à traverser tout ça sans vous. Vraiment.

— Je vous en prie. Maintenant, cessez de broyer du noir et rallumez ce formidable cerveau qui est le vôtre. Nous allons avoir un autre entretien.

Il se gara devant le premier bâtiment sur la gauche. Puis il se pencha et déposa un léger baiser sur ses lèvres avant de se redresser rapidement.

— Oups. Je n'ai pas pu m'en empêcher.

Il lui fit un clin d'œil, faisant mentir son propos. Elle se mit à rire, incapable de résister à son charme, comme toujours.

— Je vous pardonne pour cette fois.

Il lui décocha un grand sourire, et ils descendirent du SUV.

Raine se sentit rongée par le remords quand ils furent assis sur le canapé, face à la femme qui vivait dans l'appartement 1101. Son nom était Rose Garcia, et elle avait fréquenté Joey pendant deux ans. Rose avait déposé en tant que témoin de moralité au procès de Joey, pour le compte de la défense. Mais Raine la connaissait à peine. Joey et elle avaient été comme des navires se croisant la nuit, en partie parce qu'il était beaucoup plus âgé qu'elle. Ce n'était qu'après son arrestation et sa mise en accusation qu'elle avait fait les efforts qu'elle aurait dû faire plus tôt. Leur différence d'âge n'aurait jamais dû être une excuse pour ne pas faire partie de la vie de son frère. C'était l'un des nombreux regrets avec lesquels elle devait vivre.

— Rose, nous vous sommes reconnaissants de nous accorder

du temps, dit Callum. Et vous nous avez été très utile en nous expliquant les habitudes de Joey, où il aimait aller, les gens qu'il considérait comme ses amis. Maintenant, j'aimerais que nous revenions au jour où Alicia Claremont a été assassinée. La chronologie du ministère public indique qu'il y avait une fenêtre de trois heures durant laquelle Joey pourrait l'avoir tuée. Avez-vous des informations supplémentaires qui pourraient nous aider à donner corps à cette chronologie, à réduire cette fenêtre ? Peut-être avez-vous noté quelque chose dans un journal ? Un vieux calendrier où vous notiez vos rendez-vous et ceux de Joey ? Des documents datés pourraient nous être vraiment utiles. Les avocats les adorent.

Rose se tordit les mains sur ses genoux, son regard sautant ici et là dans la pièce peinte d'un beige usé.

— J'ai témoigné au procès. Je leur ai dit que c'était une bonne personne.

Callum jeta un coup d'œil à Raine avant de continuer.

— Vous craignez de nous dire autre chose que ce que vous avez dit sous serment ?

Rose se tordit les mains encore plus fort, blanchissant ses jointures. Raine avança sur le canapé.

— Rose ? Pouvez-vous me regarder, s'il vous plaît ?

Elle avait parlé d'une voix douce, aussi dépourvue de menace et de jugement que possible.

Rose croisa finalement son regard.

— Vous êtes la sœur de Joey.

Raine sourit tristement, le cœur serré par les hésitations craintives de Rose.

— N'ayez pas peur de nous dire la vérité, quelle qu'elle soit. C'est exactement ce que nous cherchons. Personne ne va se fâcher contre vous.

Rose se mordit la lèvre inférieure et contempla ses mains. Callum lui adressa un regard d'empathie.

— Serait-ce plus facile de parler si Raine quittait la pièce ?

Rose resta silencieuse.

— Je vais attendre dans la voiture, dit Raine en se levant.

— Non...

Rose poussa un gros soupir et se leva également.

— Asseyez-vous s'il vous plaît. Si vous voulez vraiment savoir la vérité, alors vous méritez de l'entendre. Donnez-moi une minute.

Elle s'engagea dans le petit couloir et disparut dans ce que Raine supposait être sa chambre.

La main de Callum recouvrit les siennes.

— Vous êtes sûre que vous voulez entendre ce qu'elle a à dire ?

— Oui. Comme elle l'a dit, je veux la vérité.

Il l'observa un long moment, puis acquiesça et retira sa main.

Rose émergea de sa chambre et reprit sa place dans le fauteuil face à eux. Elle tenait un cahier bleu à spirale, du genre de ceux qu'on achète pour quelques dollars. D'après sa couverture usagée et ses pages cornées, elle l'avait depuis longtemps.

Lorsqu'elle le posa sur la petite table en verre devant eux et l'ouvrit, Raine ne put s'empêcher de se raidir. Le mot JOURNAL était inscrit en lettres majuscules sur le dessus, ainsi que la date – deux mois avant le meurtre d'Alicia.

Rose tourna les pages d'une main tremblante et s'arrêta sur la première écrite en rouge au lieu du bleu qui avait servi aux autres pages. La date, une fois encore, était en haut – six semaines avant le procès de Joey. Une enveloppe au format légal était rangée au milieu. Rose la prit et la posa sur la table. Mais, au lieu de l'ouvrir, elle tourna les pages jusqu'à la fin du journal.

Une autre enveloppe était là, beaucoup plus épaisse que la première. Un seul mot était tracé dessus à l'encre bleue : PROCÈS. Elle tendit cette enveloppe à Callum.

— Vous voulez que je l'ouvre ? questionna-t-il.

Elle hocha la tête.

— S'il vous plaît. Vous pouvez les montrer à Raine aussi. Je pense qu'elle en a déjà vu la plupart.

C'était vrai. Tandis que Callum se penchait vers elle, Raine se rappela les avoir vues au procès. Du moins, des copies. Beaucoup de ces éléments n'avaient pas été rendus publics, pas tant qu'il y avait une chance d'un autre procès, même lointaine.

— Nous étions heureux à l'époque, dit Rose. C'étaient de bons moments.

Callum cessa de feuilleter les photos.

— Parce qu'il y a eu des moments moins bons ?

Les joues de Rose se colorèrent, et elle jeta un coup d'œil à Raine en s'éclaircissant la gorge.

— Oui. Ce n'étaient pas que de bons moments.

Elle prit la première enveloppe, qui contenait visiblement d'autres photos, et la lui tendit.

Dès qu'il en tira la première photo, Raine eut un hoquet et plaqua une main sur sa gorge. C'était un selfie de Rose, qui se tenait devant le miroir de la salle de bains. Sa gorge était couverte d'ecchymoses violettes. Même sans être une experte médico-légale, Raine pouvait aisément deviner ce qui avait causé ces marques. Des mains.

— Rose ? questionna Callum d'une voix douce. Qui vous a fait ça ?

Ses yeux brillaient de larmes contenues.

— Mon petit Joey. Je ne me souviens même pas de ce que j'ai fait pour le rendre fou.

Elle se tordit les mains et jeta un regard implorant à Raine.

— Je n'ai pas menti au procès en disant qu'il était gentil. Je voulais qu'on sache que c'était une bonne personne. Il était gentil, bienveillant, intelligent. Il s'occupait bien de moi… quand il était sobre. Je… ne leur ai juste pas parlé des fois où il n'était pas sobre.

Raine réprima ses propres larmes tandis que Callum examinait les autres photos. Lorsqu'il eut terminé, il les remit dans l'enveloppe et fit glisser celle-ci sur la table.

— Il y a des blessures affreuses, dit-il d'une voix douce. Vous dites que c'est Joey qui vous a fait tout ça ?

Elle hocha la tête.

— Mais seulement parce qu'il était ivre, ou parfois défoncé. Je l'aimais. Je l'aime toujours. Mais la dernière fois... il m'a étranglée. Je me suis évanouie. Quand je me suis réveillée, il est devenu blanc comme un cachet d'aspirine, comme s'il avait vu un fantôme. Je suis sûre qu'il croyait m'avoir tuée.

Elle s'essuya les yeux, refusant de laisser ses larmes couler.

— Je ne sais pas pourquoi j'ai pris ces photos, ni pourquoi je les ai gardées. J'imagine que c'était mon inconscient qui voulait garder des preuves pour plus tard, quand je serais en plein déni. Je ne sais pas combien de nuits je suis restée dans ma chambre, quand il était sorti boire, à attendre son retour. À me demander si ce serait encore un de ces soirs-là. Je pense... que ces photos, leur nombre, c'est ce qui m'a finalement donné le courage de le quitter.

— Je suis vraiment navrée, murmura Raine. Vraiment navrée.

Rose secoua la tête.

— Ne le soyez pas. Ce n'est pas votre faute. Ce n'était pas non plus celle de Joey, pas vraiment. L'alcool faisait surgir le monstre en lui. Il n'aurait jamais fait ça s'il avait été dans son état normal. Il m'aimait.

Raine échangea un regard torturé avec Callum. Ils n'avaient pas besoin de parler pour qu'elle sache qu'il se rappelait la même chose qu'elle – le rapport d'arrestation de Joey. Bien que sobre au moment où on l'avait arrêté, il puait l'alcool et ses yeux étaient injectés de sang, ce qui indiquait une récente beuverie.

— Je ne doute pas de vous, Rose. Mais pour que cela constitue une preuve, il nous faut des éléments concrets. Vous avez quelque chose qui montre que c'est Joey qui vous a fait ça ? Vous en avez peut-être parlé à une amie, à votre mère, à une sœur ?

Rose désigna son journal.

— Tout est là, écrit. Avec les dates. Vous disiez que c'était bien d'avoir noté les dates, non ?

Il acquiesça et feuilleta le journal

— L'encre rouge, dit Rose. Tout ce qui va avec les photos, je l'ai écrit à l'encre rouge.

Raine regarda Callum tourner les pages, et la quantité d'encre rouge lui souleva l'estomac.

Callum referma le journal et le posa à côté des enveloppes.

— Une dernière question, Rose. Malgré les violences que Joey vous a fait subir, vous avez tout de même témoigné en sa faveur. Le procureur vous a même demandé si vous pensiez que Joey pouvait avoir tué Alicia et vous avez répondu non. Était-ce la vérité ?

Le menton de Rose se mit à trembler et les larmes qu'elle avait retenues roulèrent sur ses joues.

— Vous devez comprendre. J'aimais Joey, mais j'avais peur de lui aussi. Si je le critiquais à la barre et qu'il sortait, qu'il rentrait à la maison...

Elle leva les mains dans un geste d'impuissance.

— Je devais me protéger.

— Compris, dit Callum. Mais vous devez nous le dire. Nous avons besoin de l'entendre de votre bouche, dans vos propres mots. Pensez-vous que Joey Quintero avait l'opportunité de tuer Alicia Claremont ?

Rose prit l'enveloppe la plus mince et feuilleta les photos. Son regard s'arrêta sur l'une d'elles quand elle répondit à Callum.

— Je me suis couchée avant que Joey ne rentre la nuit où Alicia a été assassinée. Alors je ne peux pas dire s'il était avec moi à l'heure de sa mort. Tout ce que je pouvais dire à la barre, c'était qu'il était au lit quand je me suis réveillée le lendemain matin.

J'ai été honnête là-dessus et sur tout ce que j'ai dit par ailleurs, à l'exception d'une chose. Si je pense que Joey a pu étrangler et tuer Alicia Claremont ?

Elle reposa une photo sur la table, celle qui montrait les ecchymoses sur sa gorge.

— Absolument.

19

Callum se tenait près du canapé dans le salon, le cœur serré de voir Raine faire les cent pas devant lui, expulsant sa colère. Au moins, elle avait cessé de pleurer. Elle avait sangloté la plus grande partie du trajet après que Rose Garcia – la meilleure témoin de moralité qu'ils avaient pour son frère – avait déclaré en termes non équivoques qu'elle était persuadée qu'il avait tué Alicia Claremont.

Jusque-là, Raine avait refusé ses tentatives pour la réconforter, non qu'il sache même comment faire. Comment pouvait-il faire en sorte qu'elle se sente mieux alors que tous ceux à qui ils avaient parlé tenaient des propos accablants pour son frère. Elle avait perdu ses parents et était sur le point de perdre son frère, à moins qu'il ne trouve un moyen de stopper cela.

Mais qu'il soit damné s'il savait comment à ce stade.

Raine s'arrêta devant lui, les yeux rouges, des larmes séchées sillonnant son maquillage. Elle n'avait jamais eu l'air plus belle. Il avait envie de la prendre dans ses bras. Mais il avait compris durant l'heure précédente qu'elle ne voulait pas être touchée. Pas maintenant. Peut-être jamais si cette semaine se terminait de la manière tragique dont elle semblait devoir se terminer.

— Vous avez entendu comme moi, dit Raine avec un geste d'impuissance. Rose a défendu Joey, elle a affirmé qu'il ne faisait du mal aux autres que s'il avait bu ou pris de la drogue. Mais vous et moi avons lu les rapports de police. Aucune trace. Aucun ADN. Et elle a été violée. Un homme ivre mort ne met pas de préservatif avant de violer quelqu'un. Si Joey l'a fait, il l'a fait parce qu'il le voulait, pas parce qu'il avait perdu le contrôle de lui-même à cause de l'alcool. Il a bu après l'avoir tuée. Pas avant.

— Raine...

— Ne me dites pas que tout ira bien. Mon Dieu. C'est un tueur ? Mon frère est un meurtrier, après tout ? Est-ce que je me suis fourré la tête dans le sable tout ce temps ?

Elle se remit à faire les cent pas, si bien qu'il ne tenta pas de répondre à des questions qui étaient de toute façon rhétoriques. Il ne pensait pas une minute qu'elle était prête à admettre la culpabilité de Joey. Elle l'avait soutenu et s'était battue pour lui trop longtemps pour franchir cette ligne en un instant. Mais elle luttait, parce qu'elle était intelligente et rationnelle. Même une sœur qui aimait désespérément son frère ne pouvait nier les faits qui se trouvaient devant elle.

Ce dont ils avaient besoin, c'était de davantage de faits, de quelque chose pour reprendre l'enquête. Le principal problème qu'il rencontrait, bien sûr, c'était qu'il n'était pas convaincu de l'innocence de son frère. Plutôt le contraire. Même sans les doutes de la professeur Kassin à propos de ses aveux, les preuves circonstancielles pointaient dans le sens de sa culpabilité. Et aucun indice ne conduisait vers quelqu'un d'autre.

Ou si ? Raine elle-même avait dit que la police s'était focalisée sur Joey dès le départ, parce qu'il vivait non loin, qu'il avait des antécédents d'instabilité et avait été prétendument vu avec Alicia dans le bar.

Par Randy Hagen.

— Nous avons épuisé toutes les pistes pour essayer de réhabiliter Joey. Aucune preuve n'est là pour faire changer quiconque d'avis sur ce point.

Elle s'arrêta à nouveau devant lui, cherchant son regard. Son expression était de pure dévastation.

— Je n'aurais jamais cru vous entendre dire ça. Je suis en pleine crise et vous renoncez aussi ?

Incapable de s'en empêcher, il lui tendit les bras. Voyant qu'elle ne reculait pas cette fois, il la blottit contre lui et posa le menton au sommet de sa tête.

— Je ne renonce pas. J'accepte les faits que nous avons pour l'instant, et je passe à la vitesse supérieure. Nous avons besoin d'autres faits. Au lieu d'essayer de prouver que Joey est innocent, nous devons prouver que quelqu'un d'autre a pu tuer Alicia. Nous devons examiner tous les suspects possibles et essayer de créer un doute raisonnable. Pour l'instant, la seule autre personne qui fasse un candidat plausible, c'est Randy Hagen.

— D'accord. C'est bien. J'ai toujours dit que je ne lui faisais pas confiance, qu'il pouvait avoir tué Alicia. Mais personne ne m'a crue.

— Personne n'avait de preuve pour soutenir cette théorie. Nous devons en chercher une. Asseyez-vous un moment. Discutons de ça.

Il la poussa gentiment sur le canapé.

— Supposons un instant que c'est lui qui a tué Alicia, et qu'il a menti lors de son témoignage, pour faire porter le chapeau à Joey. Vous enquêtiez sur lui avant de me demander mon aide. Qu'avez-vous fait ? Où êtes-vous allée ? Dans des bars, n'est-ce pas ? C'est pourquoi nous avons émis l'hypothèse que c'est lui qui a pénétré chez vous, parce qu'il vous en voulait, à vous et aux avocats de Joey, de poser des questions sur lui dans les lieux où il traînait.

Elle hocha la tête.

— Je suis allée dans tous les bars de la ville. Ce n'était certainement pas un secret que j'étais convaincue qu'il avait menti à la barre.

— Ensuite, quand le temps a commencé à manquer, vous êtes venue à Gatlinburg pour que je vous aide. Randy a pu être forcé de rester chez lui pour éviter les questions de ses amis. Il ne voulait pas que cette histoire ressorte. Il s'est peut-être soûlé au point d'entrer en fureur, il s'est rendu dans votre quartier, il a épié votre maison pour savoir si vous étiez là. Quand il en a rassemblé le courage, il s'y est introduit pour chercher vos dossiers. Ne trouvant rien, puisque vous aviez tout emporté à Gatlinburg, il a saccagé la maison. Il ne s'attendait pas à ce que nous passions pendant qu'il était là, alors il a pris la fuite.

— Vous pensez vraiment que c'est ce qui s'est passé ?

Il haussa les épaules.

— C'est une supposition. Une déduction logique, mais quand même conjecturelle. Tout de même, il serait logique, s'il est coupable, qu'il craigne que vous creusiez encore l'affaire. Maintenant renversons les choses et supposons qu'il n'est pas coupable.

— On en revient à la culpabilité de Joey ?

— Non, pas du tout. Nous envisageons différents angles pour voir ce qui tient debout ou non. Si nous supposons qu'Hagen n'est pas coupable, quel est son mobile pour saccager votre maison, si c'est bien lui qui l'a fait ?

Il avait déjà une réponse toute prête, mais il voulait que Raine sorte de son sentiment d'impuissance. S'il réussissait à la remotiver, elle aurait au moins l'impression d'apporter son aide et s'accrocherait encore à l'espoir. En outre, elle était d'une intelligence vraiment vive. Peut-être verrait-elle quelque chose auquel il n'avait pas réfléchi et qui se révélerait utile.

— L'angle du parjure, dit-elle enfin. Même s'il est innocent du meurtre, s'il a menti à la barre en disant qu'il a vu Joey et Alicia au bar, il a commis un parjure. Si j'en ai la preuve, cela pourrait l'envoyer en prison. Il doit avoir peur de moi, innocent ou coupable.

— Je suis d'accord, dit Callum. Nous devons creuser son cas.

Mais il faut être prudent. Il pourrait réagir comme un animal aux abois s'il pense que nous le soupçonnons de l'effraction chez vous et qu'il estime qu'il a beaucoup à perdre.

Elle frissonna.

— D'accord. Comment allons-nous creuser son cas, comme vous dites ? Je n'ai rien dans mes enquêtes.

— Laissez-moi deviner. Personne ne voulait vous parler dans les bars ?

— En effet. Comment l'avez-vous deviné ?

Il sourit jusqu'aux oreilles.

— Parce que vous êtes avocate. Personne ne parle à un avocat dans un bar. Les clients ont tous des péchés à dissimuler.

Elle leva les yeux au ciel.

— Je suis avocate d'affaires. Je ne m'occupe pas d'affaires criminelles.

— Les piliers de bar ne font pas la différence.

Il gloussa, puis redevint sérieux.

— Il faut étudier l'alibi de Randy à l'heure où Alicia a été tuée. Vous vous souvenez de son alibi ? Je ne me rappelle pas l'avoir lu dans les dossiers de police. Mais je me concentrais sur Joey.

— La police aussi. Ils se sont à peine intéressés à Randy après s'être jetés sur Joey. Randy était prétendument chez lui. À sa décharge, l'avocat de Joey a essayé d'explorer cet alibi. Mais en gros, son histoire était qu'il regardait la télévision. Il a raconté l'intrigue du film. Mais tout est disponible en ligne de nos jours, et ça l'était déjà à l'époque. Il aurait pu le regarder à un autre moment.

— Excellente remarque. Nous pouvons examiner ça. Je me demande pourquoi la police l'a accepté aussi facilement.

— J'imagine que c'était parce qu'il n'y avait aucun indice pointant dans sa direction, admit-elle à contrecœur.

— Peut-être. Mais, étant donné la piètre réputation de Farley, ça pourrait être autre chose. Non que je pense que Farley couvrirait quelqu'un s'il le pensait coupable. Je ne le vois vraiment pas faire ça. Mais s'il avait besoin du témoignage de Randy pour coincer le type qu'il croyait coupable, il peut avoir fait tout son possible pour faire en sorte qu'il ait l'air d'un témoin fiable. Ce qui comprend soutenir un piètre alibi. Nous devons découvrir s'ils avaient une raison de mettre cet alibi en avant. Peut-être ne pouvaient-ils pas prouver où était Randy à ce moment-là, et ils ont donc inventé cette histoire pour qu'il puisse témoigner et être crédible.

— Ce serait vraiment affreux.

— Espérons que ce n'est pas ce qui s'est passé. Mais nous explorons des possibilités théoriques. Laissez-moi mettre Asher là-dessus, pour qu'il vérifie les antécédents de Randy à l'époque du meurtre. Je vais lui demander de faire une requête à l'échelon national, par mesure de précaution.

Après avoir assigné sa mission à Asher, Callum alla chercher du fromage et des crackers pour Raine et lui. Aucun d'eux n'avait eu envie de déjeuner. Mais maintenant il commençait à avoir un creux à l'estomac. Heureusement, il parvint à la persuader de manger aussi. Les émotions et le stress étaient épuisants. Il ne voulait pas qu'elle tombe malade à cause des montagnes russes de ces dernières semaines.

Ils venaient juste de finir de grignoter quand Asher rappela. Callum rangeait les assiettes dans le lave-vaisselle et il jeta un coup d'œil à Raine par-dessus l'îlot de cuisine en répondant.

— Hé, Asher. Je t'ai mis sur haut-parleur pour que Raine t'entende. Tu as déjà quelque chose ?

— Grâce au formidable accès aux bases de données que le patron a mis sur pied. Tu ne vas pas me croire. L'alibi d'Hagen ne tient pas debout. Il est complètement inventé. Il n'était pas chez lui à l'heure du meurtre.

Raine serra le poing en signe de victoire, mais Callum secoua la tête, dans l'attente d'autres informations.

— Comme les bases de données sont celles de la police, et que tu dis qu'il n'était pas chez lui, je suppose qu'il était en garde à vue à ce moment-là ?

Raine écarquilla les yeux, atterrée.

— Bingo, dit Asher. La police d'Atlanta l'avait enfermé pour ivresse sur la voie publique une heure auparavant.

Raine se glissa sur un tabouret de bar.

— Il était en prison ?

— Toute la nuit. Il n'a pas pu tuer Alicia.

Elle secoua la tête.

— Je ne comprends pas. La police savait qu'il était en prison, mais ils lui ont permis de se servir d'un autre alibi à la barre ?

— Pas la police d'Athens, précisa Asher, la police d'Atlanta. Cela dépend du type de recherches qu'ils ont faites sur lui, du temps qu'ils y ont consacré, du fait qu'ils étaient au courant de son arrestation.

— La police d'Athens savait, dit Callum. Randy n'aurait pas pris le risque d'être accusé de meurtre. Il a dû leur parler de son alibi en béton. Ce qui veut dire que Farley, ou le procureur, ou les deux, l'ont couvert. Ils savaient qu'en avouant qu'il était en prison à ce moment-là, cela rendrait son témoignage beaucoup moins crédible. Ils ne voulaient pas que ça sorte au procès. Les jurés n'auraient pas cru son témoignage sur Joey et Alicia sachant qu'il avait été arrêté.

Raine croisa les bras sur l'îlot.

— Donc notre espoir de trouver un autre suspect qui aurait eu l'opportunité de tuer Alicia est mort. Hagen ne l'a pas tuée.

— Non, dit Callum, il ne l'a pas fait. Mais nous pouvons prouver qu'il a menti à la barre au sujet de son alibi. S'il a menti sur une chose, il a pu mentir sur une autre. Comme le fait qu'il a vu votre frère avec Alicia. Il n'est pas le seul client à avoir cru les voir ensemble, ou du moins à avoir cru voir Joey essayer de lui parler. Mais c'est le seul qui a juré au procès que c'était bien

Joey. C'est un nouvel élément de preuve. Enfin un pas dans la bonne direction. Merci, Asher. Je te suis reconnaissant d'avoir trouvé ça pour nous.

— Pas de quoi. Si tu as besoin d'autre chose, passe-moi un coup de fil.

— Je préfère ne pas trop m'exciter là-dessus, dit Raine. Ça ne me paraît pas suffisant pour modifier l'avis de la Commission. Ou bien je ne le vois pas comme il faut ?

— Je suis d'accord que ça n'influencera pas assez la Commission pour qu'elle accorde un sursis. Mais ça peut influencer Randy. Si nous arrivons à le trouver, nous pourrions le convaincre d'admettre qu'il a menti, à supposer qu'il l'ait fait, à propos de Joey.

— Pourquoi ferait-il ça ?

Il sourit.

— Il ne voudra pas le faire. Pas volontairement, là où un membre des forces de l'ordre pourrait l'entendre. Je pense à l'interroger dans un décor où il se sent à l'aise, où il aura envie de se vanter de la vérité, en pensant que nous ne pourrons rien à y faire. Peut-être après quelques bières.

— Un bar. Vous voulez l'interroger dans un bar et le soûler ?

— Le détendre, pas le soûler. C'est quoi le dicton déjà ? Langue trop bien pendue, navires perdus ? Il faut que nous sachions si son témoignage sur votre frère était vrai ou non. Nous n'avons rien à y perdre et tout à y gagner.

Elle se leva.

— D'accord, on va faire le tour des bars encore une fois. Je connais ceux qu'il préférait à l'époque. On devrait les essayer en premier.

— Vous ne venez pas avec moi.

— Quoi ? pourquoi ?

— Vous avez déjà essayé de le trouver dans les bars. Ou bien il était là et il a filé par l'arrière, ou bien il a entendu dire que vous le cherchiez et il n'est pas venu. J'aurai sans doute plus de chance que vous. Il ne me reconnaîtra pas.

— Il vous reconnaîtra si c'est lui que vous avez pourchassé dans les bois derrière chez moi.

Il acquiesça.

— C'est vrai. Mais il était occupé à fuir. Je ne pense pas qu'il a bien vu mon visage. Je suis la meilleure option pour cette tâche.

— Génial. Et que suis-je censée faire pendant que vous faites la tournée des bars ?

Il rit.

— Je ne boirai pas, je ne m'amuserai pas, promis.

Il contourna l'îlot pour la prendre gentiment par les épaules.

— Vous avez eu une dure journée, Raine. Prenez cela comme un répit bienvenu. Essayez de faire la sieste ou de manger autre chose que des crackers. Ça fait des jours que vous ne mangez pas bien du tout.

— Attention, Callum. Vous avez l'air affreusement inquiet pour une avocate.

Son sourire s'élargit.

— Je suis en train de reconsidérer mon animosité envers les avocats, ou du moins envers une avocate en particulier.

Ne la voyant pas sourire, il poussa un gros soupir.

— Mon charme ne fonctionne pas aujourd'hui.

— Quel charme ? dit-elle en arquant un sourcil.

— Ouille. Je vais devoir travailler là-dessus. Dans l'intervalle, comme je l'ai dit, reposez-vous. Et continuez à me faire confiance. Vous avez choisi la bonne personne pour cette mission. Laissez-moi faire. Et laissez-moi faire sans me distraire, sans que j'aie à m'inquiéter pour votre sécurité.

Il lui donna un bref baiser, puis se hâta de quitter la maison avant de faire quelque chose de stupide, comme l'embrasser vraiment. Ce n'était pas le moment. Elle était vulnérable et n'avait sans doute pas les idées claires après le stress de ce jour-là. Et ils s'étaient mis d'accord pour s'en tenir à des rapports professionnels. Mais bon sang que c'était dur. Ce qu'il avait vraiment envie de faire, c'était la prendre dans ses bras et réussir à chasser ses craintes et ses blessures. Mais il n'était pas assez fort pour faire ça sans en vouloir davantage. Bien davantage.

Au bout de quelques minutes sur la route, son téléphone bipa. Il s'attendait à voir le numéro d'Asher et il fut surpris de découvrir celui de Noah Reid.

— Salut, Noah. C'est bon de t'entendre. Mais je suis plutôt occupé là, je travaille sur l'affaire Quintero. On peut se rappeler plus tard pour bavarder ?

— Absolument. J'aimerais bien pêcher à nouveau dans ton étang. Mais ce n'est pas pour ça que je t'appelle.

En l'écoutant, Callum se raidit de surprise.

— Tu plaisantes ? D'accord, oui.

Il consulta sa montre.

— Je peux y arriver. J'aurai quelques minutes de retard, mais je serai là.

Il raccrocha et appela immédiatement Asher.

— Re-bonjour mon vieux. J'ai besoin de ton aide. Tu peux mettre quelques enquêteurs locaux sur la piste d'Hagen ? Il passe plus de temps dans les bars que chez lui. Ça ne devrait pas être trop difficile de le trouver. Je ne crois pas qu'il soit la priorité de la police d'Athens, sinon ils l'auraient déjà localisé. J'allais me mettre à sa recherche, mais quelque chose d'autre est arrivé.

— Bien sûr, pas de problème. Je connais quelques types que je peux appeler. Peut-être une fille aussi, une jolie fille qui aura plus de chance pour attirer son attention. Qu'est-ce que tu veux que je fasse une fois qu'ils l'auront localisé ?

Callum lui expliqua rapidement que son but était de faire avouer à Randy qu'il avait menti... S'il avait menti.

— Et veille à le faire filer quand il s'en ira. Je ne veux pas qu'il approche de chez moi. Raine est là-bas toute seule.

— Tu n'es pas avec elle ? Où es-tu ?

— En route pour la prison de Jackson.

20

Raine achevait de ranger la cuisine, non qu'il y ait beaucoup à faire. Callum était très propre et ordonné, un homme selon son cœur. Mais elle essuya les plans de travail, s'assurant de ne laisser aucune miette.

Le bruit de la porte entre le garage et la maison la surprit. Callum n'était parti que depuis quelques minutes. Il devait avoir oublié quelque chose. La porte se referma avec un déclic derrière elle tandis qu'elle jetait du papier absorbant dans la poubelle.

— J'ai bien cru qu'il ne s'en irait jamais.

Elle pivota sur elle-même au son de cette voix inconnue. Un homme se tenait à environ trois mètres d'elle, vêtu tout de noir. Il était grand et musclé, comme Callum. Mais contrairement à Callum, il était blond et pâle, comme s'il passait tout son temps à l'intérieur.

Ses yeux noirs la fixaient avec une intensité perturbante. Puis il sourit, d'un sourire cruel. Elle se mit à trembler.

— Qui êtes-vous ? Que voulez-vous ?

— Ah, c'est vrai. Vous ne m'avez jamais rencontré, n'est-ce pas, ma chère ? Peut-être n'avez-vous même jamais entendu parler de moi. Vous et l'enquêteur que vous avez engagé, vous vous êtes concentrés sur ce Scoggin.

Sa bouche esquissa un rictus de mépris.

— Vous lui avez attribué le crédit d'un de mes meurtres.

Vous l'avez fait paniquer en le surveillant. Il a noté votre plaque d'immatriculation et compris qui vous étiez. Quand d'autres enquêteurs ont commencé à l'épier, il a su que vous deviez être derrière ça.

Elle agrippa le bord de l'îlot, tremblant de tout son corps.

— Le crédit de l'un de vos meurtres ? Vous voulez dire Nancy ? C'est vous qui l'avez tuée ?

— Je les ai toutes tuées, ma chère. Y compris Nancy. Et je n'ai pas apprécié d'entendre aux infos qu'on recherchait Scoggin pour sa mort. Je travaille dur sur mes projets. Je préfère que personne ne sache que c'est moi. Vous voyez, la prison, tout ça... Mais que quelqu'un d'autre s'en attribue le mérite, ce n'est pas possible. Mais je vais trop vite en besogne. Raine Quintero, je m'appelle Drake Knox. Et tout le plaisir sera pour moi, je vous assure.

Son sourire s'élargit, découvrant des dents parfaitement blanches, qui lui rappelèrent davantage un blaireau qu'un être humain.

— Et je dois dire que je suis flatté de vous voir pâlir autant. Vous devez avoir entendu parler de moi, après tout.

Son arme. Il fallait qu'elle aille chercher son arme. Celle-ci était dans la chambre d'amis, dans le tiroir de la table de chevet. Y arriverait-elle avant qu'il ne se jette sur elle ?

Elle avança de quelques pas autour de l'îlot, vers le salon. Il arqua un sourcil en la regardant, pas le moins du monde préoccupé, ce qui la terrifia encore davantage.

Elle devait s'emparer de son arme. Il fallait le distraire.

— Vous êtes en train de dire que c'est Scoggin qui a saccagé ma maison ?

Il pencha la tête, tel un oiseau observant un ver de terre.

— Laissez-moi deviner, dit-il. Vous pensiez que c'était cet idiot d'Hagen. Un petit voyou dont la carrière se résume à de petits larcins et des conduites en état d'ivresse. Ce genre de choses. Je le vois bien tout démolir chez vous, je suppose. Mais une fois que vos manigances ont mis Scoggin en lumière, eh bien, il n'a pas pu se contrôler.

Elle avait atteint le bout de l'îlot. Elle était à environ à quatre mètres cinquante de lui. Il n'avait toujours pas bougé.

— Comment... comment savez-vous tout cela ?

Un pas en arrière, vers la partie salon de la grande pièce. Pourrait-elle mettre le canapé entre eux avant de filer vers la chambre ?

Il sourit, apparemment amusé par ses manœuvres.

— Mes excuses pour cette confusion, Raine. Je peux vous appeler Raine ?

Il agita la main comme pour effacer la question.

— Bien sûr que je vais vous appeler Raine. Après tout, nous sommes sur le point de devenir de grands... amis.

Oh mon Dieu. Aidez-moi, je vous en prie.

Un autre pas. Pourquoi n'avait-il pas bougé ? Pourquoi semblait-il aussi sûr qu'elle n'allait pas s'en sortir ? Peu importe. Elle devait s'emparer de l'arme. Un autre pas.

Sa seule réaction à ses mouvements fut de continuer à la regarder, en mettant les mains dans les poches de son blouson noir.

— Il faut que j'éclaircisse les choses, au lieu de commencer au milieu de l'histoire. Scoggin s'est enfui après avoir saccagé votre maison, et il y a eu cet avis de recherche. Par chance, à la minute où j'ai entendu aux infos qu'on le recherchait, j'ai appris sur Internet qu'il avait un bungalow à la montagne. Ou, pour être plus précis, son ex-femme en possède un. Elle l'a eu durant le divorce. J'ai compris qu'il allait y aller pour se cacher, plutôt que chez lui ou dans des lieux qu'il était connu pour fréquenter. Alors je suis allé là-bas et j'ai attendu. Disons juste qu'il a répondu à mes questions avec une grande franchise.

Elle fit un autre pas et déglutit avec difficulté.

— Vous l'avez tué ?

— Bien sûr.

Son estomac se noua en l'entendant parler de meurtre avec tant de nonchalance.

— Et Hagen aussi, je suppose.

Il leva les yeux au ciel.

— Hagen ne mérite pas une seule de mes pensées. D'un autre côté, comme je l'ai déjà expliqué, il fallait que je m'occupe de Scoggin.

— Qu'est-ce que cela a à voir avec moi ? Je ne vous ai jamais rien fait.

Il fronça les sourcils, l'air exaspéré.

— Vous ne m'écoutez pas. Scoggin. C'est à cause de vous que j'ai dû me détourner de mes projets pour UB pour m'occuper de Scoggin.

Elle cilla.

— Vos projets pour UB ? Je ne comprends pas.

Il la regarda faire un autre pas en arrière. Elle était à six mètres de lui, maintenant. Elle avait atteint l'autre bout du canapé. Allait-elle oser faire les derniers mètres jusqu'à l'entrée du couloir avant de courir ?

— J'ai l'équipe d'Unfinished Business à l'œil depuis des mois, depuis que la police a annoncé qu'ils allaient reprendre mes affaires classées et enquêter sur mes meurtres. Et je les ai surveillés de la même manière que je surveille mes victimes. J'ai des traceurs GPS sur leurs voitures. Y compris celle de votre petit ami, M. Wright. Ça fait un moment maintenant, avant même qu'il vienne à Athens.

Il rit.

— N'est-ce pas drôle ? Vous avez enfin trouvé votre M. Parfait, et vous ne pourrez jamais avoir le brillant avenir que vous fantasmez depuis que vous êtes petite fille. C'est comme ça que j'ai compris qu'il séjournait ici. Je vous ai observés et j'ai été ravi de voir que vous étiez ensemble. D'abord, je vais m'occuper de vous, pour m'avoir causé tant de problèmes. Ensuite, quand votre prince charmant arrivera, je m'occuperai de lui.

Elle s'élança en courant.

Un son entre le grésillement et le craquement s'éleva dans l'air. Quelque chose la toucha entre les omoplates. Une douleur aveuglante parcourut son corps, la jetant haletante sur le sol.

21

La nuit était tombée depuis longtemps quand Callum s'engagea dans la longue allée menant à sa maison d'Athens. Il s'inquiétait pour Raine. Il avait essayé de l'appeler plusieurs fois en chemin, en vain. Ce n'était sans doute rien. Elle faisait le somme qu'il lui avait recommandé ou prenait un long bain. Ou peut-être s'occupait-elle des plantes du jardin, comme elle aimait le faire pour se détendre, et avait laissé son téléphone à l'intérieur. Elle l'avait fait avant, ce qui était la seule raison pour laquelle il n'avait pas appelé son beau-frère pour lui demander d'aller jeter un coup d'œil.

Mais maintenant qu'il était presque arrivé, quelque chose le chatouillait entre les omoplates. Elle n'avait jamais négligé ses appels aussi longtemps.

Avant le dernier virage, il se gara sous les arbres et éteignit ses feux. En sortant de son SUV, il referma doucement la portière au lieu de la claquer. S'accroupissant, il se fraya un chemin jusqu'au dernier bosquet avant la clairière entourant la maison.

Comme d'ordinaire, les lumières étaient allumées dans le jardin de derrière. Et les lampes extérieures éclairaient les plates-bandes et les arbres ornementaux. Mais la maison elle-même était obscure.

Renonçant à appeler encore, il lui envoya un texto.

Mon ange, je suis sur le chemin du retour. Je devrais être là dans une heure. Tu resteras debout pour m'attendre ?

Une seconde plus tard, une réponse surgit sur l'écran.

Je suis toujours debout. À tout à l'heure.

Jurant, il enclencha le numéro de son beau-frère.

— Danny, c'est Callum. Quelque chose ne va pas chez moi. Je pense que Raine a des ennuis.

— Tu penses ? Qu'est-ce qu'il se passe ?

Il lui parla de son texto.

— Je ne l'appelle jamais mon ange et je ne la tutoie pas. Et elle n'a rien dit. Quelqu'un d'autre doit avoir son téléphone.

— C'est boiteux, Callum. Tu es à une demi-heure en voiture de la ville, et...

— Je demande à mon beau-frère et ancien coéquipier de me faire confiance là-dessus. Quelque chose ne tourne pas rond. Envoie-moi des renforts. Pas de gyrophare, pas de sirène. Il faut utiliser l'élément de surprise. Tu sais que quelqu'un s'est introduit récemment chez elle. Je pense qu'il est là, maintenant, avec elle.

— Hagen ?

— Non. Le type que nous avons délégué l'a trouvé et le file. Ce n'est pas Hagen. Ça pourrait être Scoggin.

Ou pire. Il priait pour que ce ne soit pas pire.

— Envoie juste quelqu'un. Dépêche-toi. Et appelle une ambulance aussi. Juste au cas où.

— D'accord, d'accord, je m'en occupe. Attends les renforts. Surveille la maison et appelle-moi si la situation change avant notre arrivée.

Callum raccrocha sans répondre. Attendre les renforts était hors de question. Il mit son téléphone sur silencieux et tira son arme. Il allait garder l'œil sur la situation depuis l'intérieur. Il n'était pas question qu'il attende si Raine avait des ennuis.

Le respect de Raine pour les policiers qui acceptaient de recevoir les impulsions électriques d'un *Taser* durant leur formation s'était multiplié par mille. Ça faisait mal au-delà de tout ce qu'elle avait jamais éprouvé. Et ce n'était pas le coup de cinq secondes dont elle avait entendu les policiers parler. Knox avait pressé la détente encore et encore, jusqu'à ce qu'elle l'implore en hurlant ou, plutôt, essaie de le faire à travers ses dents serrées.

La réaction de Knox avait été d'arracher le *Taser* de son dos et de la menotter à un tabouret de bar au milieu du salon. Nue. Et ensanglantée. Parce que ce malade adorait les couteaux aussi.

C'était drôle comme après quelques entailles, les autres ne faisaient plus si mal. Et dommage que les tabourets de bar de Callum n'aient pas d'accoudoirs ou de dossier. Elle aurait pu le soulever par les bras et l'écraser au sol pour se libérer. Sauf que ses chevilles étaient également menottées aux pieds du tabouret. Ça ne marcherait pas. Pourquoi avait-elle si chaud ? Être nue et avoir chaud, c'était bizarre, non ? À moins qu'on ne soit sous la douche. N'aurait-elle pas dû avoir froid ? Peut-être était-ce le sang étalé sur sa peau qui la réchauffait.

Une douleur cuisante fit partir sa tête en arrière. Elle gémit et se força à ouvrir les yeux.

— Re-bonjour.

Knox sourit et baissa la main.

— J'ai dû vous gifler très fort cette fois. Arrêtez d'être dans les nuages. Nous avons à peine commencé à nous amuser.

— Qu'est-ce que votre mère vous a infligé pour faire de vous un malade pareil ?

Il grogna comme un animal sauvage et la gifla derechef. Elle cria de douleur, et le monde parut basculer.

Knox l'empoigna en jurant, remettant le tabouret sur ses pieds pour l'asseoir dessus.

— Ce n'était peut-être pas la meilleure idée, reconnut-il d'un air dégoûté. Quel genre d'idiot a des tabourets de bar au lieu d'une table et de chaises ?

— Ce genre d'idiot.

Knox pivota sur lui-même mais ne fut pas assez rapide. Callum le percuta, le renversant sur le plancher.

Raine cria quand le tabouret se remit à pencher. Elle tomba sur le canapé, et sa tête heurta l'accoudoir. Les bruits d'échauffourée et les grognements à proximité lui apprirent que Knox et Callum se battaient, l'un pour la sauver, l'autre pour la tuer.

Elle cilla dans le brouillard qui menaçait de l'engloutir. *Reste consciente. Il faut que tu aides Callum.* Elle inspira avec difficulté et se gifla les joues, espérant que la douleur l'aiderait à éclaircir ses idées. Se gifler les joues ? Elle fixa avec stupéfaction des mains. Ses menottes pendaient de ses poignets. Elles n'étaient plus attachées au tabouret. Lorsqu'elle poussa des deux mains le canapé, elle comprit pourquoi. Il s'était cassé dans sa chute.

Ses chevilles étaient encore menottées à ce qui restait des pieds du tabouret, mais elle pouvait se déplacer.

Une arme. Était-elle en train de prendre son arme quand Knox l'avait assommée ? Si elle pouvait mettre la main dessus, elle pourrait aider Callum et...

— Raine, attention !

Elle se retourna juste au moment où un couteau s'abattait sur elle. Il la manqua de quelques centimètres à peine, et l'élan entraîna Knox qui s'écrasa à nouveau sur le plancher.

— Éloignez-vous, hurla Callum en se jetant sur Knox.

Elle agrippa le dos du canapé et, rassemblant ses forces, passa par-dessus, entraînant le tabouret cassé avec elle. Quand elle heurta le sol de l'autre côté, ce qu'il en restait se brisa en mille morceaux, l'éraflant au passage. Cela ne lui fit même pas mal. Et elle n'avait plus chaud. Elle avait froid, ses dents claquaient.

— Eh bien, tire, marmonna-t-elle d'une voix curieusement épaissie. Attends. Tirer... J'ai besoin de mon arme.

Elle se mit à quatre pattes, des morceaux de bois collés à son mollet gauche comme une araignée. Jurant, elle donna un coup de pied pour s'en débarrasser mais tomba encore. Ses bras et ses jambes ne fonctionnaient plus normalement.

Elle avait si froid.

Un hurlement assourdissant s'éleva de l'autre côté du canapé. Puis tout devint silencieux.

Raine resta allongée, ne sachant que faire. Ses dents claquaient toujours.

— C... Ca... Callum ?

Il fut soudain là, la regardant avec une telle peur dans les yeux qu'elle se demanda si Knox était derrière elle. Elle essaya de regarder par-dessus son épaule.

— Où est-il ?

— Il est mort. Oh ! chérie, que vous a-t-il fait ?

Les mains tremblantes, il la palpa à la recherche de blessures.

Soudain la porte d'entrée et celle du garage s'ouvrirent en même temps.

— Police, ne bougez plus !

Elle tendit le cou pour distinguer Callum parmi les gens qui se ruaient à l'intérieur. Une minute il avait été là, la suivante, il ne l'était plus.

— Callum ? Où êtes-vous ?

Elle entendit des jurons et des bruits d'échauffourée.

— Lâchez-le. C'est mon beau-frère, l'homme qui m'a appelé à la rescousse.

Était-ce la voix de l'inspecteur Cooper ? Danny ?

Le visage de Callum apparut au-dessus d'elle. Il avait une couverture entre les mains, qu'il étala sur elle en pressant sur son ventre.

— Non, ça fait mal, cria-t-elle en repoussant ses mains.

— Je suis désolé, mon ange. Il faut stopper le saignement. Vous avez une très mauvaise coupure sur le ventre.

— Ne m'appelez pas mon ange.

— Ah voilà la femme que je connais. D'accord, chérie, je ne vous appellerai plus mon ange.

Elle sourit puis lui attrapa les mains, qu'il avait posées sur sa taille.

— Ouille.

— Faites venir cette ambulance, tout de suite ! hurla Callum.

— Encore deux minutes, lui dit Danny.

— Ça va aller, Raine. Tenez bon.

Elle agrippa sa veste.

— Je tiens bon. Vous aussi tenez bon. Ne me laissez pas partir.

Elle toussa, puis hoqueta, le visage blanc de douleur.

— Doucement, Raine. Je suis là. Je ne vous laisserai pas partir.

Elle sourit, ferma les yeux et perdit connaissance.

22

Le carillon de la sonnette retentit. Raine leva les yeux de son ordinateur. Callum était en avance. Ils ne devaient pas partir avant trois quarts d'heure. Peut-être voulait-il arriver plus tôt qu'ils ne l'avaient prévu. Se pouvait-il qu'il soit aussi nerveux qu'elle à l'idée de s'adresser à la Commission ?

Non. Elle sourit à cette pensée ridicule. Callum ne serait pas nerveux. Il était toujours confiant et capable, même quand il affrontait une mort certaine. Il l'avait sauvée de Knox quelques jours auparavant. Et elle était certaine que si quelqu'un pouvait sauver son frère aujourd'hui, c'était Callum. Il était la dernière chance de Joey. Sa seule chance. Si ça ne marchait pas, il serait exécuté le soir même.

Des larmes lui remplirent les yeux. Elle les essuya et poussa un profond soupir. *Sois positive. Pense positivement. On va le sauver. Il le faut.*

En repoussant sa chaise, elle inspira fortement. Elle était raide et endolorie à cause de ses blessures. Mais elle était reconnaissante d'être en vie. Les blessures guériraient. Encore une fois, grâce à Callum.

Elle parcourut le couloir sous l'escalier en traînant un peu la patte. Juste avant qu'elle atteigne la porte, la sonnette retentit à nouveau.

— Une seconde, cria-t-elle, en poussant le verrou, puis un deuxième verrou.

Elle n'arrivait toujours pas à croire que Callum ait engagé quelqu'un pour nettoyer la maison, remplacer les meubles et renforcer les portes et les fenêtres juste après l'effraction. Il avait fait faire tout ça pendant qu'ils couraient dans tous les sens pour interroger des témoins, et elle ne l'avait même pas su.

— Est-ce que vous avez regardé par le judas avant de déverrouiller la porte ? cria Callum.

Elle sourit et regarda par le judas, bien que ce soit inutile. Puis elle ouvrit la porte. Callum en costume était renversant, encore plus que Callum en jean. Comment n'avait-elle pas été émue de le voir en costume avant ? Il était splendide, dans n'importe quoi.

Elle poussa un soupir saccadé et s'efforça de ne pas le déshabiller du regard. Ce n'était pas le moment. Peut-être plus tard, avec un peu d'espoir, pourraient-ils parler, voir où cette... chose entre eux les mènerait. Mais d'abord Joey. Il fallait qu'ils réussissent aujourd'hui. Elle ne pouvait envisager d'alternative.

— Vous êtes en avance, dit-elle. Le rendez-vous n'est qu'à 14 heures.

Il sourit, sans que cela atteigne ses yeux.

— Je voulais avoir de vos nouvelles. Cela fait quelques jours depuis... que c'est arrivé. Comment vous sentez-vous ? Vous auriez vraiment dû rester un jour de plus à l'hôpital.

— Je vais bien. C'est la perte de sang qui a causé mon évanouissement. Vous vous comportez comme si j'avais failli mourir.

— Vous avez failli mourir.

— Non. J'ai failli être assassinée, mais vous avez empêché Knox de parvenir à le faire. Grosse différence. Arrêtez de vous inquiéter pour moi. Est-ce pour cela que vous êtes en avance ? Pour me materner ?

Il produisit à nouveau une ombre de sourire.

— Ça, et m'assurer que tout était réparé comme vous le vouliez.

— Ma maison ? Vous plaisantez ? C'est encore mieux qu'avant. Je n'arrive pas à croire que vous ne me laissiez pas vous rembourser. Mais je vous suis sincèrement reconnaissante d'avoir fait faire tout ça. Après Knox... Eh bien, c'était merveilleux de pouvoir rentrer chez moi et de ne pas avoir à me préoccuper des réparations. Merci.

— Je vous en prie. Et vous ? Vous êtes sûre que ça va ? Vous vous sentez assez bien pour faire le trajet jusqu'à la prison ? Après tout ce que vous avez enduré...

Elle posa une main sur son bras.

— Rien ne m'empêchera d'être là aujourd'hui. Cessez de vous inquiéter pour moi. Je suis en vie et je vais bien. Contusionnée, et avec quelques écorchures, mais...

— Des écorchures ?

Il jura.

— Vous avez eu trente-sept points de suture. Ce ne sont pas des écorchures.

— Je ne peux pas croire que vous les ayez comptés. Mais la pire n'a eu besoin que de douze points.

Il pâlit.

— Bonté divine. Si je n'avais pas déjà tué ce salopard, je le tuerais encore.

— Il aurait fait bien pire que quelques coups et écorchures si vous ne m'aviez pas sauvée. C'est exactement ce que vous avez fait, vous savez. Vous m'avez sauvée, ainsi que les femmes qu'il aurait torturées et assassinées si vous et votre équipe n'aviez pas compris qu'il était le tueur en série. C'est fini. Laissez tomber. Moi je l'ai fait.

Il serra les dents mais acquiesça d'un geste bref.

— Je voulais aussi vous parler d'Hagen.

Elle lui indiqua le salon d'un geste.

— Nous n'avons pas besoin de rester debout. Il reste encore

du temps avant que nous devions partir. Venez vous asseoir sur le canapé.

Il hésita, comme s'il allait refuser. Mais il acquiesça à nouveau et la suivit dans la pièce. Elle fournit un effort conscient pour se mouvoir aussi normalement que possible afin qu'il ne se remette pas à parler de ses blessures. Se lever et s'asseoir était ce qu'il y avait de plus douloureux. Mais elle se força à sourire en prenant place sur le canapé.

Lorsqu'il choisit un fauteuil à oreillettes au lieu de s'asseoir à côté d'elle, elle ne put s'empêcher de ressentir un pincement de déception. Mais ce furent les plis d'inquiétude sur son front qui retinrent son attention.

— Callum, si vous vous inquiétez encore pour moi, arrêtez. Je vais bien. Promis.

— Je m'inquiéterai toujours pour vous, Raine. Mais il y a des nouvelles dont je dois vous faire part.

Il passa une main dans ses cheveux courts, un geste qu'elle ne l'avait jamais vu faire.

— Que se passe-t-il, Callum ? Vous me rendez nerveuse, encore plus que je ne le suis à l'idée d'affronter la Commission.

Elle refusait de mentionner l'éléphant dans le salon, à savoir que c'était aussi le jour où Joey devait être exécuté.

Il tressaillit.

— C'est à ce sujet que je dois vous mettre au courant. La Commission. Bien que l'enquêteur engagé par Asher ait obtenu d'Hagen qu'il déclare sous serment avoir menti en disant avoir vu Joey avec Alicia, le procureur refuse de le poursuivre pour parjure. Son raisonnement est que d'autres témoins ont également dit la même chose. Même s'ils ne l'ont pas juré, leur simple nombre est accablant, toujours dans l'opinion du procureur. Il estime que le parjure d'Hagen n'aurait pas fait de différence dans la condamnation de Joey.

Elle sentit son estomac se nouer.

— Si le procureur ne pense pas que la rétraction d'Hagen change quoi que ce soit, quelles sont les chances que la Commission le fasse ?

Il s'éclaircit la gorge.

— Justement, à propos de ça... Je n'essaie pas de vous décourager d'aller voir la Commission...

— J'espère bien que non. Attendez, me décourager d'aller voir la Commission ? Nous allons la voir tous les deux.

Elle chercha son regard, l'estomac encore plus noué.

— N'est-ce pas ?

— En toute honnêteté, non. Je ne peux pas leur parler en faveur de votre frère.

Elle le fixa, sous le choc.

— Je ne... Je ne comprends pas. Pourquoi ?

Son regard torturé croisa le sien.

— Parce que je crois que votre frère a tué Alicia Claremont.

Avant qu'elle puisse reprendre son souffle, il poursuivit :

— Je suis d'accord avec le procureur. La rétractation d'Hagen n'est pas suffisante pour me convaincre qu'un jury ne l'aurait pas condamné, même sans son témoignage. Aucun autre suspect n'est apparu durant l'enquête. Joey est le seul qui peut l'avoir tuée. Il avait le mobile et l'opportunité.

— Et un individu pas encore identifié ? Des inconnus pénètrent parfois dans des maisons et tuent des gens qu'ils ne connaissent pas. Regardez Knox, pour l'amour du ciel. Il ne connaissait aucune des femmes qu'il a assassinées. Cela arrive. La police n'a pas encore trouvé le bon suspect, c'est tout.

— Il n'y a aucun élément médico-légal indiquant qu'un inconnu était impliqué...

— Et il n'y a aucun élément médico-légal indiquant que Joey était impliqué, argumenta-t-elle, dégoûtée d'entendre le désespoir dans sa propre voix.

Il soupira.

— Alicia n'aurait jamais ouvert la porte à un inconnu aussi tard dans la nuit. Et il n'y avait aucun signe d'effraction. Elle a rencontré Joey au bar...

— Non. Pas du tout.

Elle noua à nouveau ses mains.

— Hagen s'est rétracté.

— D'autres gens les ont vus, comme nous en avons parlé. Et vous avez vu le journal de Rose, ces photos. Vous avez vu ce qu'il lui a fait. Vous l'avez entendue dire que bien qu'elle aime profondément Joey, elle était persuadée qu'il pouvait tuer. Nous avons parlé à d'autres témoins au procès, y compris des experts, et aucun d'eux n'a changé d'opinion ou de version depuis leurs premières affirmations. Votre plus grand argument était que ses aveux lui avaient été extorqués. La principale experte des faux aveux a dit qu'elle ne pouvait conclure que cela avait été le cas.

— Elle ne pouvait pas non plus conclure que cela n'avait pas été le cas.

— Raine...

— Arrêtez. Arrêtez d'essayer de me persuader que mon frère est un meurtrier.

Elle s'enveloppa de ses bras.

— Je n'essaie pas de vous persuader de ça. Ça n'a jamais été mon intention de vous ôter votre conviction de son innocence.

— Alors quelle est votre intention ?

— Je veux que vous compreniez ma conviction à moi. Que vous compreniez que j'ai une vision différente de ce qui s'est passé. Et je veux que vous compreniez pourquoi je ne peux pas aller à l'encontre de cette conviction. Plus que tout, j'espérais pouvoir trouver la preuve de son innocence. Je voulais vous offrir ça, vous rendre heureuse. Mais je ne peux pas.

— J'ai tout parié, j'ai parié la vie de mon frère sur le fait que vous m'aideriez à le sauver. Et maintenant vous refusez de faire la seule chose dont j'ai absolument besoin : vous adresser à la Commission et lui dire qu'il est innocent.

— Depuis le début, notre accord était que j'enquête et que je cherche la vérité. Et que, si je ne trouvais rien qui démontre son innocence, j'arrêterais. Je ne vous ai jamais menti là-dessus.

Elle se tordit les mains si fort qu'elle eut mal.

— Si vous faites ça, Callum, si vous refusez de venir avec moi et de leur parler des questions en suspens, des doutes, de la rétractation d'Hagen, ce sera juste moi. Sa sœur. Plaidant pour sa vie. Quelle chance aurai-je ? Un membre de la famille n'a pas la crédibilité que vous avez. J'ai besoin de vous. J'ai besoin de votre expertise, de votre réputation de policier. Callum, je vous en supplie. S'il vous plaît. Venez leur parler.

— Je l'ai déjà fait.

La terreur inonda son corps, et le monde parut basculer sur son axe.

— Que dites-vous ?

— Je les ai rencontrés tôt ce matin et je leur ai fait un rapport complet.

— Je ne... Un rapport complet ? Pourquoi n'avez-vous pas attendu d'y aller avec moi ? De quel rapport parlez-vous ? Ça n'a aucun sens. Mon Dieu, Callum, que leur avez-vous dit ?

Ses yeux remplis de souffrance croisèrent les siens.

— La vérité. Je leur ai dit la vérité, à savoir que j'ai enquêté sur l'affaire et que je n'ai rien trouvé qui justifie que j'argumente en sa faveur. Je vous emmène toujours au rendez-vous. Je ne veux pas que vous enduriez tout ça toute seule, surtout si... bon. Je vous conduirai, j'entrerai avec vous, je serai là pour vous après. Mais je ne m'adresserai pas à la Commission pour essayer de les convaincre de son innocence. Je suis désolé, je ne peux pas.

— Sortez ! grinça-t-elle d'une voix brisée. Sortez de chez moi. Je ne veux plus jamais vous voir. Jamais.

— Raine, ne faites pas ça. Nous...

— Sortez !

Il la dévisagea un long moment, puis se leva.

— Je suis désolé. Je le suis vraiment. Si vous avez besoin de quoi que ce soit…

— Ce dont j'ai besoin, vous me le refusez. Sortez.

Il soupira et se dirigea vers la porte.

— Au revoir, Raine.

Elle l'ignora, refusant de le regarder.

La porte s'ouvrit et se referma avec un déclic sonore.

Se roulant en boule, elle s'abandonna aux sanglots qu'elle retenait jusque-là.

23

Raine se tenait sur le seuil de la porte de service, contemplant la réserve naturelle, dont le spectacle lui apportait autrefois la paix. À présent, rien ne l'apaisait.

Trois mois auparavant, son monde était rempli d'espoir et de possibilités. Mais beaucoup de choses s'étaient passées en trois mois.

Callum l'avait trahie.

La Commission avait rejeté son appel.

Son frère avait été assassiné par l'État.

Elle poussa un soupir saccadé. La souffrance était encore vive, comme si c'était arrivé la veille. Non la souffrance physique des blessures que lui avait infligées Knox. Celles-là étaient presque guéries. C'était l'angoisse, la peine dont elle doutait pouvoir guérir un jour.

Il y avait eu tant de non-dits. Son frère avait refusé de lui parler le jour de son exécution. Il lui avait juste laissé un bref message disant qu'il l'aimait et lui demandait de se souvenir de lui avec bienveillance. C'était tout. Était-elle censée combler le vide dans son cœur avec un stupide message ?

Et comment était-elle censée avancer quand il y avait un autre vide à remplir, celui qu'avait laissé Callum ?

Elle poussa un long soupir, puis se tourna pour étudier les progrès faits la semaine précédente. Presque tout était rangé dans des cartons, dont certains iraient à des organismes de charité et d'autres seraient stockés. Les quelques affaires qu'elle gardait partiraient avec elle. Il n'y avait plus rien pour elle ici. Ses parents étaient morts. Son frère était mort. Les longues heures qu'elle avait consacrées à travailler et se battre pour Joey l'avaient privée d'amitiés. Et la satisfaction qu'elle tirait autrefois de son travail s'était évaporée. Elle avait démissionné, coupant son dernier lien avec Athens.

Enfin, sauf avec les Claremont.

Ils avaient toujours été tellement gentils. Même quand elle leur avait dit qu'elle avait finalement accepté la culpabilité de son frère et s'était excusée pour la souffrance que son ignorance et les horribles actes de Joey leur avaient causée, ils ne lui avaient donné que de l'amour et du soutien en retour. Jamais de jugement ni de condamnation. Mais même s'ils l'accueilleraient sans aucun doute avec la même affection à l'avenir, elle n'avait pas l'intention de revenir assombrir le pas de leur porte. Il était temps de laisser le passé au passé. Il était temps d'avancer, littéralement.

Pour reprendre sa vie, pour retrouver la joie, il fallait qu'elle trouve un nouveau but. Sauver Joey avait été l'élan à l'origine de presque toutes les décisions qu'elle avait prises à l'âge adulte. Sans ce besoin, cette impulsion, elle était perdue. Égarée. Et honteuse.

Parce que Callum lui manquait bien plus que son frère.

Elle avait aimé Joey, elle l'aimait toujours. Mais le temps avait sa manière de lui ôter ses œillères. Avaient-ils jamais été proches ? Non. Il sortait avec des femmes et faisait la fête alors qu'elle était encore à l'école primaire. Ils ne s'étaient pas beaucoup vus durant son enfance, parce qu'il avait son propre appartement alors qu'elle vivait avec leurs parents. Mais il était tout ce qu'elle avait. Et quand ce lien avait été menacé, elle avait consacré sa vie à obtenir justice. Mais elle n'était plus certaine de savoir ce qu'était la justice dans le cas de Joey.

Tout ce que Callum et les autres enquêteurs d'Unfinished

Business avaient découvert n'avait fait que renforcer la culpabilité de son frère et ce qui s'était dit au procès. Et son frère avait avoué. Était-elle trop aveuglée par sa détermination pour voir la vérité ? Son cœur disait que non. Mais son esprit sa logique, cette prétendue intelligence que Callum admirait, tout cela disait quelque chose de différent.

Que Joey avait assassiné Alicia Claremont.

Elle survola du regard les cartons empilés à bonne hauteur dans son salon. Qu'allait-elle faire maintenant ? Où allait-elle aller ? Comment pourrait-elle trouver la paix et le bonheur dans le naufrage qu'était devenue sa vie ?

La sonnette tinta à la porte, la faisant sursauter. Elle n'attendait personne. C'était probablement un vendeur ambulant qui avait réussi à se faufiler dans la résidence. Ce ne serait pas la première fois.

Elle se dirigea vers la porte d'entrée et regarda par le judas. Un homme mince à la peau sombre, vêtu d'un costume trois-pièces gris clair, se tenait là, un cartable en cuir à la main.

— Oui ? cria-t-elle à travers la porte.

— Madame, mon nom est Noah Reid. Callum Wright a dû vous parler de moi ?

Elle cilla et ouvrit lentement la porte.

— Monsieur Reid. Vous êtes celui qui nous a aidés, Callum et moi, à voir mon frère sans passer par la bureaucratie. Merci.

Il sourit.

— C'est toujours un plaisir d'aider Callum. Je lui suis redevable pour toujours. Il m'a sauvé la vie autrefois et a failli mourir en le faisant. Vous en a-t-il parlé ?

Elle secoua la tête.

— Non, il ne l'a pas fait.

— Eh bien, c'est une histoire pour un autre jour.

Son sourire s'évanouit.

— Je vous présente mes condoléances pour votre frère. Je suis navré de votre deuil.

— Je vous remercie.

Il tendit le cartable.

— Si vous avez quelques minutes, il y a des choses dont j'estime que vous devriez les savoir.

— Oh ! bien sûr. Qu'ai-je fait de mes manières... Entrez donc, je vous prie.

Raine se tenait sous un porche inconnu, vérifiant une fois de plus l'adresse sur son téléphone. C'était la bonne maison. Mais personne n'avait répondu à ses coups répétés et à la sonnette. Elle était sûre d'avoir entendu des voix à un moment donné. Peut-être étaient-ils dans le jardin ? Elle était venue de trop loin pour ne pas au moins aller voir.

Elle suivit le sentier pavé longeant le garage jusqu'à l'arrière de la propriété. Il n'y avait pas de clôture, ce qui était courant à Gatlinburg. Personne ne voulait cacher ce magnifique paysage montagneux. Elle-même y prit plaisir en débouchant dans le jardin. Les pics enneigés se dressaient au loin, paraissant si proches qu'on aurait cru pouvoir les toucher. Magnifique.

— Raine ?

Elle se tourna avec un sourire pour faire face à Callum.

Et à la femme blonde qui lui tenait la main.

Son sourire vacilla.

— Je... euh, je suis désolée. Je voulais vous faire une surprise, mais... euh, vous avez de la compagnie. Je m'en vais.

Tournant les talons, elle se hâta le long du garage, l'humiliation lui brûlant les joues. Il était passé à autre chose, et elle était une idiote.

— Raine, attendez !

Des mains fortes lui attrapèrent les épaules et la retournèrent gentiment. Callum la regardait, cherchant ses yeux et prenant son visage entre ses mains.

— C'est vraiment vous ou je rêve ?

— Ça ressemble plutôt à un cauchemar.

Elle repoussa ses mains.

— C'est ma faute. Je n'aurais pas dû arriver comme ça. Je vais vous laisser à votre… qui qu'elle soit.

Elle se détourna à nouveau.

— Vous voulez dire ma sœur ? Lucy ?

Elle fit halte et se retourna lentement vers lui.

— Cette femme ? C'est votre…

— Lucy Cooper, la femme de Danny. Ma sœur. Danny et elle sont venus me rendre visite.

— Et nous allions partir, dit une voix féminine derrière lui.

Lucy contourna Callum et sourit.

— Mon mari est en train de s'arrêter devant. Il est allé faire le plein pour notre trajet de retour à Athens.

Elle tendit la main.

— Vous devez être Raine. Callum m'a beaucoup parlé de vous.

— Lucy, arrête, l'avertit-il.

— Arrête quoi ? De dire que tu ne peux pas t'arrêter de parler d'elle ?

Raine le considéra avec surprise en serrant la main de Lucy.

— Vous avez parlé de moi ?

— Seulement en bien, l'assura Lucy. Ravie de vous rencontrer. J'espère vous revoir.

Se dressant sur la pointe des pieds, elle embrassa la joue de Callum.

— Ne me traite pas en étrangère. Je suis sérieuse. Nous attendons ta visite cet été, sinon avant.

— Nous verrons.

Il parlait à sa sœur, mais il regardait Raine tout le temps.

Lucy gloussa.

— Eh bien, je peux dire que je t'ai manqué.

Elle riait encore quand elle les contourna et disparut à l'angle.

Un instant plus tard, le bruit décroissant d'un moteur leur indiqua que Danny et elle étaient partis et descendaient la montagne.

— Comment avez-vous découvert où je vivais ? demanda Callum.

— Asher.

— Celui-là n'a jamais pu garder un secret.

Elle passa le poids de son corps d'un pied sur l'autre en tirant sur sa veste.

— On pourrait rentrer ? Il fait beaucoup plus froid ici qu'à Athens.

— Bien sûr. Désolé. Je suis juste… surpris de vous voir.

Il la guida vers l'arrière et ouvrit une porte vitrée coulissante pour la faire entrer.

Elle pénétra à l'intérieur, prenant à peine conscience du décor, et alla s'asseoir sur le siège le plus proche qui s'avéra un canapé. Tandis qu'il prenait place à ses côtés, elle se tourna vers lui.

— C'est sympa de voir que vous avez repris contact avec votre sœur. Comment est-ce arrivé ?

— Elle m'a appelé il y a un mois pour me dire que mon père était mourant.

— Oh non. Je suis navrée.

— Si je ne vous avais pas eue en modèle de loyauté familiale, je lui aurais raccroché au nez. Au lieu de ça, j'ai pris sur moi et je suis allé le voir. C'est grâce à vous si j'ai pu surmonter mon stupide orgueil et renouer avec lui et avec ma famille. Nous avons fait la paix avant qu'il ne meure. Et j'essaie de reconstruire les ponts avec le reste de ma famille. Une fois encore, grâce à vous.

Il la contempla avec intensité.

— Est-ce que vous allez bien ? J'ai entendu parler… de votre frère, j'ai su que votre appel devant la Commission n'avait pas abouti. Je suis vraiment navré.

Elle déglutit et se força à sourire.

— C'est pour ça que vous êtes venue ? Votre frère ?

— Que voulez-vous... Oh ! vous voulez dire vociférer contre vous ? Vous reprocher son exécution ?

Il tressaillit.

— Ce serait votre droit.

— Non, Callum. Ce ne serait pas mon droit. Vous avez fait tout ce que vous pouviez pour essayer de trouver quelque chose qui l'innocente. Vous l'avez fait pour moi, et je vous en suis reconnaissante, malgré la manière dont je vous ai traité la dernière fois que nous nous sommes vus.

Il plissa le front de perplexité.

— Raine, je suis un peu perdu. Pourquoi, exactement, êtes-vous venue si ce n'est pas pour me maudire de vous avoir trahie ?

En soupirant, elle prit son sac et en sortit une liasse de feuilles.

— Je suis venue à cause de ceci.

Il les prit et parcourut la première page, puis la suivante et feuilleta le reste avant de les jeter sur la petite table.

— Comment les avez-vous eus ?

— Votre ami, Noah Reid.

Il jura.

— Vous étiez censée ne jamais les voir.

— Pourquoi ? Pourquoi ne vouliez-vous pas que je voie des documents qui prouvent à cent pour cent que mon frère a bien tué Alicia Claremont ?

Il serra les dents mais ne dit rien.

— Ce jour où Knox s'en est pris à moi, vous êtes allé à la prison. Reid m'a dit qu'il vous a appelé pour vous faire part d'informations qu'il avait rassemblées sur l'affaire de mon frère. Et vous les avez étudiées. Pas moins d'une dizaine de ses anciens codétenus, de même que quelques gardiens, ont fait des déclarations sous serment, disant que Joey leur avait avoué plusieurs fois au fil des ans qu'il avait tué Alicia. En outre, vous avez parlé à Joey ce jour-là et il a…

Un sanglot monta dans sa gorge. Le regard de Callum se remplit d'angoisse.

— Ne faites pas ça. Je n'ai jamais voulu que vous souffriez autant.

— Joey vous l'a avoué ce jour-là. Il s'est vanté du meurtre, a décrit les fleurs dans le placard, les livres que j'avais trouvés dans son tiroir, les étoiles phosphorescentes au plafond de sa chambre, et d'autres choses qui n'étaient pas dans les rapports de police ou sur les photos de scène de crime. Le gardien l'a entendu. C'est ce que dit l'un de ces papiers. Mon frère n'aurait pas pu savoir ces choses à moins d'être le meurtrier. C'est pourquoi vous avez dit à la Commission que vous n'étiez pas convaincu de son innocence. C'est pourquoi vous ne vouliez pas vous présenter avec moi devant eux pour plaider sa cause. Ce que je ne comprends pas, c'est pourquoi vous ne m'avez pas montré ces déclarations sous serment. Pourquoi ne pas me dire la vérité ? Si j'avais su qu'il était coupable, au-delà de tout doute, je ne serais pas allée devant la Commission pour demander un sursis.

Il prit ses mains dans les siennes, dessinant gentiment des cercles du pouce sur elles.

— Parce que vous étiez dans le déni. C'était trop insupportable pour vous à l'époque. Et je ne voulais pas gâcher vos derniers moments avec lui. Je voulais que vous ayez de bons souvenirs de lui. Mais je ne pouvais pas non plus mentir à la Commission et être responsable de son retour dans la société. C'était marcher sur un fil. Je voulais faire ce que ma conscience me dictait. Mais je voulais aussi vous protéger. Ou, du moins, essayer.

— Vous ne voyez pas, Callum ? Vous m'avez vraiment protégée. Encore et encore. De Knox, de choses trop douloureuses à supporter pour moi. Mais je sais la vérité maintenant, et je suis en paix avec elle. Et je remercie Dieu que vous ayez obéi à votre conscience. Parce que la vraie tragédie, ça aurait été que je réussisse à faire libérer Joey et qu'il tue encore. C'est quelque chose avec lequel je n'aurais pas pu vivre. Alors, vous voyez, vous m'avez sauvée encore une fois. J'étais seulement trop aveugle pour le voir à l'époque. Mais je le vois maintenant. Et je suis venue vous demander pardon.

Il la dévisagea avec stupéfaction.

— Vous ne me détestez pas ?

Des larmes roulèrent sur ses joues tandis qu'elle resserrait les mains sur la sienne.

— Peut-être que je vous ai détesté, ou que j'ai cru vous détester. Mais avant même que Reid ne vienne me voir pour me montrer ces papiers, j'avais laissé tomber la haine et la colère. Et j'étais désespérément seule sans vous. J'étais en train de revenir vers vous sans même m'en apercevoir. Tout ce que Reid m'a donné, c'est un prétexte. Je vous aime, Callum Wright. Je vous aime de tout mon cœur. J'espère juste que je n'ai pas détruit toute possibilité que vous appreniez à m'aimer aussi.

Un beau sourire s'épanouit sur son visage, éclairant son expression et remplissant ses yeux de joie. Et d'espoir. Et de quelque chose d'autre qu'elle avait trop peur de nommer, au cas où elle se tromperait.

— Je t'aime aussi, Raine Quintero. Je crois que je t'ai aimée dès que je t'ai vue pointer une arme déchargée sur moi.

Il sourit jusqu'aux oreilles.

— Je ne me trompais pas sur ce que j'ai vu dans tes yeux, murmura-t-elle à travers ses larmes.

— Quoi ?

— Embrasse-moi, mon ange. Embrasse-moi et ne me laisse plus jamais partir.

Il rit.

— D'accord, chérie. Pour le meilleur et pour le pire.

Elle écarquilla les yeux en le dévisageant.
— Le meilleur et le pire ?
Il cligna de l'œil.
— Jusqu'à ce que la mort nous sépare. Si tu veux de moi.
— Si c'est une demande en mariage, c'est la pire de toutes.
— Tu m'épouseras quand même ?
— Oui, oui, oui !
Elle lui jeta les bras autour du cou, et il l'embrassa.
Et il ne la laissa plus jamais partir.

Vous avez aimé ce roman ?
Retrouvez en numérique l'atmosphère
mystérieuse des Smokies :

1. *Rejoints par le passé*
2. *Sombre machination*
3. *Traque dans les Smokies*
4. *La justice au cœur*

BARB HAN

Le protecteur du Texas

Traduction française de
CAROLE PAUWELS

BLACK ROSE

HARLEQUIN

Titre original :
TRAPPED IN TEXAS

1

Sean Hayes se déplaçait avec aisance sur le chemin menant à Hamilton Pool Preserve, une piscine naturelle située à l'ouest d'Austin, au Texas.

Il faisait étonnamment chaud pour un début décembre. Un front froid, attendu d'ici un jour ou deux, viendrait cependant bouleverser les températures jusqu'à la fin de la semaine.

Sean détestait le froid presque autant que de se voir confier une mission à la dernière minute. Comme il se trouvait à proximité du lieu de l'intervention, il avait accepté de faire le détour avant de rejoindre l'autoroute. Au moment où il s'apprêtait à prendre un congé indéterminé, il devait bien cette dernière faveur à Mitch Razor et à toute l'équipe de l'agence de sécurité privée où il travaillait.

— Redis-moi qui je cherche et quel est son lien avec l'agence.

Il avait parlé le plus discrètement possible dans le micro attaché à un des boutons de la manche de sa veste.

— D'après ce que j'en sais, elle a plus ou moins un lien de parenté avec Mitch, répondit Josiah Grady.

Josiah et lui formaient une bonne équipe. Son collègue allait lui manquer.

Comme sortie de nulle part, cette pensée parut soudain étrange à Sean, considérant le fait qu'ils travaillaient ensemble depuis trois ans maintenant, et qu'ils n'avaient même jamais pris le temps d'aller boire une bière en dehors du bureau.

En y réfléchissant, ils n'étaient guère plus que de simples connaissances. Dans ce genre de métier, se faire des amis n'était pas vraiment une priorité, mais Sean était certain que chacun des membres de l'organisation ferait toujours en sorte d'assurer ses arrières.

La plupart des employés de Razor-Sharp Worldwide Security venaient de milieux professionnels dont ils n'avaient plus envie de parler, ou peut-être ne l'avaient-ils jamais fait. L'agence comptait en effet bon nombre d'anciens militaires parmi ses effectifs et les missions les envoyaient sur les routes, seuls la plupart du temps.

— J'en déduis que nous ne savons pas à quel degré de parenté on se situe, dit-il à voix basse.

La clause de confidentialité seule imposait à Sean de ne jamais parler ouvertement de ce qu'il faisait en réalité. Mais cette mission revêtait soudain une importance d'un tout autre niveau.

— Mitch ne l'a pas précisé, répondit Josiah.

Sean continua à avancer d'un pas soutenu sur le chemin, dépassant des familles avec de jeunes enfants et des promeneurs avec des chiens en laisse ou en liberté.

Une jeune femme rousse attira son regard.

Était-ce elle ?

Il vérifia à nouveau son téléphone. La personne sur la photo portait une casquette de base-ball. Pourtant, même si une grande partie de ses boucles flamboyantes était dissimulée, on ne pouvait pas s'y tromper. La silhouette correspondait parfaitement. Environ un mètre soixante-dix et tout en jambes. Le visage en forme de cœur et les grands yeux noisette le confortaient dans l'idée qu'il avait trouvé celle qu'il cherchait.

Il prit discrètement une photo pour que le logiciel de reconnaissance faciale confirme la concordance.

La réponse prit moins de cinq secondes. Cible authentifiée.

Sean s'était vu confier cette dernière mission juste avant de regagner le ranch familial à la demande insistante de ses frères Callum et Rory. Callum, l'aîné des six avait été le premier à donner des nouvelles, après qu'il se fut rendu sur place pour évaluer la situation par lui-même. Leur mère, Marla, avait demandé à chacun de ses enfants de revenir à Cider Creek afin d'y reprendre la place qui était la leur. Personne n'avait sauté sur l'occasion. La faute en revenait à leur despotique grand-père. À présent que Duncan Hayes était mort, on aurait pu croire que l'eau avait coulé sous les ponts, emportant les désaccords et l'hostilité. Et pourtant, remettre les pieds là-bas s'avérait bien plus difficile que ça aurait probablement dû l'être.

Le travail de Sean était confidentiel, et il lui convenait bien mieux que celui de vacher sous les ordres de Duncan. La sécurité privée était une activité lucrative, et Mitch Razor était l'un des meilleurs dans le domaine.

Si quelqu'un avait besoin de disparaître sans laisser de traces, on faisait appel à Mitch. Si quelqu'un avait besoin de protection, on faisait appel à Mitch. Si quelqu'un avait besoin de retrouver quelqu'un, on faisait appel à Mitch.

Sean repérait les gens, ou il les aidait à se volatiliser. Mais il refusait d'assurer tout ce qui s'apparentait à une protection rapprochée. Il n'en était plus capable après ce qui s'était passé à Kandahar.

— C'est elle, dit-il dans un souffle. Mais à l'extérieur comme ça, je ne peux pas faire grand-chose sans attirer l'attention.

S'il n'y avait pas eu de témoins, il aurait pu la jeter en travers de son épaule, à la manière d'un homme des cavernes et l'emmener jusqu'à son SUV – encore que tout dans l'attitude déterminée de la jeune femme laissait entendre qu'elle était du genre à se débattre.

— Bien reçu, dit Josiah.

C'était un jeu de patience. Sean devait se tenir suffisamment à l'écart pour qu'elle ne le remarque pas, mais assez près pour voir de quel côté elle allait tourner.

Il s'arrêta et mit un genou à terre pour faire mine de resserrer le lacet d'un de ses bottillons de marche. Il avait toujours sur le siège arrière de son SUV un sac à dos contenant quelques affaires de rechange et il l'avait arrimé à ses épaules pour compléter l'illusion qu'il était en randonnée.

— Tu reviendras après ton congé ? demanda Josiah.

La question prit Sean au dépourvu, tandis qu'un type le dépassait au pas de course, en le bousculant au passage. Deux ou trois détails éveillèrent aussitôt ses soupçons. Un, le coureur n'avait pas de sac à dos. Deux, il était habillé en noir de la tête aux pieds. Trois, il portait des baskets et non des chaussures de randonnée. Et des lunettes de soleil à verre miroir.

Ignorant la question de Josiah, il dit dans son micro, tout en scrutant les parages :

— Je crois que j'ai de la concurrence.

À ce stade, il pouvait couper à travers les arbres en courant de toutes ses forces, et revenir par l'arrière pour être le premier à atteindre la rouquine.

L'autre option était d'abattre la concurrence. Mais c'était peut-être un peu radical, et surtout contreproductif.

— Donne-moi son identité.

— Bien reçu. Son prénom est Raelynn, précisa Josiah.

En une seconde, Sean calcula la probabilité qu'il avait d'arriver le premier.

Impossible.

Il pouvait quand même ralentir le coureur assez longtemps pour convaincre Raelynn que sa sécurité impliquait qu'elle suive les instructions qu'il lui donnerait.

Tout en courant, Sean fit glisser son sac de ses épaules et fouragea à l'intérieur pour y prendre son pistolet. Il pouvait facilement atteindre sa cible à six mètres sans risquer de toucher un passant innocent. Un peu plus loin se trouvait une clairière qui pourrait bien lui offrir l'opportunité d'effectuer un tir parfait.

Soudain, le coureur jeta un coup d'œil par-dessus son épaule et se rendit compte que Sean l'observait.

La situation allait tourner au cauchemar.

— Couchez-vous et ne bougez pas, cria-t-il à l'approche d'une famille de quatre personnes.

Le plus jeune des garçons, qui devait avoir quatre ans, croisa ses mains en pointant les index à la manière d'une arme. Il n'en fallut pas plus pour que le coureur se mette à zigzaguer entre les arbres.

Dans ces conditions, tirer sur lui était exclu, et Sean était le seul à blâmer.

Raelynn prit elle aussi conscience du tumulte. Comme une biche apeurée, elle s'enfuit à toutes jambes dans la direction opposée.

Puisque le coureur était devenu sa priorité, Sean devait prendre le risque de perdre le visuel avec sa cible.

Des branches lui giflèrent le visage tandis qu'il fonçait à travers les arbres et tentait de s'approcher suffisamment du coureur pour tirer.

Le type était rapide, mais Sean avait ses chances. D'ailleurs, il commençait à gagner du terrain sur lui.

Soudain, le coureur disparut derrière un tronc d'arbre. Un coup de feu retentit. Des cris de panique s'élevèrent à travers bois tandis que Sean se mettait à couvert, évitant la balle de justesse.

À bout de souffle, les muscles de ses cuisses en feu, Raelynn Simmons puisait dans ses dernières forces.

L'écho d'un coup de feu la fit sursauter, mais elle ne pouvait pas prendre le risque de s'arrêter pour essayer de voir ce qu'il y avait derrière elle. Quelques secondes pourraient suffire pour que son poursuivant la rattrape.

Il l'avait trouvée. Qui que soit cette personne.

Elle faisait profil bas depuis la tentative d'agression à Fort Worth lors de son dernier concert, juste avant que sa tournée soit annulée. L'idée qu'elle puisse tout perdre à cause d'un fan obsessionnel, juste au moment où sa carrière venait de décoller, la rendait malade. Si elle voulait rester en vie, elle devait partir en cavale comme une vulgaire criminelle. Il n'y avait pas beaucoup d'autres possibilités. Les flics ne pouvaient pas assurer sa sécurité pendant sa tournée, et elle n'avait pas les moyens de payer un garde du corps.

Lors d'un de ses concerts, son harceleur s'était joué des vigiles et avait réussi à dérober des sous-vêtements dans sa loge. Le dernier agent du FBI à qui elle avait parlé était un profileur. D'après lui, ce genre de comportement signifiait que son harceleur voulait en faire sa chose. Il n'essayerait pas de la tuer. Il la voulait vivante. Puis le responsable de son fan-club avait reçu un message sans équivoque : « Remonte sur scène ou tu mourras. » L'agent fédéral avait alors revu son hypothèse. L'obsession de son fan avait à voir avec un fantasme lié à sa performance en concert. S'il ne pouvait plus avoir cela, Raelynn ne lui était plus d'aucune utilité. Plutôt que passer à autre chose, il considérait que c'était elle le problème.

Ses ennuis ne s'arrêtaient pas là. En interrompant sa tournée, elle s'était fait des ennemis dans le milieu. Même quand la poussière serait retombée et que ce malade serait derrière les barreaux – ce qui, elle l'espérait de toutes ses forces, ne tarderait pas à arriver – sa réputation se serait ternie au fil des concerts annulés. Tous les sacrifices qu'elle avait faits pendant des années pour faire avancer sa carrière n'auraient servi à rien, et elle se retrouverait à la case départ en un claquement de doigts.

Et elle ne pouvait absolument rien y faire sans mettre sa vie en danger.

Cette pensée fit courir un frisson glacé le long de sa colonne vertébrale.

C'était sinistre.

Mais, pour le moment, elle avait un problème plus urgent. Comment allait-elle sortir de cette situation en vie ?

Raelynn courait toujours même si ses poumons commençaient à manquer d'air. Le chaos avait suivi le coup de feu. Les gens cavalaient en tous sens, désorientés. Il y avait assez de monde pour qu'elle ait une chance d'échapper à l'attention de son poursuivant. En tout cas, elle l'espérait.

Risquant un coup d'œil, elle éprouva un bref moment de soulagement en voyant qu'elle était seule. Depuis combien de temps, elle n'en avait aucune idée. Elle ne savait pas non plus dans quelle partie du parc elle se trouvait.

Pouvait-elle revenir sur ses pas ?

L'idée de se retrouver nez à nez avec le tireur, ou l'homme qui avait surgi de nulle part pour prendre celui-ci en chasse, avant même d'avoir connaissance de la menace, fit courir un nouveau frisson glacé le long de sa colonne vertébrale.

Il y avait eu trop de tentatives d'agression avant qu'elle ne prenne le maquis, et trop après pour qu'elle baisse sa garde. Ce n'était qu'une question de temps avant que sa chance ne tourne, même si elle était toujours sur le qui-vive. À un moment ou à un autre, la probabilité que son harceleur la trouve tournerait en faveur de ce dernier.

Et après ?

Raelynn ne savait pas quel but poursuivait réellement cet homme. L'idée d'être espionnée et traquée la rendait malade au plus haut point. Même si elle avait envie de faire face et de se battre, la meilleure solution pour se préserver consistait à se cacher.

Coupant à gauche, elle s'enfonça davantage dans la végétation. Elle avait l'impression de courir depuis une éternité mais ça ne faisait probablement que quelques minutes. La lande sèche s'étendait de l'autre côté, ce qui voulait dire que le canyon se trouverait à une trentaine de mètres en contrebas. En prenant de la hauteur, elle aurait une meilleure vue d'ensemble.

Une autre pensée la traversa, une sombre pensée. Ça ferait aussi d'elle une cible plus facile.

Filant droit devant elle, le visage giflé par les branches, elle heurta de plein fouet une énorme toile d'araignée. Toussant, crachant et s'essuyant frénétiquement le visage, tout en exécutant une espèce de petite danse hystérique que personne n'avait besoin de voir, elle entendit une riche et profonde voix masculine qui provenait du cœur des bois.

Raelynn s'immobilisa, le cœur battant à tout rompre, quand elle l'entendit répéter son prénom.

Elle avait fait trop de bruit à cause de cette maudite toile d'araignée. Son harceleur l'avait-il retrouvée ? Pouvait-il s'agir de quelqu'un d'autre ?

Raelynn s'accroupit, en essayant de se faire la plus petite possible, et chercha autour d'elle si elle pouvait trouver quelque chose pour se défendre. Elle ne tarda pas à repérer une branche avec une pointe raisonnablement effilée et une pierre de bonne taille.

Tandis que les bruits de pas se rapprochaient, elle s'efforça de se réchauffer les mains – un truc qu'elle avait appris en cours de yoga pour l'aider à se calmer. Il y a quelques années de cela, elle avait suivi ces cours pour apprendre comment combattre l'angoisse qui la saisissait chaque fois qu'elle essayait de se rapprocher de quelqu'un. Sans doute sa phobie de l'engagement n'était-elle pas entièrement résolue, d'ailleurs.

Raelynn tendit l'oreille tandis que son regard essayait de percer la végétation.

La voix était cette fois différente. Posée et rassurante. Elle prit conscience que son harceleur n'avait aucun intérêt à attirer l'attention sur lui en parlant. Et de plus, à qui s'adresserait-il ? À sa connaissance, il était seul.

Un homme émergea, accompagné d'un petit garçon. Dès que ses yeux se posèrent sur elle, il tendit immédiatement un bras devant son fils.

Raelynn ne passait pas beaucoup de temps avec des humains mesurant moins d'un mètre vingt, mais celui-ci devait avoir l'âge d'un élève de cours préparatoire. La fibre maternelle ne semblait pas s'être développée chez elle. Sa seule passion dans la vie était la musique.

Le fait que le père de famille l'ait repérée signifiait qu'elle n'était pas si bien cachée que ça. Il fallait qu'elle bouge avant que quelqu'un d'autre sorte de ces fourrés.

Tandis qu'elle s'enfonçait davantage dans les bois, un bruit sur sa gauche la fit sursauter. Avant qu'elle ait eu le temps de réagir, une main lui couvrit la bouche et une voix murmura à son oreille :

— Pas de panique. Je suis là pour vous aider. Mais si vous criez, le tireur n'hésitera pas à nous tuer tous les deux. C'est compris ?

Elle hocha la tête, tandis qu'elle évaluait ses options.

— Si je retire ma main, vous promettez de ne pas crier ?

La voix de baryton la transperça, lui procurant une étrange sensation.

Elle hocha une fois encore la tête, comprenant qu'elle n'avait pas d'autres options. À ce stade, elle pouvait seulement espérer qu'il était digne de confiance.

Parce qu'il avait sa vie entre ses mains.

2

Sean plongea son regard dans celui de Raelynn, ne sachant pas exactement ce qu'il y cherchait en dehors du signal qu'il pouvait ôter sa main de sa bouche.

Il avait renoncé à poursuivre le coureur, préférant revenir sur ses pas pour la localiser.

— Nous sommes sur la même longueur d'onde ? demanda-t-il une dernière fois pour se rassurer.

Elle acquiesça d'un signe de tête, et il prit le risque de laisser retomber son bras le long de son corps, tout en continuant à la dévisager.

Une décharge électrique le traversa tandis qu'il fixait ses prunelles noisette.

S'efforçant de se concentrer sur les dangers qui les guettaient, plutôt que de s'interroger sur cette attirance fulgurante entre eux, il lui dit :

— Je suis ici pour vous aider à sortir vivante de cette histoire.

Les lèvres pincées, elle se contenta d'un bref hochement de tête au lieu de parler.

Sean ne put s'empêcher de noter un air de ressemblance entre les traits de son visage et ceux de Mitch, mais peut-être n'était-ce qu'un effet de son imagination.

— J'ai la cible et je l'exfiltre, dit-il dans son micro miniaturisé.

Dire que Raelynn semblait médusée ne suffisait pas à qualifier son expression. Si Sean ne pouvait l'en blâmer, il n'avait pas non plus le temps de lui fournir une explication.

— Pas le temps de parler, lui dit-il.

Plus tard, elle aurait droit à un récit détaillé. Pour le moment, ils n'étaient pas sortis des ronces, au propre comme au figuré.

— Bien reçu, confirma Josiah.

— Sortons de là, dit soudain Raelynn. De préférence en vie.

Sean lui prit la main, et ils avancèrent méthodiquement entre les arbres. Tandis qu'ils s'enfonçaient dans la végétation, il guetta le moindre bruit pouvant indiquer qu'ils étaient suivis. Le coup de feu avait mis tout le monde en fuite. Les forces de l'ordre n'allaient pas tarder à arriver, si toutefois la police du parc n'était pas déjà sur place. Sean devait évacuer Raelynn de la zone avant qu'ils puissent être identifiés par des témoins.

À ce stade, la police locale n'était d'aucune utilité à Sean ou à la mission. Une exfiltration furtive était la meilleure stratégie. Il y aurait forcément des témoins pour expliquer ce qui s'était passé. À n'en pas douter, plusieurs personnes avaient filmé la scène avec leur téléphone. Dans quelques minutes l'incident serait relayé par les chaînes d'information en continu, ce qui ne ferait que compliquer leur fuite.

Même si le comportement de Sean le désignerait comme quelqu'un ayant voulu intercepter le tireur, il n'avait pas besoin d'une telle visibilité dans son domaine d'activité. Passer en dessous des radars lui avait permis de rester en vie, et relativement sain d'esprit.

En tout cas, il savait comment revenir sur ses pas et retourner à son véhicule.

Ça devait faire un moment que le tireur avait quitté les lieux. Quoi qu'il en soit, Sean ne prendrait aucun risque. Jamais il n'avait perdu une personne placée sous sa protection, et il n'avait pas l'intention de commencer maintenant.

Il avait conscience que Raelynn était sous le choc. Il était rare que les civils soient capables de bien gérer des situations de ce genre. Ils n'avaient pas l'habitude que des balles sifflent près de leur tête ou que des assaillants sortent de nulle part.

Tandis qu'il était perdu dans ses réflexions, Sean comprit soudain pourquoi Raelynn lui semblait si familière. C'était la chanteuse de *country* qui avait abandonné sa tournée alors qu'elle commençait à se faire un nom. Ça devait remonter à cinq ou six mois si sa mémoire ne lui faisait pas défaut. On avait parlé d'un fan qui la harcelait.

Mais pourquoi Mitch lui avait-il confié la mission alors que Raelynn ne semblait pas vouloir qu'on la trouve ?

Raelynn Simmons était-elle la fille de Mitch ? Elle semblait trop proche de l'âge de Mitch. Mais Sean avait appris depuis bien longtemps que les apparences pouvaient être trompeuses. Une sœur, peut-être ?

Considérant que Sean travaillait pour son employeur depuis cinq ans, il aurait dû en savoir un peu plus sur la famille de ce dernier. Or, il ne savait même pas où vivait Mitch ni s'il avait une femme et des enfants.

Pour être juste, il ne savait pas grand-chose de la vie personnelle de ses collègues chez Razor-Sharp. Tout le monde semblait vouloir garder une frontière stricte entre le travail et sa vie familiale. D'après lui, la plupart des hommes et des femmes de l'agence étaient célibataires et en étaient très heureux, tout comme lui-même.

Certaines personnes étaient tout simplement nées pour être seules.

Méthodiquement, il se déplaça le long du périmètre du parc. La nuit était tombée quand ils arrivèrent à son SUV. Josiah s'était tu, ce qui ne voulait pas dire qu'il n'écoutait pas, se tenant prêt à agir en cas de besoin.

Le parking était pour ainsi dire vide. Sean se dirigea vers le côté passager de son véhicule et ouvrit la portière à Raelynn.

Son impression qu'elle avait un lien familial avec Mitch ne faisait que s'accroître de minute en minute. Premièrement, il y avait une ressemblance indéniable. Elle n'était pas le sosie de Mitch en femme, mais presque. Deuxièmement, pour quelle autre raison la feraient-ils sortir du parc ? Qu'est-ce que Mitch pourrait bien avoir à y gagner si Raelynn était une personne lambda ?

Sa mission ne consistait pas à poser des questions ou à y répondre, même s'il en voyait des quantités bouillonner derrière les plus incroyables yeux noisette qu'il ait jamais contemplés.

Il contourna le SUV par l'avant, en scrutant la zone pour s'assurer qu'il n'y aurait pas d'autres mauvaises surprises.

Une pensée le hantait : Raelynn s'en sortait très bien toute seule avant qu'il ne se montre au parc. Était-ce lui qui avait conduit jusqu'à elle le coureur en noir ?

Cette idée déplaisante peinait à s'estomper tandis qu'il se mettait au volant. La culpabilité lui triturait le cœur telle la pointe d'un couteau. L'air semblait tout à coup avoir déserté l'habitacle. Respirer commençait à être difficile.

Sean mit la climatisation en marche tout en grimaçant un sourire forcé.

— Que se passe-t-il ? Qui êtes-vous ? Et que vient-il de se passer, exactement ? demanda Raelynn.

Elle essayait de faire bonne figure malgré la sidération présente sur son visage et dans sa voix.

— Vous avez le droit d'avoir des réponses à ces questions, dit-il tandis qu'il enclenchait la marche arrière. En tout cas, je ne suis certainement pas là pour vous faire du mal, comme vous avez déjà dû le comprendre.

— Je ne serais pas là autrement, répliqua-t-elle d'un ton pincé.

Elle avait croisé les bras sur sa poitrine. C'était une attitude défensive indiquant qu'elle se sentait vulnérable, ce qui était compréhensible compte tenu des circonstances.

— Exact, dit-il.

Tandis qu'il s'engageait sur la roue et prenait la direction de l'est, il ajouta :

— Je n'ai pas la liberté de répondre à ces questions, quand bien même je me rends compte à quel point c'est injuste pour vous. Vous n'êtes pas retenue prisonnière, donc vous êtes libre de vous en aller à tout moment. Dites-moi de m'arrêter et je le ferai.

Il grimaça.

— Évidemment, je n'en ai aucune envie, d'autant que je serai obligé de remplir un rapport détaillé expliquant pourquoi j'ai laissé partir une ressource.

— Une ressource ? répéta-t-elle. J'ai l'impression d'entendre un agent de la CIA, ou je ne sais quoi.

— Je peux vous assurer que je n'en suis pas un. Je m'appelle Sean, au fait.

— C'est votre vrai prénom ?

Ce fut plus fort que lui, cette question le fit sourire.

— Affirmatif, répondit-il.

— Je retire ce que je viens de dire. Vous me faites plutôt penser à un ancien militaire.

— Bien vu, admit-il.

C'était le moins qu'il pouvait faire dans la mesure où il venait de lui faire quitter le parc et de l'embarquer dans son véhicule.

— *Army ranger*, précisa-t-il. Autrement dit fantassin d'élite de l'armée de terre.

— Êtes-vous autorisé à me dire ça ? demanda-t-elle, avec un peu plus de colère que ce à quoi il s'attendait.

Les commissures de ses lèvres se retroussèrent à nouveau, presque malgré lui.

— Probablement pas. Mais, tant que vous ne me trahissez pas, tout va bien.

— Avez-vous une idée de qui pourrait être l'homme qui se trouvait là-bas ?

Tout en parlant, Raelynn se pinçait l'arête du nez comme si elle essayait de contenir un mal de tête grandissant.

— Ça, je ne peux pas vous le dire.

— Vous ne pouvez pas, ou vous ne voulez pas ?

Sean comprit qu'elle n'était pas seulement directe mais aussi observatrice – une combinaison dangereuse pour quiconque exerçait son métier.

Son ancien métier se corrigea-t-il in petto.

— C'est important ? demanda-t-il.

Le savoir ne changerait rien au fait qu'elle n'obtiendrait pas l'information qu'elle voulait.

— Ça l'est pour moi, dit-elle.

Et il y avait dans sa voix une honnêteté qui toucha Sean en plein cœur.

— Je ne peux pas, finit-il par reconnaître.

Elle hocha la tête.

— C'est logique, dit-elle. Je suis sauvée par un chevalier à l'armure étincelante, et tout ce qu'il peut me dire c'est son prénom.

Le sens de l'humour de Raelynn rappelait beaucoup à Sean celui de Mitch.

— Je peux vous poser une question ? demanda-t-il.

— Vous voulez me demander quelque chose ?

Elle semblait prise au dépourvu par le tour nouveau que prenait la conversation. Pour autant, elle était encore capable de faire preuve d'indignation, et ça ne pouvait qu'inspirer à Sean un surcroît de respect.

Jusqu'à présent, Raelynn se montrait courageuse là où d'autres se seraient effondrés.

— Oui, confirma-t-il.

Il avait décidé de tenter le tout pour le tout. Que risquait-il, puisqu'il allait la déposer au bureau avant de prendre la direction du ranch et qu'il ne la reverrait jamais ? Dans ces conditions, il pouvait très bien poser sa question pendant qu'ils étaient contraints de rester ensemble durant le trajet jusqu'au siège de l'agence.

— Allez-y, tirez, dit-elle.

Puis elle sembla sentir combien l'expression était maladroite et rétropédala.

— Ce que je voulais dire, c'est...

Elle soupira.

— Que voulez-vous savoir ?

— Qui sont vos parents ? Je sais que ça peut paraître étrange, mais...

Elle l'interrompit.

— Je vous le dirais si je le savais, mais...

Elle laissa passer un silence.

— Je suis orpheline.

Cette révélation, prononcée d'une voix infiniment triste, frappa Sean en plein cœur.

Sean n'avait fait aucun commentaire, et le silence s'éternisait jusqu'à devenir pesant.

— Où allons-nous ? demanda Raelynn.

Elle ne parlait presque jamais de son passé, et elle ne comprenait pas ce qui l'avait poussée à se confier à cet inconnu. D'un autre côté, elle n'était pas passée loin de la catastrophe, et le fait d'avoir regardé la mort en face devait probablement susciter l'envie de créer un lien avec quelqu'un. Les mois qui venaient de s'écouler avaient été les plus solitaires de son existence, et ça faisait du bien d'avoir quelqu'un sur qui compter pour changer.

— Au siège de l'agence, répondit Sean.

Il parlait entre ses dents, et quelque chose dans son intonation lui fit penser qu'il était tiraillé. Lui avait-on demandé de ne rien dire et de se contenter de la déposer à destination ?

— Et ça se trouve où ?

— Pas loin de San Antonio, marmonna-t-il.

Cette manière qu'il avait de répondre en utilisant le moins de mots possible commençait à l'agacer.

— N'y voyez aucune offense, mais je crois que j'ai le droit de savoir ce qui se passe, où vous m'emmenez, et à la demande de qui, dit-elle.

Il lui donnait l'impression d'être une personne capable d'apprécier une approche directe faisant appel à sa nature logique.

— Je vous le dirais si je savais pourquoi on m'a envoyé vous chercher, dit-il.

Cette fois, il y avait dans sa voix un autre genre d'émotion. Il émanait de cet homme quelque chose de sombre, de dangereux et… d'excitant.

Peut-être « excitant » n'était-il pas le bon mot, mais cette proximité dans l'habitacle confiné de la voiture lui donnait une sensation de vulnérabilité et l'impression qu'une nuée de papillons s'envolaient au creux de son ventre.

Ou alors, il fallait mettre sa réaction sur le compte du stress après avoir frôlé la mort.

Mais elle savait qu'il y avait autre chose. L'attirance était peut-être un mot trop fort, et pourtant il semblait correspondre parfaitement à la situation.

Malgré elle, Raelynn observa les mains puissantes de Sean posées sur le volant, son profil dur et fascinant, sa bouche sensuelle en dépit d'une expression sévère.

Il devait mesurer plus ou moins un mètre quatre-vingt-quinze, et on devinait un corps qui aurait pu s'exposer sur une affiche géante dans Time Square pour une publicité de sous-vêtements – épaules larges, hanches étroites et muscles à profusion.

Il y avait quelque chose d'improbable et d'inaccessible chez cet homme. La confiance en lui qu'il affichait confinait à l'arrogance, laissant entendre qu'il savait comment se comporter en toutes circonstances. Ses cheveux d'un noir de jais étaient coupés très court, à la militaire. Son nez en bec d'aigle ne faisait qu'ajouter au charme d'un visage qu'on ne pouvait considérer comme beau malgré des lèvres épaisses et une mâchoire ciselée.

Oui, vraiment, ce type était extraordinairement séduisant, en dépit du fait que ses dents blanches n'étaient pas parfaitement alignées et qu'il avait une cicatrice de deux centimètres au-dessus de son œil gauche. En parlant de ses yeux, ceux-ci étaient d'une incroyable couleur miel doré qui adoucissait quelque peu la sombre intensité de ses traits.

— C'est comme ça que ça fonctionne ? demanda-t-elle. Parce que vous ne donnez pas l'impression d'être du genre à suivre aveuglément les ordres.

Un large sourire éclaira le visage de Sean, ce qui ne le rendit que plus intéressant.

— Le maître-mot, c'est « aveuglément », dit-il après quelques secondes.

— C'est juste, admit-elle, tout en se demandant si elle allait obtenir une quelconque information de sa part.

Son attitude laissait entendre qu'il était du genre à ne pas lâcher un mot, même au péril de sa vie.

Raelynn décida de tenter sa chance quand même.

— Étant donné que vous m'avez sauvé la vie, êtes-vous autorisé à me dire votre nom de famille ?

— Hayes, dit-il, avec un sourire encore plus large.

— De la famille Hayes ? demanda-t-elle, sans chercher à dissimuler sa stupéfaction.

Pourquoi diable l'héritier d'une des plus riches familles de ranchers de la région travaillerait-il pour ce qui ne pouvait être qu'une obscure organisation, alors que les siens possédaient assez d'argent pour acheter un petit pays ?

Il rit, ce qui la vexa quelque peu.

— Je dis seulement que vous pourriez faire tout ce que vous voulez avec vos... origines, dit-elle faute de trouver un meilleur mot. Pourquoi faire ce travail ?

— À l'époque ça m'a semblé une bonne idée, étant donné que je n'étais pas prêt à retourner à Cider Creek, dit-il, avec un haussement d'épaules.

Ce fut alors qu'elle remarqua un léger soubresaut dans la main droite de Sean. Il l'écarta du volant avant de l'ouvrir et de la refermer à plusieurs reprises. Quand le tremblement parut cesser, il reposa sa main sur le volant, le serrant si fort que ses jointures blanchirent, tandis que son expression s'assombrissait.

De toute évidence, c'était bien un ancien militaire. Et il était particulièrement doué pour garder des secrets. Un homme ayant les origines de Sean Hayes ne tenait certainement pas à laisser paraître une quelconque faiblesse.

Elle se rendit compte qu'il serrait les dents comme s'il essayait de reprendre le contrôle sur son corps. Son cœur se serra à la pensée de ce qu'il avait dû endurer pour que sa main soit endommagée. La cicatrice au-dessus de son œil laissait en outre penser qu'il avait rencontré la mort en face. Et peut-être à plus d'une occasion.

Était-ce pour cette raison qu'il ne semblait pas plus perturbé que ça par ce qui venait de se passer, alors qu'elle se sentait totalement en lambeaux à l'intérieur ?

— Depuis combien de temps faites-vous ce travail ? demanda-t-elle.

Elle s'empressa d'ajouter :

— Parler m'aide à me calmer.

Puis elle ressentit le besoin de s'expliquer :

— Je suis musicienne et j'écris des chansons. Donc, je ne suis pas habituée à ce genre de situations. Le monde dans lequel je vis est beaucoup plus calme que ça. En tout cas, il l'était jusqu'à récemment, et maintenant j'essaie seulement de rester en vie assez longtemps pour que les forces de l'ordre découvrent qui est mon harceleur et le mette derrière les barreaux.

— Vous êtes une chanteuse de *country*, dit-il.

Il y avait dans sa voix une émotion qu'elle ne parvenait pas à déterminer. De la tristesse ? Des regrets ? Ça n'avait pas de sens puisqu'il avait fait son travail. Elle était dans sa voiture. Ils se dirigeaient vers le siège de son agence, d'après ce qu'il lui avait dit. Et il était en cours d'accomplissement de sa mission.

— C'est exact, dit-elle.

Elle était impressionnée qu'une personne comme lui sache qui elle était. Être reconnue lui apparaissait toujours comme un peu bizarre, surtout en dehors du monde de la musique. Dans la rue, les gens commençaient à peine à venir vers elle, l'air surpris, lui demandant d'une voix intimidée si elle était bien Raelynn Simmons.

La célébrité qui allait de pair avec son travail était un aspect qu'elle n'avait pas encore totalement intégré, étant donné qu'elle voulait surtout écrire des chansons. Chanter venait en seconde place.

— J'ai toujours un peu de mal à comprendre pourquoi quelqu'un s'adresserait à votre agence et vous engagerait pour venir à mon secours, dit-elle. Depuis combien de temps me suivez-vous ? Des jours ? Des semaines ?

Sean prit une profonde inspiration, comme s'il considérait les options qui s'offraient à lui.

— On m'a appelé il y a seulement quelques heures pour me demander si je voulais prendre la mission, étant donné que vous aviez été repérée et que j'étais à proximité. Mon travail consistait à vous récupérer et vous convaincre de me suivre à l'agence. Toutefois, le tireur m'a fait changer d'avis.

— Comment cela ? demanda Raelynn.

— Il y a une forte probabilité que ce soit ma faute si le type vous a trouvée.

L'intonation de Sean transpirait la frustration et le dégoût.

— Donc, j'ai l'intention de vous coller aux basques pour découvrir qui diable a bien pu m'engager. Parce que j'ai l'impression que l'agence s'est fait duper. Puisque c'est à moi que la mission a été confiée, et que j'ai cette idée qui me trotte dans la tête, je dois découvrir ce qui se trame vraiment. Sinon, je ne pourrai pas dormir.

Raelynn garda le silence pendant un long moment, tandis qu'elle essayait d'analyser cette nouvelle information. Ça faisait presque un peu trop à assimiler.

Voyant que Sean avait quitté l'autoroute et s'engageait sur une petite route, elle demanda :

— Nous sommes bientôt arrivés ?

Il hocha la tête.

À présent que son monde venait d'être mis sens dessus dessous une nouvelle fois, elle espérait pouvoir trouver des explications à l'agence. Elle avait tout un tas de questions à poser à l'employeur de Sean.

3

Autour du bâtiment abritant l'agence Razor-Sharp Worldwide Security, les dispositifs de sécurité étaient nombreux mais pour l'essentiel invisibles aux yeux des profanes.

À la minute où les pneus du SUV de Sean roulèrent sur l'allée goudronnée des capteurs se déclenchèrent. Le système d'alarme alluma automatiquement les caméras. Le logiciel de reconnaissance faciale établit un lien entre le conducteur ou le passager et le fichier du personnel. Après avoir vérifié la température corporelle pour s'assurer que l'employé était en vie, l'alarme se désactivait automatiquement.

Les autres étapes requéraient une intervention humaine et n'étaient enclenchées que si une faille avait été décelée. Étant donné que Sean faisait toujours partie de la liste des personnes accréditées, tout devrait bien se passer.

— Mon employeur s'appelle Mitch, dit Sean, en se garant devant l'immeuble en briques de deux étages.

Il ne lui vint pas à l'esprit que ça pourrait sembler étrange, vu de l'extérieur, qu'il en sache aussi peu sur l'homme pour qui il travaillait, sans parler de ses collègues. Dans son domaine d'activité, on ne sortait pas trois fois par semaine prendre un verre avec les gars du boulot.

— Est-ce qu'il a un nom de famille ? demanda Raelynn.

Il faisait noir désormais, mais le tableau de bord du SUV dispensait assez de lumière pour qu'il la voie distinctement.

— Razor, répondit-il, en se disant que ce n'était pas confidentiel.

De toute façon, elle le saurait tôt ou tard dès qu'ils auraient quitté le véhicule et seraient entrés dans le bâtiment.

Mais avant cela, il devait se défaire de quelque chose qui pesait sur sa poitrine.

— Je vous dois des excuses.

Elle pinça les lèvres vraiment fort, comme si elle faisait de son mieux pour ne pas livrer le fond de sa pensée. Il aurait préféré qu'elle se laisse aller et le maudisse pour cette erreur.

— Vous ne pouviez pas savoir, dit-elle, après avoir laissé passer quelques secondes de silence.

— C'est mon travail de savoir, protesta-t-il. Et je suis généralement le meilleur. Personne ne devrait déjouer mon attention ou se servir de moi pour atteindre une personne sous ma protection.

— Il s'agit probablement d'un guet-apens, et vous n'êtes en rien responsable. De plus, je suppose que votre employeur a passé au crible toutes les personnes qui pourraient avoir un intérêt à me retrouver.

— C'est vrai, dit-il.

Et cependant, il lui était impossible de ne pas se reprocher ce qui était arrivé.

À cause de lui, elle aurait pu être tuée. Le souvenir des villageois innocents qui avaient trouvé la mort sous sa surveillance lui causa une vive douleur entre les tempes.

Il essaya de ne plus y penser et de se reconcentrer.

— Le fait est que je n'ai pas été à la hauteur et que je vous ai fait courir un risque, alors que j'étais supposé vous extraire du parc et vous protéger. Peu importe quel maillon de la chaîne s'est brisé.

— C'est important pour moi, dit-elle, d'une voix douce.

Il y avait dans son intonation quelque chose qui s'apparentait à une excuse, et il ne le méritait pas.

— Ça ne devrait pas, dit-il, avant d'ouvrir sa portière.

Sean descendit de son SUV et en fit le tour pour ouvrir la portière du côté passager.

Il savait que Raelynn était parfaitement capable d'ouvrir sa propre portière. Néanmoins, il avait été élevé ainsi, et le fait qu'elle l'attende au lieu de se précipiter dehors lui envoyait le signal qu'elle ne voyait pas d'inconvénient à ce geste de galanterie qui lui avait été inculqué, et que certains pourraient trouver démodé.

Elle le remercia et croisa les bras sur sa poitrine, laissant transparaître de nouveau sa vulnérabilité.

Il avait à moitié envie de la prévenir qu'elle était peut-être sur le point de rencontrer son père pour la première fois, mais il ne savait pas si l'information serait bienvenue ni même exacte.

De toute façon, ce n'était pas son rôle d'interférer dans des histoires de famille, s'il s'agissait bien de cela. D'autant plus que ce n'était juste qu'une intuition à ce stade. Il était certain que Raelynn avait un lien avec le boss, d'une façon ou d'une autre. Josiah l'avait déclaré tout net avant d'être affecté à une autre mission consistant à retrouver un enfant disparu. Que Mitch soit ou non le père de Raelynn restait à établir.

La pensée de s'éloigner d'un travail qui lui avait probablement sauvé la vie après ses années de service dans l'armée lui faisait un sacré coup au cœur.

C'était la dernière fois qu'il roulait sur le chemin d'accès au bâtiment, la dernière fois qu'il en franchissait les portes ou qu'il buvait l'âcre café noir – qui était relativement correct quand il était frais, mais qui avait le goût et la consistance de la boue brûlée quand il avait été maintenu au chaud trop longtemps.

Le fait qu'il connaisse à peine ceux qui travaillaient avec lui entre ses murs n'aurait pas dû le chagriner à ce point. L'important, c'était de savoir s'il pouvait ou non compter sur eux durant une mission. Chacune des personnes employées par Mitch était au top niveau. On n'avait jamais célébré de fête d'anniversaire dans la kitchenette. On ne s'attardait pas au bureau quand sa journée était finie. Et on ne se retrouvait pas à l'extérieur pour des événements corporatifs du style match de base-ball amical. Et pourtant, Sean avait l'impression de quitter sa famille.

N'aurait-il pas été plus logique qu'il ressente cela à propos du ranch ? Or, c'était loin d'être le cas.

Quand il eut refermé la portière du SUV, Raelynn le surprit en s'appuyant contre le véhicule au lieu d'avancer.

— Où est-ce que je vais mettre les pieds ? demanda-t-elle.

Il y avait plusieurs voitures garées sur le parking. Elle les désigna d'un mouvement de bras.

— Je vous avoue que je suis un peu perdue. Un fan complètement timbré m'a obligée à quitter ma propre tournée, et voilà que vous débarquez à la demande d'une personne que je ne connais pas.

Elle soupira, et son expression frustrée fut à peu près tout ce que Sean parvint à distinguer dans l'obscurité.

L'heure du dîner était passée, et son estomac lui rappela que se procurer de la nourriture ne tarderait pas à devenir une bonne idée. Raelynn devait avoir faim aussi.

En tout cas, elle était complètement seule dans cette histoire. Il ne s'imaginait pas à sa place. Qui plus est, elle avait fait preuve d'une énorme confiance et de beaucoup de courage en le suivant hors du parc et en montant dans sa voiture.

— Nous pouvons entrer ou remonter en voiture et partir, dit-il. Toutefois, si vous voulez savoir de quoi il retourne, il va falloir franchir ces portes derrière lesquelles mon patron nous attend.

Il l'étudia pour voir s'il l'avait convaincue. Elle se mordillait la lèvre inférieure et il se dit qu'elle réfléchissait à ce qu'il venait de dire.

— Un mot de vous et nous sommes partis, insista-t-il.

Tandis qu'elle se dandinait d'un pied sur l'autre, toujours hésitante, le téléphone de Sean vibra, la faisant sursauter. Il s'attendit presque à la voir détaler.

— Que ferez-vous quand nous serons à l'intérieur ? demanda-t-elle.

Elle cilla, le regardant d'un air consterné et déboussolé, comme s'il était un examen final et qu'elle redoutait de ne pas obtenir son diplôme.

— Je vais rester, répondit-il. Je vous ai déjà dit que j'avais conscience d'avoir fait venir le danger à vous. Il n'est pas question que je laisse cela se reproduire. Je suis avec vous jusqu'à ce que vous me disiez de partir, ou jusqu'à ce que cette histoire soit terminée.

C'était une promesse qu'il n'aurait pas dû faire parce qu'il allait devoir en rompre une autre pour accomplir celle-ci. Mais il savait que sa famille comprendrait s'il arrivait avec quelques jours de retard. Il pourrait expliquer qu'il s'était passé quelque chose au travail.

Le travail. N'était-ce pas ironique d'invoquer cette excuse alors que ses proches ne savaient pas de quelle façon il gagnait sa vie ?

— Et si votre patron vous dit que vous pouvez partir ? demanda Raelynn.

— Je m'en remettrai uniquement à vous, promit-il.

— D'accord, décida-t-elle. Je vais entrer et écouter ce qu'il a à dire. Mais ça ne veut pas dire que je suivrai ses instructions ou que je m'attarderai plus de dix minutes.

— Ça me paraît correct, dit-il.

Puis il ajouta :

— Je ne vous mettrai pas en danger une nouvelle fois. Pas si je peux l'éviter.

— C'est bon à savoir. Parce que vous êtes le seul ami que j'aie pour le moment.

— Le nom de l'agence est Razor-Sharp.

Elle hocha la tête, son regard laissant entendre qu'elle appréciait qu'il lui confie cette information.

Quelque chose se fissura dans les hauts murs de défense qu'il avait érigés autour de son cœur.

S'il avait été du genre romantique, il aurait pu évoquer deux âmes sœurs dont les chemins se croisaient par hasard, ou une quelconque fadaise poétique dans ce genre, songea-t-il avec ironie.

En tout cas, il n'était pas question qu'il laisse tomber Raelynn avant qu'il se soit assuré qu'elle était en sécurité.

— Entrons et écoutons ce que Mitch a à nous dire. Je reste à côté de vous.

En se tenant là dans l'obscurité, à respirer son odeur semblable à celle des fleurs après une pluie de printemps, il comprit combien il était seul depuis des années.

— Promis ? demanda-t-elle, en le regardant au fond des yeux comme si elle pouvait lire en lui.

— Oui.

À presque trente ans, Raelynn avait toujours peur du noir. Elle avait réussi à étouffer ses cauchemars depuis plusieurs années, mais la dernière fois qu'un orage avait éclaté, la réveillant en pleine nuit, toutes ces terribles années passées à l'orphelinat lui étaient revenues de plein fouet. Canaliser toutes ces émotions à travers ses chansons lui avait permis de ne pas devenir folle, et ça la rendait d'autant plus furieuse d'avoir dû interrompre une carrière prometteuse dans l'univers de la musique *country*. D'un autre côté, elle n'aurait pas de carrière du tout si elle était morte. C'était ce constat qui l'avait incitée à disparaître – à son grand regret.

Compte tenu du fait que Sean était la seule personne de sa connaissance ici – et elle employait le terme connaissance faute de mieux – elle n'aurait pas dû s'étonner de chercher instinctivement sa main.

Par ailleurs, il ne lui fait pas l'impression d'être quelqu'un qui accordait sa parole à la légère.

— Alors je suis prête, lui dit-elle.

Elle s'interrogeait toujours sur le fait que Sean l'avait désignée à son harceleur – ce qu'il avait d'ailleurs admis. Il était impossible qu'il l'ait fait délibérément. Son instinct, ou l'étrange sensation qu'ils étaient connectés – au mépris de toute explication logique – lui certifiait d'ailleurs qu'il avait les meilleures intentions.

Ça lui parut le bon moment pour se rappeler qu'ils n'étaient pas amis, même si son cœur essayait de la convaincre du contraire. Sean Hayes faisait son travail, un travail pour lequel il semblait compétent.

En tout cas, il fallait l'espérer, songea-t-elle, en retenant un soupir. Car sa vie en dépendait.

Dès qu'il eut ouvert la porte, il lâcha sa main. Elle se dit qu'il voulait probablement que ça reste professionnel devant son employeur.

Elle sentit un courant d'air frais passer entre eux tandis qu'elle suivait Sean à l'intérieur. La pièce principale était complètement décloisonnée, avec des bureaux le long des murs de brique et, au centre, une grande table de conférence en verre pouvant accueillir huit personnes.

À la seconde où ils entrèrent, un homme se leva et se retourna pour leur faire face.

— Il était temps que tu entres, Hayes. Je commençais à me demander ce qui se passait dehors.

Il ponctua cette remarque d'un clin d'œil.

Sean rit, mais ce moment de légèreté ne se refléta pas dans ses yeux. Il lui présenta son employeur, qui était grand et musclé. Les muscles, semblait-il, étaient une des caractéristiques exigées pour travailler chez Razor-Sharp.

— Je suis fan de votre musique, déclara Mitch, avant de s'avancer vers elle, la main tendue.

Une émotion passa dans son regard, qu'elle ne parvint pas à déterminer.

Après la poignée de main, elle passa instinctivement derrière Sean, qui sembla percevoir sa nervosité.

— Nous devrions peut-être nous asseoir à la table de conférence pour discuter, suggéra-t-il.

— Bonne idée, dit Mitch.

Raelynn l'observa. Sa chevelure brune avait des reflets légèrement acajou, ce qu'elle nota dans un coin de son esprit comme étant une information intéressante, sans vraiment savoir pourquoi. Il était grand. Pas autant que Sean, mais grand quand même. Il la regardait comme s'il la connaissait, mais il ne lui évoquait rien du tout.

— Nous nous sommes déjà rencontrés ? demanda-t-elle, alors qu'il se dirigeait vers la table.

— C'est possible.

Il y avait dans la voix de Mitch comme une note d'espoir qui la déstabilisa.

Sean lui prit de nouveau la main et la pressa, comme s'il voulait la réconforter. Il s'arrêta derrière une chaise en chrome et cuir noir et se tourna vers elle. Bénéficier de sa totale attention était comme offrir son visage au soleil au cours d'une belle journée de printemps.

— Vous avez faim ? demanda-t-il.

— Je suis affamée.

Elle fut surprise de l'admettre aussi facilement.

— Je pense que nous pouvons trouver quelque chose à réchauffer dans la cuisine, dit Sean.

— Faites comme chez vous, les encouragea Mitch.

Il avait répliqué un peu trop vite. Avec un peu trop d'empressement. C'était ça qu'elle ne parvenait pas à déterminer un peu plus tôt : il était trop enthousiaste compte tenu de la situation. Il essayait de le masquer – et elle imaginait qu'il était d'ordinaire du genre imperturbable, étant donné qu'il gérait cette agence – mais il n'y parvenait pas tout à fait.

Elle le remercia et suivit Sean dans la pièce adjacente, séparée de la partie administrative par un îlot recouvert d'un plateau de granit oblong.

— Vous voulez vous asseoir ? proposa Sean, en désignant la rangée de tabourets.

— Oui, merci. Mais avant, est-ce que je pourrais avoir un café ?

— Servez-vous.

Des mugs étaient accrochés aux branches d'un arbre décoratif en métal. Le café avait une odeur alléchante comme s'il venait d'être fait. Raelynn considéra cela comme un signe positif au vu des circonstances. Elle décrocha deux tasses après qu'un bref regard vers Sean eut répondu à la question qu'elle se posait. Si elle se fiait à son rapide signe de tête accompagné d'un sourire, il était partant pour un café.

— Vous l'aimez comment ? demanda-t-elle.

— Noir, répondit-il, tout en fouillant dans le réfrigérateur.

Prenant son mug à deux mains, elle le fit rouler entre ses paumes, en espérant que la chaleur se propagerait en elle maintenant qu'elle ressentait les effets du contrecoup.

Étonnamment, elle se sentait en sécurité pour la première fois depuis des mois. Et ç'avait beaucoup à voir avec Sean.

— Et si je réchauffais une pizza surgelée ? proposa-t-il.

— Ça me paraît bien, dit-elle, en se hissant sur un tabouret tandis que Mitch les rejoignaient, en apportant sa tasse.

Machinalement, elle regarda sa main gauche tandis qu'il se servait un café et ne vit pas d'alliance. Aucun des deux hommes ne semblait marié – ou ils ne voulaient pas que ça se sache, considérant le métier qu'ils faisaient.

— J'ai des questions, dit-elle à Mitch, tandis que Sean s'occupait à préchauffer le four et à ouvrir une boîte en carton.

— Ça peut se comprendre, dit Mitch. J'en ai aussi.

— Que s'est-il passé ? demanda Sean, en se tournant vers son employeur. La mission a pris une tournure catastrophique, et je me demande comment j'ai pu laisser faire ça.

— Je suis en train de revérifier les antécédents de la personne qui nous a engagés, admit Mitch. Malgré notre protocole, ce client est passé entre les mailles du filet. Je ferai le point avec vous deux dans quelques minutes.

— Pourquoi pas maintenant ? demanda Sean.

Raelynn eut du mal à retenir un sourire devant son impatience. Elle ressentait la même.

— Parce que je dois évoquer quelque chose de plus personnel avec Raelynn, répondit Mitch, avec une patience surprenante. Tu veux bien quitter la pièce quelques instants ?

Sean termina de glisser la pizza sur la grille du four, avant de se tourner vers Raelynn.

— C'est ce que vous voulez ?

— Non, dit-elle avec emphase.

Puis elle se tourna vers Mitch.

— Quoi que vous ayez à me dire, vous pouvez le faire devant Sean.

Mitch haussa les sourcils, l'air surpris.

— Vous êtes sûre ?

— À cent pour cent, confirma-t-elle.

Il prit une profonde inspiration.

— Je suis en train d'essayer de déterminer si vous êtes ma fille.

Raelynn eut l'impression que sa mâchoire allait se décrocher de stupeur.

— Quoi ?

— Raelynn, il se pourrait que je sois votre père.

— C'est impossible. Je suis orpheline. Les religieuses à l'orphelinat m'ont dit que mes parents étaient morts.

— C'était probablement un mensonge.

Raelynn eut alors le sentiment que tout ce qu'elle croyait savoir sur son passé était sur le point de changer pour toujours.

4

— Depuis quand connaissez-vous mon existence ?

Raelynn avait de nouveau croisé les bras, laissant transparaître sa vulnérabilité. Sean en éprouva de la contrariété, sans savoir pourquoi il se souciait à ce point de ce qu'elle pouvait ressentir.

— Environ deux mois, reconnut Mitch.

— Vous êtes sérieux ? demanda-t-elle, avec un mélange de frustration et de dédain.

Elle secoua la tête.

— Ce n'est pas possible.

— Je vous dois des excuses. Et je ferai tout mon possible pour arranger les choses.

— Pourquoi vous vous intéressez à moi maintenant ? demanda Raelynn, en prenant appui contre l'îlot, tandis que son estomac laissait entendre un gargouillis explicite.

— Il est possible que vous soyez en danger à cause de moi. Je prends ça très au sérieux. Et...

Tandis qu'il regardait Mitch reprendre son souffle, Sean songea que, jamais avant aujourd'hui, il n'avait vu son supérieur exprimer une quelconque nervosité, que ce soit en réunion ou dans n'importe quelle autre situation.

— Si j'ai vraiment une fille, reprit Mitch, j'aimerais la connaître et essayer d'établir un lien, quel qu'il soit.

Raelynn donna l'impression de digérer cette révélation pendant un moment avant de répondre.

On lui avait livré beaucoup d'informations d'un seul coup, juste après qu'elle avait frôlé la mort, et elle ne semblait pas pressée de prendre la parole.

— Je comprends, dit-elle enfin. Mais la personne qui me harcèle ne me paraît pas être quelqu'un qui voudrait se venger de vous.

— Vous voulez bien m'expliquer ce qui s'est passé ? demanda Mitch.

— Je suis tout à fait d'accord pour mettre les choses à plat, intervint Sean, mais nous devons manger quelque chose avant que Raelynn ne tourne de l'œil.

Mitch était déjà en train de hocher la tête avant que Sean ait terminé sa phrase.

— Il est vrai que j'ai faim, reconnut Raelynn, mais je dois décider de ce que je vais faire ensuite, avant qu'il ne soit trop tard.

Sean se doutait bien qu'elle s'était maintenue en dessous des radars en calculant chacun de ses gestes. S'il avait fallu un peu de temps à Mitch pour la localiser, c'est qu'elle était douée pour se faire discrète. Pour autant, Sean n'était pas prêt à évoquer l'adage tel père, telle fille. Il n'y avait pas eu de test ADN pour démontrer la paternité. Compte tenu de l'âge respectif de Raelynn et de Mitch, ce dernier devait être très jeune quand elle était née et peut-être même encore adolescent. Ça n'écartait pas la possibilité qu'elle soit sa fille, mais le timing était important.

— Je vais retourner à mon bureau et voir ce que je peux faire pour retrouver la personne qui nous a demandé de vous retrouver, dit Mitch.

Sean comprit combien il était ironique que le père de Raelynn la localise pour le compte de quelqu'un qui avait l'intention de lui faire du mal – si c'était vraiment le cas.

Quoi qu'il en soit, s'il s'agissait d'une vengeance contre Mitch, c'était particulièrement machiavélique.

Sans compter que ça compliquerait la tâche de Sean. En effet, ça signifiait que de vrais poursuivants étaient aux trousses de Raelynn, et qu'il ne serait pas aussi facile de s'en débarrasser que d'un fan obsessionnel. Bien sûr, cette menace-là n'était pas non plus à prendre à la légère.

Le problème avec les professionnels, c'était qu'ils possédaient plus d'aptitudes et d'expérience, et qu'ils avaient dès lors plus de chance d'atteindre leur but.

Aussitôt cuite, la pizza fut dévorée en un rien de temps. Sean avait ouvert des canettes de soda pour accompagner le repas, plutôt que de resservir du café. Une désagréable odeur de brûlé s'échappait d'ailleurs de la cafetière, et il l'avait éteinte.

Raelynn voulut se lever pour débarrasser son assiette, mais il lui fit signe de rester assise, s'imaginant qu'elle avait fait assez d'efforts pour la journée.

— Faire la vaisselle m'aide à me vider la tête, dit-elle, en se levant malgré ses protestations. Vous trouvez ça bizarre ?

Il y avait un lave-vaisselle dans la kitchenette, mais elle rassembla les assiettes et les lava à la main.

— Ça aide de faire quelque chose de normal après une expérience traumatique, dit-il. Le fait de travailler avec ses mains permet de ne plus penser à rien.

— C'est fastidieux, non ? lui fit-elle remarquer.

Mais il s'agissait plus d'un constat que d'une question.

— Et pourtant, reprit-elle, on dirait que ça aide vraiment. Faire le ménage a toujours été mon recours chaque fois que j'avais passé une mauvaise journée. Je ne suis pas très bonne cuisinière, donc il faut bien que je trouve autre chose pour m'occuper.

— Ce qui marche généralement pour moi, c'est de faire du sport, dit-il.

Elle lava une assiette, la rinça à l'eau chaude et la posa sur l'égouttoir de l'évier.

— J'ai écrit beaucoup de chansons ces derniers temps, dit-elle.

C'est une autre façon d'évacuer la frustration quand je traverse des périodes difficiles, ce qui m'est souvent arrivé dans la vie.

Sean avait du mal à imaginer ce que c'était que de grandir dans un orphelinat, étant donné qu'il avait cinq frères et sœurs.

— Ça n'a pas dû être facile de grandir seule, fit-il observer. Il faut une personnalité bien trempée pour surmonter un passé difficile.

— Je n'avais pas le choix, de toute façon, dit-elle, en commençant à essuyer la vaisselle. Quand on est petit, on n'est pas responsable de ce qui nous arrive. Mais ensuite, je ne sais pas... vous arrivez à un certain âge, et vous ne pouvez plus rendre les autres responsables de vos problèmes. À un moment, vous devez réagir. Assumer vos responsabilités.

— C'est vrai, reconnut Sean. Dommage que tout le monde ne pense pas ainsi.

— Il y a des exceptions, bien sûr, continua-t-elle. Certaines personnes ne peuvent rien à leur situation, et je ne les blâme pas. Je crois seulement qu'il nous appartient d'améliorer notre vie si nous n'avons personne pour le faire à notre place.

Elle inclina la tête sur le côté, révélant la courbe longiligne de son cou.

— Vous voyez ce que je veux dire ?

— Je partage complètement cette opinion, dit-il.

C'était précisément la raison pour laquelle il avait quitté le ranch pour s'engager dans l'armée juste après le lycée. Il n'y avait aucune raison pour qu'il reste dans un endroit où quelqu'un s'arrogeait le droit de lui dire ce qu'il devait faire et quand le faire. C'était à croire que son grand-père s'était fixé pour but de rendre ses petits-enfants aussi malheureux qu'il l'était lui-même.

— J'ai quitté la maison dès que je l'ai pu, révéla-t-il à Raelynn. Et je me suis engagé dans l'armée afin de prendre le contrôle de mon avenir.

— Pourtant, vous êtes un Hayes. Tout vous a été apporté sur un plateau d'argent, non ?

Sean avait entendu ce genre de remarques durant toute sa jeune vie. Pour tout dire, ça le décevait un peu que Raelynn tombe dans le même piège que les autres alors qu'il la pensait spéciale. Une agaçante petite voix au fond de sa tête souligna qu'il était simplement blessé parce qu'il commençait à avoir pour elle des sentiments qu'il n'aurait pas dû éprouver.

— Désolée, dit-elle, en essuyant le dernier verre. J'ai réalisé de quoi ça avait l'air en le disant, et c'était vraiment stupide de ma part. Toutes les situations sont différentes, et ce n'est pas parce que les gens ont de l'argent que leur vie est facile.

— Vu de l'extérieur, les gens pensent généralement ce que vous avez dit en premier. Mais ce n'est pas aussi simple. Grandir en ayant conscience de devoir être à la hauteur de ce que les autres attendent de vous, perdre votre père, puis vivre sous la coupe de votre grand-père, ce n'est pas particulièrement réjouissant.

— Je ne voulais pas vous offenser, dit-elle.

Elle posa le torchon à vaisselle et posa une main sur son avant-bras.

— Vraiment.

— Ne vous inquiétez pas pour ça, dit-il.

Comment se faisait-il qu'il soit devenu aussi susceptible ? Était-ce la pensée de retourner à la maison qui rouvrait de vieilles blessures auxquelles il n'était pas prêt à faire face ?

Cette conversation lui ouvrait un peu les yeux. Il avait enfoui profondément ses émotions et s'était donné un mal de chien pour les oublier. Le simple fait de penser au décès de son père lui nouait la gorge. Il était jeune quand l'accident de voiture lui avait pris la vie. Duncan Hayes avait dit que les vrais hommes ne pleuraient pas – ils redressaient le menton et se mettaient au travail. Il s'était montré un peu plus attentionné avec ses petites-filles, mais pas énormément. Et aucun des enfants Hayes n'était resté au ranch après son diplôme de fin d'études. Chacun d'entre eux avait mis les voiles à la minute où ç'avait été possible, et Sean ignorait tout de ce que faisaient aujourd'hui ses frères et sœurs.

Il avait eu des messages de Callum, l'aîné de la fratrie, auxquels il avait tardé à répondre. Il n'avait pas assisté à l'enterrement de son grand-père le mois dernier, considérant qu'il n'avait jamais été suffisamment proche de l'homme pour s'en préoccuper d'une façon ou d'une autre.

Et pourtant, une part de lui pouvait admettre qu'il aurait souhaité que sa relation avec Duncan soit meilleure. Mais, comme il ne lui servirait à rien de battre sa coulpe parce qu'il était parti sans un regard en arrière, Sean décida de passer à autre chose. Les regrets ne changeaient rien. C'était comme un virus qui se répandait dans l'esprit et dans le corps et dévastait tout sur son passage.

— Tout va bien ? demanda Raelynn.

Postée deux pas devant lui, elle claquait des doigts pour attirer son attention.

Sean cilla à plusieurs reprises et s'obligea à revenir à la réalité.

— Oui, répondit-il, même si ce n'était pas le cas.

Raelynn était douée pour déchiffrer le comportement des gens. Sean ne lui disait pas la vérité, mais elle se garda de le lui faire remarquer tant il était évident qu'il n'avait pas envie de partager ce qu'il ressentait.

Elle le comprenait d'autant plus aisément que le partage n'était pas son fort non plus.

— Je suis là si vous avez envie de parler, dit-elle, juste pour qu'il sache qu'elle le comprenait.

Il ouvrit la bouche pour dire quelque chose – quelque chose qu'elle supposait être une protestation – mais il la referma aussitôt et garda le silence.

Un demi-sourire retroussa ses lèvres charnues. Des lèvres dont elle eut le plus grand mal à détacher les yeux.

— Je pourrais bien vous prendre au mot un jour ou l'autre, dit-il entre ses dents.

L'idée qu'ils puissent se côtoyer au-delà des prochaines heures réchauffa étrangement le cœur de Raelynn. Elle s'était dit qu'il avait accompli sa part du marché et n'allait pas tarder à partir. L'espoir qu'il s'attarde commença à prendre racine et, bizarrement lui donna un sentiment de sécurité.

Elle n'avait jamais eu besoin de personne. Les événements récents l'avaient secouée mais pas brisée. Elle était toujours confiante dans sa capacité à passer sous les radars quand c'était nécessaire – une aptitude qu'elle avait développée toute sa vie. Il lui était étonnamment facile de passer inaperçue quand elle enfilait un jean et un blouson, dissimulait ses cheveux sous une casquette de base-ball, et gardait la tête baissée.

Il n'y avait qu'une seule chose qui lui manquait toutefois, constata-t-elle, tandis qu'un orage éclatait soudain derrière les vitres : sa guitare.

— Est-ce qu'il serait possible de récupérer quelques-unes de mes affaires demain ? demanda-t-elle.

— Tout est possible, répondit Sean. Vous pensez à quelque chose en particulier ?

— Ma première guitare. Je l'emporte partout où je vais.

Il hocha la tête, et il y eut tant de chaleur dans son regard jusqu'à présent impénétrable que le cœur de Raelynn se serra.

La gorge soudain sèche, elle eut du mal à respirer.

— J'ai économisé longtemps pour l'acheter, dit-elle.

Puis elle haussa les épaules, comme pour atténuer la compassion à son égard qu'elle percevait dans l'attitude de Sean.

Ne s'attacher à personne avait été son mot d'ordre pour survivre quand elle était petite, d'abord à l'orphelinat, puis en famille d'accueil. Dès qu'elle avait eu l'âge de sortir du système elle s'était jetée la tête la première dans une relation toxique. Tanner Voigt était le chanteur soliste du groupe les Axes. Elle était jeune, naïve et passionnée. Tout ce que voulait Tanner, en revanche, c'était la garder sous sa coupe, même si elle ne l'avait jamais considéré ainsi pendant toutes ces années. Pour elle, le fait qu'il soit possessif et jaloux était la preuve qu'il l'aimait.

N'était-ce pas complètement tordu ?

Faute d'exemple positif, elle avait supposé qu'il était normal que son petit ami vérifie son téléphone tous les jours pour voir si elle flirtait avec un autre garçon. Elle s'était dit qu'il était raisonnable qu'il exige d'elle de rester à côté de lui en soirées. Et elle avait pensé que c'était tout à fait habituel de ne pas pouvoir quitter l'appartement sans lui dire où elle allait et avec qui.

Aujourd'hui, ça la faisait grincer des dents de penser que tous ces comportements lui avaient semblé parfaitement usuels.

— Je ne peux pas promettre que le temps ne nous compliquera pas les choses, dit Sean, mais nous y retournerons.

— Il est possible que les forces de l'ordre aient trouvé mon campement, dit-elle, après lui en avoir donné la localisation approximative. Est-ce que ça ne risque pas de m'incriminer ?

— Le coup de feu a été tiré par un homme, dit-il, après avoir observé un silence pensif.

Elle pouvait presque voir tourner les rouages de son cerveau.

— Ils ne cherchent pas une femme, reprit-il. S'ils tombent par hasard sur vos affaires, ils les examineront, mais il n'y a pas lieu de les considérer comme des preuves à conviction sans la présence d'un cadavre à proximité.

— Quel soulagement, dit-elle dans un soupir. Ça vous semble peut-être stupide, mais ma guitare signifie beaucoup de choses pour moi.

— Ce n'est pas ce que je pense.

Sa voix riche et profonde l'enveloppa comme une caresse et l'attirance qu'elle ressentit soudain pour lui la prit au dépourvu.

Sean Hayes n'était pas son genre d'homme, même s'il était incontestablement séduisant. Elle aimait les artistes maudits, les mauvais garçons, ténébreux, torturés, et n'était sortie qu'avec des musiciens ou des chanteurs.

N'était-elle finalement attirée que par des hommes avec qui aucune relation durable n'était possible ?

Si elle se penchait sur ses histoires précédentes, la réponse était un oui massif. Elle n'avait eu que des aventures sans lendemain avec des types qui passaient leur temps en tournées, tandis que son propre emploi du temps la conduisait la plupart du temps dans la direction opposée.

Une irritante petite voix au fond de son esprit lui fit remarquer que ces relations étaient sans danger. Aucun risque d'engagement de ce côté-là.

Était-ce la vérité ?

— Faites-moi savoir quand vous serez prête, dit Mitch, en les rejoignant avec un kit ADN dans la main droite.

— La journée a été longue, protesta Raelynn. Je préférerais faire ça demain matin. J'ai les paupières qui se ferment toutes seules, et j'ai du mal à formuler une pensée cohérente.

— Bien sûr, dit Mitch, d'un ton jovial.

Trop jovial. Il dissimulait son impatience sous une apparence un soupçon trop enthousiaste. Raelynn réalisa tout à coup qu'il avait eu le temps de penser aux conséquences d'une concordance ADN alors qu'elle venait à peine de découvrir cette éventualité.

— Prenez votre temps, ajouta Mitch.

Il désigna un escalier en colimaçon à l'écart de la cuisine.

— Sean va vous montrer votre chambre à l'étage.

— Je ne rêve que d'une douche chaude et d'un lit douillet, dit-elle.

Elle se refusait pour le moment à s'interroger sur l'homme qui pourrait être son père. Il lui fallait d'abord digérer toutes les informations qu'elle avait reçues jusqu'à présent.

Ce qui ne l'empêchait pas de se demander qui était sa mère et où elle se trouvait.

Pourrait-elle dormir ? Était-ce la question à se poser quand ce dont elle avait le plus besoin pour le moment était d'être seule ? Le plus amusant étant que le terme de solitude avait maintenant une nouvelle définition. Ça excluait tout le monde à l'exception de Sean Hayes.

Il lui apportait une sensation de réconfort totalement inédite.

Pouvait-elle cependant s'en remettre totalement à lui ? L'aiderait-il à trouver des réponses ?

5

Sean conduisit Raelynn dans l'une des quatre chambres de l'étage avant de se retirer au rez-de-chaussée.

À en croire l'étincelle qui s'était allumée dans les yeux de la jolie chanteuse, mieux valait qu'il s'en aille le plus vite possible.

Plus il resterait, plus il lui serait difficile de franchir la porte. En outre, il avait une mission.

— Où vas-tu ? demanda Mitch, tandis que Sean traversait la cuisine et se dirigeait vers la sortie.

— Je serai de retour dans deux heures, dit-il en guise d'explication.

Il n'était pas prêt à détailler son plan, ni à indiquer pourquoi récupérer la guitare de Raelynn avant que les éléments ne la détruisent était devenu sa priorité.

— Donc, tu restes dans le coin, finalement ? demanda Mitch.

Mais il s'agissait plus qu'un constat que d'une question.

— Ça se pourrait, répondit Sean, en s'arrêtant à la porte.

Mitch lui avait donné du travail alors qu'il avait la tête en vrac après ce qui s'était passé avec son unité à l'étranger, et il s'était montré patient tandis que Sean suivait une thérapie contre le stress post-traumatique. Il avait le droit de savoir où allait son employé et pourquoi.

— Ça veut dire que tu as changé tes plans ? demanda Mitch, avant que Sean ait eu le temps de s'expliquer.

— J'ai envie d'aller au bout de cette mission, étant donné que j'ai peut-être conduit le tireur jusqu'à elle, reconnut-il.

Il haussa les épaules, comme pour minimiser cet aveu.

— Je me suis dit que c'était aussi bien d'attendre que l'affaire soit bouclée avant de partir.

Mitch hocha la tête d'un air entendu. Son patron était particulièrement intuitif. Très peu de choses lui échappaient, ce qui rendait d'autant plus surprenante la situation complexe dans lequel ils se trouvaient actuellement.

— Il était déjà sur place avant toi, dit Mitch. En tout cas, d'après ce que j'en ai déduit.

— Ça ne m'exonère pas de toute responsabilité, riposta Sean.

Rien que d'y penser, il ressentait un poids peser sur sa poitrine. La culpabilité infectait chacune de ses cellules, tel un virus se répandant dans son système à la vitesse de l'éclair, éradiquant sur son passage tout ce qu'il y avait de bon en lui.

Il s'obligea à respirer calmement, se rappelant qu'il était impossible de retourner en arrière et de changer le passé. C'était précisément pour cette raison qu'il n'assurait pas d'habitude de missions de protection rapprochée.

— Tu n'as pas signé pour ça, spécifia Mitch. Personne ne t'en voudrait de partir. Si quelqu'un est responsable, c'est moi.

— Disons que les torts sont partagés, alors.

C'était la seule concession qu'il pouvait faire compte tenu des circonstances. Mitch et lui étaient prisonniers d'une spirale où chacun essayait de modérer la culpabilité de l'autre. Étant donné qu'ils avaient la même propension à être têtus comme des mules personne ne gagnait jamais.

Mitch en avait conscience lui aussi. Esquissant un sourire, il hocha la tête.

— À tout à l'heure, dit-il, avant que Sean ne franchisse la porte.

Le trajet jusqu'à Hamilton Pool Preserve laissa beaucoup trop de temps à Sean pour ruminer de sombres pensées. Quand il conduisait, soit l'absence de distraction lui vidait la tête, soit il pensait trop. Ce soir, l'excès de raisonnement était sa malédiction.

Lorsqu'il se gara sur la portion de voie goudronnée la plus proche du campement de Raelynn, une migraine essayait de fendre sa tête en deux, juste entre ses yeux.

Il faisait noir comme dans un four dehors, et le front froid qui menaçait s'était fait un point d'honneur à tenir sa promesse. La température avait baissé de neuf degrés dans le laps d'une demi-heure qu'avait duré son trajet et, quand Sean sortit de voiture, il sentit le froid le transpercer jusqu'aux os sous la fine pluie qui avait commencé à tomber.

Il actionna la lampe de son téléphone et dirigea le faisceau lumineux vers le sol tandis qu'il s'enfonçait dans l'épais sous-bois. S'il avait de la chance, il éviterait une contravention ou l'enlèvement de sa voiture. La ville d'Austin était connue pour les excès de zèle de ses forces de l'ordre mais, puisqu'il était à l'écart des grands axes, il devrait s'en tirer à bon compte.

Localiser le campement dans l'obscurité serait impossible sans des lunettes de vision nocturne. Heureusement, il en avait toujours une paire dans sa voiture.

À présent qu'il avait suffisamment progressé au cœur des fourrés, il pouvait passer en mode nuit. Il éteignit la lampe du téléphone et glissa celui-ci dans la poche arrière de son jean. Puis, méthodiquement, il s'avança à travers la végétation, attentif au moindre bruit qui pourrait sortir de l'ordinaire.

D'expérience, il savait qu'un tireur ne s'attardait jamais sur les lieux de son méfait. Cependant, personne n'avait été arrêté. Et comme Raelynn avait abandonné son campement de sa propre initiative, il était possible que l'homme ait décidé de rester dans le coin pour voir si elle allait venir récupérer ses affaires.

Des branches lui fouettaient le visage et laissaient des gouttes d'eau sur ses joues. Le vent s'était levé, faisant voler des feuilles à chaque bourrasque, tandis que le tonnerre résonnait au-dessus de sa tête. Il avait connu des conditions climatiques bien pires, mais il détestait par-dessus tout le froid et l'humidité.

Sean sortit son téléphone de sa poche pour vérifier sa position. Juste après s'être mis au volant, il avait entré les coordonnées GPS de la localisation approximative du campement. Autant s'en servir plutôt que de continuer à avancer à l'aveuglette. Ce ne serait pas plus mal non plus de faire un message à ses frères et sœurs pour les prévenir que son voyage de retour aux sources était reporté.

À la réflexion, il décida d'attendre de savoir quand il pourrait entreprendre le trajet. Après avoir jeté un œil sur son téléphone, il corrigea légèrement sa trajectoire vers l'est et garda l'appareil à la main.

Il ne devait plus être très loin du campement, maintenant. Et il aurait probablement dû penser à enfiler une veste, ça lui aurait évité de frissonner.

Une sensation de picotement dans le cou l'avertit soudain d'un danger. Pourtant, en dehors des stridulations des criquets et des crissements d'autres insectes, il n'entendait rien qui aurait pu signaler une menace.

Un peu plus loin sur sa gauche, quelque chose bougea. Il ne tarda pas à voir qu'il s'agissait d'une toile de tente malmenée par le vent, telle la voile d'une embarcation sous la houle.

Il espérait que la guitare n'avait pas été volée, car il ne se voyait pas rentrer les mains vides. Pas après avoir plongé le regard dans les immenses yeux noisette de Raelynn et y avoir lu une telle tristesse.

Une branche craqua sur sa droite. Il tourna la tête et perçut aussitôt un déplacement dans les broussailles basses. Plissant les yeux, il distingua un porc-épic qui avançait méthodiquement à travers la végétation, cherchant sans doute de la nourriture.

Laissant l'animal à sa mission, il pressa le pas tandis que la pluie redoublait d'intensité, conscient que, à ce rythme-là, il serait bientôt trop tard pour sauver la guitare.

Sean jura entre ses dents. Tout comme la pluie, le picotement dans sa nuque ne s'amoindrissait pas.

Il observa une dernière fois les lieux avant d'estimer qu'il n'y avait aucun danger à continuer. En surface, le sol était glissant à cause de la pluie, mais la terre était suffisamment compactée pour qu'il y prenne appui sans risque de déraper.

Lorsqu'il arriva devant la tente, il constata avec soulagement que le mélange de nylon et de polyester dont elle était faite avait bien protégé l'étui de la guitare.

Afin de minimiser les risques, il retira toutes les traces de la présence de Raelynn. Inutile que les flics fassent le lien entre elle et le tireur. Pas question non plus que son harceleur trouve des informations dont il pourrait se servir contre elle.

Il venait de tout rassembler et s'apprêtait à faire demi-tour quand un éclair déchira le ciel. Du coin de l'œil, il vit une forme sombre à proximité.

Sean retint un juron. Alors qu'il s'apprêtait à crier victoire, voilà que ça tournait mal. Il avait reconnu la forme. C'était un corps. Il n'y avait pas de mouvement, pas de respiration.

Il s'approcha et s'accroupit, observant le dos de la personne assez longtemps pour confirmer que la silhouette ne respirait pas.

Le tireur ? Une de ses victimes ?

Sean s'avança et observa la scène. Il y avait indubitablement un cadavre. Celui d'un homme. Le type était face contre terre, mais il portait le même sweat-shirt à capuche que l'inconnu qui poursuivait Raelynn un peu plus tôt. Étant donné qu'il n'avait pas pu voir le visage du malfrat, il ne pouvait que supposer qu'il s'agissait de la même personne, compte tenu de son habillement.

Voir un cadavre était toujours aussi compliqué pour lui. Son estomac se révulsa tandis que la nausée essayait de prendre le dessus, de planter ses racines en lui et de l'entraîner dans une spirale de désespoir.

Plutôt que de contaminer une scène de crime, ou pire, de laisser son ADN sur place il décida de retourner à sa voiture sans plus tarder.

À mesure qu'il s'éloignait du cadavre l'aspect sinistre de la situation s'amenuisa. Mais il savait que les vrais ennuis venaient de commencer.

Toutes les paroles qu'écrivait Raelynn avaient systématiquement un lien avec sa cavale ou le harcèlement qu'elle subissait. Elle griffonnait quelques mots ici et là, parvenait à formuler quelques phrases, mais rien n'aboutissait à une chanson. Elle avait été capable d'écrire alors qu'elle traversait un chagrin d'amour ou un deuil, mais se savoir épiée, traquée, lui ôtait toute inspiration.

Elle soupira longuement, puis se massa les tempes pour tenter de dissiper un mal de tête naissant. Puis elle se demanda si elle parviendrait à dormir. Les effets de la longue douche chaude qu'elle avait prise pour se calmer s'étaient estompés depuis longtemps.

Elle tapota un moment son crayon contre le carnet posé sur ses genoux puis, après avoir pratiqué quelques profondes et lentes inspirations, elle écrivit le mot « père » au centre de la page.

Elle entoura plusieurs fois ce mot qui lui était tellement étranger.

Ça faisait longtemps qu'elle ne s'était pas demandé qui pouvait être son père. Elle avait l'impression que ça remontait à des siècles. À ce stade, elle ne se rappelait pas quand elle avait envisagé pour la dernière fois de rechercher des membres de sa famille. Quand elle était jeune, elle avait bien sûr cédé à toutes les chimères communes aux orphelins. Par exemple, elle avait imaginé que ses parents n'étaient pas morts mais qu'ils avaient été enlevés, et qu'ils finiraient par trouver un moyen de la rejoindre un jour ou l'autre. Dans une autre de ses rêveries, ils étaient retenus en otage alors qu'ils détenaient un secret impliquant la sécurité nationale. Un autre scénario encore en faisait des espions qui avaient dû prendre leur distance avec elle pour ne pas la mettre en danger.

Toutes ces idées farfelues s'étaient éteintes avec son enfance, qui avait pris fin à l'âge tendre de onze ans tandis qu'elle voyait son père d'accueil attaquer sa mère d'accueil et manquer la tuer. Leur agrément leur avait alors été retiré, et Raelynn avait réintégré l'orphelinat.

La maison des Nettle n'était peut-être pas le foyer idéal, mais c'était le paradis comparé à l'établissement tenu par les sœurs de la Miséricorde, où Raelynn était invariablement plaquée contre les murs du couloir à la seconde où les religieuses regardaient de l'autre côté. Elle avait été giflée. On lui avait fait des crocs-en-jambe et donné des coups de poing et de pieds. Personne ne prenait jamais sa défense et les sœurs ne la croyaient pas, en dépit du fait qu'Hadley Arden ricanait toujours sur son passage et ne perdait pas une occasion de l'humilier. Hadley était populaire auprès des autres, qui contribuaient à la malmener uniquement pour gagner les faveurs de la cheffe de bande.

Cette période de sa vie avait été un enfer, mais ça lui avait servi à comprendre le fonctionnement des dynamiques de groupe et à qui elle pouvait faire confiance.

Mitch était-il quelqu'un de fiable ?

Elle avait un mal fou à assimiler le fait que son père l'avait peut-être retrouvée après toutes ces années. Elle accéléra le tambourinement de son crayon sur le carnet.

Avait-elle envie de savoir si son ADN et celui de Mitch concordaient ? Elle s'était parfaitement débrouillée sans parents jusqu'à aujourd'hui. Pourquoi ouvrir la boîte de Pandore ? Qu'en ressortirait-il de bon ?

Elle n'était plus une enfant qui pleurait toutes les nuits jusqu'à s'endormir d'épuisement, rêvant que ses parents allaient apparaître comme par magie et l'emmener vers une vie de rêve, où elle résiderait dans un château, entourée de poneys.

Avait-elle une mère ?

Les tapotements du crayon sur le carnet redoublèrent d'intensité.

Bien sûr qu'elle avait une mère. Biologiquement parlant, c'était une certitude. Mais avait-elle une maman ? Y avait-il une femme qui la cherchait ? Une femme qui avait perdu le sommeil parce qu'elle ne savait pas où était sa fille ni si elle allait bien. Ces pensées auraient hanté Raelynn si elle avait confié son bébé à l'adoption, ou si on le lui avait pris.

Une bile acide agita son estomac, lui brûlant le fond de la gorge.

Et elle arrêta là ses ruminations.

Presque trente et un ans s'étaient écoulés sans qu'elle ne connaisse ses parents. Les employées de l'orphelinat disaient qu'elle avait été un bébé braillard et toujours malade et une gamine infernale jusqu'à ses six ans. En réalité, Raelynn n'avait pas beaucoup de souvenirs d'elle-même avant l'âge de dix ans. Il y avait quelques bribes ici et là, comme les photos d'un moment particulier plutôt que de vrais souvenirs précis.

Pour être tout à fait honnête, elle les avait pour la plupart occultés depuis longtemps. Mais elle se rappelait le sentiment d'impuissance au creux de sa poitrine, le trou béant dans son cœur qui laissait échapper ce qui ressemblait à de l'acide de batterie.

Le simple fait de penser à retrouver ses parents après tout ce temps faisait trembler ses mains. Elle serra le crayon pour faire cesser le tapotement et le brisa en deux accidentellement. Évoquer sa famille éveillait toutes sortes d'émotions indésirables. Raelynn ne voulait pas – ou plutôt, elle ne pouvait pas – retourner dans cet endroit secret de son esprit où elle était effrayée et seule.

Finalement, elle déposa le carnet et les morceaux de crayons sur la table et décida d'aller voir si Sean était éveillé. Soudain, elle avait envie de lui parler, et peut-être d'avoir son opinion sur l'attitude qu'elle devait adopter face à Mitch et à la question de l'ADN.

Le couloir était faiblement éclairé, mais Raelynn y voyait suffisamment. Sa chambre était la deuxième en haut de l'escalier. Quelque chose lui disait que celle de Sean était la première, étant donné son côté exagérément protecteur.

Le plancher craqua tandis qu'elle s'avançait – ce qui n'était pas particulièrement discret. D'un autre côté, elle avait pu constater le niveau de sécurité tandis qu'ils entraient sur la propriété – en tout cas les éléments que Mitch voulait que les inconnus repèrent quand ils franchissaient la zone.

La porte était entrouverte, et il y avait de la lumière dans la pièce, mais aucun bruit n'en sortait. Sean était-il encore là ?

Raelynn fit les derniers mètres sur la pointe des pieds et découvrit que Sean était parti.

Son estomac se noua si douloureusement qu'elle dut enrouler les bras autour de sa taille pour contrôler un élan nauséeux.

La colère remplaça la sensation d'abandon et tristesse. Plus jamais personne ne lui inspirerait cette impression de perte de contrôle et d'impuissance.

Pas même Sean.

6

Sean bouillait d'impatience de se ruer à l'étage pour restituer à Raelynn son bien le plus précieux. Il espérait qu'elle ne dormait pas encore pour lui faire la surprise.

C'était allumé au rez-de-chaussée de l'immeuble abritant le siège de Razor-Sharp, ce qui signifiait que Mitch était toujours en train de travailler. Sean pouvait-il se glisser discrètement dans les locaux et remettre à plus tard une explication avec son employeur ?

La fenêtre de la chambre de Raelynn donnant sur le jardin à l'arrière du bâtiment, il ne pouvait pas voir depuis son lieu de stationnement si elle était toujours éveillée.

Il démêla l'étui à guitare pris dans les cordages de la tente, ayant dû tout emmailloter à la hâte dans la toile afin de quitter les lieux au plus vite. Plusieurs heures s'étaient écoulées depuis qu'il était parti à la recherche du campement de Raelynn. Même s'il était impatient de lui remettre son précieux instrument de musique, il serait probablement obligé repousser ça au lendemain. Elle devait être épuisée après la journée qu'elle avait vécue.

L'espoir qu'avait Sean de trouver Raelynn éveillée s'amenuisa après qu'il eut composé le code pour déverrouiller la porte et fut entré.

Mitch avait déboutonné le col de sa chemise et relevé ses

manches. Après avoir adressé un signe de tête à Sean, il se passa la main dans les cheveux.

— Tout va bien ? demanda Sean.

S'étant entendu poser la question, il secoua la tête.

— Laisse tomber.

Croisant le regard de Mitch, il vit que les yeux de son employeur étaient injectés de sang à force d'avoir regardé l'écran de son ordinateur toute la nuit.

— Qu'est-ce que c'est ? demanda Mitch, en désignant l'étui à guitare presque entièrement recouvert d'autocollants.

Pour une raison qu'il ne s'expliquait pas, le préféré de Sean était l'avocat géant portant un chapeau mexicain et agitant des maracas.

— Ça appartient à notre invitée. Elle a été obligée d'abandonner sa guitare au campement et, comme c'était important pour elle, j'ai décidé d'aller la récupérer avant que la pluie ne la saccage.

Mitch haussa un sourcil et ouvrit la bouche comme s'il voulait dire quelque chose mais s'en abstint finalement.

D'après Sean, son employeur ne devait avoir que seize ou dix-sept ans à la naissance de Raelynn. Il ne fallait pas être bien malin pour deviner que la situation n'avait pas dû être facile à vivre. À moins que Mitch n'ait pas été mis au courant de la grossesse…

— Je ne savais pas, commença Mitch, après une longue pause contemplative. Annalise…

Quand il releva les yeux de son écran, une honte infinie se lisait dans son regard.

— C'est le nom de sa mère.

Sean hocha la tête.

— Elle a rompu tout contact après notre première fois…

Les joues de Mitch s'étaient violemment empourprées.

— J'ai l'impression que j'aurais dû comprendre plus tôt.

— Tu le sais maintenant, dit Sean, en songeant que mieux

valait tard que jamais. Tu ne peux absolument rien faire pour modifier le passé.

— Je n'ai aucune excuse, protesta Mitch. J'ai une fille qui a grandi sans parents et j'aurais pu éviter ça.

Sean ne pouvait pas dire le contraire. Il aurait manqué de sincérité s'il l'avait fait. Aussi s'en abstint-il.

— Je ne peux pas prétendre savoir ce que tu traverses, dit-il. Mais je suis certain, si j'étais à ta place, que je serais aussi dur avec moi-même que tu l'es. En revanche, j'aimerais que quelqu'un me dise que j'ai fait tout mon possible pour retrouver mon enfant à partir du moment où j'ai appris son existence.

— C'est bien là le problème, l'interrompit Mitch. Je ne l'ai pas fait. Quand j'ai soupçonné que ça pouvait être le cas, j'ai remisé cette information tout au fond de mon esprit, en essayant de me convaincre que ce n'était pas vrai.

Il leva les yeux vers Sean.

— Qu'est-ce que ça dit de moi ?

— Que tu es un être humain.

— Comment cela ?

— Pour commencer, on ne t'a pas confirmé qu'il y avait bien un enfant.

— Tu veux dire que je n'aurais pas dû continuer à chercher jusqu'à ce que j'en sois sûr à cent pour cent ?

Son employeur montrait rarement des signes de stress, et encore moins des doutes à son propre égard. C'était nouveau pour eux deux.

— Peut-être, éluda Sean. Étant donné que je ne connais pas les circonstances, je ne peux pas porter de jugement sur ta responsabilité. La situation me semble compliquée. Ton ex devait avoir de bonnes raisons pour ne rien te dire à l'époque.

Mitch hocha la tête.

— J'étais tellement occupé à panser mes blessures pendant toutes ces années qu'il ne m'est pas venu à l'idée que sa famille ait pu vouloir nous séparer. Mais, plus j'y pense, plus je me dis qu'Annalise n'a pas eu voix au chapitre. Ses parents ne m'aimaient pas. Ils disaient que je n'étais pas assez bien pour elle.

— Et où est-elle maintenant ? demanda Sean, se figurant qu'une conversation avec Annalise pourrait sans doute faire toute la lumière sur cette histoire.

Mitch secoua la tête, l'air désemparé. Comprenant ce que ça impliquait, Sean sentit son cœur se serrer.

— Elle est morte ?

— À ce qu'il paraît, répondit Mitch, le visage crispé par une expression furieuse.

— Je suis désolé, mon vieux, dit Sean, avec toute la compassion dont il était capable.

La mort d'Annalise signifiait que Mitch était dans une impasse. Faute de réponses irrévocables, il allait devoir s'en remettre à l'ADN pour savoir si Raelynn était sa fille.

Le problème, c'est que cette dernière ne semblait pas pressée de faire le test. Sean n'avait pas encore eu l'occasion d'en discuter avec elle, mais il était curieux de savoir pourquoi elle rechignait.

Mitch s'était mis à tambouriner du bout des doigts sur la table.

— Merci, dit-il. Il n'y a pas grand-chose à faire pour le moment. Je regrette simplement de ne pas avoir été là pour Raelynn. Si encore elle avait pu compter sur ses grands-parents...

Il se massa la mâchoire, ombrée par un début de barbe.

— Quoique, je ne sais pas si ça n'aurait pas été pire, pour te dire la vérité. Les parents d'Annalise étaient terriblement sectaires et donneurs de leçon. Je ne crois pas qu'ils auraient apprécié que leur petite-fille devienne chanteuse. Il est même probable qu'ils auraient tout fait pour l'en empêcher.

D'un signe de tête, il désigna la guitare.

— Qu'est-ce que tu as dit en arrivant ? Que cet instrument était spécial pour elle ?

Sean hocha la tête.

— Désolé de t'avoir coupé dans ton élan, dit Mitch.

— C'est sans importance, affirma Sean, ému par l'air affligé de son employeur.

— Et si elle ne voulait pas faire le test ? demanda Mitch, d'un ton désespéré. Imaginons que le moment soit passé pour elle et qu'elle n'ait plus envie de savoir.

— C'est tout à fait possible, dit Sean, ne voulant pas lui donner de faux espoirs. Mais tu ne sauras qu'en lui laissant le temps d'y réfléchir et de prendre une décision par elle-même.

— Et si pour finir elle refuse ?

— Dans ce cas, tu devras respecter sa décision. C'est aussi simple que ça.

Sean avait bien conscience que c'était plus facile à dire qu'à accepter. Au cours d'une de ses permissions, alors qu'il avait une vingtaine d'années, sa petite amie de l'époque avait cru être enceinte. Même s'il s'était toujours protégé, il savait qu'il existait un risque d'échec de contraception d'environ deux pour cent. Il était alors trop immature, trop égoïste pour s'occuper d'une famille, et apprendre qu'il s'agissait d'une fausse alerte avait été un soulagement indicible.

Mitch conclut la discussion par un hochement de tête.

L'épuisement avait finalement eu raison de Raelynn au moment où le soleil commençait à se lever. À peine eut-elle fermé les yeux qu'il fallut les rouvrir.

Elle s'assit dans son lit, ignorant l'envie qu'elle avait de se rouler en boule sous la couette et de se rendormir pour le reste de la journée.

Combien de temps avait-elle dormi, d'ailleurs ?

Un coup d'œil au réveil posé sur la table de chevet lui donna la réponse. Trois heures, ça ressemblait plus à une sieste qu'à une nuit de sommeil mais elle devrait s'en contenter. Depuis qu'elle avait quitté la tournée, elle avait pris l'habitude de ne dormir que quelques heures et de reprendre aussitôt son périple. Rester trop longtemps au même endroit pouvait s'avérer dangereux, et dormir vraiment, c'est-à-dire un minimum de huit bonnes heures d'affilée, était un luxe qu'elle ne pouvait pas se permettre.

La porte de sa chambre était fermée, et elle ne pouvait pas entendre l'éventuelle activité qui se déroulait au rez-de-chaussée. Comme il était un peu plus de 9 heures du matin, elle supposait que les autres étaient déjà levés et avaient pris leur dose de caféine. En parlant de ça, elle avait bien besoin d'une tasse de café pour s'éclaircir les idées. Le manque de sommeil et la capacité de concentration ne faisaient pas bon ménage, et c'était précisément pour cette raison que quelqu'un l'avait localisée. Il est vrai que Sean était l'un des meilleurs dans le domaine. Il travaillait pour une agence qui employait d'anciens militaires. Il retrouvait des gens ou les aidait à disparaître. Parfois les deux. D'ailleurs, ça lui donnait une idée…

Après s'être passée de l'eau fraîche sur le visage dans la salle de bains adjacente, Raelynn enfila la tenue en polaire qui avait été pliée et posée sur le plan-vasque avec un mot d'accompagnement. Cette salle de bains avait trois portes : celle qui communiquait avec sa chambre, celle ouvrant sur le couloir, et une autre donnant sur une chambre. Préférant ne pas songer que c'était précisément la pièce où dormait Sean, elle se brossa les dents en se réjouissant d'être hébergée dans une vraie maison avec une cuisine après avoir passé plusieurs jours à camper.

À la seconde où elle s'engagea dans le couloir, son regard se posa sur l'étui à guitare appuyé contre le mur, sur lequel elle aurait trébuché faute de l'avoir remarqué avant.

Sa guitare ? Comment ? Quand ?

Elle se précipita vers l'étui, se laissa tomber sur le sol recouvert de moquette beige et s'assit en tailleur. Le cliquètement familier des loquets qui assuraient la fermeture de la coque résonna comme une musique céleste à ses oreilles.

Ouvrir l'étui, voir quelque chose d'aussi précieux, quelque chose qu'elle croyait avoir perdu pour toujours, lui fit venir les larmes aux yeux. Elle réussit à les contenir et, soulevant son instrument préféré, commença à jouer.

Il y avait quelque chose de primitif et sans filtre dans le son d'une guitare acoustique. C'était la musique dans sa forme la plus basique, et elle adorait ça. Tandis qu'elle improvisait quelques accords, les mots commencèrent à lui venir.

En sécurité dans tes bras...

Petit à petit, elle composa le refrain autour de cette idée.

C'était la magie qu'elle avait cherchée sans succès la nuit dernière avec un carnet et un crayon. Elle avait besoin d'entendre jouer les notes.

Raelynn prit son téléphone et s'enregistra, sachant que la mélodie continuerait à tourner en boucle dans sa tête jusqu'à ce que la chanson prenne vraiment forme. Ce faisant, elle avait conscience de l'odeur de café qui flottait dans l'air. C'était une des meilleures façons de commencer la journée qu'elle connaissait.

Glissant la guitare avec précaution dans son étui, elle alla déposer le tout dans sa chambre.

Au rez-de-chaussée, la voix de Sean lui parvint avant même qu'elle ait atteint la cuisine. Le bruit étouffé de la conversation lui semblait étrangement rassurant, et elle avait hâte de dire à Sean combien elle lui était reconnaissante de lui avoir rapporté sa précieuse guitare. Il avait sûrement dû braver la pluie pour aller la chercher la nuit dernière.

Ne voulant pas surprendre Sean et Mitch, elle s'éclaircit la gorge avant d'entrer dans la cuisine. Prendre au dépourvu des hommes armés ne lui semblait pas une idée très maligne.

Sean lui tournait le dos. Il tendit le bras pour attraper un mug, et le coton de son T-shirt se tendit sur son dos puissant. Mais ce fut quand il tourna la tête vers elle que le vrai feu d'artifice commença.

— Merci, dit-elle, la gorge soudain sèche.

Sa voix était bizarre, comme si elle était de nouveau au lycée, en proie à un gros coup de cœur pour Brayden Wolff. En classe de seconde, il était la quintessence du *bad boy*, ténébreux, dangereux… Détention aurait dû être son deuxième prénom. Wolff, comme tout le monde l'appelait, était aussi un musicien qui avait décroché avant la terminale parce que les études étaient « une perte de temps » selon lui. Ils étaient amis, mais rien d'autre ne s'était jamais développé entre eux en dehors du fait de traîner ensemble et d'évoquer un avenir dans la musique. Juste au moment où les sentiments commençaient à se développer, il était parti. Il n'y avait pas eu d'adieux de dernière minute. Wolff l'avait prévenue que c'était sa façon de fonctionner. Quand il savait que le moment était venu, il devait s'en aller sans un regard en arrière. Sans regret.

De temps en temps, elle pensait à lui, se demandant ce qu'il était devenu. Comme il n'était pas sur les réseaux sociaux, elle avait perdu sa trace, jusqu'à ce qu'un jour la curiosité l'emporte. Après quelques recherches, elle avait appris que le jeune rebelle qu'ils appelaient tous Wolff était devenu un chauffeur routier bedonnant. Pas de musique. Pas de tournées comme il en avait rêvé. Juste trois enfants, deux ex-femmes et le même job que son beau-père, un homme qu'il méprisait.

Raelynn était fière de ses accomplissements. Et elle avait d'autant plus de mal à tourner les dos à sa carrière si durement acquise.

— Je vous en prie, dit Sean.

Et il avait l'air de penser que ce qu'il avait fait pour elle était la chose la plus naturelle du monde.

— C'était le moins que je pouvais faire, ajouta-t-il.

Raelynn faillit protester, puis décida de ne rien dire.

Une de ses plus grandes qualités était de reconnaître quand elle avait perdu la partie. Pour un homme tel que Sean, se démener pour rendre service à une inconnue était probablement quelque chose de coutumier. Pour elle, ce geste avait une signification énorme.

— Du café ? proposa-t-il, tandis qu'elle regardait Mitch du coin de l'œil.

La gravité de l'expression qu'arborait ce dernier laissait entendre qu'elle n'en avait pas fini d'entendre parler de ce test de paternité.

— Oui, mais je peux me servir moi-même.

— Je suis déjà devant la cafetière, protesta-t-il. De la crème ? Du sucre ?

— Non, merci.

Elle préférait quand rien ne dénaturait le goût puissant d'un café fraîchement passé. Impossible de dire s'il était bon ou pas avec tous ces extra.

Raelynn prit le mug que Sean lui tendait et, après avoir croisé son regard préoccupé, se prépara mentalement à accueillir la nouvelle qu'il lui réservait.

— Quand je suis allé à votre campement…

Il avait employé un ton prudent, tout en sondant son regard. Probablement rassuré sur sa capacité à encaisser le choc, il ajouta :

— Il y avait un cadavre.

7

Sean guettait la réaction de Raelynn. Il vit la panique déployer ses ailes, tout en se sentant impuissant à enrayer sa douleur. L'espace d'une seconde, il se remémora Kandahar et l'événement qui avait occasionné le tremblement de ses mains, dont il souffrait encore de façon sporadique aujourd'hui.

Évacuant cette image de son esprit avant qu'elle puisse s'y enraciner, il reporta son attention sur Raelynn.

— Que s'est-il passé ? demanda-t-elle, en donnant l'impression de chercher son souffle.

— Je n'ai pas encore de détails pour le moment, reconnut-il. J'ai passé un coup de fil anonyme pour signaler une odeur bizarre. J'ai dit que je n'avais pas voulu m'approcher car je redoutais la présence d'un animal sauvage et j'ai raccroché.

— La police ne risque pas de tracer votre numéro ? demanda-t-elle.

Il se contenta de secouer la tête, ne voulant pas entrer dans les détails techniques. En réalité, l'appel serait transféré sur une autre antenne relais que celle se situant à proximité de la zone où il se trouvait. En outre, son téléphone était crypté.

— Oh ! dit Raelynn, avant de boire une gorgée de café.

Elle tenait son mug à deux mains et ses jointures avaient blanchi tant elle avait crispé les doigts autour. Sa respiration était rapide et ténue. Elle présentait tous les signes physiques du stress.

Lorsqu'elle laissa retomber sa main gauche, il la prit dans la sienne. Rien de tel qu'un contact physique pour ancrer les gens. Puis il chercha son regard et le maintint captif.

Entendre parler de mort n'était jamais facile. Y être confronté de près l'était encore moins.

Ses souvenirs faillirent le submerger. Ce n'était pas le moment. Raelynn avait besoin de compassion bien plus que lui-même n'avait besoin de battre sa coulpe pour ses erreurs passées.

La tension était telle qu'un feu d'artifice éclata dans sa poitrine à la seconde où leurs mains se touchèrent.

Ils détournèrent les yeux, et Raelynn retira sa main. Puis elle s'excusa et se précipita vers la porte de service.

La voix de Mitch se réduisit à un bruit de fond tandis que Sean courait après elle.

Dehors, elle se retourna vers lui.

— Je ne voulais pas...

Dans son regard noisette se lisait une supplique, celle d'être comprise.

— N'y pensez plus, dit-il, se voulant rassurant. Je tenais à m'excuser et à m'assurer que c'était OK entre nous.

— OK ? demanda-t-elle, avec une déception dans la voix qui envoyait des signaux contradictoires. Mais, moi, je veux plus que ça.

Avant qu'il ait eu le temps de réagir, elle s'avança et posa les mains sur ses épaules comme si elle s'accrochait à une bouée de sauvetage.

Puis elle se hissa sur la pointe des pieds et l'embrassa.

À la seconde où les lèvres de Raelynn touchèrent les siennes, Sean eut l'impression qu'une bombe explosait et que des sirènes d'alarmes se déclenchaient.

Faisant appel à toute l'autodiscipline dont il était capable, il fit un pas en arrière.

— Ce n'est pas une bonne idée, dit-il.

Raelynn fronça les sourcils, puis ses joues s'empourprèrent.

— Je suis désolée. J'ai dû mal interpréter...

— Non, pas du tout, dit-il, en l'interrompant avant qu'elle puisse exprimer des doutes qui n'avaient pas de raison d'être. Tu m'as parfaitement décrypté.

— Je suis quand même confuse.

— Tu as eu ton lot d'épreuves aujourd'hui. Il est bien normal que tu cherches un peu de réconfort.

— Tu crois que c'est ce qui vient de se passer ?

Secouant la tête, elle marmonna quelque chose qu'il ne comprit pas, et qu'il ne voulut pas prendre le risque de lui faire répéter compte tenu de son intonation.

Avant qu'il ait eu le temps d'ajouter quoi que ce soit, elle fila devant lui et retourna à l'intérieur.

Sean resta figé un long moment, tandis qu'il essayait de déterminer ce qui venait de se passer. Il n'était plus tout à fait certain que Raelynn s'était laissé submerger par les émotions et ne cherchait, à travers ce baiser, qu'à confirmer qu'elle était bel et bien en vie.

Son propre cœur allait à l'encontre de toute logique désirant bien davantage. La situation avec Raelynn était comme un baril de poudre prêt à exploser, surtout si on tenait compte du fait qu'elle était peut-être la fille de son employeur. Mitch n'avait fait preuve que de bonté à son égard. Même s'il se sentait bien avec Raelynn, il ne pouvait pas laisser son cœur l'emporter sur sa raison. Il ne ferait pas ça à Mitch, et encore moins à Raelynn dont la vie était un tel chaos pour le moment.

Même si ça flattait incontestablement son ego que Raelynn ait envie de lui, il avait besoin de savoir que c'était du sérieux.

Mince ! D'où cela sortait-il ? Depuis quand avait-il besoin de savoir qu'une femme ne se servait pas de lui ?

Un éclat de rire lui échappa, même s'il n'y avait rien de drôle.

Après avoir repris son souffle, il pivota sur ses talons et retourna à l'intérieur.

Il régnait dans la pièce une tension perceptible. Mitch était toujours devant son ordinateur, à chercher des réponses. Il avait passé quelques appels la nuit dernière pour trouver l'identité du cadavre. Ce mot pesait lourd sur le cœur de Sean. Il y avait eu trop de morts dans sa vie.

Raelynn lui tournait le dos et elle ne fit pas un geste pour se tourner vers lui quand il entra. Il en déduisit qu'elle n'avait aucune envie de le voir pour le moment.

— Tu as trouvé quelque chose ? demanda-t-il à Mitch, en s'approchant du bureau de son patron.

Raelynn allait et venait dans la cuisine, en claquant un peu trop fort les portes des placards tandis qu'elle cherchait de la nourriture et des ustensiles pour cuisiner. Sean songea qu'il devrait probablement s'en vouloir terriblement de gâcher une relation avant même qu'elle ait eu une chance de décoller.

Parler de relation était peut-être un peu excessif. N'importe quoi lui irait de toute façon, compte tenu de la façon inepte dont il s'était comporté. Au lieu d'essayer de comprendre Raelynn, il l'avait repoussée.

S'accotant à un coin du bureau, il croisa les bras sur son torse.

— En ce qui concerne le campement, pas grand-chose, reconnut Mitch

— Et sur la personne qui nous a engagés pour retrouver Raelynn ?

— Je n'ai pas beaucoup progressé là non plus, dit Mitch sans relever la tête.

— Drake Johnson pourrait être derrière tout ça, suggéra Sean. Les choses se sont envenimées entre vous dernièrement. Il a peut-être décidé d'en faire une affaire personnelle.

Mitch se massa la nuque.

— Tout est possible à ce stade, dit-il, avec un soupir de

frustration. La personne qui a pris contact avec moi semble avoir disparu.

— Je sais que nous ne discutons jamais de ce genre de détails en temps normal, mais donne-nous le nom au cas où Raelynn le reconnaîtrait.

— Bonne idée, dit Mitch.

Devant la plaque de cuisson où elle faisait cuire des œufs brouillés, Raelynn se figea.

Ça intéressait également Sean d'entendre le nom. Peut-être pourrait-il établir un lien là où les deux autres échoueraient.

— Nous cherchons quelqu'un qui s'est présenté sous l'identité de Jason Quick, dit Mitch. Est-ce que ça vous dit quelque chose, Raelynn ?

Leur invitée secoua la tête sans prendre la peine de se retourner.

— Il disait travailler dans une compagnie pétrolière et rechercher sa demi-sœur, poursuivit Mitch. Il a donné le nom de l'orphelinat où vous avez grandi et a précisé que vous aviez les cheveux roux. Il nous a engagés en prétendant que son père avait confessé sur son lit de mort l'existence d'une fille illégitime. Apparemment, Quick ne recevrait pas sa part d'héritage s'il ne trouvait pas sa sœur.

Sean avait envie de savoir comment ces détails avaient conduit Mitch à conclure que Raelynn pourrait être sa fille, mais le moment lui semblait mal choisi. Au lieu de quoi, il fit remarquer :

— Mais si ladite sœur était retrouvée morte, il n'aurait pas à partager.

Depuis toujours, l'argent était le mobile principal pour un meurtre.

— C'est aussi ce que je pense, dit Mitch.

— Attendez une seconde, intervint Raelynn.

Après avoir éteint la plaque de cuisson, elle appuya une hanche contre le plan de travail.

— Quand j'étais en tournée, n'importe qui aurait pu tirer

sur moi et en finir tout de suite. Pourquoi m'obliger à fuir, à me cacher ? Quel est le but ? En plus, je ne vois pas le rapport entre un fan obsessionnel et l'affaire qui vous a été confiée.

— La police cherche un harceleur qui serait passé à la vitesse supérieure. Ça pourrait être une diversion, expliqua Sean.

— Et vous deux, vous en pensez quoi ?

— Apparemment, vous êtes plus douée pour vous cacher que ne l'avait anticipé Quick, dit Mitch.

— C'est une possibilité, admit Sean. Mais il y en a d'autres. Par exemple, Jason Quick pourrait être une fausse identité.

— Le temps nous le dira, tempéra Mitch. Mais c'est une piste intéressante.

Raelynn fit un mouvement brusque et heurta la poêle qui faillit glisser de la plaque de cuisson et chuter. Heureusement, elle parvint à la rattraper avant que les œufs brouillés ne se répandent sur le sol.

— C'était moins une, commenta Sean.

Il était déjà à côté d'elle, prêt à rattraper quelque chose si nécessaire.

— Tout va bien ?

— Oui, répondit-elle à voix basse.

Cette présence masculine qui saturait ses sens de son odeur boisée et fraîche ne faisait rien pour apaiser un pouls déjà erratique.

— Merci, ajouta-t-elle, dans un souffle.

— Ce n'est rien, répondit-il, comme s'il était tout à fait normal qu'il soit sur le qui-vive et près d'elle en deux secondes.

Raelynn soupira. Le baiser qu'ils avaient échangé un peu plus tôt lui brûlait toujours les lèvres malgré les efforts qu'elle déployait pour se reconcentrer. Sa bouche semblait avoir une mémoire qui n'appartenait qu'à elle et ne craignait pas de balayer la logique. Une logique établissant que Sean n'était pas attiré par elle, en dépit de l'alchimie qu'elle avait sentie brasiller entre eux. C'était précisément à cause de cette alchimie qu'elle avait agi à l'instinct, alors qu'elle aurait dû faire fonctionner ses neurones et se retenir.

Contrôler ses impulsions n'était généralement pas un problème pour elle. Aussi, elle avait dû mal à comprendre pourquoi ça semblait être le cas maintenant.

Avait-elle besoin d'une distraction ? D'une preuve qu'elle avait encore la possibilité d'exercer un contrôle sur sa vie ? C'était ce que semblait penser Sean. Chaque particule de son être hurlait le contraire. Elle avait toujours su ce qu'elle voulait. La seule conclusion possible, c'était que Sean la repoussait poliment.

Il évita de la regarder en lui tendant une assiette. Puis il se servit un café et retourna s'asseoir.

— Où en étions-nous ? demanda-t-il à Mitch, tandis que Raelynn faisait glisser ses œufs brouillés dans l'assiette.

Trop affamée pour prendre le temps de faire griller du pain, elle prit deux tranches dans le sachet, ainsi qu'une bouteille de ketchup dans le réfrigérateur.

Hissée sur un tabouret de bar, elle composa son sandwich aux œufs. Il ne lui fallut pas longtemps pour le dévorer, et elle en apprécia chaque bouchée après avoir survécu depuis quelque temps à coups de barres énergétiques et de fruits.

— Nous réfléchissions à un mobile de meurtre, répondit Mitch, tout en glissant un regard vers elle.

Il avait dû voir sa réaction, car il demanda :

— Tout va bien ?

— Aussi bien que possible étant donné les circonstances, répondit-elle.

Elle essayait toujours de comprendre pourquoi quelqu'un ferait mine de la harceler avant de l'assassiner.

— Cette personne qui vous a engagés tous les deux n'existe peut-être pas, suggéra-t-elle. Ça pourrait être une mise en scène.

Tandis que Mitch hochait la tête, elle examina ses traits. Il avait les yeux de la même couleur que les siens, et des reflets roux parsemaient sa chevelure brune. Mais ça pouvait être dû au soleil. Ce n'était pas pour autant qu'il était son père.

Elle commença à chercher d'autres signes de parenté et s'interrompit. Il y avait une façon simple et rapide de savoir si Mitch était son père. Le test ADN était posé à côté de son ordinateur. Il avait abandonné le sujet pour le moment, ce qu'elle appréciait. Voulait-il lui laisser le temps de peser le pour et le contre avant de prendre sa décision ?

En tout cas, il devait avoir envie d'être fixé. Et il avait le droit à une réponse, afin de savoir s'il devait continuer son enquête pour retrouver sa fille ou l'arrêter.

Elle ne le ferait pas lanterner indéfiniment. Il lui fallait simplement un peu de temps pour déterminer ce que lui inspirait la perspective d'être retrouvée par un de ses parents après toutes ces années. Elle avait dissimulé cette idée dans un coin de sa mémoire depuis bien longtemps. La ressortir aujourd'hui de l'oubli, c'était réveiller en elle la petite fille qui pleurait de désespoir toutes les nuits. Elle était si seule, si effrayée. Rien que d'y penser, Raelynn en avait l'estomac noué.

Était-elle prête à affronter son passé ?

Ce n'était pas une question facile. Elle se promit, pour le bien de Mitch, de faire le test avant que l'enquête ne soit terminée. Au pire, elle pouvait toujours donner l'échantillon et s'en aller avant que les résultats ne soient communiqués.

Le portable de Mitch vibra, l'arrachant à ses pensées. Il répondit en se levant et quitta aussitôt la pièce, la laissant de nouveau seule avec Sean.

Devait-elle dire quelque chose pour dissiper le malaise entre eux.

— Un autre café ? proposa-t-elle, à défaut d'une meilleure entrée en matière.

Il souleva son mug orné d'un soleil hilare, dessiné dans un style naïf.

— Je n'ai pas terminé celui-ci.

— Il est probablement froid, objecta Raelynn, en le voyant grimacer. Je peux le compléter pour le réchauffer, si tu veux.

Les bons mots ne venaient pas, et elle commença à se dire que ce n'était peut-être pas la peine d'évoquer leur baiser.

— Je peux le faire, dit Sean, en se levant.

— Ça ne me dérange pas.

Elle n'avait jamais été douée pour faire la conversation. Elle préférait écrire des chansons toute seule dans son coin. Ça ne facilitait pas les relations sociales. Mais ce n'était pas son fort non plus, de toute façon.

Tandis qu'elle rassemblait son courage pour s'excuser et apaiser l'ambiance entre Sean et elle, la porte s'ouvrit et Mitch revint dans la pièce.

Son front était barré d'un pli soucieux, et ses lèvres étaient pincées en une ligne étroite.

— Le cadavre retrouvé sur le campement a été identifié comme étant Jason Quick, annonça-t-il.

Raelynn sentit son estomac se nouer.

Savoir que quelqu'un avait été tué était déjà difficile. Avoir un nom, après avoir justement évoqué cette personne, rendait les choses bien plus réelles. Et ce cauchemar semblait ne pas avoir de fin.

— Ça n'a aucun sens, dit Mitch. J'ai été engagé par Jason Quick pour retrouver une personne du nom de Raelynn. Dans le même temps, j'ai été informé anonymement que j'avais une fille. De quelle façon ces deux événements se recoupent-ils ?

— Jason Quick a peut-être été tué pour empêcher qu'il parle, suggéra Sean.

— J'ai une question, dit Raelynn. Pourquoi la femme que vous croyez être ma mère m'aurait-elle abandonnée ? Elle aurait pu vous parler de moi.

— Ses parents étaient très pieux, expliqua Mitch. Il est possible qu'elle se soit confiée à eux et qu'ils s'y soient opposés. Mais si elle m'avait dit qu'elle était enceinte, je n'aurais jamais accepté d'abandonner le bébé.

Raelynn n'était pas plus avancée. Quelqu'un était mort à cause de cet imbroglio. Mitch avait-il des informations susceptibles d'élucider ce mystère ? Ou bien, Jason Quick était-il le dernier à en posséder les réponses ?

8

— Comment est-ce arrivé ? Le meurtre ? demanda Sean.

Mitch s'approcha du comptoir et prit place sur un tabouret, à demi assis sur l'assise en cuir, un pied à terre et l'autre sur le repose-pied en métal.

— Les autorités ne m'ont pas donné beaucoup de détails, reconnut-il.

— Nous avons une chance d'accéder au rapport du *coroner* ? continua Sean.

— C'est comme si c'était fait, affirma Mitch.

Il sortit son téléphone de sa poche et envoya un SMS.

— J'avais déjà prévu de tirer quelques ficelles.

— Jason Quick était donc une vraie personne ? demanda Raelynn.

Elle s'était exprimée d'une voix posée qui ne laissait rien paraître de ce qu'elle ressentait.

— Il semblerait, lui répondit Mitch.

— La question est de savoir s'il était vraiment celui qu'il prétendait être, tempéra Sean.

Il se demandait si Quick n'avait pas tout simplement servi de bouc émissaire. Le fait qu'il les ait engagés pour retrouver Raelynn n'était pas à ignorer. C'était un peu trop facile que la personne qui recherchait Raelynn soit tuée.

Ou peut-être était-il trop suspicieux. Parfois, la réponse la plus évidente était la bonne.

— C'est exactement ce que je me disais, renchérit Mitch.

La matinée avait filé sans qu'ils s'en rendent compte, et c'était déjà presque l'heure de déjeuner, même s'il était peu probable que quelqu'un ait faim. Raelynn s'était levée la dernière et venait à peine de prendre son petit déjeuner. Connaissant Mitch, Sean savait qu'il avait l'appétit coupé par les derniers événements. Quant à lui, il en était à sa quatrième tasse de café. À ce stade, ils avaient très peu de réponses à propos de ce qui s'était passé, ou sur ce qu'était la véritable menace.

L'enquête de police prendrait un peu de temps mais, grâce à son réseau, Mitch aurait accès à une grande partie de l'information. Le reste pourrait être obtenu par d'autres moyens, tant que ce n'était pas illégal. Les règles que devaient suivre les officiers de police afin que les preuves soient recevables par la justice ne s'appliquaient pas à eux, ce qui leur laissait une certaine latitude.

Raelynn était silencieuse – presque un peu trop calme. Sean commençait à être vraiment inquiet pour elle, et il devait lutter contre son instinct pour de pas la prendre dans ses bras et la réconforter. Mais, avec le souvenir de leur baiser qui occupait en permanence ses pensées, mieux valait qu'il évite de s'attirer des problèmes.

— Comment peut-on être sûr qu'il s'agit bien de Jason Quick ? demanda-t-elle finalement.

— Une carte d'identité correspondant à sa description a été retrouvée sur le cadavre, répondit Mitch.

— Il s'agit peut-être d'un faux, remarqua Sean. Nous devons enquêter de notre côté pour vérifier les faits. Pas question de prendre quoi que ce soit pour argent comptant, ni de prendre une quelconque décision sur la base d'éléments dont nous ne savons pas s'ils sont fiables à cent pour cent.

— D'accord, dit-elle, avec un peu plus de confiance dans

la voix cette fois. Quelle est la prochaine étape ? On peut faire quelque chose pour accélérer la procédure ?

Sean avait l'impression de voir tourner les rouages de son cerveau. Mais, une chose était sûre, elle tenait plutôt bien le coup, eu égard aux circonstances. Le fait d'être orpheline avait probablement contribué à l'endurcir. Lui aussi savait ce que c'était de se battre pour survivre. Et pourtant, elle avait déjà relevé beaucoup trop de défis pour son âge.

— Pour le moment, nous allons continuer à enquêter depuis les bureaux, dit-il. Aller sur le terrain quand tout est encore aussi frais pourrait s'avérer une erreur fatale. Nous ne savons pas comment Quick a été tué ni pourquoi. Dans ces conditions, ce serait irresponsable de te faire sortir en public.

Celui qui en avait après elle n'avait probablement pas renoncé. D'après Sean, la mort de Quick était un avertissement plus qu'autre chose. Il n'y avait pas de raison de croire que cela allait s'arrêter.

— Si personne n'a besoin de moi, je pense que je vais monter un moment, dit Raelynn.

Les demi-cercles sombres sous ses yeux s'assortissaient à ceux de Mitch. D'ailleurs, en y regardant bien, Sean pouvait trouver d'autres similarités entre elle et son patron. Il était impossible que Raelynn ne l'ait pas remarqué, et ça devait lui travailler l'esprit. À ce propos, avait-elle pris une décision concernant le test ADN ?

— Allez-y, dit Mitch.

Sean aurait dit la même chose. En fait, il lui devait des excuses, alors il la suivit.

Raelynn ne s'arrêta pas avant d'avoir atteint le haut de l'escalier. Lorsqu'elle se tourna vers lui, elle était juste à hauteur d'yeux.

Une main à plat sur son torse, elle l'arrêta, avec une lueur de mise en garde dans le regard.

— Tout va bien, prétendit-elle.

Sean avait parfaitement conscience de l'avoir blessée par son comportement et, pour le moment, il y avait peu de chances qu'il puisse regagner sa confiance.

Des excuses restaient cependant nécessaires.

— Je voulais clarifier quelque chose par rapport à ce matin.

Raelynn retira sa main et croisa les bras sur sa poitrine. Il y avait à présent du détachement dans son regard, ce qui fit regretter à Sean l'expression enflammée qui avait précédé.

— Ce baiser est probablement ce qui m'est arrivé de mieux cette année, dit-il. Et je voulais que tu le fasses parce que tu en avais envie, pas en réaction à un danger.

Cet aveu laissa à Sean une impression de vulnérabilité bien plus grande que ce qu'il aurait pu imaginer.

Raelynn ne décroisa pas les bras. Son langage corporel indiquait qu'elle ne voulait rien avoir à faire avec lui. Malgré le froid qu'il sentait maintenant entre eux, Sean insista.

— Je suis désolé de t'avoir blessée, dit-il d'une voix douce. Ce n'était pas du tout mon intention

Le regard de Raelynn était éloquent, même si elle gardait les lèvres closes.

— Ça fait très longtemps que personne ne m'a donné l'envie de réexaminer mes choix de vie et de m'améliorer, ajouta-t-il avec honnêteté. Comme tu venais de vivre une expérience épouvantable, j'avais besoin de savoir que ce n'était pas le contrecoup du stress mais une vraie envie de ta part.

Raelynn observait Sean avec attention pour tenter d'évaluer à quel point celui-ci risquait de la faire souffrir. Laisser entrer des gens dans sa vie n'était pas son fort. Les maintenir à bout de bras avait toujours été une distance confortable. Si elle baissait sa garde, même rien qu'un tout petit peu, elle risquait bien plus qu'elle ne pouvait se le permettre compte tenu des circonstances.

D'ici peu, elle serait de nouveau sur la route, soit en cavale, soit de retour sur sa tournée. Pour toutes sortes de raisons, elle comptait sur la seconde hypothèse.

Après s'être accordé un moment pour rassembler ses esprits, elle dit :

— J'accepte tes excuses, mais ça ne veut pas dire que j'ai envie d'emprunter de nouveau ce chemin. Tu as fait beaucoup pour moi en un laps de temps très court, et j'y suis sensible. Mais, en t'embrassant comme ça spontanément, j'ai franchi une limite qui n'aurait pas dû l'être. Et le fait que nous en ayons tous les deux eu envie n'a pas beaucoup d'importance compte tenu de la situation.

Le changement d'attitude de Sean fut spectaculaire. Prenant appui contre le mur, il croisa les bras, tandis que son regard se perdait dans le vide. Apparemment, elle n'était pas la seule à savoir comment se mettre en retrait.

— Tu sais, je ne suis pas le type formidable pour lequel tu as l'air de me prendre, dit-il.

Il laissa passer un silence, et elle attendit patiemment qu'il s'explique.

— Pendant mon déploiement à l'étranger, il y avait un gamin…

Il avait les yeux rivés sur le mur opposé, comme s'il était incapable d'affronter son regard.

— Il devait avoir dans les douze ans. Il ne semblait pas avoir de famille car les gens du coin avaient pris l'habitude de lui donner des restes quand il se montrait. Personne n'avait l'air de savoir d'où il venait, ni où il allait quand il disparaissait. De temps en temps, il vendait des bouteilles d'eau aux soldats.

— Je suppose que vous aviez tous pitié de lui et que vous lui achetiez son stock.

Sean hocha la tête.

— Ça a duré pendant des semaines, tandis que nous étions stationnés dans le village. Cet endroit était un sanctuaire pour les femmes et les enfants. On nous avait envoyés là pour les protéger.

Raelynn chercha son souffle tandis que Sean observait une pause. Quelque chose lui disait que cette histoire allait mal tourner.

— On nous a donné l'ordre de partir. Les talibans avançaient vers nous, et nous devions évacuer la population. Le problème avec ce gamin, c'est qu'il n'appartenait pas au village, donc nous ne pouvions pas l'emmener.

— Oh ! non. Je suis désolée, dit Raelynn, en contenant les larmes qui lui brûlaient les paupières.

Elles étaient toujours là, prêtes à se manifester, et pourtant si difficiles à laisser couler. C'était comme s'il y avait un mur invisible qu'elles ne pouvaient jamais franchir, une sorte de barrage qui les contenait même si elles continuaient à enfler et à faire pression contre la digue.

— C'est pire que ce que tu crois, dit Sean, si bas qu'elle eut du mal à l'entendre.

Instinctivement, elle chercha sa main, et fut heureuse qu'il ne la retire pas quand elle s'en saisit. Une étrange énergie, semblable à un courant électrique traversa sa paume et remonta le long de son bras.

— À la dernière minute, je l'ai laissé se glisser à l'arrière de notre convoi, reprit Sean, la tête renversée contre le mur et les yeux fermés. Il portait une ceinture d'explosifs, et ce jour-là j'ai perdu mes meilleurs amis. Je suis responsable de leur mort.

— Tu ne pouvais pas prédire ce qui allait se passer, protesta immédiatement Raelynn avec conviction.

— J'ai leur sang sur les mains, insista Sean.

— Je ne peux pas prétendre savoir ce que tu ressens, donc je n'essaierai pas. Mais, ce que tu as fait pour moi en l'espace de quelques heures tient du miracle. Personne ne s'est jamais donné autant de mal pour moi.

— Je ne faisais que mon travail, dit-il, presque mécaniquement.

— Tu te serais donné la peine d'aller à mon campement pour récupérer ma guitare, si c'était vrai ?

Sean laissa échapper un soupir.

— Non, admit-il.

— C'est ce qui te caractérise, affirma Raelynn. Tu tiens à aider les gens quand ils ont perdu tout espoir.

— Et pourtant, j'ai quand même tué mes amis.

— Ce sont des personnes horribles qui sont à l'origine de leur mort. Tu n'y es pour rien. Pas plus que je ne suis responsable de ce qui est arrivé à Jason Quick, même si je ne peux pas m'empêcher de penser qu'il ne serait pas mort s'il ne m'avait pas recherchée.

— Ne t'impose pas ça, dit Sean, en portant sa main libre à son front, comme s'il essayait de refouler un mal de tête.

Il était visiblement épuisé, mais Raelynn le soupçonnait de ne pas vouloir s'accorder un peu de répit. En revanche, elle était à peu près certaine qu'il ferait tout pour qu'elle se sente mieux. Elle eut alors une idée.

— Tu veux bien t'étendre à côté de moi un moment ? demanda-t-elle, en décidant de se jeter à l'eau.

Au pire, ils pourraient se reposer un peu tous les deux.

— Nous ne pouvons pas faire grand-chose en attendant de recevoir des informations, poursuivit-elle, et ça fait des semaines que je dors par tranches de deux ou trois heures. J'ai vraiment besoin de sommeil, et ça m'aiderait si j'avais de la compagnie.

Il ne réagit pas tout de suite.

— Ça me rassurerait vraiment s'il y avait quelqu'un d'autre dans la pièce, insista-t-elle.

Elle comptait sur sa générosité. Il avait l'air à bout de forces mais elle se doutait qu'il repousserait ses limites si on ne lui donnait pas une excuse pour ralentir.

Sean hocha la tête, libéra sa main et se redressa.

Cette fois, quand il posa la main dans le creux de son dos pour la guider, elle ne fut pas surprise par les impulsions électriques qui traversèrent tout son corps. Au contraire, elle les accueillit avec plaisir.

Il ôta ses bottes à la porte, retira sa chemise, et alla s'étendre au-dessus de la couette. Ne pouvant s'empêcher de loucher sur son torse harmonieusement ciselé, Raelynn disparut dans la salle de bains, le temps d'enfiler un pantalon de yoga et un T-shirt pris dans les vêtements que Sean avait rapportés la veille du campement. Elle aurait plus de chances de bien dormir si elle était à l'aise.

Puisqu'il faudrait du temps pour connaître les avancées de l'enquête, le mieux à faire était de se reposer. Une fois que les informations commenceraient à arriver, quelque chose lui disait qu'ils n'auraient plus un instant de répit.

Par ailleurs, elle ne pourrait pas rester ici éternellement, même si c'était la première fois depuis longtemps qu'elle se sentait en sécurité

Lorsqu'elle revint dans la chambre, Sean était toujours étendu sur la couette, les mains croisées derrière la tête, ce qui ne manqua pas d'attirer le regard de Raelynn sur les muscles saillants de ses bras et sur les reliefs de son estomac merveilleusement dessinés. De toute évidence, Sean observait une routine sportive qui donnait des résultats.

— Ça t'ennuie si je ferme le volet ? demanda-t-elle.

— Fais comme chez toi.

Son intonation rauque et profonde lui fit l'effet d'une caresse, et elle songea qu'il était bien dommage que ce baiser soit le dernier.

Il ne pouvait pas en être autrement de toute façon.

Raelynn se dirigea vers la fenêtre et tourna la manivelle pour faire descendre le volet. Puis elle tira les doubles rideaux occultants. La pièce était confortable mais simple. On voyait bien que l'aspect fonctionnel l'avait emporté sur le raffinement. Un lit, deux appliques lumineuses de part et d'autre, deux tables de chevet, avec sur l'une d'elles un réveil et un chargeur multiprises. Cette pièce était faite pour des personnes qui avaient besoin de se reposer à toute heure du jour ou de la nuit.

Comme il régnait à présent un noir d'encre dans la pièce,

Raelynn avança à tâtons jusqu'au lit. Sa main atterrit sur le bras puissant de Sean.

— Désolée, murmura-t-elle.

— Ce n'est rien.

Il l'attira sur le lit, et elle l'entendit se déplacer sur le matelas. Encore qu'elle n'avait pas besoin de se fier à ses oreilles. Elle pouvait ressentir sa présence et percevoir exactement où il se trouvait. Son odeur masculine était imprimée partout entre les draps et sur l'oreiller.

Elle se recroquevilla sur le bord du lit, ne voulant pas se risquer à trop s'approcher de Sean. Mais il l'attira contre lui et enroula un bras autour de sa taille.

Sa première pensée fut qu'elle pourrait rester comme ça indéfiniment. Puis, quand les battements frénétiques de son cœur se furent apaisés, elle ferma les paupières et s'endormit.

Un bruit réveilla Raelynn en sursaut. Il faisait toujours aussi sombre dans la chambre que dans un puits, et il lui fallut quelques secondes pour s'orienter.

Instinctivement, elle tendit la main vers le côté du lit où se trouvait Sean.

Le matelas était froid. L'espace d'une seconde, elle se dit qu'elle avait rêvé. Puis elle entendit sa voix au rez-de-chaussée, et elle ne put que constater combien il lui manquait déjà.

9

— Quelle heure est-il ? demanda Raelynn, en entrant dans la cuisine.

Ses cheveux encore humides de la douche étaient tirés en queue-de-cheval.

— 16 heures, dit Sean.

Il avait dormi huit heures d'affilée, s'était réveillé vers 21 heures et avait veillé depuis.

— Je croyais que le réveil était en panne, dit Raelynn dans un bâillement tandis qu'elle s'étirait. J'ai l'impression d'avoir dormi bien plus que trois heures.

— Nous sommes montés nous coucher hier, dit-il, à la stupéfaction de Raelynn.

— Quoi ? demanda-t-elle. Ce n'est pas possible ! Ne me dis pas que j'ai fait plus du tour du cadran !

Puis elle regarda autour d'elle, semblant chercher quelque chose ou quelqu'un.

— Je pensais avoir entendu des voix. Où est Mitch ?

— Tu es sûre ? Je suis tout seul ici, mais j'étais au téléphone, il y a une minute.

Le détail de la conversation n'était pas quelque chose dont il pouvait discuter puisqu'il s'agissait d'une information classifiée. Sans compter que mettre Raelynn au courant ne changerait rien à sa situation.

— Je suppose que tu as raison, dit-elle. J'ai distinctement entendu ta voix, mais personne d'autre.

— Mitch sera de retour dans une heure environ. Il a dû sortir pour s'occuper d'un autre dossier.

Elle hocha la tête, avant de tourner le regard vers le réfrigérateur, ce que Sean ne manqua pas de remarquer.

— Étant donné que tu as dormi longtemps, tu as probablement faim, dit-il.

— Je ne serais pas contre une petite collation, reconnut-elle, en posant la main sur son estomac.

— Voyons ce que nous pouvons dégoter, dit-il, en ouvrant la porte du réfrigérateur.

— Ne te casse pas la tête. Quelque chose de rapide m'ira très bien.

— Il y a des fruits en attendant, dit-il en désignant la corbeille au centre de l'îlot.

Le temps qu'il rassemble les ingrédients pour composer un sandwich, Raelynn avait dévoré une pomme et démarré une cafetière.

Le sandwich fut enfourné avant que le café ait fini de passer.

— Ça te suffit ? demanda-t-il. Sinon, je peux en faire un autre.

— C'était parfait comme ça, merci.

Sean se tourna vers un placard pour y prendre deux mugs, qu'il remplit avant de lui en tendre un. Leurs doigts se frôlèrent, et il fut surpris de la façon dont son corps réagissait à ce simple contact.

Raelynn souffla sur son café, avant de se risquer à boire une minuscule gorgée.

— J'ai décidé de faire le test ADN, dit-elle.

— Mitch sera aux anges.

— Peut-être pas. Je n'ai pas dit que j'allais le faire tout de suite. Il faut que je me sente prête. Et il y a une condition.

— Laquelle ?

— Je ne veux pas connaître le résultat.

— Je peux te demander pourquoi ?

— Je n'en vois pas l'intérêt.

Elle haussa les épaules.

— Je suis adulte. Je n'ai plus besoin que quelqu'un s'occupe de moi. Mais je comprends que Mitch ressente le besoin de savoir s'il doit ou non continuer à chercher sa fille.

Elle but une autre gorgée de café.

— Je ne veux pas être la cause de ses insomnies, parce qu'il se demande si sa quête est terminée.

— C'est très attentionné de ta part, remarqua Sean. Surtout considérant le fait que tu ne veux rien en retour.

— C'est la moindre des choses après ce que vous avez fait tous les deux pour m'aider. Il est possible que les résultats ne concordent pas. Mitch a besoin que le doute soit levé pour continuer à chercher.

— Il appréciera ton geste.

— Je n'attends rien de sa part, précisa Raelynn, comme si elle pensait qu'une clarification était nécessaire. Je trouve simplement que tout le monde a le droit de savoir qu'il a un enfant. Pour le reste, même si Mitch à l'air d'être un type formidable, je n'ai pas besoin de lui.

— Tu l'as déjà dit, fit remarquer Sean.

Selon lui, c'était le signe qu'elle avait besoin des gens plus qu'elle ne voulait le laisser paraître, ou même se l'avouer à elle-même.

Il était bien placé pour comprendre ce qu'elle ressentait, puisqu'il avait lui-même passé la plus grande partie de sa vie à se convaincre qu'il n'avait besoin de personne. Vivre au ranch avait été un cauchemar après la mort de son père, alors qu'il était encore petit. La personne responsable de sa frustration, Duncan Hayes, n'était pas du genre affectueux. Bien au contraire. Il s'était sans doute imaginé endosser le rôle de figure paternelle mais sa rigidité, son étroitesse d'esprit, sa mesquinerie n'avaient fait qu'encourager Sean et ses frères et sœurs à quitter le plut tôt possible l'entreprise familiale et leur maison natale de Cider Creek.

Mais il ne voulait pas penser à ça maintenant.

— Oui, c'est vrai, je me répète, reconnut Raelynn. Désolée. La caféine n'a pas encore fait son effet.

— Il te faut encore...

Il vérifia sa montre.

— Dix-huit minutes.

Raelynn haussa les sourcils.

— Il faut vingt minutes pour que la caféine fasse effet, expliqua-t-il.

— Ah, d'accord.

Elle se hissa sur un tabouret.

— Du nouveau sur le meurtre de Jason Quick ? demanda-t-elle.

— Il se trouve que son vrai nom est Anton Miles. Ça te dit quelque chose ?

Elle secoua la tête.

— C'était un informaticien.

— Quel rapport avec moi ?

— Nous ne l'avons pas encore établi. Mais ça viendra.

Ou la caféine avait agi sur son cerveau plus vite que prévu, ou elle avait suffisamment dormi pour y voir clair. Toujours est-il que Raelynn eut une idée.

— On devrait essayer de voir si ce Miles était connecté d'une façon ou d'une autre à mon équipe de tournée, suggéra-t-elle.

— Bonne idée.

Elle essaya de ne pas laisser la voix sensuelle de Sean s'insinuer à travers le mur qu'elle devait maintenir entre eux. Cette précaution était nécessaire à l'un comme à l'autre.

— Je peux te demander ce qui t'a fait choisir ce métier ?

— J'aime écrire des chansons, et je n'ai trouvé personne pour les chanter telles que je les entends dans ma tête. Alors, j'ai décidé de les interpréter moi-même.

Serait-elle plus heureuse à la maison avec un petit studio d'enregistrement, plutôt que sur les routes à longueur de temps ? Il n'y avait pas à hésiter. La réponse était oui.

— Tu aimes chanter ?

— Oui, mais pas devant un public. Être sur scène me terrifie. Heureusement, il suffit que je me laisse porter par la musique pour oublier ce qui m'entoure. Une fois que je suis dans ma bulle, c'est magique.

— Ça marche à chaque fois ?

— La plupart du temps. Mais depuis qu'un psychopathe me harcèle, c'est presque impossible. À chaque fois que je regarde la foule, je me demande s'il est là et je panique.

— Tu as pensé à un garde du corps ?

— Évidemment, mais je n'en ai pas les moyens. Au stade où se trouve ma carrière, je dois tout gérer avec un budget réduit. Il ne reste pas grand-chose pour la sécurité personnelle.

— Tu ne tournes pas avec des vedettes plus connues ?

— De temps en temps. Quand je suis avec elles, je suis généralement rassurée. Mais leurs équipes de sécurité ne sont pas payées pour me materner. Si je dois aller à l'épicerie ou à la banque, je suis seule.

— Et ton équipe ? Tu t'entends bien avec tout le monde ?

— Rudy Cannon est mon régisseur depuis deux ans. Avant, c'était son cousin Mark qui occupait ce poste. Il me l'a recommandé quand il a décidé de prendre un congé sabbatique pour s'occuper de sa famille.

— Comment est Rudy dans son travail ?

— Honnêtement ? demanda-t-elle.

C'était évidemment une question rhétorique.

— Il était beaucoup plus appliqué et consciencieux au début. Ces derniers mois, il a des problèmes de jeu. Il m'arrive de devoir aller le chercher au casino, alors qu'il est supposé faire la mise en place.

— Vous avez beaucoup de désaccords ? Des disputes ?

— Si tu veux savoir si je lui ai passé un savon, la réponse est oui. Je ne suis pas fière d'avoir perdu mon sang-froid, mais c'est arrivé. Je suis déjà sur les nerfs à l'idée de monter sur scène. Ne pas pouvoir compter sur son entourage professionnel n'est pas vraiment ce qu'il y a de mieux pour garder son calme.

— Comment a-t-il régi ?

— Il n'était pas très content. J'ai finalement réussi à lui faire promettre d'arriver à l'heure et de faire son travail, mais ça n'a pas duré longtemps. Quand je suis obligée de partir à sa recherche, ça peut s'envenimer très vite entre nous. Ça finit toujours par exploser, de toute façon.

— Si tu es harcelée par un psychopathe qui t'empêche de faire ton travail, il ne sera pas payé, fit remarquer Sean. Ça n'a pas de sens qu'il veuille perdre ses revenus.

— Avoir des dettes de jeu n'a pas de sens non plus, si tu veux mon avis, rétorqua Raelynn. Il n'est pas stupide. Et pourtant, il fait parfois de mauvais choix.

— Mauvais comment ?

— Avec les femmes, par exemple. Il a l'habitude de distribuer des laissez-passer donnant accès aux coulisses.

— Tu penses que le mari d'une de ces femmes pourrait te tenir pour responsable de son infidélité ?

— Et décider de s'en prendre à moi ?

S'entendre prononcer ces mots à haute voix lui fit prendre conscience que c'était peu probable. Elle secoua la tête.

— Qui y a-t-il d'autre dans ton entourage ?

— Erik et Ashley Bradshaw me sponsorisent.

— Ce nom me dit quelque chose. Ce ne sont pas des promoteurs immobiliers de Dallas ?

— Exactement. Ils se sont entichés de moi et ont décidé de m'apporter leur soutien.

— Que pensent-ils du fait que tu aies dû abandonner la tournée ?

— Ils ne sont pas ravis, comme tu peux l'imaginer. Ça leur fait perdre de l'argent.

— Ce serait plutôt illogique qu'ils s'en prennent à toi s'ils ont décidé d'investir sur ton avenir. Néanmoins, j'aimerais leur parler. Ça ne fait jamais de mal de poser quelques questions.

— Je me souviens que tu as mentionné un rival de Mitch, fit remarquer Raelynn.

Elle avait beaucoup de mal à imaginer qu'un de ses proches puisse lui vouloir du mal et, à tout prendre, elle préférerait que le danger vienne d'ailleurs.

— Drake Johnson, confirma-t-il.

— Et pourquoi serait-il une menace pour moi ?

— Ce sont des rivaux de longue date. Mitch a fait des erreurs. Il est le premier à l'admettre. S'il s'avère que tu es la fille de Mitch, Drake pourrait s'en prendre à toi pour l'atteindre.

— Je n'ai pas d'enfant. Je n'ai jamais vraiment songé à devenir mère, d'ailleurs. Mais ça me semble être la meilleure manière pour faire du mal à quelqu'un.

— Moi non plus je n'ai pas d'enfant et, jusqu'à présent, je me suis toujours dit que je n'en voulais pas. Mais je sais que, si ma situation devait changer, je remuerais ciel et terre pour protéger les miens.

L'image de leur bébé dans les bras de Sean n'était pas quelque chose à quoi Raelynn aurait spontanément pensé. Et pourtant, cette perspective avait quelque chose de beaucoup plus attrayant que ce qu'elle aurait pu imaginer.

Que lui arrivait-il ?

Refoulant cette pensée qui n'avait certainement pas sa place à ce stade de leur relation – si relation il y avait – elle s'efforça de se concentrer sur la situation présente.

Pourquoi quelqu'un voudrait-il engager Mitch pour qu'il retrouve sa propre fille ? Quel était le but ? La tuer ?

Cela voulait-il dire qu'elle allait être contrainte de faire le test ADN pour que tout le monde soit définitivement fixé ?

10

Mettre en place une mise en scène pour que Mitch localise sa propre fille était une façon brillante de se venger. Jamais celui-ci ne se le pardonnerait s'il arrivait quelque chose à son unique enfant. Surtout s'il avait conduit le tueur jusqu'à sa porte.

Mais le meurtre était-il l'aboutissement ? Il y avait d'autres possibilités, comme l'enlèvement ou la torture. Tous les scénarios aboutiraient probablement à la mort mais, dans l'intervalle, Drake pouvait faire vivre l'enfer de mille manières à Mitch.

— Le test ADN pourrait apporter des réponses à l'enquête, dit Sean, après une courte pause durant laquelle il s'était plongé dans ses pensées

— De quelle façon ? demanda Raelynn, tout en sirotant son café.

Il lui fit part de ses réflexions.

— Qu'est-ce que Mitch a bien pu faire à ce Drake pour qu'il veuille exercer sa vengeance à ce point ?

Il devina ce qu'elle ne disait pas : que la perspective d'avoir à ses trousses quelqu'un qui possédait les mêmes compétences que lui et Mitch n'avait rien de rassurant.

— C'est à Mitch de te le dire.

Sean ne voulait en aucune façon ternir l'opinion que Raelynn pouvait avoir de celui qui était peut-être son père.

— Mitch est une bonne personne, n'est-ce pas ? demanda-t-elle.

— Il m'a sauvé la vie, ainsi que celle d'autres personnes. Je ne doute pas un seul instant qu'il soit le meilleur. Mais, je n'ai toutefois jamais vu son côté sombre. Si quelqu'un s'en prenait à une personne qu'il aime, je suis certain qu'il montrerait une facette de lui très différente.

Ça lui sembla le bon moment pour mettre Raelynn en garde.

— Écoute, personne n'est tout bon ou tout mauvais...

— Je sais.

Son regard trahissait une expérience personnelle dans ce domaine. Toutefois, elle ne connaissait rien des hommes tels que Mitch ou lui-même, capables de briser le cou de quelqu'un lorsque la situation l'exigeait, même si prendre une vie intentionnellement n'était jamais facile.

Raelynn l'observait comme si elle essayait de résoudre un casse-tête particulièrement ardu.

— C'est à cause de ton passé que tu as parfois des tremblements dans les mains ?

Sean n'avait aucune raison de mentir, étant donné qu'il lui avait déjà tout raconté à propos du gamin.

— Oui. J'étais une loque quand on m'a démobilisé. Mitch a entendu parler de moi, et il m'a demandé si je voulais intégrer l'agence à un poste administratif.

— Qu'as-tu répondu ?

— Que je n'étais ni comptable ni secrétaire, et que je n'avais pas besoin qu'on me prenne en pitié.

Il soupira.

— J'étais très imbu de moi-même et en colère contre le monde entier.

— Et maintenant ?

— Je suis toujours en colère, reconnut-il, dans un rare accès de totale honnêteté. On pourrait penser que j'aurais tourné la page depuis...

Il haussa les épaules.

— Finalement, j'ai appris à vivre avec. Mon médecin disait que je devrais donner un nom à ma colère.

— Et tu l'as fait ?

— Stanley.

Il eut un petit rire amer.

— J'aurais pu lui donner un nom qui évoque davantage la violence, comme Tyson ou Rocky. Mais non, c'est Stanley qui m'est spontanément venu à l'esprit. Alors je l'ai gardé.

— Quand j'entends le prénom Tyson, j'ai envie de taper sur quelqu'un, dit Raelynn. Stanley, en revanche, ça ne fait pas très dangereux. Stanley pourrait être ton voisin. Ou un type qui te donne un coup de main quand tu as besoin de réparer ta plomberie et que tu n'as rien compris aux tutos sur YouTube.

— C'est peut-être ce à quoi je pensais inconsciemment, dit Sean, en songeant que Raelynn avait plus ou moins vu juste.

C'était compliqué de rester longtemps fâché contre Stanley. Il s'agissait d'un prénom pacifique, bon enfant. Stanley était intelligent et portait des lunettes. Il aidait ses voisins âgés à remplir leur déclaration d'impôt. Ou bien il s'arrêtait pour remorquer un automobiliste dont la voiture avait glissé dans le fossé. Stanley n'était pas quelqu'un qui enfilait des gants de boxe et restait sur le ring jusqu'à ce que son adversaire ne puisse plus tenir sur ses jambes.

Ces spéculations le firent rire, et Raelynn l'imita. Sa voix était déjà musicale, mais son rire avait la capacité d'alléger les pires situations. Personne ne pouvait rester frustré en entendant un son aussi délicieux que son rire.

— Stanley a fait son travail, dit-elle. Il t'a fait rire.

— C'est toi qui as accompli ce miracle, rétorqua-t-il aussitôt.

Dans le même temps, il comprit qu'il y avait vraiment quelque chose de spécial chez Raelynn. À tel point qu'il se sentirait complètement démuni quand elle sortirait de sa vie.

D'où sortait cette pensée ?

Sean n'était pas exactement du genre romantique. Il n'avait besoin de personne. Il s'était toujours très bien débrouillé tout seul. Enfin, la plupart du temps. Il ne savait pas où il en serait si Mitch ne l'avait pas soutenu au moment où il pensait qu'il était incapable de continuer.

— Tu travailles depuis combien de temps avec Mitch ? demanda Raelynn.

Il songea alors qu'elle cherchait des informations sur celui qui pourrait être son père, même si elle prétendait ne pas vouloir connaître la vérité.

— Cinq ans. C'est vraiment un type bien. Il n'est pas parfait, mais je crois que c'est le lot de tout un chacun, non ? La perfection est un but inatteignable.

Elle hocha la tête.

— Je ne sais pas où j'en serais aujourd'hui sans Mitch et sans un type répondant au surnom de Fox, admit-il.

Raelynn fit rouler son mug entre ses paumes.

— Qui est-ce ? Comment l'as-tu rencontré ?

— Fox dirige une structure dans l'est du Texas, où l'armée envoie les types comme moi pour décompresser avant de réintégrer le monde civilisé.

— C'est-à-dire ?

— Quand on rentre d'opération, on est plutôt à fleur de peau. Il nous faut du temps pour nous réacclimater à la vie normale et ne plus représenter une menace pour les autres. Quand j'ai atterri chez Fox, il y a cinq ans, j'étais une vraie loque.

Raelynn continua à l'observer sans rien dire, et il n'y avait pas de jugement dans son regard. Uniquement de la compassion.

— Dire que j'étais brisé n'est pas exagéré. Si tu penses qu'il y a un problème avec mes mains, tu aurais dû les voir à l'époque.

Il les leva et les agita frénétiquement

— Ça ressemblait à ça.

Il souleva son mug et le porta à ses lèvres.

— Aujourd'hui, j'ai encore quelques crises, mais c'est gérable.

— Je suis désolée de ce qui t'est arrivé, Sean.

La compassion qui vibrait dans la voix de Raelynn lui donna envie de l'attirer dans ses bras, et d'avoir un contact physique qui lui rappelle qu'il était toujours humain.

— Il y a pire...

— Ne dis pas n'importe quoi, protesta Raelynn. La douleur que tu as subie est énorme. Tu n'as pas à la minimiser. Tout ce que je peux dire, c'est que je t'admire d'être toujours debout après ce que tu as traversé.

— Je pourrais dire la même chose à propos de toi. Tu t'es retrouvée orpheline alors que tu étais toute petite. Ça n'a pas dû être facile. De plus, tu étais trop jeune pour te défendre. Tu n'étais pas entraînée au combat comme moi.

— En effet. Ça a été les années les plus dures de ma vie. Mais ce qu'il y a de bien avec l'enfance, c'est qu'elle ne dure pas. Ces expériences m'ont rendue plus forte. N'avoir besoin de personne est comme un super pouvoir.

Était-ce bien la réalité ? Sean avait voulu s'en persuader durant presque toute sa vie. Mais il est vrai qu'il n'avait jamais rencontré quelqu'un comme Raelynn avant.

— Si tu veux que je te livre le fond de ma pensée au sujet de Mitch, je ne peux pas affirmer qu'il est foncièrement meilleur que les autres personnes que j'ai pu croiser.

Il y avait quelque chose dans la voix de Sean que Raelynn ne parvenait pas exactement à définir. Était-il sur la défensive ?

— Tu sais pourquoi il croit que je suis sa fille ?

— Je n'en ai aucune idée, répondit-il avec une spontanéité laissant penser qu'il était totalement honnête. Nous n'avons pas pour habitude de tenir des conversations personnelles. Nous travaillons côte à côte, nous nous soutenons professionnellement quand c'est nécessaire. Nous sommes une équipe dans tous les sens du terme. Mais nous n'avons jamais pris une bière ensemble à l'extérieur, ni discuté de notre situation familiale.

Raelynn se reconnaissait dans ce qu'il venait de dire. Là où elle se sentait le plus seule, c'était au milieu d'une foule où elle ne connaissait personne. Mais le discours de Sean lui faisait aussi prendre conscience qu'il avait peut-être une vie personnelle dont elle ignorait tout. Y avait-il une femme dans les parages ? Quelqu'un qu'il connaissait depuis longtemps ? Qui comptait particulièrement à ses yeux ?

Elle se sentit soudain mortifiée par ce qu'elle avait fait. Ce baiser n'aurait jamais dû avoir lieu.

— Donc, tu ne sais pas s'il a une femme ou d'autres enfants ?

— Non.

— Pourquoi ? insista-t-elle, curieuse de savoir comme son monde fonctionnait.

— C'est pourtant simple, dit-il. Dans notre domaine d'activité, posséder des renseignements sur quelqu'un est un pouvoir. Prenons ton exemple. Si Drake est au courant de ton existence, c'est une information qu'il peut utiliser contre Mitch.

— En m'enlevant ou en me tuant, murmura-t-elle entre ses dents.

— Exactement. Et c'est pour cette raison qu'il vaut mieux n'avoir ni femme ni enfant quand on fait notre métier.

— Dans ces conditions, ce ne serait pas mieux pour Mitch que je disparaisse ? Vous pourriez me fournir une nouvelle identité, m'aider à m'installer ailleurs...

— Dans ces conditions, tu devrais renoncer à ta carrière. Ton nouvel emploi n'aurait plus rien à voir avec l'univers de la chanson. Tu devrais tourner le dos à tout ce que tu as créé.

— J'ai l'impression d'être une charge, ou un obstacle.

Elle leva la main pour interrompre toute velléité de protestation.

— Je ne recherche pas la sympathie en faisant ce constat. Je suis simplement réaliste. Si je suis la fille de Mitch, ça peut créer des problèmes, n'est-ce pas ?

Sean resta pensif un moment.

— Pas forcément. Ça pourrait aussi être une bonne chose. Après tout, ce n'est pas forcément Drake qui tire les ficelles. Et si c'est le cas, rien ne vous oblige à révéler votre relation père/fille. Si le test ADN révèle une concordance, tu bénéficieras toute ta vie de mesures de sécurité exceptionnelles. Jamais Mitch ne prendra le risque qu'il t'arrive quoi que ce soit.

Raelynn hocha la tête, tandis qu'elle essayait d'évaluer les risques et les avantages éventuels. Elle ne comprenait pas ce mode de fonctionnement. Retrouver des gens. Les cacher. Les aider à disparaître... Ça ressemblait à un monde parallèle

— Je comprends, mais je te rappelle que je ne veux rien de lui.

Mitch devait très bien gagner sa vie avec une agence comme celle-ci. Ne craignait-il pas que son « héritière » veuille sa part du gâteau ?

— Il ne te forcera pas à avoir une relation suivie avec lui, dit Sean avec conviction. Il ne fonctionne pas comme ça. Et puis, nous avons déjà eu une discussion à propos du test de paternité. Il ne remettra pas la question sur le tapis. La décision dépend uniquement de toi.

— Être si près de connaître la vérité doit le rendre fou, remarqua Raelynn. Il me donne l'impression d'être le genre d'homme à aller jusqu'au bout des choses, pas à se laisser porter par le courant.

— Ça peut dépendre des circonstances. Tout n'est pas absolument tranché.

— D'accord, mais il devrait protéger son entreprise. Il ne sait pas qui je suis, ni de quoi je suis capable. Je pourrais en vouloir à son argent et faire de sa vie un enfer. Je pourrais être une cinglée. Tu ne crois pas qu'il devrait, au minimum, s'intéresser à ma santé mentale ?

— Ça ne serait pas un problème pour lui.

Levant l'index, Sean se corrigea aussitôt.

— Ou plutôt si, mais il en faudrait plus que ça pour le faire renoncer.

— Même si je devenais un boulet pour lui ?

— Les gens qu'il prend en charge sont tous d'anciens militaires. Ils arrivent ici tellement brisés qu'ils ont pour la plupart renoncé depuis longtemps à aller de l'avant, à se reconstruire.

Quand Sean parlait de Mitch, c'était toujours avec admiration. Raelynn l'avait déjà remarqué.

— Nous avons été blessés physiquement...

Il leva les mains, qu'un léger tremblement agitait, comme si elle avait besoin d'un rappel visuel.

— Mais ce ne sont que nos cicatrices discernables. Le vrai problème, c'est là-dedans, dit-il en désignant sa tête. Nous sommes des tueurs désenchantés par un job que nous avons choisi de notre plein gré. Nous sommes brisés, au fond du trou. Et en même temps, nous sommes des bêtes sauvages qui ne parviennent pas toujours à contrôler leur violence. L'armée préfère que ça ne s'ébruite pas, mais nous représentons une menace pour les civils.

— Tu n'es pas comme ça, Sean, dit-elle posément, tout en observant son regard débordant d'angoisse et de culpabilité.

— Je ne suis pas différent des autres, protesta-t-il. Ce que je voulais dire, c'est que Mitch ne nous a jamais laissés tomber. Aucun d'entre nous. Il n'avait aucune raison de nous aider, de nous offrir un emploi. Rien ne l'obligeait à s'inquiéter de notre avenir. Mais il l'a fait. Et c'est comme ça que je sais qu'il ne renoncera jamais à sa fille.

— Une personne telle que lui mérite d'avoir un peu de répit aussi.

Raelynn savait qu'aucun argument au monde ne parviendrait à convaincre Sean qu'il était quelqu'un de spécial.

En tout cas, il l'était à ses yeux.

Ce sentiment prenait racine, se développait, l'incitant à souhaiter des choses auxquelles elle ne devrait probablement pas aspirer, tout en sachant qu'elle les désirait éperdument.

11

Un puissant sentiment de culpabilité envahit Sean, menaçant de l'entraîner dans les bas-fonds et de l'engloutir. Il prit trois respirations lentes et profondes. C'était étrange de voir combien se concentrer sur son souffle pouvait aider dans des moments comme celui-ci. Faire circuler de l'air dans ses poumons n'était pas quelque chose à quoi on pensait normalement.

Sans qu'il s'en rende compte, il avait serré les poings. Faire jouer ses doigts réduisit quelque peu la tension. Penser à son passé n'était jamais facile. En parler avec Raelynn lui avait demandé un effort, mais la compassion qu'il avait lue dans ses yeux lui avait fait plus de bien qu'il n'aurait pu l'imaginer.

— Tu es la seule à pouvoir décider de ce que tu veux faire ou non. Mais tu ne te trompes pas au sujet de Mitch. C'est un type bien, et il a besoin de répit.

— Il n'est pas le seul. Toi aussi tu en as besoin.

Une discrète alerte se déclencha, indiquant que quelqu'un venait de pénétrer dans la zone sécurisée. C'était à peu près l'heure à laquelle Mitch devait rentrer, et Sean eut la confirmation que son employeur était de retour en consultant l'application dédiée sur son téléphone.

— C'est Mitch, dit-il.

Raelynn se resservit posément un café tandis que la seconde alerte prenait le relais. Quelques secondes plus tard, on entendit ronronner le moteur du pick-up de Mitch. Lorsque ce dernier franchit la porte, il affichait une expression morose.

— Tout va bien ? demanda Sean.

— L'informaticien, commença Mitch, en adressant un signe de tête à Raelynn. Anton Miles. Il n'était marié que depuis un an, et sa femme est enceinte de six mois.

Raelynn laissa échapper un petit cri de surprise, avant de poser une main sur sa bouche. C'était le genre de nouvelle qui ne pouvait pas laisser indifférent.

— Est-ce que ça signifie qu'il était un bouc émissaire ? demanda Sean.

— Ça y ressemble, dit Mitch.

— Ça augmente les soupçons à l'égard de Drake, non ?

— Il est en voyage à l'étranger, d'après son assistante, dit Mitch, avant de laisser échapper un soupir.

— Tu n'as pas l'air d'y croire.

— Effectivement.

Tandis qu'il se dirigeait vers le placard pour y prendre un mug, Mitch accorda un regard à Raelynn.

— Vous avez déjeuné ?

— Oui, merci.

Elle semblait touchée qu'il y ait pensé. Mitch était ainsi. Il se souciait toujours des autres. Il n'y avait pas besoin de liens du sang pour ça. Mitch avait un cœur énorme. N'importe qui serait heureux de l'avoir pour père.

Mitch se servit un café. Le silence régna quelques instants sur la cuisine tandis qu'il se déplaçait jusqu'à l'îlot en granit. Le stress se lisait sur son visage, et il semblait en manque de sommeil.

— À quand remonte ton dernier repas ? lui demanda Sean.

Mitch leva les yeux vers le plafond, comme s'il essayait de se rappeler l'information.

— Un bon moment.

— Que dirais-tu d'un sandwich pour accompagner ce café ? proposa Sean.

Tout en parlant, il avait déjà commencé à se diriger vers le réfrigérateur.

— Je peux le faire moi-même, protesta Mitch.

Sean balaya cette objection d'un geste de la main.

Du coin de l'œil, il vit Raelynn se diriger vers le bureau et prendre le kit ADN, qu'elle déposa devant Mitch.

— De quoi avez-vous besoin ? demanda-t-elle.

Son geste, sa proposition, le changement de sujet, tout cela prit Mitch au dépourvu, et il lui fallut quelques secondes pour se ressaisir.

Il s'éclaircit la gorge.

— Celui-ci fonctionne avec un échantillon de cheveux ou de salive, je crois.

En un peu plus de trente années de présence sur cette terre, Raelynn avait eu son lot de défis à relever. Réaliser un test ADN ne devrait pas lui donner l'envie de se ruer vers la porte et de courir jusqu'à ce qu'elle ait franchi la frontière de l'état. Ou qu'elle se soit effondrée d'épuisement avant.

Cette pensée lui fit comprendre à quel point elle était fatiguée de fuir sans cesse. La perspective que cette situation se prolonge lui serrait la poitrine d'angoisse. Et puis, où pourrait-elle bien aller maintenant ?

S'ancrer dans une relation n'avait jamais été son fort. En étant perpétuellement sur la route pour assurer ses tournées, elle avait un prétexte pour ne pas s'engager. Entre deux contrats professionnels, elle restait cloîtrée chez elle à écrire de nouvelles chansons. Si elle n'y prenait pas garde, le cycle voyage-écriture-voyage pourrait devenir un engrenage, et elle finirait par perdre tout intérêt pour son métier.

Raffermissant la pression de ses doigts autour de la boîte, elle termina de lire les instructions d'utilisation figurant au dos.

Finalement, un cheveu ferait l'affaire. Avec un soupir, elle décida de se jeter à l'eau.

— Je vais aller chercher ma brosse à cheveux, annonça-t-elle, avant de reposer la boîte et de disparaître à l'étage.

Elle fut de retour en quelques minutes.

— Voilà, dit-elle, en déposant la brosse devant Mitch. Je ne veux pas connaître le résultat, mais je pense que vous avez le droit de savoir.

Mitch plissa le front comme s'il ne comprenait pas sa logique.

— Je veux juste en finir, expliqua-t-elle. Vous semblez vraiment être une bonne personne. Sean m'a raconté comment vous lui avez sauvé la vie.

Mitch ouvrit la bouche pour protester.

— C'est vrai, l'interrompit Sean.

— Tu sais bien qu'il m'est impossible de sauver la vie de quiconque. Tout ce que je fais, c'est assister quelqu'un qui est déjà prêt à s'aider lui-même. Rien n'est possible si tu n'as pas envie d'accomplir le travail. Mon rôle se borne à fournir les outils.

— Étant donné que les bons samaritains comme toi ne sont pas très nombreux, il n'y a pas de mal à reconnaître tes mérites. Quoi que tu dises, je n'étais pas prêt à identifier mes problèmes. Et si aujourd'hui je vois la lumière du jour, c'est grâce à toi.

— Si tu y tiens, concéda Mitch.

— Tu accomplis des miracles.

— Dommage que tout le monde n'ait pas la même opinion que toi, dit Mitch, en faisant de toute évidence allusion à Drake. Quoi qu'il en soit, je n'ai jamais prétendu être parfait.

Raelynn observait sans rien dire la scène qui se déroulait devant ses yeux, comprenant mieux la dynamique entre ces deux hommes. Leur complicité et leur affection évidentes faisaient resurgir en elle un manque qu'elle croyait enfoui depuis longtemps.

Le désir d'appartenir à une famille n'était pas quelque chose à quoi elle s'était autorisée à penser, et encore moins à souhaiter. Elle était encore une petite fille quand elle avait cessé de rêver de grands dîners de famille pour Noël. L'image était encore présente dans sa tête, cependant.

Aujourd'hui, si elle devait organiser une telle réunion, son objectif ne serait pas tellement différent : il y aurait tellement de cadeaux qu'il serait impossible de les compter. Même si elle n'était pas si attachée que ça aux possessions matérielles. Il s'agissait surtout d'être ensemble et de se créer des souvenirs. Il y aurait des nœuds rouges autour des cadeaux, des cookies un peu trop sucrés, du vin aux épices et du chocolat chaud à la cannelle, un feu de cheminée, une grande table avec une nappe blanche et de l'argenterie, l'inévitable dinde, des rires et des conversations animées…

Elle reconnaissait volontiers qu'elle s'était un peu trop inspirée des illustrations de Norman Rockwell pour se forger l'image de ce que devraient être les festivités de fin d'année.

Le fait d'avoir grandi dans un orphelinat, sans recevoir de cadeaux, ni avoir beaucoup d'occasions de se réjouir, lui avait laissé du temps pour rêvasser.

Devenir adulte avait, avant tout, consisté à se débarrasser de ces idées puériles. En outre, ces espoirs s'étaient éteints depuis longtemps. En tout cas, elle le croyait.

Pourquoi refaisaient-ils surface maintenant ?

Quoi qu'il en soit, être le témoin du lien père fils entre Sean et Mitch lui faisait monter les larmes aux yeux.

Il y avait beaucoup d'amour et de respect entre ces deux hommes. De ce qu'elle en voyait ici, la famille ne se limitait pas aux liens du sang. Parfois, quand on avait vraiment de la chance, on pouvait choisir sa famille de cœur.

À ce propos, Sean n'avait-il pas dit qu'il venait d'une grande famille ? Elle avait reconnu son nom mais ne connaissait pas tous les détails concernant cette célèbre dynastie d'éleveurs de bovins. À quoi ressemblaient ses frères et sœurs ? Et ses parents ? Ses grands-parents étaient-ils encore en vie ?

Les questions se bousculaient dans sa tête. Elle avait envie d'en savoir plus au sujet de Sean et de sa vie personnelle. Pourtant, il avait été clair : il y avait une barrière infranchissable entre son travail et sa vie privée. Pourquoi avait-elle autant de mal à l'accepter ?

— Je garderai le résultat pour moi, déclara Mitch. Mais je ne peux pas promettre que vous ne serez pas capable de le deviner toute seule. Quoi qu'il en soit, je m'engage à vous laisser tranquille. Il est clair que vous n'avez pas envie qu'un inconnu s'impose dans votre vie après toutes ces années, que je sois ou non votre père biologique.

— Vous voulez bien me dire pourquoi vous pensez que vous pourriez être mon père ?

En voyant l'expression de Mitch changer, elle se demanda si elle aurait dû emprunter cette voie.

— Vous êtes sûre que vous voulez le savoir ?

— Oui.

Pourquoi posait-il cette question ? Existait-il un sombre secret qui pourrait la blesser ?

Mitch sortit son téléphone de sa poche et le déverrouilla à l'aide de l'empreinte de son pouce. L'écran s'alluma, et il commença à faire défiler des photos, jusqu'à ce qu'il tombe sur celle qu'il semblait chercher.

— C'est elle, dit-il en tournant l'écran vers Raelynn.

Non, elle n'était pas prête à découvrir le visage qui semblait la regarder intensément.

Parce que la ressemblance était trop forte.

— Je suppose qu'il s'agit de ma mère, murmura-t-elle.

Elle était incapable de détacher les yeux de la photo. Les cheveux roux et les yeux noisette, le visage en forme de cœur… C'était comme se voir dans un miroir, à part le nez.

Regarder Sean maintenant n'était sûrement pas la chose la plus intelligente à faire, alors qu'elle se sentait à ce point vulnérable. Aussi elle s'en abstint.

— Quelqu'un a fait en sorte que je sois bombardé d'informations sur votre carrière, dit Mitch. Ce doit être un génie de l'informatique car je ne m'en suis pas rendu compte tout de suite. Dès que j'ouvrais un site d'information, il y avait un article sur vous.

Sa voix se brisa d'émotion.

— Tu lui ressembles tellement…

Le passage au tutoiement n'avait pas échappé à Raelynn, mais elle ne fit pas de commentaire.

Mitch prit le temps de s'éclaircir la gorge avant de continuer.

— Je me suis dit que tu devais être sa fille. Et comme ton âge figurait dans chaque article, ça n'a pas été très compliqué de faire le calcul. Ensuite, il m'a fallu quelques jours pour digérer l'information, même si je pouvais aussi reconnaître certains de mes traits en toi.

— Mon nez, murmura Raelynn.

Elle ne savait pas comment gérer ce flot d'informations. Pourtant, la perspective que Mitch puisse être son père lui procurait une étrange sensation de réconfort.

C'était comme une couverture chaude et douillette posée sur ses épaules par une nuit d'hiver glaciale.

— Où est-elle maintenant ? demanda-t-elle. Pourquoi ne pas aller la voir et lui poser la question ?

Mitch secoua tristement la tête, et une étrange panique s'empara d'elle.

Apparemment, même si elle en avait envie, jamais elle n'aurait la chance de connaître sa mère.

12

— Faites ce que vous voulez avec la brosse, dit Raelynn, avant de reculer de quelques pas.

Elle en fit un de plus et heurta le placard bas à côté de l'évier. Son changement d'attitude avait été drastique et presque instantané. Sean perçut le moment précis où quelque chose dans la qualité de l'air changea, mais il ne comprit pas pourquoi.

Mitch parut stupéfait par la réaction de Raelynn : des yeux écarquillés par la peur, une succession de regards faisant l'aller-retour entre les deux hommes, puis une sortie en trombe.

De toute évidence, elle ressentait le besoin de fuir. Mais quoi, exactement ? Le fait de voir la photo de sa mère avait-il touché une corde sensible. Pourtant, elle avait semblé calme pendant quelques secondes. Presque détachée.

— Je vais voir si elle va bien, dit Sean.

— Merci, dit Mitch, en étouffant un bâillement.

— Ça ne te ferait pas de mal de te reposer, fit remarquer Sean, avant de se diriger vers la porte de service.

Dehors, le front barré d'un pli soucieux, Raelynn faisait les cent pas le long de la façade, en se tordant les doigts.

Comme il n'avait rien d'autre à lui dire, à part « calme-toi » ce qui était prodigieusement agaçant quand on était énervé, il resta sans bouger, les pieds fermement plantés dans le sol, les bras croisés sur son torse. L'essentiel était que Raelynn ne se sente pas seule, qu'elle sache que quelqu'un était là pour l'aider.

Pendant cinq bonnes minutes, pas un mot ne fut échangé.

Ce n'était pas grave. Il pouvait rester comme ça toute la soirée, si nécessaire. À cette époque de l'année, le soleil entamait déjà sa descente vers l'horizon. Ça tombait bien, il adorait le mois de décembre, avec ses journées courtes et ses longues nuits. C'était assez ironique : juste au moment où la saison des vêlages battait son plein, les jours raccourcissaient. En fait, le mois le plus court était aussi le plus bouillonnant d'activité sur un ranch d'élevage bovin.

Ne comprenant pas comment ses pensées avaient pu dériver de Raelynn au ranch familial de Cider Creek, Sean se dit que son esprit partait en vrille parce qu'ils n'aboutissaient à rien avec l'enquête.

— Je lui ressemble tellement, dit finalement Raelynn, en s'arrêtant à dix pas de lui.

Elle lui faisait face comme s'ils portaient tous deux des gants de boxe et s'apprêtaient à disputer quelques *rounds*.

— C'est vrai, admit-il. Mais ça ne garantit rien.

— Tu ne peux pas nier que la ressemblance est troublante, insista-t-elle.

Elle avait le souffle court comme si elle avait couru un marathon.

— Effectivement, dit-il, en laissant retomber ses bras le long de son corps. Si j'ai retenu une leçon dans la vie, c'est que les apparences peuvent être trompeuses. Donc, j'essaie de ne pas juger une situation avant d'avoir des faits irréfutables pour étayer mes suppositions.

— J'ai l'impression que tu me dis de ne pas céder à la panique tant que je ne suis certaine de rien.

Elle était sur la défensive. Presque agressive.

— Je ne me permettrais pas de te dire ce que tu dois penser

ou ressentir. Tu es adulte et tu as gagné le droit de gérer ta vie comme tu l'entends.

— Et je dois faire quoi ? Garder mon calme pendant que mon avenir est suspendu au résultat d'un test ?

L'intonation de Raelynn était de plus en plus virulente.

— Rien ne changera, sauf si tu décides le contraire.

— C'est facile pour toi de dire ça.

Elle vibrait de colère, comme une cocotte-minute prête à exploser.

— Tu as raison, dit-il, d'une voix aussi calme que possible. Je n'ai pas la moindre idée de ce que ça représente pour toi. Tout ce que je sais, c'est que je veux t'aider autant que ça me sera possible. Je ne voudrais surtout pas dire quelque chose qui te causerait encore plus de détresse. Donc, il va falloir que tu me dises clairement ce que je peux dire ou faire pour t'aider.

Il y avait du défi dans le regard qu'elle lui lança.

— Est-ce que tu as une relation sentimentale en ce moment ?

Sean ne parvint pas à masquer sa surprise face à ce changement de sujet.

— Non, finit-il par répondre.

— Il n'y a personne de spécial dans ta vie quelque part ? Quelqu'un qui attend que tu rentres à la maison ?

Elle insistait, semblant le mettre au défi de reconnaître qu'il y avait effectivement quelqu'un. Une chose était certaine, il ne comprenait pas du tout où elle voulait en venir.

— Personne, dit-il.

Puis il décida d'attaquer à son tour.

— Et toi ?

Elle secoua la tête.

— Tu veux vraiment savoir ce que j'attends de toi à cet instant ?

Plutôt que de rester là à se demander s'il avait bien interprété son intonation, si c'était le bon moment pour tenter quelque chose, il décida d'arrêter de tergiverser et d'agir.

Tandis qu'il réduisait la distance entre eux en quelques larges enjambées, une étincelle de désir scintilla dans les yeux de Raelynn. Puis elle posa les mains son torse, en s'agrippant à sa chemise comme si elle essayait de s'ancrer pour résister à une tornade.

À la seconde où les lèvres de Sean se posèrent sur les siennes, Raelynn sentit tout son corps frémir comme sous une bourrasque invisible. Elle ignorait que cet homme avait le pouvoir de la bouleverser à ce point. Tout comme elle ne s'était pas rendu compte avant ce moment précis que c'était exactement ce qu'elle voulait et attendait de lui.

Elle ouvrit les lèvres pour accueillir la caresse plus intime de sa langue contre la sienne. Son souffle s'accéléra, se calant sur le rythme du pouls de Sean, qu'elle sentait battre sous ses doigts tandis qu'elle pressait plus étroitement la main sur son cœur.

Jamais encore on ne l'avait embrassée de cette façon. Pas un seul homme n'avait su éveiller en elle une réaction aussi brûlante, aussi passionnée. Avec Sean, tout était tellement différent. Ce baiser ressemblait à une noyade, un peu comme si un poids la tirait vers le bas, vers un lieu profond et obscur d'où elle ne pourrait jamais revenir.

Elle avait su d'instinct qu'il était spécial. Et ce moment de grâce entre eux prouvait qu'elle pouvait toujours se fier à son intuition.

Refermant les bras autour de sa taille, il la plaqua contre lui, et elle sentit son corps s'embraser. Chaque point de contact semblait produire des étincelles, et elle n'osa imaginer ce qu'elle ressentirait au contact de sa peau nue contre celle de Sean.

Des images troublantes de leurs deux corps enlacés dans une étreinte passionnée la firent frémir, tandis qu'un réseau de feu déroulait ses spirales dans son ventre.

Sean fut le premier à mettre fin à la magie du moment. Les paupières encore fermées, il posa son front contre le sien. Elle sentait son souffle chaud parfumé au café lui caresser le visage.

À chaque inspiration, l'odeur boisée de son eau de toilette, si masculine, lui emplissait les narines.

Elle essaya de porter son attention sur quelque chose qui ne ferait pas battre son cœur follement.

Ce baiser avait fait des merveilles pour la distraire l'espace d'un moment, mais ça ne pouvait pas durer. Elle devrait laisser la réalité reprendre ses droits.

Pendant un long moment, elle resta immobile, tandis que le soleil disparaissait. En dehors de leur respiration, on n'entendait que les stridulations des criquets. Et même ce son était étouffé par celui de leurs battements de cœur.

— Nous devrions peut-être rentrer, suggéra-t-elle finalement.

— Dès que tu le souhaites.

La voix de Sean la troublait infiniment. La sensation d'une myriade de papillons prenant leur envol dans son ventre était à couper le souffle.

— Ou alors, proposa-t-il, nous pouvons aussi rester là et discuter de ce qui te préoccupe.

Sans attendre sa réponse, Sean lui prit la main et entrelaça ses doigts aux siens, avant de l'entraîner vers une balancelle en bois tournée vers une vaste étendue de pelouse. En découvrant le jardin pour la première fois, Raelynn s'était dit que l'absence de végétation où se dissimuler réduisait la possibilité de se faufiler dans la maison sans être détecté. C'était une bonne idée de garder cette zone aussi dépouillée, même s'il fallait reconnaître que ça n'avait aucun charme.

Elle s'assit sur la balancelle, et Sean prit appui contre la rambarde de la terrasse.

— Je ne suis pas douée pour parler, dit-elle.

— Ce n'est pas grave. Je suis un homme patient. Et puis, nous n'avons pas besoin de commencer par quelque chose d'important. Si tu me disais quelle est ta couleur préférée ?

— Facile, dit-elle avec un petit sourire. C'est le bleu, comme celui du ciel par une belle matinée de printemps. Et aussi l'orange. Mais pas comme celui d'une citrouille. Plus comme la couleur des feuilles quand elles commencent à tomber en automne.

Elle relâcha son souffle, comme elle ne l'avait pas fait depuis longtemps, et tapota l'assise de la balancelle à côté d'elle.

— Tu dois te demander ce qui m'a fait paniquer tout à l'heure.

Il hocha la tête tandis qu'il s'avançait pour prendre place à côté d'elle. Il était assis tellement près que leurs cuisses se touchaient. Un regain de chaleur envahit Raelynn, propageant dans tout son corps un sillage de vibrations sensuelles.

— Je suis là si tu as envie de parler, dit-il, avec une intention si bienveillante qu'elle eut envie de lui ouvrir son cœur et de lui livrer tous ses secrets.

— C'est elle, j'en suis sûre. Quand Mitch m'a montré sa photo, j'ai ressenti quelque chose. C'est difficile à décrire, sauf que j'ai senti un lien que je n'avais jamais expérimenté avant.

— Et ce n'est pas une bonne chose ?

Il y avait quelque chose de profondément apaisant et réconfortant dans la présence de Sean.

— Je l'ai regardée, et je me suis vue, essaya-t-elle d'expliquer. L'espace de quelques secondes, ça m'a semblé positif, et beaucoup moins après.

Elle s'exprimait avec hésitation, comme si elle testait chaque mot l'un après l'autre.

— Tu sais, ça fait bien longtemps que j'ai dépassé le stade où ça me manquait de ne pas avoir de parents.

— Et tu n'as pas envie de revivre cette période. De connaître à nouveau ce manque, dit Sean, comme s'il devinait ses peurs.

Il était intuitif et doué pour décrypter ce qu'elle ressentait. Il est vrai que c'était son travail.

— Pas si je peux l'éviter, admit-elle. La déception fait beaucoup trop mal. Et puis, je me suis fait la promesse de ne plus ressentir de nouveau ce genre de peine.

Sean garda le silence un moment.

— Je devrais être le dernier à dire ça, étant donné que j'ai longtemps pensé la même chose que toi, mais comment fais-tu pour laisser quelqu'un entrer dans ta vie si tu as toujours peur de souffrir ?

— Je ne le fais pas, admit-elle.

En prononçant ces mots, elle prit conscience de l'impression que cela donnait : celle d'une infinie solitude.

— J'ai mon travail et j'ai des aventures de temps en temps. Ce n'est pas comme si je passais chaque instant de ma vie toute seule.

Elle se rendit compte aussi qu'elle était sur la défensive et sentit que Sean avait touché une corde sensible.

La main de celui-ci se referma sur les siennes, qu'elle avait jointes sur ses genoux.

— J'ai le même défaut, reconnut-il. Avec moi, le travail est toujours une bonne excuse pour repousser les gens à bonne distance. Et en plus, je me dis que c'est pour leur bien, parce que je suis trop compliqué, trop difficile à vivre. Mais ce n'est pas vrai. Je le fais pour moi. Parce que c'est plus confortable comme ça.

Ses mots résonnèrent en elle plus qu'elle ne l'aurait souhaité.

— Finalement, nous ne sommes pas tellement différents, observa-t-elle.

— Je peux te demander ce qui se passerait si Mitch était ton père, et la femme sur la photo était ta mère ?

— Je n'y ai pas encore réfléchi. Je suis adulte, donc je n'ai plus besoin d'être prise en charge et éduquée. Je crois comprendre pourquoi ma mère n'a pas voulu parler de sa grossesse à Mitch, ni me garder. Ils étaient tous les deux extrêmement jeunes, et ils n'auraient su, ni l'un ni l'autre, quoi faire de moi.

— Je ne connais pas ta mère, mais je peux parler pour Mitch. Peu importe son jeune âge, il aurait fait ce qui était juste et bon pour toi.

— Maintenant que je le connais un peu, je commence à le

penser aussi. Mais ma mère a dû croire que c'était mieux pour lui s'il ne savait rien. Elle a probablement voulu lui éviter de gâcher sa vie.

— Tant que nous ne connaîtrons pas les circonstances, il vaut mieux éviter de faire des suppositions ou de porter des jugements, dit Sean. Crois-moi quand je dis que j'ai vu beaucoup de choses en faisant ce travail. Bien plus que la plupart des gens.

— Je veux considérer la situation sous un angle positif. Vraiment.

Elle observa une pause pour rassembler ses pensées.

— Mais si ce n'était pas le cas ? Personne ne peut garantir que c'était une bonne personne, ni qu'elle avait de bonnes intentions.

— Tu as raison.

Il soupira.

— La seule chose que je peux dire, c'est que je connais bien Mitch. Et il ne me fait pas l'effet d'un homme qui s'engagerait à la légère avec quelqu'un. Encore moins si cette personne était mal intentionnée. J'en conclus que ta mère avait une bonne raison pour agir comme elle l'a fait. S'ils sont bien tes parents, évidemment.

— Je pense que l'échantillon de cheveu ne tardera pas à nous l'apprendre.

Au fond d'elle, Raelynn ne se sentait pas tout à fait prête à absoudre sa mère.

Serait-elle capable d'affronter la vérité ?

13

La seule chose que Sean pouvait faire, c'était tenir Raelynn dans ses bras. Aucune parole ne lui rendrait la situation plus facile. Aussi, il ne chercha pas à prolonger la conversation. Un bras passé autour de son épaule, il l'attira contre lui.

Quand elle posa la tête sur son épaule, un feu d'artifice explosa dans sa poitrine. Ce qui se passait entre eux dépassait tout ce qu'il avait pu ressentir jusqu'à présent.

Était-il prêt pour quelque chose de cette magnitude ?

Un tueur semblait déterminé à abréger sa relation avec Raelynn. Dans ces conditions, il ne risquait pas de rentrer au ranch dans les jours à venir. De sa main libre, il chercha son téléphone dans la poche de son pantalon, puis décida de remettre son appel à plus tard.

Raelynn s'abandonnait contre lui en toute confiance, et ça lui procurait un curieux sentiment qu'il était incapable de définir. En tout cas, il y avait quelque chose de profondément juste dans ce moment, comme si sa place était là, avec elle. Elle s'était confiée à lui, partageant ses pensées, ses inquiétudes. Il aurait voulu en connaître plus sur ses goûts, ses habitudes, savoir ce qui lui plaisait autant que ce qui pouvait l'irriter. Les rares confidences de Raelynn lui avaient permis de se faire une idée de son caractère et de découvrir qu'ils avaient quelques points communs. Mais il aurait aimé savoir s'ils avaient lu les mêmes livres, aimé les mêmes films. S'ils appréciaient le même genre d'humour et les mêmes courants musicaux...

Laisser son esprit divaguer ainsi et lâcher la bride à ses émotions n'était probablement pas une bonne idée. Et pourtant, côtoyer Raelynn lui faisait désirer des choses auxquelles il n'aurait probablement pas dû penser.

Elle avait le don incroyable de lui faire croire que tout était possible. C'était rare, et il la considérait un peu comme une super héroïne pour ça. Ou alors, c'était seulement un effet du pouvoir qu'elle exerçait sur lui.

Il ressentait de plus en plus fort en lui l'envie de tout lui donner. À commencer par la sécurité. Non seulement ça faisait partie de son travail de s'assurer qu'elle reste en vie, mais il avait envie de la protéger, ce qui était nouveau pour lui. Compte tenu de son passé, il n'assurait jamais les missions de protection rapprochée. Ce serait une bonne excuse pour se mettre en retrait, si ce n'est qu'il avait envie de rester avec Raelynn et de faire en sorte qu'il ne lui arrive rien. L'idée que Drake puisse tirer les ficelles était à tout le moins déstabilisante.

Ce qu'il voulait à tout prix éviter, c'est que Raelynn se sente prise au piège au Texas. C'était là qu'elle avait toujours vécu, et elle avait le droit d'y demeurer et de poursuivre cette carrière qui comptait tant pour elle.

— Ohé !

La voix de Raelynn interrompit ses pensées. Elle était comme le soleil s'insinuant à travers les nuages par une journée orageuse.

— Désolé, dit-il.

— Tu n'as pas à t'excuser, Sean. Je me demandais seulement où tu étais parti.

— Que Mitch soit ou non ton père n'est pas le plus grand problème que nous avons à affronter pour le moment, lui rappela-t-il. Nous devons identifier celui qui s'en prend à toi, et l'arrêter avant qu'il ne soit trop tard.

Son cœur se serra à la pensée qu'il pourrait arriver quelque chose à Raelynn. En tout cas, il espérait de toutes ses forces pouvoir l'empêcher.

— Je sais, dit-elle, avec un calme étonnant. Et je suis persuadée que nous y arriverons.

— Mitch ne lâche pas la piste de Drake Johnson.

— Je m'en doute. Je ne connais pas ce type, mais je suppose qu'il dispose des ressources pour me localiser, à commencer par la maîtrise de toutes les techniques informatiques.

— N'oublie pas que l'esprit de vengeance est un mobile suffisant à lui seul.

La sentant frissonner, Sean resserra son bras autour de Raelynn.

— Puisque Mitch travaille cette hypothèse, nous pouvons nous concentrer sur ton harceleur, dit-il.

— Tu ne penses pas qu'il s'agissait d'Anton, n'est-ce pas ?

— Pas pour le moment. Plus tard, nous établirons peut-être un lien, mais je préfère les considérer comme deux entités séparées pour le moment.

— D'accord.

— Dis-moi comment tout a commencé, et quelles mesures ont été mises en place pour empêcher qu'il s'en prenne à toi.

Le soupir de Raelynn lui fit l'effet d'un épais nuage gris dans un ciel orageux, juste avant que les premières gouttes de pluie ne commencent à tomber.

— Au début, je sentais toujours une présence qui rôdait après le spectacle, commença-t-elle à expliquer. J'apercevais une silhouette au loin, sans parvenir à distinguer la personne clairement. Mais ce genre d'incident isolé n'était pas suffisant pour alerter l'attention. J'ai beaucoup de fans qui me suivent d'un spectacle à un autre durant la tournée.

— Mais là, c'était différent, observa Sean.

Elle hocha la tête.

— Mes fans les plus acharnés s'inscrivent généralement

pour des séances de dédicaces et d'échange. Ils se déplacent en groupe et font tout pour que je remarque leur présence et leur accorde une accolade ou une poignée de main. Ce n'est pas du tout le même genre de comportement. J'ai d'abord pensé à un admirateur secret.

— Il y a sans doute eu une escalade dans les agissements.

— En effet. Au début, c'était une rose coincée sous l'essuie-glace de mon bus de tournée. Puis on m'a volé des sous-vêtements dans ma loge. Et enfin, j'ai reçu un message disant « Remonte sur scène ou tu mourras. »

Elle soupira.

— Malheureusement, ce n'est pas tout à fait surprenant dans mon métier. En tant qu'artistes, nous sommes encouragés à communiquer avec les fans pour qu'ils soutiennent avec enthousiasme notre travail. Pour être honnête, c'était en ce qui me concerne la partie la plus difficile du travail.

Elle eut un petit haussement d'épaules.

— Il faut savoir aussi que mon idéal de vie, c'est de me trouver dans une pièce fraîche et sombre, seule avec ma guitare.

Sean se retrouvait parfaitement dans ce besoin de solitude. Jamais il n'avait eu l'impression d'être seul… jusqu'à récemment. Même s'il était attaché à Razor-Sharp, il commençait à ressentir le besoin de changer et d'avancer.

— Maintenant que je sais cela, c'est difficile de t'imaginer monter sur scène soir après soir. Ça doit être une torture.

— C'est une bonne façon de décrire ce que je ressens, dit-elle avec un petit rire, qui fit à Sean l'effet d'une brise fraîche par une journée un peu trop chaude. Une fois les premières minutes passées, ça va mieux. Ce que j'aime le plus, c'est voir comment le public réagit à mes chansons.

— Je t'ai entendu jouer de la guitare. Tu es douée.

— Merci.

Elle rougit légèrement, et il ne put s'empêcher de trouver cela très sexy. D'ailleurs, presque tout chez elle l'était.

— Ça signifie énormément pour moi que tu me dises ça.

— Je t'en prie, dit-il, en lui pressant la main.

Le geste se voulait uniquement réconfortant, mais il eut pour effet de faire battre son cœur plus vite. Favoriser les contacts physiques avec Raelynn n'était peut-être pas ce qu'il y avait de plus intelligent, étant donné qu'il devrait probablement se mettre en retrait. Ou, au minimum, essayer de garder un peu d'objectivité dans cette mission.

Rappelé à la réalité, il fit remarquer :

— À propos de cette personne mystérieuse qui a attiré ton attention… Tu as eu raison d'écouter ton instinct. Trop souvent, les gens ignorent leurs intuitions, et la situation peut très vite dégénérer.

— Quand on grandit dans les conditions que j'ai connues, il est indispensable de développer très vite une sorte de radar contre le danger.

En entendant Raelynn évoquer son enfance, Sean sentit son cœur se serrer.

— J'imagine.

— C'est ce qui m'a permis d'arriver jusqu'ici saine et sauve.

— Tu n'aurais pas dû en avoir besoin, dit-il entre ses dents. Personne ne devrait. Surtout pas un enfant sans défense.

— Je suis d'accord. Et c'est aussi pour cette raison que je n'ai jamais envisagé d'avoir un bébé. S'il m'arrivait quelque chose, il pourrait se retrouver dans la même situation.

— Pas si c'était le mien.

Ce fut au tour de Sean de se sentir embarrassé. Il fallait reconnaître qu'il s'était un peu emballé.

Pour la première fois, cependant, il ne rejetait pas l'idée de devenir père. S'il avait dans sa vie quelqu'un comme Raelynn, il pouvait s'imaginer être heureux. Il n'était pas question d'amour, toutefois. Comment pourrait-il être amoureux d'une femme qu'il ne connaissait que depuis quelques jours ? L'amour était un sentiment plus lent à mûrir. Si toutefois il existait vraiment...

— J'en suis sûre, dit Raelynn, avant qu'il ait eu le temps de faire machine arrière, et de lui expliquer qu'il ne parlait pas d'avoir un enfant avec elle.

Cette affirmation lui alla droit au cœur, lui prodiguant une douce et tendre chaleur, et pourtant il s'efforça de rester impassible.

Il ne manquerait plus qu'il s'attache trop à elle ! Un jour ou l'autre, elle finirait par partir, c'était une certitude. La seule chose qu'il ignorait, c'était à quel point le vide que laisserait son départ serait insurmontable.

Raelynn s'était blottie contre Sean, ce qu'elle ne faisait que rarement, n'étant pas adepte des contacts physiques. C'était la première fois qu'elle avait envie de puiser dans la force de quelqu'un d'autre.

Elle avait toujours considéré ça comme une faiblesse. À présent, elle commençait à comprendre combien il fallait de force, justement, pour s'autoriser à dépendre de quelqu'un d'autre. Elle devait combattre toute une série d'automatismes bien ancrés pour reconnaître qu'elle avait peut-être besoin d'aide. Cette expérience lui faisait ouvrir les yeux sur tous les inconvénients qu'il y avait à repousser les autres sans cesse.

— Nous devrions commencer à nous intéresser à ton entourage, dit Sean. Tu as cité quelques noms, tout à l'heure. Qui sont ces personnes, et quel intérêt ont-elles à être en relation avec toi ?

— Voyons, dit-elle, en se réjouissant que la conversation ait retrouvé ses rails. Erik et Ashley Bradshaw ont un intérêt financier. Ils financent mes tournées, et c'est grâce à eux que je suis entrée en relation avec des vedettes plus connues, qui m'ont invitée à faire la première partie de leur spectacle.

— Donc, ils perdraient de l'argent s'il t'arrivait quelque chose.

— Je ne sais pas si on peut dire ça comme ça. Ils n'ont pas

arrêté de me bombarder de SMS pour exiger que je remonte sur scène, au mépris de ce qui pourrait m'arriver.

— Ça ne donne pas l'impression qu'ils se soucient vraiment de ton intérêt. En revanche, ce que je ne comprends pas, c'est qu'ils n'aient pas proposé de te fournir des gardes du corps.

— Le coût de la tournée est déjà très élevé. Ils m'ont alloué un budget que j'ai entièrement dépensé pour couvrir les salaires des musiciens et des techniciens. Et je ne te parle pas du montant de l'assurance. Généralement, il faut compter deux mois de tournée avant que je commence à me rémunérer sur les recettes. Cette fois-ci, Ashley a proposé de payer elle-même l'assurance, et ça a permis d'économiser une belle somme. Je suppose qu'elle a obtenu un meilleur tarif en regroupant les polices d'assurance de leurs autres investissements.

— Tu n'as plus à t'inquiéter de ta sécurité maintenant, puisque tu m'as moi.

Ces paroles réconfortèrent Raelynn plus qu'elles ne l'auraient probablement dû. Elle ne doutait pas des capacités de Sean, mais elle devait rester sur le qui-vive et assurer sa propre protection.

— C'est bon pour moi de rester vigilante, remarqua-t-elle.

Ce commentaire parut contrarier Sean, mais il ne chercha pas à argumenter.

— Tout le monde devrait l'être.

Raelynn trouva que son intonation était un peu froide. Peut-être l'avait-il pris un peu plus à cœur qu'elle n'aurait pu l'imaginer. Il est vrai que, pour un ancien militaire surentraîné comme lui, cette remarque pouvait être ressentie comme une insulte.

— Parle-moi un peu de ces SMS. Quelle était leur tonalité ?

— Mes sponsors exprimaient juste leur désaccord avec ma décision de quitter la tournée. Ce n'était pas particulièrement amical, mais pas non plus très agressif. Je t'aurais bien montré les messages, mais j'ai dû me débarrasser de mon portable après que mon harceleur m'a retrouvée dans un motel où je m'étais réfugiée.

— C'est du sérieux, dit Sean, en se redressant un peu.

— C'était terrifiant. Je l'ai signalé à la police, mais on m'a rétorqué qu'aucun délit n'avait été commis.

— Des femmes sont mortes dans des situations similaires parce que la police ne les a pas prises au sérieux, commenta Sean, en secouant la tête. La façon dont les victimes sont traitées est inacceptable.

— Ce n'est pas moi qui vais dire le contraire.

La chaleur du corps de Sean lui manquait à présent qu'il avait changé de position sur la balancelle, et qu'ils se tenaient côte à côte sans se toucher. Il avait lâché sa main aussi.

C'était peut-être mieux ainsi. Ça lui permettrait de réfléchir plus sereinement. Il était un peu trop facile de se perdre dans la présence de Sean Hayes.

— J'aimerais quand même parler à Ashley et Erik, histoire d'avoir leur sentiment sur cette histoire. Étant donné qu'ils ont un intérêt à ce que tu reprennes la tournée, ils ont peut-être entamé des recherches de leur côté.

— Tout est possible, admit Raelynn.

— Tu vois quelqu'un d'autre qui pourrait être suspect dans ton entourage ?

— Nous avons déjà évoqué Rudy et ses problèmes de jeux.

— Je voudrais m'entretenir avec lui également.

— Ma liste s'arrête là.

— Il y a des rivalités sur la tournée, avec les autres chanteurs ?

— Je dirais que tout le monde se respecte plus ou moins. Ce n'est pas évident de se faire un nom dans la musique *country*. Quand quelqu'un a du succès, les autres s'en réjouissent généralement.

— Et parmi tes musiciens ? Pas d'inimitié particulière ?

— On se connaît depuis longtemps, et tout le monde s'entend bien.

— Il n'y a pas eu de rumeurs, à propos d'une liaison que tu aurais eue avec un homme marié ?

Raelynn remarqua qu'un muscle avait tressailli dans la mâchoire de Sean tandis qu'il posait la question.

— Je me tiens autant que possible à l'écart des ragots, donc je ne peux rien te dire dans un sens ou dans un autre.

Ça ne semblait pas être la réponse qu'il attendait, mais c'était la vérité.

— Je reste dans mon coin la plupart du temps, reprit Raelynn, et j'ai des relations cordiales avec les membres de mon équipe et leurs conjoints.

— Ça ne veut pas dire qu'il n'existe pas des inimitiés cachées.

— Tu as sans doute raison. Je me demande seulement ce que quiconque aurait à gagner en me faisant du mal. Si j'abandonne la tournée, personne n'est payé.

— C'est juste. Mais je n'écarte pas pour autant la jalousie. C'est une émotion puissante qui peut faire réagir les gens de façon inattendue.

— Maintenant que j'y pense, la femme de Rudy Cannon lui a demandé, il y a quelques mois, si j'étais plus importante qu'elle.

C'était curieux. Elle ne s'en serait même pas souvenue s'ils n'avaient pas eu cette conversation.

— Dans ce cas, il faudra les interroger tous les deux, décréta Sean.

14

— Tu es prête à rentrer, maintenant ? demanda Sean à Raelynn.

— Oui. Nous devrions probablement prendre quelques notes à propos de ce dont nous venons de discuter, pendant que c'est encore frais dans notre esprit, suggéra-t-elle.

Puis elle lui prit la main.

Si Mitch était encore éveillé, il aurait peut-être un choc en les voyant si complices. Verrait-il leur relation comme une bonne chose ?

En tout cas, Sean ne savait pas comment définir ce qui se passait entre Raelynn et lui. Il ne voulait pas non plus traiter cela à la légère ou l'ignorer. Il résolut de démêler cet imbroglio plus tard. Pour le moment, sa seule préoccupation était d'apporter une protection à Raelynn.

Le rez-de-chaussée était calme. Les autres agents étaient sur le terrain, et l'assistante administrative travaillait la plupart du temps à distance. Mitch devait être à l'étage en train de se reposer.

Raelynn lui lâcha la main pour se diriger vers le réfrigérateur. Ce faisant elle passa devant l'îlot où se trouvait l'autotest ADN. La réponse était sous ses yeux. À elle de la consulter ou de l'ignorer.

Évidemment, ce genre de test réservé aux particuliers, avec un résultat presque immédiat, n'était pas fiable à cent pour cent. Mitch ne s'en contenterait pas. Il enverrait les échantillons à un laboratoire.

— Ça te dérange si je me prépare un truc à manger ? demanda Raelynn.

— Fais comme chez toi.

Sean sortit son téléphone de sa poche et ouvrit l'application prise de notes.

L'appareil possédant plusieurs niveaux de cryptage, les *hackers* avaient plus de chance de pénétrer dans l'ordinateur central du ministère de la défense que de pirater son téléphone. Toutefois, il utilisa pour écrire une technique de codage qu'il avait apprise à l'armée, et qu'il continuait à employer encore aujourd'hui. Cela faisait bien longtemps qu'il avait appris à ne rien laisser au hasard.

Lorsqu'il leva les yeux vers Raelynn, il se rendit compte qu'elle l'observait.

— Quoi ? demanda-t-il.

Elle rougit.

— Rien. Sauf que tu plisses le front quand tu réfléchis. C'est... mignon.

— Mignon ? répéta-t-il, en songeant que ce qualificatif s'appliquait plutôt à des chiots ou des chatons.

Il était adulte, que diable. Le stade du mignon était dépassé depuis longtemps. Et pourtant, il fut amusé par son commentaire.

— J'essaierai de viser plus haut, la prochaine fois, plaisanta-t-il.

— Tu parlais de viser quoi ? demanda Mitch, en entrant dans la cuisine.

— C'est sans importance. Dis-moi, ce truc-là doit rester traîner sur l'îlot ?

— Désolé, dit Mitch, en s'empressant de récupérer le test. Pour être honnête, je n'ai pas regardé le résultat non plus.

— Oh ! dit Raelynn. Pourquoi ?

— Je préfère attendre d'être seul. Tu as dit que tu ne voulais rien savoir, et je respecte ton souhait. J'ai simplement peur que tu le voies sur mon visage si je n'ai pas un peu de temps pour digérer le verdict.

— Le résultat pourrait être erroné, fit remarquer Sean.

— Je sais. J'ai l'intention de déposer les échantillons au laboratoire demain matin, pour avoir confirmation.

Ça ressemblait bien à Mitch de ne pas mettre tous ses œufs dans le même panier. Sean s'en était douté.

— Merci de respecter ma demande, dit Raelynn.

Elle ne semblait pas prête à changer d'avis, et avoir appris que celle qui était peut-être sa mère était morte n'avait fait que compliquer les choses.

Pour Sean, même s'il avait été en conflit avec son grand-père, la famille était une notion acquise, et il avait du mal à envisager ce que Mitch et Raelynn pouvaient ressentir.

Ça ne devait pas être facile. Mais ils géraient ça, l'un comme l'autre, avec beaucoup de discernement. Les gens du sud auraient dit qu'ils avaient de la noblesse d'âme.

— Ça va de soi, dit Mitch. Je ne peux pas promettre que tu ne devineras pas, mais je ferai de mon mieux pour rester impassible.

— J'apprécie, dit-elle, avec un peu plus de chaleur dans la voix que lorsqu'ils avaient évoqué précédemment une possible paternité.

Mitch sembla le remarquer aussi.

Depuis des années qu'ils se connaissaient, Sean l'avait rarement vu sourire. Ce soir, il avait une mine enjouée comme jamais.

— Et si on essayait de préparer quelque chose pour le dîner ? proposa Sean, en posant son téléphone sur l'îlot pour aider Raelynn à sortir des aliments du réfrigérateur.

— N'importe quoi fera l'affaire, dit Mitch.

— Assieds-toi, lui ordonna Sean. À nous deux, nous allons bien réussir à trouver un truc.

Raelynn lui adressa un petit sourire, tandis qu'il s'approchait.

— Qu'avons-nous de beau ?

— Beaucoup de plats de célibataires, dit-elle, en ouvrant le compartiment de congélation.

— Hé, ne juge pas ! C'est très pratique quand tu veux manger quelque chose d'à peu près décent, et que tu as juste le temps de passer un truc au micro-ondes.

Elle lui glissa un regard en biais.

— J'ai les mêmes chez moi. Et j'en achète quand je suis sur les routes. Donc, je ne juge pas. En plus, je suis une très mauvaise cuisinière.

— Ça m'étonnerait. Tes œufs brouillés avaient l'air délicieux.

— Ce n'est pas nécessaire de faire une école de cuisine pour battre des œufs dans une poêle, rétorqua-t-elle, en levant les yeux au ciel.

— Voyons voir, dit Sean en sortant une boîte du congélateur. Qui veut des lasagnes ?

— Je les prendrais bien, si ça ne tente personne d'autre, dit Mitch.

Sean regarda Raelynn, qui secouait la tête. Il sortit deux autres boîtes et les posa sur le plan de travail.

— J'ai aussi du hachis parmentier...

Raelynn fit la grimace.

— Ou un émincé de poulet aux légumes grillés.

— C'est plus mon genre de nourriture, approuva Raelynn. J'ai vu de la laitue et des tomates dans le réfrigérateur. Je peux faire une salade. Qui est partant ?

Sean et Mitch levèrent la main.

— Il y a du beurre et de l'ail ?

— C'est possible, dit Mitch.

— Alors, je peux faire des croûtons à l'ail en faisant griller le pain qui reste.

— Et tu prétends ne pas savoir cuisiner, plaisanta Sean.

Elle lui donna un coup de coude dans les côtes.

Ce contact anodin provoqua en lui un feu d'artifice digne de ceux tirés pour la fête nationale.

Deux choses se disputaient son attention : les baisers qu'ils avaient partagés et qui étaient imprimés à jamais dans sa mémoire, et l'enquête en cours. Son esprit y revenait sans cesse, même s'il essayait de penser à autre chose.

Il remarqua que Raelynn regardait de temps en temps l'endroit où se trouvait le test un peu plus tôt.

Avait-elle envie de connaître le résultat malgré ce qu'elle affirmait ?

Après avoir réchauffé les plats au micro-ondes un par un, Sean fit glisser leur contenu sur les assiettes que Raelynn avaient sorties. Étant donné que les agents allaient et venaient sans horaire régulier, il n'y avait pas de table pour prendre les repas en commun, mais la table de conférence ferait l'affaire.

Tandis qu'ils prenaient place, Sean ne put s'empêcher de penser qu'ils ressemblaient beaucoup à une famille.

Raelynn s'excusa à la seconde où elle eut terminé son assiette. Bien qu'elle ait dormi tout son content la veille, elle était épuisée. Cette fuite en avant et ce stress semblaient l'avoir finalement rattrapée.

— Je crois que je vais aller prendre une douche et me coucher, dit-elle, en évitant de croiser le regard de l'un ou l'autre des deux hommes.

Elle ne voulait pas que Sean ait l'occasion de la regarder de trop près alors que les larmes lui montaient aux yeux.

La tête baissée, elle se précipita à l'étage tandis qu'un tsunami d'émotion menaçait de la submerger. Elle entendit vaguement quelque chose à propos de vêtements propres à sa taille déposés sur le lit pour elle. Elle avait sans doute mal compris. Ils ne gardaient quand même par sur place une sélection de tenues de rechange dans toutes les tailles ?

Après s'être douchée et avoir enfilé lesdits vêtements, elle prit son carnet et sa guitare. D'autres mots lui vinrent pour compléter la chanson qu'elle avait ébauchée la veille.

Elle ne savait pas depuis combien de temps elle était plongée dans ses pensées quand un coup discrètement frappé à la porte attira son attention.

— Entrez, dit-elle.

Sean passa la tête dans l'entrebâillement.

— Tout va bien ?

Son air soucieux eut raison des résolutions que Raelynn avait prises.

— Bien sûr.

— Ce n'est pas une réponse très convaincante, dit-il, avec un petit clin d'œil qui la fit fondre.

Elle ne put s'empêcher de sourire.

— Tu n'as qu'à entrer et t'asseoir un moment si tu ne me crois pas.

— Seulement si tu joues quelque chose pour moi.

Elle fondit un peu plus.

— Qu'est-ce que tu veux entendre ?

Elle se sentait toujours un peu perdue quand on lui demandait de jouer.

— Ta chanson préférée.

— C'est toujours celle sur laquelle je travaille. Sauf si elle me donne du mal. Dès que j'ai dépassé le blocage et qu'une chanson commence à prendre forme, je deviens terriblement enthousiaste.

Sean s'avança jusqu'au lit et s'assit, en pivotant pour lui faire face.

Il était torse nu, tout juste sorti de la douche. Elle essaya de détourner le regard des cicatrices qui dessinaient comme une carte sur sa peau, celle des batailles qu'il avait affrontées.

— D'habitude, je ne partage pas la musique que je suis en train de créer, mais voilà ce que ça donne...

Raelynn prit une profonde inspiration et commença à jouer. Le chant suivit. Normalement, elle n'était pas sujette à la nervosité lors d'un exercice comme celui-ci. Mais les éventuels critiques de Sean lui feraient beaucoup plus de mal que si elles venaient d'une personne lambda.

Ce ne fut qu'une fois qu'elle eut terminé qu'elle osa regarder Sean.

— C'était incroyable, dit-il, avec une admiration qui faillit la déstabiliser.

Elle se rendit compte alors combien il était important pour elle que Sean apprécie sa musique.

La fatigue se rappela soudain à elle, et elle étouffa un bâillement.

— Je devrais y aller, dit-il, sans manifester un enthousiasme débordant.

— Tu veux rester ? Je n'ai pas l'intention de dormir une nouvelle fois toute la journée, mais je n'ai pas eu beaucoup l'occasion de me reposer depuis que tout a commencé et…

Elle comprit à quel point elle semblait probablement égoïste.

— Mais tu sais, ce n'est pas grave si tu es plus à l'aise dans la chambre voisine, s'empressa-t-elle d'ajouter.

— Ça ne me dérange pas d'être avec toi, Raelynn. Ça facilite mon travail si nous sommes au même endroit.

Le commentaire de Sean lui fit l'effet d'une douche froide.

— Dans ce cas, je m'en voudrais de te compliquer la tâche, répliqua-t-elle sèchement.

Elle ne savait pas exactement à quel genre de réaction elle s'attendait de sa part, mais certainement pas à celle qu'il eut.

— Je t'en remercie, dit-il, en esquissant un sourire.

Puis il lui demanda s'il pouvait la débarrasser de sa guitare.

— Je m'en occupe dit-elle, se rendant compte qu'elle était bien plus fatiguée qu'elle ne l'avait imaginé.

Elle déposa délicatement sa chère guitare dans son étui, et revint vers le lit, que Sean occupait déjà.

— Ça te dérange si je me mets à l'aise ? demanda-t-il, tandis qu'elle le rejoignait sur le matelas.

— Je t'en prie.

Un frisson d'anticipation courut sous sa peau tandis qu'il ôtait son jean. Sean possédait un magnétisme impossible à ignorer. Aussi, elle n'essaya même pas de lutter.

Ses émotions étaient toujours à fleur de peau quand elle avait faim, quand elle était en colère ou fatiguée. Cette fois, elle mit sa nervosité sur le compte de l'épuisement, et se glissa sous la couette en s'efforçant de ne pas laisser son regard s'attarder sur le corps exagérément musclé de Sean, seulement vêtu d'un boxer.

Avant d'éteindre la lumière, elle ne put toutefois s'empêcher d'effleurer la cicatrice qu'il avait sous sa clavicule droite.

— Comment est-ce arrivé ?

— Une bagarre au couteau, dit-il avec détachement, comme s'il relatait un événement lu dans le journal, au lieu de quelque chose qui avait laissé une marque permanente sur son corps.

— Qui a gagné ?

— Moi. Sinon ça aurait été pire.

— Tu as dû avoir atrocement mal.

— Pas autant qu'on pourrait le croire.

— Comment est-ce possible ?

— Grâce à l'adrénaline.

Il éteignit la lumière et l'attira contre lui. Elle résista à la tentation de se blottir contre son corps – pendant quelques secondes en tout cas. Et puis elle renonça.

Ça ne servait à rien de lutter contre le réconfort qu'elle trouvait entre ses bras. Ni contre cette étrange impression d'avoir trouvé sa place, d'être exactement là où elle devait être.

C'était une sensation tellement nouvelle qu'elle avait un peu de mal à l'identifier.

— Ça a quand même dû finir par faire mal, au bout d'un moment.

— À ce moment-là, on m'avait déjà administré assez d'antalgiques pour que ce soit supportable.

— Pourquoi avoir choisi l'armée, plutôt que de travailler au ranch ? demanda-t-elle. Tu as grandi là-bas. Tu dois connaître le travail.

— Sur le bout des doigts. Mais, ce n'est pas quelque chose que j'aimais faire. À ce propos, toute la famille est convoquée là-bas pour discuter du rôle de chacun, et je devrais déjà être en route.

— J'avais complètement oublié que tu étais attendu ailleurs.

Elle était tellement préoccupée par sa propre affaire qu'elle en avait oublié que Sean avait une vie.

— Pas de problème. Je n'avais pas tellement envie d'en parler, de toute façon.

— Pourquoi pas ? Ça pourrait te faire du bien de libérer tout ce que tu as sur le cœur.

Il soupira.

— Il y a toute une histoire avec mon grand-père, qui est mort il n'y a pas très longtemps.

— Vous ne vous entendiez pas ?

— Personne ne s'entendait avec lui, pour autant que je sache.

— Tu dois quand même être proche de tes frères et sœurs.

— Probablement pas autant que je le devrais. Je me suis replié sur moi-même quand mon père est mort, et j'ai appris à me débrouiller seul.

Il hésita un moment.

— Je ne pense pas que mes problèmes puissent se comparer aux tiens. Disons seulement que la famille, ça peut être compliqué.

— Vu de l'extérieur, avoir une famille me paraissait très enviable quand j'étais petite. Je crois que ça n'a jamais traversé mon jeune esprit que ça pouvait être compliqué.

Il rit doucement.

— L'herbe n'est-elle pas toujours plus verte dans le pré d'à côté ?

— Je suppose que si. C'est bizarre, quand même. J'aurais

tout donné dans mon enfance pour faire partie d'une grande famille. J'y pensais tout le temps. Et finalement, il s'avère que rien n'est parfait.

— Non, mais il y a des choses qui s'en approchent. Les circonstances de notre rencontre n'étaient peut-être pas idéales, mais je ne les regrette pas puisqu'elles nous ont conduits l'un à l'autre.

Il avait parlé si bas qu'elle l'avait à peine entendu. Et pourtant l'effet que ses mots avaient sur elle était aussi assourdissant qu'un coup de tonnerre.

— Te rencontrer est la meilleure chose qui me soit arrivée, dit-elle.

Avant qu'elle n'ajoute quelque chose qu'elle pourrait regretter, Raelynn ferma les paupières et s'obligea à rester immobile et silencieuse jusqu'à ce que le sommeil l'emporte.

15

Le petit déjeuner du lendemain matin fut servi à 5 heures précises. Sean avait à peine fermé l'œil, incapable de penser à autre chose qu'à l'affaire – et, pour être honnête, aux baisers passionnés qu'il avait échangés avec Raelynn.

Son esprit passait sans cesse d'une préoccupation à l'autre, raison pour laquelle il devait ignorer l'attirance grandissante entre eux. Évidemment, ce n'était pas très facile à faire en étant blottis l'un contre l'autre. Trop d'images de leurs bras et jambes entremêlés dans le désordre des draps s'étaient insinuées dans ses pensées.

Et s'il se laissait distraire à un moment critique ?

Ses œufs eurent soudain du mal à passer à la pensée de perdre une autre personne à qui il tenait. Un goût amer lui resta dans la gorge tandis qu'il terminait son repas.

Quinze minutes plus tard, ils étaient en voiture, prêts à attaquer la journée.

— Je te trouve bien calme, remarqua Raelynn, tandis qu'elle attachait sa ceinture.

— Je réfléchis aux questions à poser.

Il eut conscience de s'être exprimé avec froideur et, à en croire la façon dont Raelynn s'était raidie sur son siège, elle l'avait perçu aussi.

— Où allons-nous en premier ? demanda-t-elle, avec dans la voix quelque chose qui laissait entendre qu'elle était blessée.

— Chez Rudy.

— Ça va peut-être te paraître bizarre, mais je n'ai pas la moindre idée de l'endroit où il vit.

— À Red Oak.

— C'est à une demi-heure au sud de Dallas, non ?

— C'est sur la route pour aller chez Ashley et Erik, et je me suis dit que nous pourrions faire d'une pierre deux coups.

Il serrait le volant un peu plus fort que nécessaire tandis qu'il naviguait hors de la propriété et rejoignait la route menant à l'*Interstate* 35. À partir de là, Red Oak et Dallas se trouveraient tout droit au nord.

— Bien, dit-elle.

Ce mot unique avait l'irrévocabilité de la mort. Un rideau de fer s'était abaissé entre eux, et Sean voulut se convaincre que c'était probablement mieux ainsi.

Il ne soufflait pas délibérément le chaud et le froid, contrairement à l'impression qu'il donnait. La bataille qui se livrait en lui l'avertissait qu'il devait se ressaisir et ne plus flancher. La dernière des choses qu'il voulait, c'était envoyer des signaux contradictoires à Raelynn.

Sean venait à peine de prendre de la vitesse sur la rocade quand son SUV se mit soudain à tanguer dangereusement. Maintenant le contrôle sur le volant autant qu'il était humainement possible, il releva lentement le pied de l'accélérateur et s'interdit de freiner.

Une fausse manœuvre, et c'était le tonneau assuré. Heureusement, il pouvait compter sur les techniques de pilotage qu'il avait apprises à l'armée.

Raelynn hoqueta de surprise mais ne céda pas à la panique tandis qu'il redressait le véhicule et ralentissait suffisamment pour le guider vers le bas-côté.

Une fois à l'arrêt, il enclencha les feux de détresse, et se tourna aussitôt vers Raelynn.

— Ça va ? Tu n'es pas blessée ?

— Je vais bien. Qu'est-ce qui s'est passé ?

— Je crois que nous avons crevé à l'arrière.

Changer une roue sur le bord d'une route à grande vitesse n'était peut-être pas ce qu'il y avait de plus prudent, mais Sean n'avait pas vraiment le choix. Il installa un triangle de signalisation et se mit en devoir d'installer la roue de secours. Il constata alors que la situation était plus complexe qu'il ne l'avait envisagé. Il n'y avait plus d'écrous de roue. Ils s'étaient desserrés et, quand il avait pris de la vitesse, ils avaient cédé, et la roue s'était décrochée.

La coïncidence lui paraissait un peu grosse.

La première chose qu'il fit fut de prendre son téléphone et d'envoyer un message pour demander de l'aide. Les tremblements qui agitaient ses mains lui compliquèrent un peu la tâche, mais il finit par s'en sortir. Dans son domaine d'activité, un téléphone était à peu près tout ce dont il avait besoin pour faire bouger les choses. Il serait complètement perdu sans lui.

Remplacer les écrous allait demander un peu de temps et bouleverser son programme. Ce qui voulait dire qu'il devait prévenir Mitch.

— Quel est le problème ? demanda Raelynn, en le rejoignant.

— Je pense à un sabotage, dit-il spontanément, même s'il ne savait pas comment il était possible que quelqu'un ait pu s'approcher de sa voiture alors qu'elle était garée dans une zone sécurisée.

Raelynn écarquilla les yeux.

— Comment ?

— J'aimerais bien le savoir. À ma connaissance, nous n'étions que trois au bureau ces dernières heures. Je suis à peu près certain que Mitch y a veillé de façon que tu sois en sécurité.

— Je serais en danger, sinon ?

— Compte tenu des circonstances, il est évident que Mitch a pris toutes les mesures nécessaires pour s'assurer que le moins de personnes possible soient au courant de ton existence et du lieu où tu te trouves.

Le regard de Raelynn lui fit comprendre qu'elle comprenait les raisons que Mitch avait d'assurer sa protection.

Sean n'aimait pas trop qu'ils soient exposés comme ça en plein air. Ça pouvait faire partie du plan de les faire sortir de la voiture.

Il se retint à la dernière seconde de prendre la main de Raelynn. À la place, il la poussa entre le fossé et la voiture. Elle comprit vite, regardant autour d'elle avant d'obtempérer. Il resta assez près pour la protéger de son corps en cas de coup de feu.

Elle avait à présent le dos appuyé contre la portière passager, et il pouvait voir battre son pouls à la base de son cou.

— Si quelqu'un a pu entrer dans la propriété, ça n'aurait pas été plus facile de tirer sur nous la nuit dernière ? Ou bien quand nous nous sommes dirigés vers la voiture ce matin ? demanda-t-elle.

— J'essaye toujours de comprendre comment un intrus a pu contourner le système de sécurité, reconnut-il. Il y a toujours des failles mais pas à ce point.

— Y a-t-il une chance, même toute petite, que ce soit accidentel ?

— Oui, bien sûr. Ou alors, c'est l'œuvre de quelqu'un qui connaît notre installation.

— Ça veut dire que cette personne travaille avec vous, ou connaît bien votre domaine d'activité.

— Drake, dit-il, confirmant probablement ce qu'elle pensait aussi.

Le téléphone de Sean vibra dans sa paume. Le nom de Mitch s'afficha sur l'écran.

— Tout va bien ? demanda immédiatement ce dernier après que Sean eut répondu.

— Jusqu'ici, oui, le rassura Sean, tout en surveillant le flot de circulation pour voir si un véhicule ralentissait. On a seulement eu un petit incident de parcours.

Il lui expliqua rapidement la situation.

Mitch resta un moment silencieux, pensif.

— Je vais vérifier, annonça-t-il finalement. Il vaut mieux que vous ne reveniez pas ici avant que j'aie pu évacuer avec certitude toute menace.

— Compris.

— Je vais organiser quelque chose pour vous, mais il va falloir que nous cessions toute communication.

— Bien reçu, dit Sean.

Au moment où ils mettaient fin à la conversation, Sean reçut un SMS. L'assistance arrivait.

Un SUV bleu s'arrêta bientôt derrière le véhicule de Sean. Une petite brune à l'expression sévère en sortit. Elle laissa la portière ouverte et resta face à la route. Sa main droite était cachée derrière sa jambe, dissimulant un Sig Sauer.

Sean et elle eurent le temps d'échanger un signe de tête avant qu'elle ne prenne position. C'était l'agente chargée de procéder à un échange de véhicule, de façon que Raelynn et lui puissent reprendre la route.

Sean accompagna Raelynn du côté passager et lui tint la portière ouverte, s'assurant dans le même temps qu'elle allait bien. Puis il contourna le véhicule par l'avant et prit place au volant.

Le trajet monotone jusqu'à Red Oak se déroula dans un silence de cathédrale. Même si Sean détestait cette absence de conversation entre eux, cette pause était nécessaire. Il avait besoin d'analyser ce qui s'était passé. Pour le moment, il était obsédé par Drake. Pourtant, il ne fallait pas négliger l'hypothèse de l'accident. Les voitures n'étaient pas fiables à cent pour cent. Des pièces pouvaient céder. Ça se produisait.

Leur premier arrêt fut chez Rudy Cannon. L'homme habitait dans un petit camping dédié aux mobile homes, à proximité de la sortie de la voie express. À l'entrée, encadrant le bureau de la direction, les pelouses bien entretenues et les massifs d'arbustes parfaitement taillés donnaient une impression accueillante.

Les mobile homes étaient tous récents et en bon état, et bénéficiaient d'un jardinet. Celui de Rudy était le quatrième sur la droite. Un pick-up Chevrolet était garé devant.

— C'est sa voiture, dit Raelynn. Je devrais peut-être lui faire un SMS pour lui dire que nous sommes devant chez lui, avant de frapper à la porte.

— Peut-être pas, dit Sean, tandis qu'elle plongeait la main dans son sac, porté en bandoulière en travers de la poitrine.

— Pourquoi ?

— J'aimerais voir sa réaction quand il te verra. Il n'aura pas le temps non plus de préparer ses réponses. Ça m'en apprendra beaucoup plus sur lui et la situation s'il est pris au dépourvu. Pareil pour sa femme.

Elle hocha la tête mais ne chercha pas à croiser son regard tandis qu'il s'arrêtait à côté de la Chevrolet.

Avant qu'il ait eu le temps d'ajouter autre chose, elle descendit du véhicule et claqua la portière. Elle s'abstint cependant de filer vers la porte d'entrée et attendit qu'il la rejoigne.

— C'est mieux si c'est toi qui frappes à la porte, dit-il.

Les excuses qu'il avait l'intention de présenter moururent sur ses lèvres.

— Bien, dit-elle.

C'était le mot que disaient les gens quand ils pensaient exactement le contraire.

Elle se dirigea vers l'écran-moustiquaire, l'ouvrit et tapa trois fois à la porte.

Une ombre passa derrière la partie vitrée, avant que le battant ne s'ouvre sur un homme d'une cinquantaine d'années.

L'ébahissement était le terme qui convenait le mieux pour décrire son expression. Il mesurait environ un mètre soixante-quinze et avait une silhouette fine et sèche, avec une musculature tout en longueur. Il fallait se méfier de ces types-là. Ils étaient généralement beaucoup plus forts que ce à quoi on s'attendait. Ses cheveux bruns grisonnaient. Il portait un jean, des santiags, et une chemise western. Un paquet de cigarettes dépassait de sa poche de poitrine.

— Bonjour Rudy, commença Raelynn.

— Ça fait un bail qu'on ne s'est pas vus, dit l'homme, avec un hochement de tête.

Il jeta un bref coup d'œil à Sean.

— Entrez.

— Qui est-ce ? demanda une voix féminine dans son dos.

— Raelynn. Et elle a amené de la compagnie.

— C'est Sean, un ami.

Rudy lui serra la main avec une poigne qui confirma les soupçons de Sean quant à sa force.

Quand ils entrèrent dans le mobile home rallongé, Sean détailla la pièce à vivre. Deux fauteuils en cuir inclinables étaient positionnés face à un téléviseur à écran plat de cinquante-deux pouces fixé au mur. Une femme se leva d'un des fauteuils et coupa le son de la télé.

— Ma femme, Blanche, dit Rudy, en guise de présentation.

— Madame, dit Sean, avec un signe de tête poli.

— Contente de te revoir, Blanche, dit Raelynn.

— Pareil pour moi.

Elle n'atteignait pas le mètre soixante et portait un pantalon de survêtement et un blouson assorti en velours rose.

Elle leur proposa à boire, mais Raelynn déclina tandis que Rudy les guidait vers la table ronde voisine.

— Nous ne pouvons pas rester longtemps, expliqua-t-elle.

— J'espère que cette visite concerne ton retour sur scène, dit Rudy.

Il y avait des piles de documents sur presque toutes les surfaces, sans que ça donne vraiment une impression de désordre. Ça relevait plus de l'accumulation compulsive. Par ailleurs, l'habitation était propre. On voyait que l'aspirateur avait été passé récemment sur la moquette du salon, et le linoléum recouvrant la zone dédiée à la cuisine avait été lavé.

— C'est une question de jours, dit Raelynn. Enfin, je l'espère. En attendant, je voulais prendre de tes nouvelles et voir comme tu t'en sors.

— J'ai hâte de me remettre au travail.

Sa femme eut un petit hochement de tête assorti d'une mimique agacée, comme si elle était impatiente elle aussi qu'il reprenne la route.

Il ne fallut pas longtemps à Sean pour évaluer la situation et comprendre que cet homme n'était pas une menace. Pas plus que sa femme, d'ailleurs. Son addiction au jeu était sans doute un souci, et Raelynn aurait tout intérêt à le tenir éloigné de la caisse quand elle reprendrait sa tournée. En dehors de ça, il avait l'air d'un type correct. Il avait ouvert une bière, mais rien ne trahissait un problème d'alcoolisme, comme une poubelle débordant de canettes aplaties. La maison sentait un parfum d'ambiance – plutôt agréable, d'ailleurs – pas la bière éventée.

Tout bien considéré, le risque ici était proche de zéro. Cela faisait deux suspects rayés de la liste. Il restait encore un couple à évaluer.

Raelynn garda le silence après le départ de chez Rudy. Dès qu'ils avaient été hors de portée de voix, dans la voiture, Sean lui avait donné son opinion en quelques mots. Finalement, elle avait vu juste à propos de son régisseur.

Son esprit dévia vers Anton Miles, tandis que Sean roulait à nouveau sur l'*Interstate* 35. Ce nom ne lui était pas familier. C'était peut-être son harceleur, celui qui lui avait fait vivre un enfer. Mais comment se faisait-il qu'il ait été tué ?

— Est-ce que tu sais si le cadavre d'Anton Miles a été déposé près de mon campement, ou s'il a été tué sur place ? demanda-t-elle.

— C'est une question pour Mitch. C'est lui qui se charge de cette partie de l'enquête.

— Si ce Drake Johnson est derrière tout ça, pourquoi aurait-il tué Anton Miles ?

— Je ne l'ai pas encore déterminé, reconnut-il. Ce serait une bonne chose que le *coroner* envoie son rapport. Mais ça peut prendre quelques jours, en fonction de sa charge de travail.

Raelynn se rendit compte que les séries télévisées lui avaient donné la fausse impression que tout pouvait se régler en un claquement de doigts, alors qu'une enquête pouvait durer des semaines, quand ce n'était pas des mois.

— Je suppose que Mitch doit attendre comme tout le monde, dit-elle.

— Pour l'essentiel, oui. Parfois, il parvient à obtenir une information plus rapidement mais, comme je n'ai pas eu de retour de sa part, je suppose que ce n'est pas le cas cette fois-ci.

— Tu as vu les résultats du test ? demanda-t-elle tout à coup, en changeant brutalement de sujet.

Sean ne détourna pas le regard de la route, mais elle perçut sa confusion.

— Le test ADN, précisa-t-elle.

— Non. Ça ne me regarde pas.

Raelynn faillit lui demander ce qu'elle avait fait la veille pour qu'il change à ce point de comportement. Il avait paru apprécier tout autant qu'elle les baisers qu'ils avaient partagés sur la balancelle la nuit dernière, et il n'y avait eu aucun désaccord entre eux. Aussi, elle ne comprenait ce qui se passait.

Pour le moment, toutefois, elle n'avait ni le temps ni l'énergie de disséquer la situation. Aussi, il valait mieux en prendre son parti et faire en sorte que le rejet ne lui porte pas un coup trop douloureux.

— Tu as envie de connaître la réponse ? demanda Sean.

— Je pensais que non, et puis finalement…

— Qu'est-ce qui t'a fait changer d'avis ?

— Je n'en suis pas certaine. À dire vrai, je ne pensais pas le faire, au départ. Maintenant que le résultat est là, à disposition, c'est compliqué de l'ignorer.

Sean observa quelques secondes de réflexion.

— Je pense que c'est dans la nature humaine de vouloir savoir d'où on vient. Personne ne t'en voudra d'avoir révisé ta position.

Sean s'arrêta devant un immeuble de verre et de béton situé dans le secteur nord de Dallas. La construction n'était pas gigantesque. Dallas n'était pas une ville de gratte-ciel, et dans ses faubourgs les immeubles ne dépassaient pas quinze étages. Le quartier accueillait essentiellement des familles avec de jeunes enfants, et les parcs de loisirs étaient nombreux dans les alentours, ainsi que les terrains de base-ball et de football – le football occupant la première place dans le cœur des Texans.

— Je ne suis pas du genre à changer d'avis comme de chemise, insista Raelynn.

— Il n'y a rien de mal à ça, dit Sean, d'une voix radoucie.

L'espace d'un instant, elle crut qu'il allait lui prendre la main et entrelacer ses doigts avec les siens, comme il l'avait déjà fait. Mais la barrière entre eux était toujours bien présente.

— Je suppose, dit-elle, avec un soupir.

Elle détestait l'idée d'être prise en tenaille entre l'envie de savoir si Mitch était son père, et la crainte d'être cruellement déçue.

La perspective de se voir ramenée à des rêveries enfantines

qui s'étaient avérées particulièrement dévastatrices n'avait rien de réjouissant. Et pourtant, elle avait un choix à faire.

Soit elle s'enfouissait la tête dans le sable, soit elle prenait le risque d'une nouvelle déception...

16

Sean resta un peu en retrait tandis que Raelynn se dirigeait vers l'immeuble abritant les bureaux d'Erik et Ashley Bradshaw.

Le sol pavé de marbre noir, la fontaine zen et les plantes en pots donnaient une incontestable touche d'opulence. Ce n'était pas au goût de Sean, mais il reconnaissait la qualité et le coût des matériaux.

Deux hommes en uniformes beiges de vigile étaient assis derrière la banque d'accueil, les yeux rivés sur l'écran de leur ordinateur.

Le plus jeune des deux, âgé de moins de vingt-cinq ans, fut le premier à relever les yeux vers Raelynn.

— Votre nom ?

Ce n'était qu'un gamin, mais il essayait de se donner des airs menaçants. Ses muscles, acquis à la salle de sport, mais jamais testés dans une vraie bagarre, jaillissaient de sa chemise à manches courtes. Il avait les cheveux noirs et le visage ravagé de cicatrices d'acné.

— Raelynn Simmons.

Ce nom parut lui dire quelque chose, car le garçon hocha la tête avec enthousiasme.

— Je vais prévenir Erik que vous voulez le voir.

Il était intéressant que le vigile suppose que Raelynn était là pour Erik.

Un pincement de jalousie dont Sean se serait bien passé se manifesta. Raelynn et Erik avaient-ils l'habitude de se voir régulièrement ?

Cette idée ne lui plaisait pas, pour des raisons qu'il préférait ne pas expliquer.

— Merci, dit Raelynn.

Le second vigile lui avait à peine prêté attention. Mais il n'était pas concentré sur l'écran devant lui, qui se divisait en diverses vues de l'immeuble. Non, il regardait un match de football sur son téléphone, qu'il avait positionné de façon à faire croire qu'il surveillait le retour des caméras de contrôle.

Une sécurité paresseuse était le genre de chose qui faisait à Sean le même effet qu'une craie crissant sur un tableau noir.

Le garçon acnéique – Lance, à en croire son badge – leur dit de monter.

Les bureaux du couple étaient encore plus luxueux que le hall – si une telle chose était possible – mais la table de travail d'Erik trahissait son manque de confiance en lui et son besoin d'en imposer.

Qui avait besoin d'un immense bureau en acajou quand tout le monde aujourd'hui travaillait sur un ordinateur portable ? Le fauteuil directorial en cuir était imposant, avec un dossier haut et des accoudoirs, alors que les sièges des visiteurs étaient minuscules et paraissaient inconfortables, même s'ils étaient probablement l'œuvre d'un designer en vogue.

— Raelynn ! s'exclama Erik, en se levant d'un mouvement alerte. Quelle surprise !

Le regard de l'homme se posa sur Sean, à la fois interrogateur et vaguement dédaigneux.

— Bonjour Erik, dit-elle, sans rien laisser paraître de ses émotions. Je passais voir comme tu allais.

Erik fit théâtralement le tour de son bureau et donna à Raelynn une accolade aussi excessive que factice.

— Très bien. Je m'inquiétais seulement pour toi.

— Je te présente Sean, un ami, dit Raelynn, après s'être libérée.

Les deux hommes s'observèrent, se jaugèrent, tels deux adversaires avant un combat, et finirent par s'adresser un petit signe de tête à peine courtois.

— Et Ashley ? demanda Raelynn.

— Elle va bien, comme toujours. D'ailleurs, elle sera ravie de te voir.

Curieusement, Sean en doutait.

— Je vais l'appeler, proposa Erik.

La femme qui entra dans la pièce, la démarche sautillante sur ses escarpins à talons démesurés, rappela à Sean une ancienne *cheerleader* de son lycée. Elle était blonde, avec des faux cils, une bouche artificiellement gonflée et des seins de toute évidence refaits.

— Bonjour, Raelynn, dit-elle, avant de se pencher pour l'embrasser sur les joues avec un désintéressement qu'elle ne cherchait même pas à dissimuler.

Le regard d'Ashley se posa sur Sean, froid et calculateur.

— Qui est-ce ?

— Mon ami, Sean.

Une curieuse étincelle s'alluma dans les yeux d'Ashley. De la jalousie ? De la haine ?

La jalousie serait un bon mobile pour se débarrasser de Raelynn.

Mais que gagnerait Ashley à lui faire peur ? Ses finances et celles de son mari n'étaient-elles pas liées à la réussite professionnelle de Raelynn ? N'avaient-ils pas parié sur elle comme si elle était un cheval de course engagé dans un prix prestigieux ? Misaient-ils sur elle à long terme ?

Son instinct soufflait à Sean d'éloigner autant que possible Raelynn de ces personnes.

Le couple figurait en bonne place sur la liste des suspects. Toutefois, ils n'étaient pas du genre à se salir les mains. En revanche, Sean les voyait bien engager quelqu'un pour faire le sale travail à leur place.

Erik semblait nerveux, ce qui n'aidait pas Sean à avoir une bonne opinion de lui. Il cachait quelque chose, ça c'était certain. Mais quoi ?

La vraie question était de savoir s'ils étaient capables de commanditer un meurtre. Qu'auraient-ils à y gagner ?

En apparence, leur intérêt était de faire en sorte que Raelynn continue sa tournée. Pourquoi leur inspiraient-ils une sensation aussi glaçante ?

— Cette visite signifie-t-elle que tu reprends la tournée ? demanda Ashley.

Erik lui adressa un curieux regard que Raelynn ne parvint pas à déchiffrer.

— Pas encore, répondit-elle. L'homme qui me harcèle n'a pas encore été arrêté, donc ce serait trop dangereux.

Ashley baissa les yeux un bref instant, avant de se ressaisir.

— Quel dommage. Nous nous attendions à de meilleures nouvelles quand nous t'avons vue.

— J'espère que ça ne vous met pas dans une position trop inconfortable.

Raelynn avait parfaitement conscience que son retrait de la tournée pouvait impacter leurs affaires.

— Que pouvons-nous faire pour t'aider ? demanda Erik, avec un sourire qui semblait un peu crispé et forcé.

Il les invita à s'asseoir, tandis qu'il faisait le tour de son immense bureau pour prendre de nouveau place dans son siège en cuir.

Raelynn déclina poliment. L'ambiance dans la pièce était… bizarre. De toute évidence, sa visite avait surpris le couple.

Pourquoi étaient-ils aussi mal à l'aise ? Et nerveux.

À la façon dont Erik jetait des coups d'œil en biais à Sean, on voyait bien qu'il se sentait menacé par la présence de cet inconnu. Et ça pouvait se comprendre quand on voyait la façon dont Sean occupait l'espace.

Posté dans l'embrasure de la porte, les bras croisés, ses épaules puissantes obstruaient tout l'angle de vision et bloquaient la lumière du couloir, tandis que sa haute et large stature semblait rapetisser la pièce.

La présence physique de Sean pouvait être impressionnante au début, ainsi qu'elle en avait fait l'expérience. Au fil des jours, elle s'y était adaptée. Elle employait ce mot car elle n'était pas certaine de pouvoir s'y habituer un jour. Quand il entrait dans une pièce, elle était prête à parier que les femmes souriaient et que les hommes se redressaient un peu, menacés dans leur virilité. Il occupait l'espace d'une façon difficile à décrire et impossible à reproduire.

— Pas grand-chose, dit-elle, en réponse à la question d'Erik. Je voulais seulement passer en personne, pour que vous puissiez constater que je suis toujours en vie et décidée à me battre. Nous travaillons avec les autorités pour découvrir qui est celui qui me harcèle, et j'espère reprendre la tournée dans quelques jours.

Elle ne savait pas trop ce qui l'avait poussée à mentir. L'instinct, peut-être.

Ashley avait tiqué en entendant le mot « autorités. » Là encore, Raelynn ne comprit pas pourquoi.

— Nous sommes contents que tu nous aies rendu visite, dit-elle, semblant se remettre de son... choc ?

Oui sa réaction avait bien exprimé un choc, et aussi un peu de peur. C'était intéressant.

Ashley se dirigea vers la porte, mais Sean ne bougea pas.

— J'ai une question avant de partir, dit-il, en fixant Erik d'un regard sévère.

— Que pouvons-nous faire pour vous ? demanda le promoteur, avec un air nettement moins arrogant qu'au début.

— Dites-moi comment vont vos affaires.

L'autorité dans sa voix empêchait d'ignorer la question ou de s'en tirer par une pirouette.

— On ne peut mieux, dit Ashley, d'une voix mal assurée.

Le sourire triomphal qu'elle affichait en permanence avait flanché. Ça n'avait duré qu'une seconde, mais ça en disait long.

Raelynn se demanda s'ils n'avaient pas visé trop grand en finançant sa tournée. Après tout, ce n'était pas leur métier. Ils étaient loin d'avoir les moyens des grosses maisons de disques. Leur label n'était qu'une petite affaire familiale. Espéraient-ils toucher le pactole cette année, en continuant à miser sur elle ? Les deux premières années, ils avaient engrangé un petit bénéfice. En tout cas, c'est ce qu'ils lui avaient dit. Avaient-ils des raisons de mentir ?

Cette réponse parut satisfaire Sean. Il les remercia de leur avoir accordé du temps, et demanda à Raelynn si elle était prête à partir.

— Restons en contact, dit Ashley.

Elle jeta un coup d'œil à son mari par-dessus son épaule.

— Est-ce que nous avons le nouveau numéro de Raelynn ? L'ancien n'est plus en service, sans doute à cause de la situation avec son harceleur.

— Je ne peux pas vous le donner, prétendit Raelynn. Les autorités ont parlé de localisation et de traçage. Je n'ai pas tout compris, sauf que ce numéro doit rester secret.

— Nous comprenons, dit Ashley, en se tordant les doigts.

Elle pinça les lèvres, puis s'obligea à sourire.

— Ta sécurité passe avant tout.

Vraiment ? Ce n'était pas l'impression que Raelynn avait eue, quelques minutes plus tôt, quand Ashley avait manifesté son impatience à la voir remonter sur scène.

— Tiens-nous informés des avancées de l'enquête, dit Erik.

Ashley joignit les mains.

— Oui, s'il te plaît, dit-elle, avec un peu trop d'enthousiasme.

— Vous pouvez y compter, dit Raelynn, avant de promettre d'appeler rapidement.

Sean s'écarta dans le couloir, et tendit la main pour lui indiquer de passer la première. Quitter ce bureau en sachant que quelqu'un était là pour assurer vos arrières avait quelque chose de très sécurisant, songea Raelynn.

— Nous devrions attendre pour discuter d'avoir repris la route, dit Sean, quand ils furent dans la voiture, ceintures attachées et moteur en marche.

Raelynn hocha la tête, songeant qu'elle ne pourrait rien faire de tout cela sans lui. Il était comme une bouée de sauvetage dans la tempête.

Quand ils eurent quitté le parking, et que l'immeuble eut disparu dans les rétroviseurs, Sean secoua la tête.

— Ils cachent quelque chose, dit-il, avant de s'engager sur le parking d'un fast-food. Je veux savoir ce que c'est.

Il se gara et sortit son téléphone de sa poche pour envoyer un SMS à un mystérieux correspondant.

— Qu'as-tu pensé du regard qu'Erik a lancé à sa femme quand j'ai dit que je ne reprenais pas la tournée ? demanda Raelynn.

— Il avait l'air coupable.

— C'est aussi ce que j'ai pensé.

Elle laissa passer un silence.

— Quand j'y repense, Erik m'a mise mal à l'aise lorsque nous avons signé le contrat initial. En fait, j'ai failli refuser parce qu'il a posé la main dans le creux de mon dos, alors que nous étions tous les deux sur un podium pour annoncer que notre partenariat allait se concrétiser.

— J'espère que tu as remis ce salaud à sa place, s'exclama Sean, d'une voix vibrante de colère.

— Oui. Il s'est excusé et a prétendu que c'était un accident. Je lui ai dit que je ne tolérais pas ce genre d'agissements et que, s'il recommençait, accident ou pas, je lui couperais les doigts.

Sean affichait à présent un grand sourire.

— Bien répondu ! dit-il, admiratif.

— Ça m'est venu spontanément.

— Étant donné qu'il a tous ses doigts, je suppose qu'il a reçu le message cinq sur cinq, s'amusa Sean.

Puis il retrouva son sérieux.

— Il n'a pas franchi la ligne rouge, mais je me demande de quelle façon il a parlé de toi à sa femme. Est-ce qu'il te portait une attention spéciale quand vous étiez ensemble ?

— Je ne classerais pas ça dans la catégorie spéciale, mais disons qu'il me collait aux basques. J'ai dû penser que ça faisait partie du rôle de sponsor. Il n'arrêtait pas de dire du bien de moi, de vanter mes mérites… comme le ferait n'importe quel mécène.

— Ou quelqu'un qui tiendrait plus à toi qu'il ne voudrait le montrer.

Ces mots eurent une résonance particulière pour Raelynn.

Toute personne mariée, homme ou femme, serait forcément jalouse si son partenaire de vie s'intéressait à quelqu'un d'autre. Ce qui faisait d'Ashley une coupable toute trouvée.

Il ne fallait pas non plus oublier que l'intérêt pouvait très vite tourner à l'obsession.

Et de l'obsession au harcèlement, il n'y avait qu'un pas…

17

Au moins, ils pouvaient rayer Rudy et Blanche de la liste des suspects, se réjouit Sean. Il était prêt à se féliciter du moindre progrès, aussi minime soit-il. En revanche, s'il avait des raisons de soupçonner Erik et Ashley, il ne voyait pas comment le couple aurait pu entrer dans les locaux de l'agence Razor-Sharp, avec tous les moyens de sécurité qui s'y déployaient.

Les voitures n'étaient pas infaillibles, toutefois. Elles n'étaient pas comme les avions, qui étaient méthodiquement vérifiés avant chaque vol, selon une liste détaillée et précise.

Mais il aurait tout le temps d'y repenser plus tard.

— Mitch ne veut pas que nous retournions au bureau, dit-il à Raelynn, qui était devenue étonnamment silencieuse.

La perspective qu'Erik pourrait être son harceleur lui avait fait un choc. Sean nota dans un coin de sa tête de demander à son *hacker* préféré de se procurer une copie de l'agenda d'Erik pour voir s'il y avait une correspondance de date avec les attaques subies par Raelynn.

— Je dois chercher un hôtel ? demanda-t-elle, ou tu as autre chose en tête ?

Son intonation était curieusement détachée.

— J'ai d'abord pensé à une résidence sécurisée, étant donné que je ne veux pas que nous utilisions nos cartes de crédits pour réserver une chambre...

— Mais tu as renoncé à cette idée.

— Oui. J'ai pensé à un ami qui est encore en service actif. Je pourrais lui envoyer un SMS. Il a une maison dans le centre de Dallas, d'où il est originaire. Il dit qu'y revenir entre deux missions et s'immerger dans la vie citadine l'aide à garder le contact avec la réalité.

— Pourquoi pas, dit Raelynn. Au moins, on ne risque pas d'établir un lien entre cet endroit et nous.

— Tu veux bien ? demanda-t-il, en lui tendant son téléphone, avant de faire un demi-tour en urgence.

Il avait déverrouillé l'appareil juste avant de le donner à Raelynn.

— Qu'est-ce que je dois faire ? demanda-t-elle.

— Cherche un contact enregistré au nom de Cash. Son prénom est Joseph mais tout le monde l'appelle Cash.

— C'est son nom de famille ?

— Non, dit-il, avec un sourire. Le type refuse d'utiliser une carte de crédit. Donc, lorsque nous étions déployés à l'étranger, nous devions nous assurer qu'il avait assez d'espèces pour s'acheter quelque chose quand nous sortions en ville.

Elle rit.

— Il y a pire. Cash pense que le gouvernement traque les citoyens grâce à la puce de leur carte bancaire. Il a un niveau de paranoïa qui nous fait hurler de rire.

— Mais, il travaille pourtant pour le gouvernement.

— C'est ça qui est drôle.

— On dirait que vous aimez lui en faire baver, dit-elle, en déroulant la liste des contacts. Ça y est, j'ai trouvé. Qu'est-ce que je dis ?

— Demande si on peut s'installer chez lui pour quelques jours.

Raelynn s'exécuta.

Une réponse arriva presque immédiatement.

— Il dit que c'est OK pour lui.

Elle fit soudain la grimace.

— Je regrette de ne pas avoir emporté de vêtements.

— On peut s'arrêter dans un supermarché quelque part sur la route. Je ne te promets pas que ce sera à la dernière mode, ni d'une qualité renversante, mais ça devrait convenir.

— J'ai seulement besoin de quelques affaires pour tenir deux ou trois jours. On verra après si ça doit se prolonger.

— Je viens de me rendre compte que mon sac de secours est resté dans l'autre voiture. Je vais aussi avoir besoin de certaines choses. Cash aura du shampooing et des rasoirs, mais je me vois mal lui emprunter ses vêtements. Il fait dix bons centimètres de moins que moi. Et puis, il faudra bien que nous mangions. Je ne pense pas qu'il y ait autre chose chez lui que des boîtes de conserve. Ça s'abîmerait sinon pendant qu'il est parti pour de longues périodes.

— Où allons-nous ?

— Dans le secteur d'Henderson Avenue.

Raelynn prit son propre téléphone.

— On dirait qu'il va falloir aller un peu vers le nord si on veut trouver un centre commercial.

— Guide-moi.

Il leur fallut un peu moins d'une heure pour arriver à destination. La résidence de Cash était une maison de ville à proximité de Garrett Park. Sean emprunta la ruelle à l'arrière de la bâtisse pour accéder au garage. Laissant la portière ouverte, il s'empressa d'aller taper sur le boîtier fixé à l'entrée le code que son ami leur avait communiqué.

Il se gara à côté de la précieuse Harley-Davidson de Cash, qui avait droit à un emplacement entier. Le SUV entra pile dans la place de stationnement laissée libre.

Sean ouvrit le coffre, déchargea tous leurs achats, et fit plusieurs voyages pour monter le tout au rez-de-chaussée surélevé, qui se composait d'une cuisine, d'une salle à manger et d'un salon.

Lorsqu'il remonta pour de bon, Raelynn avait déjà rangé une grande partie de la nourriture et des boissons.

— Tes sacs de vêtements sont là-bas, dit-elle, en désignant deux gros sacs bourrés à craquer sur le bout de l'îlot en granit qui séparait la cuisine du reste des espaces à vivre.

L'îlot, flanqué de tabourets de bar, était assez vaste pour y prendre les repas et il n'y avait pas de table de salle à manger. À la place, Cash avait installé un billard. Plus loin, il y avait un canapé en cuir et un téléviseur au mur, au-dessus de la cheminée. En façade, de grandes fenêtres laissaient entrer la lumière à flot.

Sean connaissait bien les lieux. À l'étage se trouvaient deux chambres et un bureau. Un escalier métallique en colimaçon, fixé au balcon, permettait d'accéder à un toit terrasse qui offrait l'avantage stratégique de pouvoir surveiller une partie de la rue. Au sous-sol, dans la partie garage, il y avait un cellier et une buanderie.

— Je te montre ta chambre dès que tu es prête, dit-il à Raelynn.

— D'accord, dit-elle.

Mais elle avait commencé à se familiariser avec l'agencement de la cuisine. Elle avait déjà trouvé un couteau une planche à découper et un saladier de bonne taille. Les légumes, lavés et séchés étaient disposés sur l'îlot, et elle avait entrepris de les émincer. Derrière elle, sur la plaque de cuisson, de l'eau bouillait dans une casserole.

— Tu veux que je jette les spaghettis dans l'eau ?

— Oui, merci. Et la sauce a besoin d'être remuée. Tu peux d'en occuper pendant que je termine la salade ?

— C'est comme si c'était fait.

Raelynn avait déplacé un des tabourets de façon que Sean et elle puissent prendre leur repas face à face plutôt que côte à côte.

— La seule chose qui manque à ce dîner, c'est un verre de vin, observa-t-elle. Mais il est important de garder les idées claires.

— C'est précisément pour cette raison que je n'ai pas pris de bière, renchérit Sean. Je ne bois pas quand je travaille.

Ces mots la frappèrent comme des dagues acérées. Ils n'auraient pas dû. Sean travaillait, et il rendait aussi un service à son employeur en assurant la sécurité de sa fille présumée.

— L'eau, c'est très bien, dit-elle. Tu veux autre chose ?

— Non merci. Je vais juste me faire un café.

— Ça va te paraître bizarre, parce que je sais qu'il faut rester sur le qui-vive, mais je suis épuisée mentalement et je n'ai qu'une envie : paresser sur le canapé et faire quelque chose de normal, comme regarder un film. Ça te tente ?

— Pourquoi pas. Il y a une petite épicerie au coin de la rue...

— Je sais, nous sommes passés devant tout à l'heure.

— Je peux y faire un saut et aller chercher du vin.

Le fait qu'il veuille mettre de côté toute la pesanteur de la journée pour qu'elle puisse se régénérer mentalement alla droit au cœur de Raelynn.

— Uniquement si ça ne te détourne pas de l'enquête. Je sais que c'est important.

— Ce ne sont pas quelques heures qui changeront quoi que ce soit. Et puis, qui sait, une pause nous aidera peut-être à y voir plus clair demain matin. La journée a été éprouvante.

— Je vais prendre une douche rapide pendant que tu es dehors.

— Vas-y. Je m'occupe de débarrasser la table et de charger le lave-vaisselle. Prends la plus grande chambre.

Il n'y avait rien de plus sexy qu'un homme qui savait se débrouiller tout seul.

Sean avait le physique aussi. Entre ses yeux couleur miel doré et une mâchoire qui semblait taillée dans le granit, il était à tomber. Certaines personnes semblaient bénies des dieux. Sean en faisait partie.

Après avoir partagé avec lui quelques baisers qui avaient fait naître en elle un incendie, elle commençait à avoir de nouveau ces rêveries absurdes – celles où il était question d'une grande famille.

Étant donné qu'elle ressentait une brûlure chaque fois qu'ils étaient trop près l'un de l'autre, elle avait décidé de cesser de jouer avec le feu, quand bien même la flamme était infiniment séduisante.

Elle prit ses sacs et se dirigea vers l'escalier. À l'étage, elle vérifia la configuration des lieux. Sur la droite, la chambre principale précédait une grande salle de bains. De l'autre côté du palier, un bureau lui faisait face, suivi d'une chambre d'amis avec sa salle d'eau privative.

Elle déposa ses affaires dans la chambre d'amis, en songeant que ce serait plus simple si elle mettait un peu de distance entre Sean et elle.

En plus, c'était stratégique car quiconque voudrait s'en prendre à elle devait passer devant la chambre de Sean. D'après ce qu'elle avait pu voir de ses méthodes de travail, c'était probablement ainsi qu'il aurait mis les choses en place s'il avait agi dans le cadre d'une mission de protection rapprochée.

Tandis qu'elle songeait à cela, elle se dit qu'il avait peut-être décidé d'ériger un mur entre eux à cause de son passé. Il lui avait dit qu'il ne faisait plus de protection rapprochée, et il s'était retrouvé embarqué de force dans cette mission. Pour être juste, c'était lui qui l'avait proposé parce qu'il se sentait coupable d'avoir attiré le danger sur elle à Hamilton Pool Preserve.

Quelques jours seulement s'étaient écoulés depuis, et elle avait l'impression que ça faisait des semaines.

Raelynn se doucha, enfila des vêtements propres et se dirigea vers le rez-de-chaussée. La pensée de passer une soirée normale lui semblait trop belle pour être vraie. Les montées d'adrénaline provoquées par cette journée l'avaient vidée de toute énergie. Elle ne rêvait que d'une chose : s'affaler sur le canapé et trouver un bon programme à regarder.

Elle posait le pied sur la dernière marche, quand elle entendit Sean lui dire qu'il serait bientôt de retour. Il disparut avant qu'elle ait le temps de le voir.

Le sol vibra tandis que la porte du garage s'ouvrait et se refermait. Raelynn s'empara de la télécommande posée sur la table basse et appuya sur le bouton de mise en marche de la télévision.

Une quinzaine de minutes s'étaient écoulées quand elle entendit un craquement à l'étage. Son pouls s'emballa. Elle se leva d'un bond et coupa le son de la télévision.

Elle regarda autour d'elle, cherchant quelque chose qui pourrait lui servir d'arme. Il n'y avait rien d'assez lourd ou tranchant dans le salon. Aller à la cuisine, ça voulait dire passer devant l'escalier.

Un autre craquement l'incita à se déplacer. Elle n'avait pas beaucoup de temps pour évaluer s'il y avait une menace dans la maison. Elle éteignit la lumière et se déplaça à travers les pièces, longeant la table de billard.

À cet étage, il n'y avait pas de sortie, sauf par le balcon suspendu. Plutôt que de s'y risquer, elle resta à proximité du passage vers la cuisine.

L'extinction de la dernière lampe la plongea dans le noir. Il allait lui falloir du temps pour que sa vision s'ajuste, et elle n'en avait justement pas.

Elle fut certaine d'entendre encore un craquement. Elle savait que les maisons bougeaient. En plus, le vent s'était levé. Si ça se trouve, elle paniquait pour rien.

C'était à ça que sa vie allait ressembler, maintenant ? Elle allait sursauter au moindre son et s'inventer des scénarios effroyables ?

Elle contourna l'îlot en granit et chercha à tâtons le bloc en bois avec tous les couteaux et une paire de ciseaux de cuisine bien aiguisés. Son téléphone était dans sa chambre, et ce serait probablement trop dangereux d'aller le chercher.

Elle trouva le manche d'un couteau au moment où le mécanisme de la porte du garage se mit à vibrer sous ses pieds.

Un intense soulagement l'envahit. Sean était enfin de retour.

Les craquements cessèrent. Évidemment.

Elle alluma mais garda le couteau à la main, au cas où un intrus attendrait le bon moment pour frapper.

Sean apparut à côté d'elle, comme sorti de nulle part. Il la désarma d'une main, tandis qu'il plaquait l'autre sur sa bouche pour étouffer son cri.

Un embrouillamini d'impulsions électriques l'assaillit quand elle sentit son souffle tiède sur sa nuque.

L'instant d'après, il avait disparu dans l'escalier. Pendant ce temps, elle essayait toujours de retrouver son souffle.

C'était effarant de voir avec quelle vitesse il l'avait désarmée, et cet épisode lui avait appris quelque chose : le couteau qu'elle avait pris en croyant pouvoir se défendre avec aurait très bien pu être retourné contre elle.

Sean ne tarda pas à revenir, dévalant l'escalier sans se soucier du bruit qu'il pouvait faire.

— Que s'est-il passé ? demanda-t-il, avant de récupérer les sacs qu'il avait déposés au sol, près de la porte permettant d'accéder au garage.

— J'ai entendu des craquements à l'étage.

Embarrassée d'avoir paniqué pour rien, elle rougit.

— Je suis désolée. Je crois que j'ai surréagi.

— Ne le sois pas, dit-il comme si ce n'était rien du tout.

Il avait un don incroyable pour la réconforter quelles que soient les circonstances. Même quand ses émotions prenaient le dessus sur la raison, ce qui n'arrivait pas dans son monde d'avant, quand son harceleur n'existait pas.

La présence de Sean lui donnait l'impression qu'elle pouvait surmonter toutes ses peurs et ses insécurités.

Ce n'était pas quelque chose qu'elle avait souvent expérimenté en trente et un ans de présence sur cette terre.

Presque trente et un. Était-ce à cause de son âge qu'elle pensait soudain à avoir une famille un jour ? Est-ce que son horloge biologique s'était réveillée et avait entamé un décompte ?

— Tout va bien à l'étage, la rassura Sean. J'ai vérifié toutes les fenêtres.

Raelynn relâcha son souffle.

— Tu es sûr ?

— À cent pour cent. On peut enclencher l'alarme, même si Cash ne le fait jamais quand il est absent. Il n'a pas envie que la police de Dallas lui cherche des noises à cause de fausses alertes trop fréquentes. Il préfère demander à quelqu'un de confiance de passer jeter un coup d'œil de temps en temps.

— Encore une façon pour le gouvernement de le surveiller, s'amusa-t-elle, même s'il n'y avait vraiment rien de drôle.

— Quelque chose dans ce genre-là, dit-il en riant.

Il l'observa un long moment, et elle eut l'impression de ne jamais s'être sentie mise à nu à ce point.

— Tu as toujours envie de regarder un film ?

— Oui.

Elle lui était reconnaissante de ne pas insister pour discuter davantage de l'incident.

Et si elle aspirait de tout son être à ce que Sean passe de nouveau la nuit avec elle, ce n'était pas elle qui en ferait la demande.

18

Son instinct avait pris le dessus lorsqu'il avait vu que toutes les lumières étaient éteintes chez Cash. Il s'était maudit d'avoir laissé Raelynn toute seule, vulnérable.

La trouver avec un couteau à la main, prête à affronter quiconque se présenterait, lui avait montré qu'elle n'était pas du genre à attendre que quelqu'un vienne à son secours, alors qu'elle était capable de se défendre elle-même.

Il la respectait infiniment pour ça.

— Tu as une préférence pour le film ? demanda-t-elle, tandis qu'il lui servait un verre de vin.

— Quelque chose avec de l'action.

Sean s'ouvrit une bouteille de bière et alla enclencher l'alarme avant de rejoindre Raelynn avec les boissons.

— Et pourquoi pas une comédie ? demanda-t-elle.

— Si tu veux.

Il sentait qu'elle avait besoin de légèreté après des jours aussi difficiles. Si elle perdait les pédales pour des craquements structurels ou le bruit du vent, elle était mal tombée avec lui. Quand il avait été démobilisé, avec un syndrome de stress post-traumatique, un rien le faisait partir en vrille : un chat qui passait devant la fenêtre, un feu d'artifice…

Finalement, elle s'en sortait mieux que lui après une expérience angoissante.

— Que penses-tu de celui-ci ? demanda-t-elle, alors qu'un standard de la comédie emplissait l'écran.

— Parfait, dit-il, après y avoir jeté un coup d'œil distrait.

Il récupéra le pot géant de pop-corn caramélisé acheté à l'épicerie et la rejoignit, les bras chargés.

Il prit place sur le canapé à côté d'elle et essaya de se détendre.

Les comédiens étaient excellents, et Raelynn réussit à baisser suffisamment sa garde pour apprécier le film. Sean en revanche, ne pouvait empêcher son esprit de partir dans tous les sens, même avec une bière qui était supposée l'aider à se détendre. Ses pensées étaient comme un hamster qui tournait sans relâche dans sa roue, et il était incapable de les ralentir, encore moins de les arrêter.

Au mépris de toute logique, il passa un bras autour des épaules de Raelynn et l'attira contre lui.

Elle montra de la résistance au début, ce qui lui fit un pincement au cœur.

Cette fois, elle ne se blottit pas contre lui, elle ne posa pas la tête sur son épaule. Elle laissa toutefois sa cuisse collée à la sienne. Il s'en contenterait.

Il n'avait jamais eu besoin de personne dans sa vie. Le souhait qui creusait un trou dans sa poitrine lui était donc étranger. Il se rendit compte qu'il avait un peu trop bien atteint son but en la repoussant, et il en éprouva de la déception. C'était sa faute, et il ne pouvait plus faire machine arrière sans passer pour un pantin.

Les trois quarts du film s'étaient déroulés quand elle commença à se détendre, et il se sentit fier d'avoir pu offrir à Raelynn une nuit de normalité. Elle le méritait et bien plus encore. Lentement, il commençait à comprendre qu'il voulait être celui qui lui donnerait tout ce qu'elle désirerait.

Gagner sa confiance ne serait pas chose facile, mais elle méritait qu'on se donne de la peine pour elle.

Prenant conscience qu'il allait bien falloir qu'ils dorment, il décida, à quinze minutes de la fin du programme, d'aller prendre une douche.

Lorsqu'il avait inspecté l'étage un peu plus tôt, il avait remarqué que Raelynn avait fait le choix de s'installer dans la chambre d'amis, et ça l'avait blessé.

Malheureusement, il ne pouvait pas y faire grand-chose.

Douché, rasé, et se sentant de nouveau humain, Sean regagna le rez-de-chaussée. Raelynn était pelotonnée sur le canapé. Les mouvements réguliers de sa poitrine, au rythme de sa respiration, indiquaient qu'elle s'était endormie. Il ne voulait pas la déranger, et il se contenta de déposer un plaid sur elle avant de récupérer son ordinateur.

Hissé sur un tabouret de telle sorte qu'il pouvait voir les deux pièces, l'escalier et la porte vers le garage, il prit son téléphone et envoya un message à Mitch pour savoir comment il allait.

Un pouce levé arriva en guise de réponse quelques secondes plus tard, au grand soulagement de Sean. Étant donné que leur échange en resta là, il se dit qu'il n'y avait aucune nouvelle à partager.

Déroulant ses SMS, il s'arrêta sur un message de son petit génie de l'informatique, arrivé pendant qu'il était sous la douche. Matrix était son nom de code, et c'était tout ce qu'il avait besoin de savoir à son sujet.

Le message lui disait de vérifier ses mails. Enfin, on avançait.

Sean se connecta à son compte de messagerie et chercha l'envoi de Matrix. Il y avait plusieurs pièces jointes, qu'il prit le temps de lire du début à la fin.

— Quelle heure est-il ? demanda Raelynn, alors qu'il lisait la toute dernière page de l'ultime dossier.

Elle étira ses bras et bailla.

Sean regarda l'heure en bas de l'écran.

— 2 h 30.

— Mince, dit-elle en se redressant. Il faut croire que j'ai vraiment beaucoup de sommeil à rattraper.

— Tu veux rester un moment, ou monter te coucher ?

Sean se dit qu'il pourrait préparer du café si elle en voulait. De toute façon, il avait besoin de se lever et de s'étirer. Par ailleurs, si elle n'était pas fatiguée, il pourrait lui apporter de nouveaux éléments. Il fallait qu'elle sache ce qu'il avait découvert à propos de ses mécènes.

— Je reste.

Elle se leva et le rejoignit près de l'îlot.

— Un café ? demanda-t-il, alors qu'il rassemblait déjà tout le nécessaire.

Cash avait du stock, mais ils n'avaient pas voulu prendre de risques et ils avaient de quoi tenir un siège.

— J'avoue que ça me tente, même s'il est tard. Je reviens.

Elle se précipita vers l'escalier, avec un grand sourire qui risquait de voler en éclats quand il lui parlerait d'Erik et Ashley.

Sean réprima un juron.

Raelynn devait absolument savoir ce que Matrix avait découvert.

Sean avait un drôle de regard, laissant penser que quelque chose avait changé. Aussitôt, Raelynn s'était dit qu'il savait si Mitch était ou non son père et avait du mal à le cacher. Le cœur battant à tout rompre, elle le retrouva dans la cuisine, après s'être passé de l'eau fraîche sur le visage et brossé les dents.

Sa première gorgée de café l'aida à dissiper les dernières brumes du sommeil. Même sa technique de respirations apaisantes n'avait aucun effet sur sa nervosité.

Alors, elle attaqua frontalement.

— Que se passe-t-il ?

Sean hocha la tête, but une gorgée du breuvage fraîchement passé et se pencha en avant.

— J'ai reçu un message de Matrix, dit-il.

Elle avait dû afficher sa perplexité car il ajouta :

— L'informaticien.

— Oh ! dit-elle, sans parvenir à masquer sa déception.

— Tu t'attendais à quoi ? demanda-t-il, en l'observant avec attention.

Avant qu'elle ait eu le temps de répondre, il sembla comprendre à quoi elle faisait référence.

Il lui lança un regard d'excuse, avant de secouer la tête.

— Je ne connais pas le résultat.

Il ne regarda pas ailleurs, et la pièce se réchauffa sous son regard brûlant.

— Si tu as des questions, ou si tu veux changer d'avis, il n'est pas trop tard.

— Mitch n'a probablement pas encore la confirmation, et je me ronge les sangs pour rien à ce stade.

Elle avait de plus en plus envie de savoir, mais elle n'était pas prête à affronter davantage de déception.

C'était compliqué. S'il n'était pas son père, elle serait triste, car Mitch était un homme qu'elle appréciait. Dans le cas contraire, si sa mère était bien la femme de la photo, elle ne la connaîtrait jamais.

Sean s'avança et posa une main sur la sienne. Une spirale brûlante se déploya en elle, et son souffle resta coincé dans sa gorge. Cet homme avait un effet sur elle comme aucun autre.

Elle s'éclaircit la gorge, essayant de combattre une soudaine sécheresse.

Après une deuxième gorgée de café, elle demanda :

— Qu'as-tu à me dire ?

— Je crains que ça ne te plaise pas.

— Ce sont Erik et Ashley qui tirent les ficelles ?

— Pas exactement. Mais il se trouve que leurs finances sont mal en point. Erik n'a pas payé certains de ses fournisseurs. Il déplace sans cesse des fonds pour couvrir leurs dépenses, tout en vendant des biens qu'il a en commun avec Ashley.

— Par exemple ? demanda-t-elle, médusée par cette nouvelle.

— Ils avaient un petit yacht amarré à Lake Texoma. Ils l'ont vendu bien en dessous du prix du marché, ce qui est un indicateur de leur situation financière.

— Ils adorent ce bateau. Ils ont essayé plusieurs fois de me faire monter à bord, mais je ne m'imaginais pas coincée pendant des heures sur un bateau avec mes mécènes.

— L'intérêt que te porte Erik a dû orienter cette décision.

— C'est exact. Je n'ai pas eu de mal à décliner l'invitation.

— J'imagine. Il y a autre chose : leur mariage est au bord du gouffre. Mais Erik ne le sait peut-être pas encore.

— Comment ça ?

— Ashley a rencontré secrètement un avocat spécialiste du divorce, réputé pour ses méthodes agressives.

— Depuis combien de temps ça dure ?

— Ça a commencé pas très longtemps avant que tu ne repères ton harceleur.

— Et si ce type était en fait quelqu'un qui me surveillait pour savoir si Erik et moi avions une liaison ?

Elle prit sa tasse à deux mains, se réchauffant les paumes.

— J'ai eu la même idée, dit Sean.

— Ça expliquerait pourquoi il était toujours dans l'ombre. Il pourrait s'agir d'un détective privé.

— Dans ce cas, pourquoi te faire peur ?

— Pour que je me réfugie dans les bras de mon pseudo-petit ami, par exemple. Ils ont peut-être essayé de me faire sortir de mes gonds pour voir où j'allais me réfugier. La plupart des gens vont rejoindre la personne avec qui ils sont intimes.

— Matrix a découvert que l'agenda d'Erik ne correspond pas à celui de notre homme. On peut le rayer de la liste.

— C'est déjà un progrès.

Elle réfléchit.

— Est-ce qu'il aurait pu engager quelqu'un pour me surveiller ? Il n'a pas fait mystère de l'affection qu'il me porte, et il a l'air d'être à cran.

— D'accord, je le garde sous le coude. Venons-en à Ashley. Matrix a l'intention de s'attaquer à ses comptes personnels pour voir ce qui peut être trouvé de ce côté-là.

— Certains des documents que j'ai signés n'étaient pas digitalisés. Ça devait être fait en personne. J'ai des copies chez moi, mais c'est probablement trop risqué d'y aller maintenant. À tous les coups, quelqu'un doit surveiller mon appartement.

— C'est bon à savoir, dit-il, avant de prendre son téléphone et d'envoyer un SMS.

Il parut satisfait quand il reposa l'appareil

Raelynn se garda de lui demander ce qu'il faisait ou avec qui il était en contact, se figurant que c'était soumis au secret, comme à l'armée.

— Erik et Ashley nous ont montré qu'ils n'étaient pas doués pour jouer la comédie, fit-il remarquer. Ils ont été surpris de te voir. Mais c'est Ashley qui semblait la plus embarrassée des deux.

— Je l'ai évidemment remarqué, dit Raelynn, mais je pensais que c'était parce qu'elle me soupçonnait d'avoir une liaison avec son mari.

Un frisson glacial courut le long de sa colonne vertébrale quand elle évoqua la possibilité que ce soit Ashley qui tire les ficelles. Plusieurs raisons lui venaient à l'esprit maintenant qu'elle était au courant du divorce en cours.

Il était possible qu'Ashley veuille se venger en détruisant la dernière possibilité pour Erik de se refaire financièrement.

Un amour enfui pouvait laisser le chaos dans son sillage.

19

La liste des suspects se résumait à deux noms : Ashley Bradshaw et Drake Johnson. Erik Bradshaw devait être tenu à l'œil. Sean aurait bien voulu lui dire deux mots, histoire qu'il comprenne qu'il était déplacé de toucher une femme qui ne vous y avait pas invité. Mais ce n'était pas sa préoccupation la plus urgente.

— Tu vas envoyer quelqu'un chez moi ? demanda Raelynn.

Elle but une dernière gorgée de café et posa sa tasse sur l'îlot.

— Oui. Il y a quelque chose d'autre à savoir à propos de ton appartement ?

— À part que mes plantes sont probablement mortes de soif, non. Ça fait des semaines que je n'y suis pas allée, et je n'ai pas voulu demander à la voisine qui me rend parfois service, de peur que ce soit dangereux pour elle. Je ne voulais pas prendre le risque que mon harceleur la confonde avec moi, au cas où il serait parti en vrille et aurait décidé de passer à la vitesse supérieure.

— Ça se comprend.

Il appréciait qu'elle se soucie toujours des autres. Même en ayant grandi dans des conditions difficiles, Raelynn parvenait à rester gentille, sans en vouloir au monde entier.

— Tu as trouvé de quelle façon Anton Miles était lié à tout ce qui se passe ?

— Il est encore un peu tôt pour ça, tempéra Sean. Il est peu probable que le *coroner* ait terminé l'autopsie. Surtout dans une ville comme Austin, qui possède un taux de criminalité élevée. Même chose pour les experts scientifiques. Il va leur falloir du temps pour analyser la scène de crime et avoir le retour du laboratoire. Au moins, nous avons une identité et un point de départ pour enquêter.

— C'est frustrant d'attendre. J'ai l'impression que je ne fais rien de constructif, et que je devrais reprendre la route.

— Tu as raison de penser qu'il ne faut pas s'attarder trop longtemps au même endroit. Mais il faut aussi savoir être patient quand c'est nécessaire. Attendre des informations, c'est un peu comme regarder de la peinture sécher. Si tu mets ta main trop vite sur le mur, tu risques de gâcher tout le travail que tu as accompli.

— Je comprends, mais je commence à ne plus tenir en place. Je n'avais aucune expérience de cette vie-là avant, tandis que toi c'est ton travail.

Il hocha la tête. La perspective d'une vie tranquille au ranch, à travailler en famille, lui semblait de plus en plus attrayante. Passer son temps à éviter les balles et à fonctionner à coups d'adrénaline pendant des jours commençait à lui peser. À trente-quatre ans, il commençait à ressentir le besoin de changement. Maintenant que ses blessures du passé étaient pratiquement toutes guéries, il était prêt à aller de l'avant.

Une agaçante petite voix au fond de sa tête lui fit remarquer que, s'il était vraiment guéri, il n'aurait pas essayé de tenir Raelynn à distance par peur de ne pas réussir à la protéger.

Cette révélation lui fit l'effet d'un coup de poing à l'estomac.

— Puisque nous sommes coincés ici à attendre, dit-elle, interrompant le cheminement de ses pensées, parle-moi de ta famille.

Il regarda sa tasse. Elle était vide.

— Si tu as l'intention de me faire parler de mes frères et sœurs, je vais devoir refaire le plein, dit-il en souriant malgré tout.

— Je t'attends, dit-elle, en lui retournant son sourire.

Ces mots résonnèrent en lui d'une manière à laquelle il ne

s'attendait pas. Il aurait aimé pouvoir rembobiner le film et tout recommencer avec elle – cette fois sans mettre de distance entre eux.

— J'y compte bien, dit-il, tout en se dirigeant vers la cuisine.

Les petits cheveux dans son cou se redressèrent, lui envoyant le message de surveiller ses arrières.

Il pivota et posa son index droit sur ses lèvres pour indiquer à Raelynn de garder le silence.

Elle écarquilla les yeux et récupéra aussitôt le couteau qu'elle tenait à la main quand il était rentré à la maison.

La maison ? Ce choix de mots lui parut extrêmement curieux.

En tout cas, l'instinct d'autoprotection de Raelynn fonctionnait à plein régime. Ça lui plaisait qu'elle ne soit pas du genre à attendre qu'on vienne lui porter secours. Il y avait d'autres aspects de la vie qu'il aimerait la voir prendre en charge aussi, mais le moment n'était pas le mieux choisi pour ce genre de réflexion.

Il se pencha pour retirer son Sig Sauer de son *holster* de cheville et tendit l'oreille.

Un bruit presque imperceptible provenait du garage au sous-sol. Il pouvait s'agir d'un rongeur ou d'une bestiole quelconque qui avait réussi à rentrer, cherchant de la nourriture ou un abri.

Sean éteignit la lumière et s'avança méthodiquement vers la porte permettant d'accéder au garage. Il avait mémorisé le nombre de marches et savait combien de temps il lui faudrait pour descendre.

Il tendit l'oreille.

Il y avait bien quelque chose ou quelqu'un en bas.

Plutôt que d'emprunter le passage le plus logique, au risque de se faire tirer dessus ou d'être frappé à coups de couteau, il ferma la porte sans bruit et se dirigea vers le petit balcon.

Ouvrant la porte-fenêtre, il emprunta l'échelle à incendie, sauta au sol avant les derniers échelons et, contournant la maison, se rua vers le garage.

Il y avait de la lumière dans toutes les maisons du voisinage. Les réverbères étaient allumés, projetant un faible halo autour de la rue.

Ça l'ennuyait de laisser Raelynn toute seule dans la maison, mais emprunter l'escalier du sous-sol aurait pu lui valoir la mort. Que serait-il advenu d'elle, alors ?

À l'angle de la maison, il s'accroupit derrière un conteneur à poubelles. Il y avait suffisamment de végétation pour se déplacer à couvert s'il restait accroupi. Il était même prêt à ramper s'il le fallait.

Il n'avait remarqué aucun véhicule inhabituel dans la rue. Les voitures des voisins étaient soit garées dans leurs allées, soit rentrées dans les garages. C'était probablement un animal.

Cette hypothèse commença à se confirmer quand il découvrit que la vitre d'un vasistas était brisée dans un angle. L'ouverture n'était pas suffisante pour laisser passer un être humain, mais un chat aurait très bien pu s'y glisser.

De plus en plus rassuré, il tapa le code du garage et la porte commença à se soulever, déclenchant un éclairage.

Un chat noir se précipita à l'extérieur en poussant un cri de surprise et de peur.

Sean entra dans le garage et actionna la porte de l'intérieur. Il attendit qu'elle soit complètement fermée, puis il inspecta le SUV.

Tout avait l'air normal.

Son rythme cardiaque s'apaisa, aidé en cela par quelques profondes respirations.

— C'est moi, annonça-t-il, avant d'ouvrir la porte donnant sur la cuisine.

— Tout va bien ? demanda Raelynn, tandis qu'il entrait dans la pièce.

Dos au mur opposé, tenant fermement le couteau à la main, elle semblait prête à tout.

— Ce n'était qu'un chat, dit-il.

— Quel soulagement ! dit-elle, en relâchant son souffle.

Elle posa le couteau sur la table de billard et enroula ses bras autour de sa taille.

Sean ferma la porte et, sans trop réfléchir, traversa la pièce en quelques enjambées pour attirer Raelynn contre lui. Une odeur fraîche d'agrumes montait de ses cheveux, et il y plongea le nez.

Raelynn se blottit contre le corps puissant de Sean, la joue posée sur son torse. Il la tenait comme s'il redoutait qu'elle disparaisse à jamais s'il la libérait. Son cœur se serra à cette pensée.

Il avait perdu tellement. Elle avait perdu tellement. Est-ce que les âmes brisées se reconnaissaient entre elles ?

Elle n'aurait pu dire combien de temps ils restèrent ainsi. Ils étaient si proches, si intimes, qu'elle en tremblait contre lui.

À un moment, le téléphone de Sean vibra, rompant la magie de cet intermède de complicité.

Raelynn se dit que c'était aussi bien ainsi, même si son cœur semblait protester. Prendre le temps de faire le tri dans ses pensées après une grosse frayeur pouvait être utile. Qui plus est, ils avaient reçu beaucoup de nouvelles informations, et ce ne serait pas plus mal d'y réfléchir un peu.

Elle avait du mal à détourner ses pensées d'Anton Miles. Qu'est-ce qu'un informaticien avait à voir avec elle ? Que faisait-il sur ses traces à Hamilton Pool Preserve ?

Un homme avec une femme et un enfant en route ainsi qu'un bon métier ne lui semblait pas avoir le profil pour faire une fixation sur une chanteuse.

En parlant de musique, son carnet et sa guitare étaient restés dans les locaux de Razor-Sharp. Se dirigeant vers le canapé, elle alluma une lampe et sortit son téléphone pour écouter l'enregistrement qu'elle avait fait de sa chanson en cours de création. Écouter de la musique la calmait généralement. Elle aurait les idées plus claires si elle s'accordait dix minutes de pause pendant que Sean gérait ses affaires.

Elle réécouta plusieurs fois le morceau, et d'autres paroles lui vinrent à l'esprit. D'habitude, elle préférait les griffonner sur un carnet, mais elle devrait cette fois se contenter de l'application Notes de son téléphone.

Travailler sur une chanson comme celle-ci, qui venait du cœur, lui procurait une sensation incroyable. Ce qui s'en approchait le plus, c'était l'exaltation ressentie quand Sean l'avait embrassée. Des heures après, ses lèvres en frémissaient encore.

Elle fit le constat que, dans sa vie, il y avait eu trop peu de baisers à couper le souffle. Trop peu de passion dévorante. Et trop peu d'hommes comme Sean. À croire que le moule était cassé.

Il la rejoignit, son téléphone à la main.

— Du nouveau ? demanda-t-elle.

Il secoua la tête.

— C'est la musique sur laquelle tu travaillais au bureau ?

— Je n'ai pas encore fini. J'ai tous les éléments, mais je dois encore les assembler.

— Ce que tu m'avais fait écouter était déjà incroyable, protesta-t-il, avec une note d'indignation devant sa modestie.

— Tu dis ça pour me faire plaisir.

— Pas du tout.

Il y avait cette fois dans sa voix profonde de baryton un enrouement qui provoqua une curieuse torsion au creux de son ventre, lui donnant chaud et faisant battre son cœur plus vite.

Personne ne devrait avoir le droit d'être aussi sexy rien qu'en prononçant quelques mots.

— Merci, dit-elle. J'ai hâte de te faire entendre la version finale.

Elle pensa alors qu'ils ne seraient peut-être plus ensemble dans quelques semaines, et une tristesse infinie lui serra le cœur.

— Ça me plairait beaucoup.

Il y avait quelque chose de rassurant dans son intonation,

et Raelynn se sentit un peu mieux, même s'il était à peu près certain que leurs chemins se sépareraient à la fin de l'enquête.

— Au fait, tu devais me parler de ta famille quand nous avons été interrompus, lui rappela-t-elle.

— Justement, le message venait d'un de mes frères. Les ranchers ont l'habitude de se lever vers 4 heures du matin. Du côté des garçons, il y a Rory, Tiernan, Callum et moi. Et chez les filles, nous avons Liz et Reese.

— Six enfants ?

— Eh oui. Je me situe entre Tiernan et Liz. Callum est l'aîné et Reese la petite dernière.

— Tu m'as déjà dit que tu avais encore ta mère et ta grand-mère, et que ton grand-père était décédé récemment…

Il lui prit la main et la pressa, comme il le faisait quand il voulait lui apporter du réconfort.

L'air entre eux se chargea d'électricité, et Raelynn eut de plus en plus chaud. Puis il glissa ses doigts entre les siens, leva sa main jusqu'à ses lèvres et embrassa ses jointures.

Une brutale descente sur une structure de montagnes russes n'aurait pas pu lui nouer l'estomac davantage.

Il reposa leurs mains jointes sur sa cuisse gauche.

— Laisse-moi te dresser le tableau, dit-il. Granny ne sait rien garder pour elle. Elle a l'esprit vif et la langue acérée, et il ne fait pas bon se la mettre à dos, ce qui est impossible pour chacun de nous car elle nous adore malgré nos défauts. Ma mère est le pilier de la famille. Elle l'a toujours été. Après la mort de mon père, elle a tout pris en charge de main de maître.

— Mais tu ne t'entendais pas avec ton grand-père, à ce que j'ai compris.

— Duncan Hayes était un de ces vieux bonshommes étroits d'esprit et tyrannique, avec un rictus en permanence dédaigneux. D'une manière ou d'une autre, il s'est débrouillé pour nous faire fuir Cider Creek les uns après les autres. C'était un véritable salaud.

— Pourquoi ta mère l'a-t-elle laissé tout contrôler comme ça ? Elle semble pourtant être une femme forte.

— Je pense qu'elle s'est sentie débordée par l'éducation de six enfants après la mort de son mari, dit-il, en haussant les épaules. Je n'ai jamais pris le temps d'en discuter avec elle, mais elle a dû penser que ses garçons avaient besoin d'un modèle masculin. Elle ne s'entendait pas si bien que ça avec son beau-père, mais je pense qu'elle est restée au ranch en souvenir de mon père.

— Elle ne s'est jamais remariée ?

— Non. Et elle n'a pas eu d'autre homme dans sa vie, à ma connaissance.

— C'est beau, dit-elle, impressionnée.

Elle ne connaissait personne de son âge dont les parents s'aimaient pour toute la vie, et au-delà.

— Mes parents ont commencé à sortir ensemble à l'âge de seize ans et ne se sont jamais quittés. Je n'étais pas très grand alors, mais je me souviens être entré un jour dans la cuisine, bien longtemps après le dîner, et les avoir trouvés en train de danser joue contre joue.

Touchée en plein cœur, Raelynn en eut les larmes aux yeux. C'était tellement attendrissant. Il n'y avait pas eu d'amour à l'orphelinat. Et tous les petits boulots qu'elle avait faits pour joindre les deux bouts en attendant de réussir dans la musique ne lui avaient fait rencontrer que des personnes dont les parents étaient divorcés, ou qui étaient divorcés eux-mêmes.

— C'est sûrement la chose la plus romantique que j'aie jamais entendue.

Sean hocha la tête.

— Quand il est mort dans un accident de voiture, elle a dit qu'elle avait eu de la chance de le rencontrer au lycée car ça lui avait donné plus d'années à passer avec lui.

Raelynn était émue comme jamais. Elle se voyait vivre une

longue vie avec quelqu'un comme Sean, et l'aimer jusqu'à ce que la mort les sépare.

Cette révélation la prit au dépourvu.

— J'ignorais qu'un amour comme ça existait en dehors des films, dit-elle, en nichant sa tête dans le creux de l'épaule de Sean pour dissimuler son émotion.

— Je reconnais que c'est rare. En tout cas, je ne l'ai vu chez personne d'autre.

— Une telle expérience est peut-être uniquement réservée à une poignée de gens, suggéra-t-elle.

— Pour certains, ça demande toute une vie pour espérer trouver quelque chose d'approchant, dit Sean.

Raelynn sentit qu'elle commençait à tomber amoureuse de lui. Elle espérait seulement que la chute ne serait pas trop rude.

Elle se redressa et s'éclaircit la gorge, éprouvant le besoin de se reconcentrer.

— Et ta grand-mère ? Ce n'est pas trop dur pour elle d'avoir perdu son mari ?

— Granny est la mère de ma mère. Et je crois qu'elle n'a jamais pardonné à Duncan de l'avoir séparée de ses petits-enfants.

— Elle semble avoir du caractère. J'aime ça.

— Je pense que vous vous entendriez à merveille.

Raelynn en avait le sentiment aussi. Malheureusement, elle ne la rencontrerait probablement jamais.

Pourtant, elle aurait bien besoin de quelqu'un comme Granny dans sa vie.

Et de quelqu'un comme Sean.

Mais ce n'était pas exactement comme ça que les choses étaient prévues. N'est-ce pas ?

20

Le soleil filtrait à travers les lames ajourées des persiennes, et Sean prit conscience qu'ils avaient discuté toute la nuit.

Il esquissa un sourire en se disant que c'était la première fois qu'il passait une nuit entière en compagnie d'une belle femme et qu'il ne faisait que parler avec elle.

Pour ce qui était d'être belle, intelligente, gentille et sexy, Raelynn remportait la palme. Et il avait été heureux de lui tenir la main pendant des heures, tout en évoquant sa famille.

Il fallait un début à tout, n'est-ce pas ?

— Que se passe-t-il dans ta tête ? voulut-elle savoir.

La sonnerie de son téléphone le dispensa de répondre. Et ça tombait bien. Il n'était pas question qu'il se livre à ce genre de confidences.

— Sauvé par le gong, dit-il, pour faire sourire Raelynn.

Il adorait la voir sourire. Elle méritait tellement d'être heureuse.

Il prit son téléphone sur la table basse et consulta l'écran.

— C'est Matrix.

Il se hâta de lire le message et relaya l'information.

— Anton Miles est un cousin éloigné d'Ashley. Apparemment, elle utilisait un téléphone prépayé pour communiquer avec lui. Elle le faisait chanter pour qu'il l'aide. Elle avait découvert qu'il avait une liaison et menaçait de tout révéler à sa femme enceinte.

— Donc, c'est lui qui a engagé l'agence Razor-Sharp ?

— Je n'en ai pas encore la confirmation, mais je suppose que oui. Faire passer ta mort pour le geste d'un déséquilibré, c'est plutôt malin pour détourner les soupçons. Et, visiblement, elle avait prévu d'éliminer Miles pour qu'il ne puisse pas la dénoncer.

— Qu'a-t-elle à gagner en me tuant ? demanda Raelynn, visiblement sous le choc.

— D'après Matrix, tu as signé des documents les autorisant à assurer ta tournée. Elle a souscrit une assurance-vie d'un million de dollars sur ta tête.

— Je ne me souviens pas d'avoir signé ça... ou alors, elle a glissé le document parmi les autres, et je ne me suis rendu compte de rien.

— Elle avait déjà prévu de divorcer en douce. Je suppose qu'elle a trouvé un moyen pour qu'Erik ne bénéficie pas de l'argent de l'assurance.

— Tout ce qu'elle a eu à faire c'est de se désigner comme unique bénéficiaire. Si ma mémoire est bonne elle a toujours été la seule à figurer sur les contrats me concernant. C'est elle qui gérait toute la partie administrative et financière.

Sean hocha la tête tandis qu'un nouveau message arrivait.

— Un billet d'avion a été acheté au nom d'Ashley. Elle est en route pour l'aéroport de Dallas-Fort Worth. Nous devons l'intercepter avant qu'elle ne prenne son vol.

— On ne peut pas plutôt appeler la police ?

— Ça prendrait trop de temps. Nous devons nous habiller et y aller maintenant.

Il n'était pas question qu'il laisse Raelynn toute seule à la maison, dans l'hypothèse où Ashley aurait engagé quelqu'un pour finir le travail.

— Je vais me changer et j'arrive toute de suite, dit-elle, en se ruant vers l'escalier.

Ils se retrouvèrent dans le hall quelques minutes plus tard. Sean arrima son *holster* à sa cheville, tandis que Raelynn s'équipait d'un couteau. S'il avait eu une arme de secours, il la lui aurait confiée sans hésiter. Malheureusement, ce n'était pas le cas.

Quoi qu'il en soit, Raelynn paraissait déterminée à ne pas se laisser prendre en défaut, et il ne l'en admirait que davantage.

— Erik est au courant, tu crois ? demanda-t-elle, en faisant passer la bandoulière de son sac en travers de sa poitrine.

— Il n'y a pas de preuve de son implication à ce stade.

L'incident avec la roue ne devait être qu'une malencontreuse coïncidence, se dit Sean tandis qu'ils dévalaient l'escalier menant au sous-sol. Quant à la personne qui avait inondé l'ordinateur de Mitch d'informations au sujet de Raelynn, il s'agissait probablement d'un bon samaritain qui avait voulu le mettre sur la piste de sa fille, sans attirer l'attention.

Raelynn grimpa immédiatement sur le siège passager du SUV, tandis que Sean actionnait la porte du garage.

— On ne peut pas dire que c'est un homme bien, mais au moins il n'a pas essayé de me tuer, dit-elle, tandis qu'il se glissait au volant. Je n'ai jamais apprécié Ashley, pour être honnête. Il y avait chez elle quelque chose qui me dérangeait. Mais je ne m'attendais certainement pas à ça.

— Quand ils sont pris dans la tourmente, les gens sans scrupule ont souvent recours à des solutions extrêmes, commenta Sean, en sortant la voiture du garage en marche arrière.

Une fois dans la rue, il descendit de voiture en laissant la portière ouverte et tapa le code pour que la porte du garage se referme Puis il s'empressa de se remettre au volant et démarra en trombe.

Depuis leur position, le moyen le plus court de se rendre à l'aéroport était de prendre la rocade 12 puis la voie express 114. En revanche, il était probable qu'Ashley ait choisi l'*Interstate* 635 qui était l'itinéraire le plus rapide depuis ses bureaux.

Possédant les informations de vol, Sean savait où il y avait le plus de probabilités qu'elle se gare, et il devait arriver le premier sur place.

Vu le niveau de sécurité à l'aéroport, l'intercepter dans le parking risquait de provoquer un beau chaos. Il devait réfléchir à un moyen de le faire avant.

— Où allons-nous ? demanda Raelynn.

Il lui fit part de son plan.

Elle hocha la tête, livide. Lui faisait-il courir un danger en l'emmenant avec lui ?

Tandis qu'il s'engageait sur l'*Interstate*, le voyant du réservoir s'alluma.

Il jura, puis il lui vint une idée.

— Je vais devoir m'arrêter pour prendre de l'essence, et j'en profiterai pour appeler Mitch, afin de savoir si un de nos agents se trouve à proximité, au cas où j'aurais besoin de renfort. Que dirais-tu de rester dans la boutique pendant que je traque Ashley ? Tu serais entourée de monde, et tu profiterais d'un environnement plus sûr que si tu restais avec moi.

— Et toi ? demanda-t-elle.

— Ce sera plus facile pour moi de me concentrer si je n'ai pas à me préoccuper en permanence de ta sécurité, expliqua-t-il, en espérant qu'elle comprendrait. Tu es importante pour moi, et je serais distrait par ta présence.

Raelynn garda le silence un moment, en observant pensivement la route qui défilait sous ses yeux.

Elle comprenait les arguments de Sean, mais ce n'était pas facile pour elle d'accepter qu'il affronte seul le danger. Même si son expérience de militaire et les compétences qu'il avait développées chez Razor-Sharp le rendaient parfaitement apte à mener à bien cette mission.

Elle constata aussi qu'ils ne s'étaient pas quittés depuis des jours, et qu'ils n'avaient même pas échangé leur numéro de téléphone.

— Donne-moi ton portable pour que j'y rentre mon numéro, dit-elle.

Il plongea la main dans sa poche et lui tendit son téléphone.

Raelynn entra immédiatement ses informations de contact.

— Je vais m'envoyer un SMS pour avoir ton numéro, dit-elle. Au moins, nous pourrons nous joindre mutuellement si nécessaire.

— J'essaierai de te tenir informée le plus possible, la rassura-t-il.

— Je suppose que tu sais déjà quel type de voiture elle conduit.

Il hocha la tête.

— Je vais ouvrir l'œil au cas où son Range Rover nous dépasserait, proposa-t-elle.

Le 4×4 d'Ashley était reconnaissable entre tous, avec sa couleur pourpre faite sur mesure et ses plaques d'immatriculation customisées.

La station-service, sa boutique, et son restaurant de tacos situés à la hauteur de N. MacArthur, offraient un îlot de tranquillité à l'écart des quatre voies de l'autoroute, où la circulation était pour une fois moins dense que d'habitude. Il y avait un petit espace vert, agréablement ombragé, avec une zone de jeu et des tables de pique-nique. Raelynn pourrait s'y asseoir et regarder passer les voitures.

— Je vais m'installer là-bas, dit-elle à Sean par la vitre ouverte, tandis qu'il décrochait le pistolet à essence.

— C'est un bon choix.

Il affichait un calme olympien, et pourtant il émanait de lui une intense concentration, comme celle d'un athlète sur le point de disputer une compétition.

Après avoir rempli le réservoir, il se réinstalla au volant.

— Ça va aller ? demanda-t-il.

Elle remarqua qu'il n'était pas aussi confiant qu'il essayait de le paraître.

— Oui, ne t'en fais pas.

Cette fois, c'était elle qui se montrait rassurante.

Elle sortit le couteau de son sac et le glissa dans la boîte à gants, en se disant qu'elle n'en aurait pas besoin.

Sean tendit le bras et lui pressa la main.

— Préviens-moi si tu vois passer la voiture d'Ashley.

— Compte sur moi, dit-elle, avant de descendre de voiture.

Elle traversa rapidement la zone goudronnée, et prit place à une des tables de pique-nique, tandis que Sean quittait le parking.

Quelques minutes passèrent avant qu'un 4×4 apparaisse au loin. Quand le véhicule arriva à sa hauteur, elle vit que ce n'était pas celui d'Ashley.

Lorsqu'elle pensait à son ex-mécène, quantité de mots lui venaient à l'esprit, qu'elle ne devrait probablement pas répéter en public.

Sous ses yeux défilaient des berlines, pick-up, SUV, et toujours pas l'ombre d'un Range Rover pourpre.

Et si Ashley avait pris un taxi ? À la réflexion, non. Elle s'était probablement décidée à la dernière minute et n'avait que sa voiture sous la main.

Raelynn en était là de ses raisonnements quand une corde s'enroula autour de son cou. Elle eut le réflexe de lever les mains pour se protéger en empêchant le contact, mais la corde se resserra, lui cisaillant les mains.

Elle se sentit tirée en arrière, tandis que son téléphone lui échappait et tombait au sol.

Ses mains étaient coincées mais, au moins, elle pouvait encore respirer.

— Décidément, tu ne vas jamais mourir, dit Ashley, tandis que Raelynn était jetée à l'arrière d'un SUV Chevrolet Suburban blanc.

Ashley était au volant. Un homme, que Raelynn ne reconnut pas, essaya de monter à son tour, afin de prendre place sur le strapontin de coffre.

Elle se dit qu'elle était morte s'ils l'emmenaient quelque part ailleurs. La seule raison pour laquelle ils n'en finissaient pas maintenant, c'est qu'il risquait d'y avoir des témoins.

Avec l'énergie du désespoir, Raelynn releva les jambes et les lança de toutes ses forces, frappant l'homme à la cage thoracique.

— Espèce de petite garce, dit-il, en lui assénant un violent coup de poing dans la hanche.

Raelynn ravala un cri de douleur.

Elle n'avait pas reconnu sa voix. Ou peut-être...

Oui, ça lui disait quelque chose...

Danny ? Elle ne parvenait pas à se rappeler son nom de famille. Tout ce qu'elle savait, c'est que c'était un des avocats des Bradshaw.

— Tu ne peux pas en finir ici ? demanda Ashley d'une voix geignarde, tandis que l'homme essayait de refermer la porte du coffre.

— Tu veux qu'il y ait du sang partout ? demanda Danny, d'un ton agacé.

— Vous serez rayé du barreau, dit Raelynn.

— Fais-la taire, ordonna Ashley.

— Elle essaie juste de me faire sortir de mes gonds, bébé, dit Danny.

— Ferme cette porte qu'on puisse y aller, s'impatienta Ashley. Les gens commencent à regarder.

C'était tout ce que Raelynn avait besoin d'entendre. Elle réussit à libérer une de ses mains et à pousser la porte. Elle s'apprêtait à sauter hors du véhicule quand Danny la saisit par le mollet, la tirant vers l'intérieur.

Elle ne parvenait pas à trouver assez de souffle pour crier. Alors, elle se tortilla, se débattit, rampa… Tous les moyens étaient bons pour essayer de sortir de la voiture.

— Il faut que je le fasse moi-même ? demanda Ashley, avec irritation.

Sans perdre un instant, elle descendit de voiture et contourna le long SUV par l'avant, tandis que Raelynn progressait lentement vers la liberté.

À la seconde suivante, Ashley était à l'arrière du véhicule, poussant Raelynn vers l'intérieur, tandis que Danny la tirait de l'autre côté.

Leurs efforts combinés eurent raison des dernières forces de la jeune femme. C'était fichu. Elle ne s'en sortirait jamais.

Si seulement Sean avait été là…

21

Vingt minutes s'étaient écoulées, et Sean n'avait toujours pas eu de nouvelles de Raelynn. Il avait envoyé deux messages qui étaient restés sans réponse.

Obéissant à une soudaine intuition, il donna un large coup de volant et fit demi-tour pour retourner à l'endroit où il l'avait déposée.

Tous les signaux d'alerte clignotaient dans son esprit, tandis qu'il poussait le SUV aux limites de ses capacités.

Ça n'allait pas. Quelque chose ne tournait pas rond. Elle aurait dû répondre.

Il prit la sortie vers N. MacArthur et repéra immédiatement sur le parking de la station un Suburban blanc autour duquel s'était formé un petit attroupement.

Luttant contre l'envie de charger dans un rugissement de moteur, il abandonna sa voiture au bord de la voie d'accès et courut jusqu'au véhicule à l'arrêt.

Il y avait de l'activité à l'arrière. Une bagarre ?

La porte du coffre s'ouvrit, puis il entendit un bruit qui le stoppa net dans son élan. Un coup de feu venait de déchirer l'air.

Il reprit sa course et s'accroupit devant le capot de la Suburban pour se mettre à l'abri.

Puis il se mit à plat ventre et regarda sous la voiture.

Il y avait trois personnes à l'arrière. Deux d'entre elles essayaient de faire entrer Raelynn de force dans le coffre.

Un type avec une panse qui pendait au-dessus de la ceinture de son jean courait vers l'arrière de la Suburban en brandissant un revolver.

— Arrêtez immédiatement ! dit-il.

Sean décida de profiter de la distraction et se déplaça silencieusement du côté conducteur.

Dans les secondes qui suivirent, ce fut le chaos. Un nouveau coup de feu retentit. La foule commença à paniquer, à crier, et à courir dans toutes les directions.

La police de Coppell débarqua en force, avec trois voitures de patrouille. Un agent sortit d'une des voitures et pointa son arme sur l'homme qui avait tiré, en se protégeant derrière sa portière ouverte.

— Posez votre arme au sol et levez les bras, ordonna-t-il.

L'homme obéit, avant de reculer de quelques pas.

Danny se jeta sur l'arme abandonnée à terre, se redressa et fit feu sur le policier.

Sean profita du désordre pour se précipiter vers l'arrière de la Suburban et s'interposa entre Raelynn et Ashley qui se bagarraient sans pitié.

— Votre attention, tout le monde, dit un autre des policiers. Je veux voir toutes les mains en l'air, ou nous allons commencer à tirer.

Sean reporta son attention sur l'homme armé. Ce n'était pas Erik. Il était plus jeune et plus athlétique.

Un agent fit une sommation.

— Monsieur, posez votre arme !

Au lieu de quoi, l'homme ouvrit la bouche, y glissa le canon de l'arme et tira.

Les mains levées, bien en vue, Sean donna un coup de pied dans l'arme pour l'envoyer hors de portée de tout le monde.

Les policiers passèrent à l'action, menottant Ashley et sécurisant la scène.

Raelynn était à genoux, penchée en avant, et se tenait l'estomac.

Lorsqu'il vit du sang couler le long de son coude, Sean eut l'impression que le temps s'arrêtait.

Ce n'était pas supposé se passer comme ça. Il avait pour mission de la protéger, et il avait échoué.

Il avait l'impression que le monde avait basculé de son axe, et la tête lui tournait. L'acidité lui brûlait le fond de la gorge tandis que son estomac se révoltait sous l'effet de la peur et de la culpabilité.

Autour de lui, on se serait cru dans un film d'action.

Seul le grésillement des radios de la police troublait le silence. Ashley était face contre terre, les mains liées dans le dos par un lien en plastique. Un agent était assis à même le sol, appuyé au pneu de sa voiture, le visage livide, tandis qu'un de ses collègues faisait pression sur son cou pour stopper le saignement de sa plaie. Un fragment de mitraille avait dû le toucher. Il allait s'en sortir, mais son cerveau ne l'avait pas encore compris.

Sean ne se rendait compte de rien. Seuls lui importaient Raelynn et le fait qu'elle était blessée.

Il tomba à genoux à côté d'elle.

— Est-ce que je vais bien ? demanda-t-elle, étrangement détachée. J'ai senti une douleur, mais je n'ai pas compris ce qui s'est passé. Ashley devait avoir un couteau...

— On va stopper le saignement, et tout ira bien, promit-il. Je suis là. Je m'occupe de toi.

Il lui prit la main et leva délicatement son bras gauche, en observant le sang qui coulait. Déchirant sa manche, il découvrit une entaille sous son aisselle. Elle était profonde et longue de deux centimètres environ.

Sean ôta sa chemise, la roula en boule et la pressa contre la plaie infligée par un coup de couteau, tandis que la sirène d'une ambulance résonnait à quelques mètres.

— Elle a besoin d'aide, cria-t-il à l'attention des secouristes qui jaillissaient de l'arrière du véhicule d'intervention.

Pendant ce temps, Ashley, qui se démenait comme une diablesse et invectivait tout le monde, était embarquée à l'arrière d'une voiture de patrouille.

— Ce n'est pas aussi grave que ça en a l'air, dit le secouriste qui avait pris Raelynn en charge (Andy, à en croire son badge).

Le soulagement qui envahit Sean lui fit l'effet d'une pluie bienfaitrice sur une terre aride. Jamais il n'aurait supporté de la perdre.

D'ailleurs, la seule pensée d'être séparé d'elle lui comprimait la poitrine au point de le faire suffoquer.

Est-ce qu'elle ressentait la même chose ?

Raelynn tendit la main, cherchant la sienne, et il s'approcha pour entrelacer ses doigts avec les siens. Alors, il fut enfin capable de respirer normalement.

Comprenant qu'il était fou amoureux d'elle, il décida qu'il ne pourrait pas la laisser partir sans qu'elle sache ce qu'il ressentait.

Andy désinfecta sa plaie et lui posa des sutures adhésives.

— Vous n'avez plus qu'à passer aux urgences pour vous faire recoudre, dit-il. Ça devrait tenir jusque-là.

Elle hocha la tête.

Le téléphone de Sean vibra pour la troisième fois. Il avait négligé les messages précédents. Visiblement, quelqu'un cherchait à le joindre à tout prix.

Il plongea la main dans sa poche et consulta l'écran.

— C'est Mitch. Il s'inquiète pour toi.

— Comment le ferait un père ?

— Je peux lui demander.

— J'ai décidé que c'était bien pire de ne pas savoir, admit-elle. Mais je ne veux pas la réponse maintenant.

— Laisse-moi lui dire que nous allons bien et qu'Ashley a été arrêtée.

Ça lui coûtait de lui lâcher la main mais, au moins, elle s'était blottie contre lui.

Dès que Mitch fut mis au courant des derniers rebondissements, il glissa immédiatement ses doigts entre ceux de Raelynn.

— Comment Ashley savait-elle où j'étais ? s'étonna-t-elle.

— Elle a pu me voir te déposer. Ou bien, elle t'a repérée sur l'aire de repos et elle est revenue en arrière en utilisant la voie de service. Tu ne pouvais pas savoir qu'elle circulerait dans cette voiture.

Raelynn prit une profonde inspiration et hocha la tête.

— Tu es prête à y aller ? demanda-t-il.

Dans le même temps, Sean se disait que son cœur allait finir par exploser s'il ne disait pas très vite à Raelynn ce qu'il ressentait pour elle.

— On peut rester assis encore un peu, le temps que je reprenne mes esprits ? demanda-t-elle.

— Tout ce que tu voudras.

Il était surpris qu'elle n'ait pas envie de filer loin d'ici, mais il ne fit aucun commentaire.

Le silence s'éternisa pendant quelques minutes avant qu'ils ne parlent l'un et l'autre.

— Après les urgences, j'aimerais bien aller récupérer ma guitare et mon carnet à l'agence, et ensuite tu pourras me déposer chez moi.

Sean hésita. Il prenait un gros risque en lui disant maintenant ce qu'il avait sur le cœur. Mais, d'un autre côté, il le regretterait tout le reste de sa vie s'il ne le faisait pas.

Il s'arma de courage et décida de se jeter à l'eau.

— Et si je ne te reconduisais pas chez toi ? demanda-t-il, en la regardant droit dans les yeux. Si je n'étais pas prêt à te voir partir ?

— Qu'es-tu en train de dire, Sean ?

En l'espace de quelques jours, il avait appris à la décrypter grâce à ses expressions faciales. Cette fois elle ne laissait rien transparaître.

Avait-il mal évalué la situation ? Était-ce grave si c'était le cas ?

— Ce que je dis, c'est que je n'envisage pas d'aller me coucher le soir sans que tu sois à côté de moi. Dans mes bras et dans mon lit.

Sans lui laisser le temps de réagir, il enchaîna :

— D'habitude, il n'y a pas plus prudent que moi quand il s'agit de plonger la tête la première dans une relation sentimentale. Donc, je suis aussi surpris que tu dois l'être d'être tombé aussi éperdument amoureux de toi.

Raelynn donna l'impression de vouloir parler, mais se contenta de pincer les lèvres.

— Tu peux me dire d'aller au diable, si tu veux, continua-t-il. Mais je t'aime, Raelynn. Je veux vivre avec toi et te protéger aussi longtemps que tu m'y autoriseras.

Il vit une larme couler de son œil droit et rouler sur sa joue. Il l'essuya du bout de son pouce.

— Je veux être là quand tu te réveilles tous les matins, et à tes côtés pour traverser les bons et les mauvais moments, dit-il encore. Mais, si tu ne veux pas la même chose, alors je m'en irai et je te laisserai tranquille.

— Je ne peux rien imaginer de pire que de te perdre, dit-elle enfin.

Le nœud qui lui comprimait la poitrine se desserra enfin, et Sean sentit une douce chaleur se répandre en lui.

— Ce n'est pas ma nature de rester trop longtemps au même endroit, et je n'ai jamais voulu être avec quelqu'un en permanence…

Il hocha la tête, se préparant à ce qu'elle lui oppose une fin de non-recevoir.

— Jusqu'à ce que je te rencontre, ajouta-t-elle. Je t'aime, Sean. Je ne veux pas vivre une existence où tu ne serais pas là. Je ne suis pas parfaite, et je ne peux pas te promettre que la vie avec moi sera facile, mais je n'imagine pas me réveiller et ne pas te trouver à côté de moi. Tu es la meilleure chose qui me soit jamais arrivée. Mon âme a reconnu la tienne presque à la seconde où nos yeux se sont croisés.

Elle se tut un instant, submergée par l'émotion.

— C'est ce que j'ai écrit dans ma chanson. J'ai des sentiments tellement forts pour toi que je devrais probablement avoir peur. Mais ce n'est pas le cas. J'ai confiance en toi, et je suis follement amoureuse pour la première fois de ma vie.

— Je n'ai pas besoin de perfection, dit-il, en soulevant la main de Raelynn jusqu'à ses lèvres pour l'embrasser. De toute façon, la perfection est ennuyeuse. Ce sont les défauts qui rendent une personne spéciale. J'aime tes défauts. Je les adore.

— Dans ce cas, embrasse-moi. Et prévois tout un stock de baisers pour tenir jusqu'à la fin de notre vie.

— Je suis partant, dit-il, avant de se pencher au-dessus d'elle et de presser ses lèvres contre les siennes.

Deux mots lui vinrent alors à l'esprit : la maison.

Et c'était exactement là qu'il avait envie de l'emmener le plus vite possible.

— Ça te dirait de construire un studio dans un ranch, où tu pourrais composer tes chansons et les enregistrer, pendant que je m'occuperais du bétail ?

— C'est une question sérieuse ?

Elle rayonnait, littéralement aux anges.

— Rien ne me ferait plus plaisir que de me consacrer à la musique… et aussi d'avoir des enfants avec toi.

Elle lui tendit les lèvres, et ils s'embrassèrent de nouveau. Plus longuement cette fois, goûtant la joie de s'être retrouvés après avoir échappé au pire, et de savoir qu'ils avaient toute la vie devant eux.

— Rien ne me rendrait plus heureux, conclut Sean, en songeant que la chance avait finalement tourné pour lui.

Épilogue

Raelynn entra dans l'agence en tenant la main de Sean, après avoir visité sa maison à Cider Creek – un endroit qu'elle considérerait bientôt comme son foyer elle aussi.

La reconnaissance faciale lui permettait d'accéder au siège de Razor-Sharp Worldwide Security quand elle le désirait mais elle n'imaginait pas y venir sans Sean.

Sa guitare était à l'étage, ainsi que son carnet. Mitch savait qu'elle était en chemin mais il était absent et ne tarderait pas à rentrer au bercail.

Après son arrestation, Ashley n'avait pas tardé à livrer des aveux complets. Erik ignorait tout de l'arnaque à l'assurance. L'avocat et elle avaient prévu de déménager en Floride dès que le capital décès aurait été versé. Ils avaient engagé le véritable propriétaire du SUV Chevrolet Suburban afin de les aider à couvrir leur trace. Le type était indéniablement impliqué dans le meurtre d'Anton.

La réponse que Raelynn attendait se trouvait sur le plateau en granit de l'îlot central de la cuisine, accompagnée d'un vase empli de lis – ses fleurs préférées.

Sean raffermit la pression de ses doigts autour de sa main. Ce geste rassurant lui communiqua une telle confiance qu'elle se sentit capable d'affronter les résultats du test, quels qu'ils soient.

Elle avait trouvé en Sean une famille, et en Mitch un ami pour la vie s'il s'avérait qu'il n'était pas son père biologique.

Ami ou père ?

Tandis qu'elle s'approchait de l'îlot, son pouls s'emballa. Il y avait deux papiers posés l'un sur l'autre. Le premier était à en-tête du laboratoire.

Elle le souleva et lut en diagonale les quelques lignes d'introduction, balaya du regard les trois colonnes emplies de chiffres incompréhensibles et sauta à la conclusion.

« La probabilité de paternité est de 99.9998 %. »

Elle tourna la tête vers Sean, qui souriait.

Il déposa sur ses lèvres un baiser aussi léger qu'une plume, et elle se sentit fondre.

— Félicitations, murmura-t-il contre sa bouche.

Elle l'embrassa en retour.

La seconde feuille était une lettre de Mitch, qui disait la chose suivante :

Chère Raelynn,

J'espère que tu es aussi heureuse des résultats que je le suis. Le fait que tu sois ma fille apporte à ma vie un sentiment de plénitude que je n'avais jamais ressenti avant de te rencontrer. Et pourtant je t'ai fait défaut. Je suis désolé de t'avoir délaissée pendant toutes ces années. Je suis désolé de ne pas avoir été là pour toi, et que tu aies dû endurer tant de souffrances, alors que tu ne méritais que d'être aimée inconditionnellement et protégée par tes parents. Et je suis désolé que tu ne saches jamais quelle personne extraordinaire était ta mère. J'aimerais répondre aux questions que tu te poses à son sujet, si tu le permets. Parler d'elle de nouveau me fait comprendre à quel point elle m'a manqué pendant toutes ces années. Je suppose qu'un premier amour laisse une marque indélébile dans le cœur.

J'ai beaucoup de temps perdu à rattraper avec toi. J'espère sincèrement que tu m'y autoriseras.

Avec tout mon amour,

Ton père.

Des larmes coulaient sur les joues de Raelynn tandis qu'elle terminait de lire la lettre. Elle ne pouvait rêver mieux que d'avoir pour père un homme tel que Mitch. Et, oui, elle était prête à rattraper le temps perdu.

Elle se tourna et enlaça l'autre homme extraordinaire qui faisait à présent partie de sa vie.

Toutes les luttes qu'elle avait menées ne lui semblaient plus aussi affreuses puisqu'elles l'avaient conduite à ce moment précis.

Pour autant qu'elle pouvait se prononcer sur le sujet, elle était la femme la plus heureuse du monde.

Vous avez aimé ce roman ?
Retrouvez en numérique toutes les intrigues de Cider Creek :
1. *Prisonnière de la peur*
2. *Un ennemi invisible*
3. *Le protecteur du Texas*